U0918437

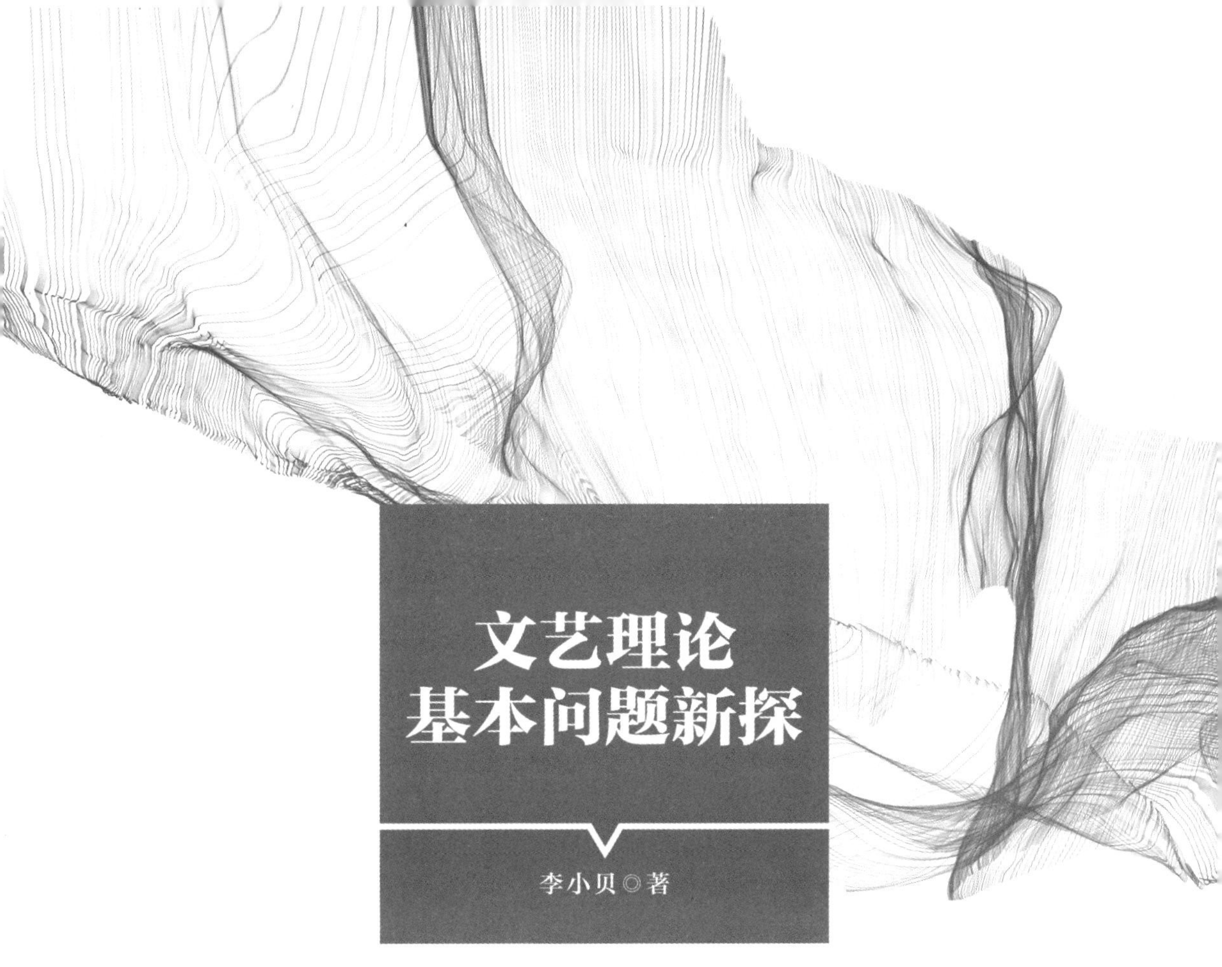

文艺理论基本问题新探

李小贝◎著

中国社会科学出版社

图书在版编目(CIP)数据

文艺理论基本问题新探/李小贝著. —北京：中国社会科学出版社，2022.8

ISBN 978-7-5227-0555-2

Ⅰ.①文… Ⅱ.①李… Ⅲ.①文艺理论—中国—当代 Ⅳ.①I206.7

中国版本图书馆CIP数据核字(2022)第131121号

出 版 人 赵剑英
责任编辑 郭晓鸿
特约编辑 杜若佳
责任校对 师敏革
责任印制 戴 宽

出 版 中国社会科学出版社
社 址 北京鼓楼西大街甲158号
邮 编 100720
网 址 http://www.csspw.cn
发 行 部 010-84083685
门 市 部 010-84029450
经 销 新华书店及其他书店

印 刷 北京明恒达印务有限公司
装 订 廊坊市广阳区广增装订厂
版 次 2022年8月第1版
印 次 2022年8月第1次印刷

开 本 710×1000 1/16
印 张 17
插 页 2
字 数 253千字
定 价 89.00元

凡购买中国社会科学出版社图书，如有质量问题请与本社营销中心联系调换
电话：010-84083683

目　录

引 言

很多学者都很怀念20世纪80年代那段时期。那时文学、美学具有巨大的感召力和吸引力，“文学青年”或“作家”的头衔胜过其他一切职位或制服的魅力，诗人们具有振臂一呼的能力；那时对于一部文艺作品的讨论批评能引起整个文艺界乃至全民的关注，人们或杖履相从或针锋相对，热闹非凡；那时文艺理论也曾有过狂欢的时刻，国内自产的、国外引入的各种理论流派、术语轰炸式出现，蔚为大观，成为文艺文化与文艺理论繁荣发展的一道独特风景线……

然而，在近几十年的文艺发展中，尤其是随着西方“解构”思潮的兴起，先是德里达提出“整个的所谓文学的时代（即使不是全部）将不复存在”[①]，随后J. 希利斯·米勒也坚持德里达的观点并进一步重申“文学研究的时代已经过去了”[②]，“文学就要终结了。文学的末日就要到了”[③]，等等。我们发现，文艺、文艺理论、文艺批评三项事业已然悄然地走向社会的边缘，文艺的魅力及其所能担负的责任也越来越少，“文学终结”似乎一度成为文学不可避免的宿命。那么，“文学终结”之后的文学理论又将何去何从？20世纪末期，“告别理论”

① ［美］J. 希利斯·米勒：《全球化时代文学研究还会继续存在吗?》，国荣译，《文学评论》2001年第1期。

② ［美］J. 希利斯·米勒：《全球化时代文学研究还会继续存在吗?》，国荣译，《文学评论》2001年第1期。

③ ［美］希利斯·米勒：《文学死了吗》，秦立彦译，广西师范大学出版社2007年版，第7页。

的声音又在学界悄然而起，有学者认为，理论这种“按部就班的逻辑和一劳永逸的法则”，“在试图介入艺术家的创作活动时，常常会丢人现眼”，“理论形态越完备，就越缺乏实践功能”①。而就在这种“理论终结”“理论已死”的氛围中，学术界最终将走出这种理论困境的希望寄托在了文艺批评上。那么，文艺批评又能否担此大任呢？回望21世纪以来二十多年的文艺批评，“批评正在遭受前所未有的危机”似乎也成为学界的共识，有学者认为，“艺术家们生产了大量不可读也没人读的文本”②，以至于所谓的批评成为个人化的私语，既没有在作家、作品与读者之间搭建好桥梁，更没有起到引领一个时代审美风尚的作用……文艺、理论、批评正在被不断变迁的社会碰撞、挤压着，沉沦和堕落着。

对于文艺出现的以上诸种问题，很多的学者都在不断地反思和追问，以期找到解决问题的办法。文艺出现问题的原因有哪些？文艺理论和批评的突围之路在哪里？是应该回归文本还是另辟蹊径？是要继续追随西方理论还是要重拾我国古典诗学传统？是让社会发展改变文艺还是用文艺的改变来影响社会发展？如此等等，所有这些话题，在不同学者的文章中虽有着不同的答案，但对于这些问题的认识或许永远都不会有定论。即使如此，讨论和研究却是必需的。面对文艺发生发展的现实状况，不断地探索追问，终究会为我们找到相对正确的解决问题的方向，使我们更加靠近问题的实质本质。这种探寻即使没有揭示出最终的答案，但这种探寻本身就是极其重要和值得肯定的，因为我们正走在解决问题的路上。

本书是笔者近年来对文艺各种问题的思考所得。随着对相关问题不断增多的关注，越发强烈地感受到，对当下文艺所有问题的探讨都必须绕回到“我是谁？我从哪里来？我要到哪里去”这个亘古不变的哲学命题上去。也就是说，对文艺所遭遇的困境以及文艺未来的出路

---

① 徐岱：《感悟存在》，山东友谊出版社2002年版，第165—166页。

② 彭锋：《走出艺术批评的危机》，《文艺研究》2021年第6期。

这些问题的解答，都需要我们重新认真地思考文艺是什么？我们的文艺从何而来以及我们的文艺最终为了什么——也就是去向何处的问题。只有搞清楚了这些文艺的基本理论命题，文艺面临的许多具体问题才有可能得以解决，并最终走出困境，再次起航。

首先，我们需要不断地辨析文艺的相关概念和命题，从而更加清楚地理解文艺是什么的问题。例如，我们都知道生活是文艺的唯一源泉，但为什么有的作家走向了基层生活，甚至被太阳晒黑了脸，创作出来的作品依然得不到人们的认可？再如，文艺的真实性和倾向性问题似乎是一个再清楚不过的问题，但在实际创作中却常常出现有的为了文艺的“真实性”而忘记“倾向性”，有的为了文艺的“倾向性”而不顾“真实性”等现象，理论与实践脱节，问题到底出在哪里？又如，在文艺批评备受诟病的情况下，学界越来越认识到“真批评”是解决当下我国文艺批评所存在问题和困境的抓手和钥匙，但所谓“真批评”只是敢于说真话吗？应该如何完整正确地理解“真批评”的内涵？等等。这些看似老生常谈的文艺理论基本问题，过去我们没有很好地认识和解决，今天我们依然没有很好地认识和解决。

其次，我们需要思考我们的文艺从何而来，什么才是建构具有中华民族特色的文艺的根本力量所在。近些年，文艺理论界对于西方文论资源的反思性认识已经成为大家的共识，当下不管是文艺创作的困境还是文艺理论和批评的危机，都越发让我们深刻地感受到，与我们最为血脉相连、于当下文艺实践最接地气的还是我国古代文艺的思想资源。不管是当下提倡的“德艺双馨”理念还是对文艺“培根铸魂”作用的强调，其实都来源于我国传统文艺思想资源，是传统文论资源在新时代结出的新的花朵。古与今从来不曾隔断过，一些古老的文论命题，如“文德”论、“文治”论等，对于当下文艺诸多问题的解决，依然具有很强的启示意义。我们所要做的，就是要从观念上打破把古代文论只是作为一种“传统”、一种“遗产”、一种“知识”的错误认识，转而对之进行创造性转化、创新性发展，使之成为可以指导当下文艺实践的“活文化”，因为中国古代文论思想资源的气象精髓与中国特色社会主义文艺理论血脉相连，具有天然的亲和力。

再次，我们还需要厘清我们的文艺最终是为了什么，因为它直接决定着文艺去向何处的问题。进入新时代，我国文艺事业发生了巨大的变化，尤其是2014年以来习近平同志发表了《在文艺工作座谈会上的讲话》《在中国文联十大、中国作协九大开幕式上的讲话》《在中国文联十一大、中国作协十大开幕式上的讲话》等有关文艺工作的系列讲话之后，无论是文艺创作还是文艺理论建构，广大文艺工作者都激发出巨大的热情，对文艺、文艺理论、文艺批评的使命与职责有了全新而明确的认识，以自觉的“历史主动精神”把个人的艺术追求同社会的发展、国家和民族的前途命运紧紧联结在一起，在我国文化强国建设中发挥着越来越重要的作用。总之，广大文艺工作者只要深刻认识自己肩上担负的职责使命，就能切实做到笔下有气度、有格局、有乾坤。

以上的思考和想法是笔者在本书写作过程中一以贯之的理念。本书内容主要涉及文艺的一些基本问题、近几年有关文艺理论和文艺批评的各种新语境、新命题以及一些具体的批评实践案例，但在对每一个问题的思考中，本书都始终坚持深挖基本概念或命题的内涵要义、立足中国传统文艺资源和当下我国文艺发展现实实践，强调新时代文艺工作者的新使命、新任务。文艺的繁荣发展之路或许永远都不会是一帆风顺，但对文艺以及文艺的未来却值得我们为之终生坚守、不懈拼搏。在今后的工作和研究中，笔者将以此为方向，继续努力。

第一章　文艺基本问题新阐释、新探讨

20世纪的文艺理论界无疑是热闹的，各种思潮、各种主义盛行在高校的课堂、各种学术会议和论坛的讲堂，但就在追“前”逐“后”的热闹背后，“文学何为”“文艺理论路在何方”的质疑、焦虑、探索一直没有中断过。我们好像学到了很多，又好像丢失了很多，漂浮的无根之感不时弥漫在许多研究者的心头。21世纪，不仅是一个时间上的节点，更是一个需要重新反思、重新探索的起点；21世纪的文艺理论如何才能突破自身的局限，寻找到合适的发展路径，能够真正有效地指导文艺创作？对这些问题的回答都需要我们重新审视和反思文艺理论中的一些基本问题，从中明确当下文艺理论发展的基本方向和目标。

本章所探讨的几个问题都是基于当下的文艺现象和问题提出的。首先，文艺与生活之间的关系到底是怎样的？作家应该如何走入生活，与生活发生怎样的深入联系？艺术是否只能被动模仿生活，生活是否也在悄悄地被艺术创造着？这些问题的答案有助于我们更好地把握和理解文艺的创作规律。其次，文艺的真实性、倾向性及其关系等问题，看似是一个并不陌生而又内涵界定比较明确的命题，然而今天我们面对着的许多文艺作品有的不讲真实只讲倾向，有的过于追求真实而忽视倾向，既不能很好地处理真实和倾向的关系，又不能真正理解现实主义“典型化”的创作真谛。特别是近年来在创作倾向上存在的急功近利思想，是文艺创作的重要病症之一，造成了不好的影响。对此有必要作专门讨论，以引起注意。再次，在中国文艺理论史上，20 世纪“美学大讨论”中的经验和收获对我们当下的文艺理论发展有着很强的启示意义，选取“美学大讨论”中被视为主观派的吕荧的思想观点进行探讨，对我们理解吕荧美学思想的产生、“主观派”美学的基本观点，从而认识美学在各种场域中的处境和影响都有十分重要的学术价值。

第一节　文艺与生活关系新探

文艺与生活的关系，是文艺理论研究中一个非常重要的命题。针对当下文艺创作中出现的各种问题、面临的诸多困境，习近平总书记在有关文艺问题的系列重要讲话中多次谈到“文艺与生活”的关系问题，并对此进行了深入细致的论述。在笔者看来，我们可以将习近平总书记有关文艺与生活关系的重要论述总结概括为以下四个方面，即文艺创作要走入生活、提炼生活、歌颂生活、创造生活。这四个方面不仅涵盖了文艺工作面对日常生活的四个维度，而且这四个方面之间也有极其紧密的内在逻辑联系和时间顺序，从而使我们对于文艺创作实践过程有了一个较为直观的认识，切实提升我们对于文艺创作规律的把握和理解。

一　走入生活

从文艺的起源来看，不管是“巫术说”“游戏说”“劳动说”，抑或“模仿说”等，都确切地证明了文艺来源于生活、来源于实践这一事实；而诸如音乐、诗歌、绘画、雕刻、电影等不同的艺术形式，无不是也直接或间接地描绘和呈现了人们的日常生活或劳动场景。文艺来源于生活，生活中有着艺术最丰富的宝藏。习近平总书记指出：

“人民是文艺创作的源头活水，一旦离开人民，文艺就会变成无根的浮萍、无病的呻吟、无魂的躯壳。”“人民生活中本来就存在着文学艺术原料的矿藏，人民生活是一切文学艺术取之不尽、用之不竭的创作源泉。”① 由此来看，生活其实比艺术更真实和精彩，走入生活、贴近人民，应成为艺术创作的基本态度。

走入生活，需要文艺工作者走出创作的独言独语。很长时间以来，很多人打着“纯文学”“为艺术而艺术”“个人化写作”“商业文学”的旗号，封闭在“自我”和“臆想”的象牙塔内，害怕鞋子沾上泥巴，不愿走进生活，看不到时代的剧烈变迁，沉浸在一己悲欢和主观臆想之中，或靠才情、技巧暂且维系艺术生命，或依靠“玄幻”的噱头故弄玄虚、神神道道，或局限在某一题材的方寸之间，重复写作、絮絮叨叨。这些作品不能表现生动丰富的现实生活，不能表现社会翻天覆地的新变革，遑论去书写新时代中华民族的新史诗。从某种程度上来说，一些“80后”作家的兴衰成败充分证明了文艺与生活之间不可脱离的关系。从20世纪末开始，上海《萌芽》杂志连续举办的“新概念作文大赛”催生了一批青少年作家，这群作家以“80后”为主要群体，他们凭借比赛的影响备受瞩目，后又借助“网络”这一新兴媒体广泛聚集了人气，在文坛迅速走红并拥有了不少的赞赏者、拥护者、追捧者。成名早、起点高，加之优质的传播资源，等等，可以说这批“80后”作家所占据的天时、地利、人和是此前任何作家都无法企及的。拥有如此优厚的条件，他们本该乘势而为创造一代文学之传奇，然而从他们的创作实绩和诸多评论家对他们的诟病可以看出，这些被寄予厚望的“80后”作家却没有成就他们本该成就的文学辉煌。究其原因，在于他们中的许多人拒绝成长，拒绝走入丰富多彩的日常生活，拒绝“反映人民生产生活的伟大实践”，只是一味沉浸在校园、青春、奋斗的“寂寞”“迷茫”“忧伤”“疼痛”之中，个体感

① 习近平：《在文艺工作座谈会上的讲话》，人民出版社2015年版，第15—16页。

受大于客观经验，不去开拓更广阔的生活天地，也没有能力去驾驭更精彩丰富的生活内容。这些事实告诉我们，没有生活，不能走入生活，创作之源终究会枯竭。

走入生活，还需要文艺工作者真实地“反映人民喜怒哀乐的真情实感”。文艺与生活的关系，从根本上来说，就是文艺与人民的关系。走入生活，最重要的就是走进人民的内心，与人民群众的感受、感情息息相通。当下一些文艺工作者虽然能够走入生活，也能深入基层，然而由于他们与人民群众的实际生活不近不亲，缺乏与人民群众情感上的交流与共鸣，只是做到了“身入”，并没有做到“心入”“情入”，因此他们对人民的利益诉求、情感需要把握不到位、不准确，自然也不能很好地在作品中表现人民群众的真实生活，其作品也就不能得到人们的欢迎。我国唐代著名诗人白居易《琵琶行》中的一句“同是天涯沦落人，相逢何必曾相识!”，几千年来令多少人如临现场，感同身受。然而，后世很多文人在解读这首诗时，多注意到了文中“感商妇之飘流，叹谪居之沦落”（《唐贤小三昧集》）、“满腔迁谪之感，借商妇以发之”（《唐宋诗醇》）、“写同病相怜之意，恻恻动人”（《唐诗别裁》）的意义，却忽略了白居易是先有“我闻琵琶已叹息，又闻此语重唧唧”的悲悯情感，才有了“座中泣下谁最多？江州司马青衫湿”的身世遭逢之痛。毛泽东同志曾说：“感觉到了的东西，我们不能立刻理解它，只有理解了的东西才更深刻地感觉它。感觉只解决现象问题，理解才解决本质问题。”① 白居易正是先有了对琵琶女悲剧命运的理解和认识，才产生了对自己迁谪的深切感受，“座中泣下谁最多”的慨叹也才是自然而真切的了。因此，想要深刻地表现事物、传递情感，就必须对人、事、生活有发自内心的理解和同情。可以说，走入生活的深度，决定着一部艺术作品取得成就的高度。正如习近平总书记《在文艺工作座谈会上的讲话》一书中所指出的：“文艺只有植根

① 毛泽东：《实践论》，见《毛泽东选集》第1卷，人民出版社1991年版，第286页。

现实生活、紧跟时代潮流，才能发展繁荣；只有顺应人民意愿、反映人民关切，才能充满活力。”[①] 只有具备这些条件的作品，才有成为艺术精品的基础，而独坐屋中，即使“把手指甲都绞出了水来”，怕是也不可能写出好作品。

二　提炼生活

社会生活是文学创作的唯一源泉，文艺工作者需要走入生活，与其要反映的人民群众建立起血肉联系，做到情意相通，但这并不是说有了生活就可以包打一切。实际上，并不是一切生活现象、一切现实情感都可以融入作品，都能成为文艺表现的对象。因此，走入生活，获得生活的第一手材料固然重要，但善于从生活中提炼美好，提炼切实感人的故事，提炼真正有价值的素材更为重要。习近平总书记所说的“史诗是人民创造的，不论多么宏大的创作，多么高的立意追求，都必须从最真实的生活出发，从平凡中发现伟大，从质朴中发现崇高，从而深刻提炼生活、生动表达生活、全景展现生活”[②]，所强调的就是艺术家要有面对生活、挖掘生活、提炼生活的能力，有对生活的洞察和思考能力。提炼生活，需要文艺工作者用一份艺术的敏感，感受与捕捉生活中的真善美。正如习近平总书记所言，广大艺术工作者要“善于在幽微处发现美善、在阴影中看取光明，不做徘徊边缘的观望者、讥谗社会的抱怨者、无病呻吟的悲观者，不能沉溺于鲁迅所批评的‘不免咀嚼着身边的小小的悲欢，而且就看这小悲欢为全世界’”[③]。真善美不是抽象的，而是存在于人民群众的日常生活当中，重要的是艺术家要有提炼生活、站在更高处去审视日常生活的能力，要有对于生活之真、之美、之善的发现、思考和把握的能力。现实生活似乎总

① 习近平：《在文艺工作座谈会上的讲话》，人民出版社 2015 年版，第 17 页。

② 习近平：《在中国文联十大、中国作协九大开幕式上的讲话》，人民出版社 2016 年版，第 13 页。

③ 习近平：《在中国文联十大、中国作协九大开幕式上的讲话》，人民出版社 2016 年版，第 13 页。

是相似的、重复的、平淡无奇的，然而对于深处其中的每一个具体的人来说，它又是丰富多彩、生动鲜活的，一物、一事、一人、一情都是不同的，都有其特殊的意义。艺术家所要做的，就是去把握这种“特殊的意义”，具备发现每一片树叶、每一粒沙石不同之处的能力。如2012年开始播出的《舌尖上的中国》节目以美食为旗号，却在我们每日最普通甚至有点厌烦的“柴米油盐”中重新思考了人与人、人与自然、人与社会之间的关系，重新发现了传统之美、生活之美、劳动之美，重新唤起了人们对于亲情、爱情、友情以及和谐人际关系的渴望。这就是对生活的重新阅读和深度提炼。提炼生活，就是要从我们熟视无睹的庸常之中发现妙不可言的美，同时又能在这种美的发现之中，拥有更多对于生活的思考，艺术的真正魅力即在于此。善于提炼生活中的真善美，是创作者进行文艺创作的必要前提。

提炼生活，还需要文艺工作者能在世间万象之中抓住事物的灵魂和本质。巴尔扎克说：“真正的雕塑家，他的凿子不是准确地临摹这只手，而是把运动和生命给你表达出来。我们必须抓住事物和生命的精神、灵魂和特征。”[①] 这就是说，艺术家必须对生活表象有深沉的思考，这样才能挖掘出那些隐藏在表象背后的人们对于美好生活和理想社会的渴望。不管是在现实题材还是在历史题材中，文艺都需要秉持这一原则，然而遗憾的是，很多艺术家并没有真正意识到这一点。如当下很多现实题材的影视作品，职场剧不符合奋斗哲学，多是“霸道总裁”与“傻白甜”或“女强人”与“暖心男”之间的爱恨纠葛，既不关乎职业，也没有主人公自强不息奋斗成长的故事。而很多历史题材作品，朝代的更迭、历史的发展不是由生产力的进步、旧制度的灭亡新制度的崛起来决定的，而代之以诸多偶然性因素，不符合历史事实，完全陷入历史虚无的主观臆想之中。造成这种文艺创作之病象的原因，一方面，是一些文艺工作者为了市场、为了收益，完全把创

① ［法］巴尔扎克：《巴尔扎克小说选》，郑永慧译，西安交通大学出版社2015年版，第139页。

作当成赚钱的工具，根本不考虑创作规律所致；另一方面，是由于一些创作者学养不足，只能看到纷纷扰扰的表象，缺乏对于生活的深入思考、深刻提炼所致。而根治此种文艺之病，则需要广大文艺工作者不断修炼“诗外功夫”①，即要不断地修炼学识、修炼情操、修炼德行，注重对自身学识的积累扩充，注重对自身道德境界与思想认知修养的提升，切实提高提炼生活的艺术能力。

三　歌颂生活

“歌颂”还是“暴露”，是文艺创作必然面临的一个经典问题。1942 年，毛泽东同志《在延安文艺座谈会上的讲话》的第四部分，重点谈了当时延安文艺界存在的八种糊涂观念，其中有四种与“歌颂”和“暴露”相关，分别为：“从来的文艺作品都是写光明和黑暗并重，一半对一半”，“从来文艺的任务就在于暴露”，“还是杂文时代，还要鲁迅笔法”，“我是不歌功颂德的；歌颂光明者其作品未必伟大，刻画黑暗者其作品未必渺小”②。在毛泽东同志看来，这些糊涂观念是“有些同志所提出的一些个别的问题和一些不正确的观点”③，而其提出的原因则是“有些同志缺乏基本的政治常识，所以发生了各种糊涂观念”④。

2014 年，习近平总书记《在文艺工作座谈会上的讲话》中对于“歌颂”还是“暴露”的问题也有较为明确的论述。他指出：“生活中并非到处都是莺歌燕舞、花团锦簇，社会上还有许多不如人意之处、还存在一些丑恶现象。对这些现象不是不要反映，而是要解决好如何反映的问题。古人云，‘乐而不淫，哀而不伤’，‘发乎情，止乎礼义’。

---

① 详见李小贝《修炼“诗外功夫”》，《人民日报》2019 年 7 月 2 日。

② 毛泽东：《在延安文艺座谈会上的讲话》，见《毛泽东选集》第 3 卷，人民出版社 1991 年版，第 871—873 页。

③ 毛泽东：《在延安文艺座谈会上的讲话》，见《毛泽东选集》第 3 卷，人民出版社 1991 年版，第 868 页。

④ 毛泽东：《在延安文艺座谈会上的讲话》，见《毛泽东选集》第 3 卷，人民出版社 1991 年版，第 870 页。

文艺创作如果只是单纯记述现状、原始展示丑恶，而没有对光明的歌颂、对理想的抒发、对道德的引导，就不能鼓舞人民前进。应该用现实主义精神和浪漫主义情怀观照现实生活，用光明驱散黑暗，用美善战胜丑恶，让人们看到美好、看到希望、看到梦想就在前方。”[①] 由此来看，是歌颂还是暴露，或者说主要的是歌颂还是暴露，已经非常明确，无须过多争论。对于当前的社会主义文艺创作而言，更是如此。社会主义文艺虽然也承担着对于黑暗丑恶的批判责任，但更重要的应该是对光明希望的歌颂。这不仅仅因为，只有这样，才能让人们看到美好、看到希望、看到梦想，更重要的是，今天我们处于一个值得歌颂的新时代，广大文艺工作者应该把“抒写改革开放和社会主义现代化建设的蓬勃实践，抒写多彩的中国、进步的中国、团结的中国，激励全国各族人民朝气蓬勃迈向未来”[②] 作为文艺创作的重要担当和历史使命。在党的十九大报告中，习近平总书记还把“四讴”——“加强现实题材创作，不断推出讴歌党、讴歌祖国、讴歌人民、讴歌英雄的精品力作”[③] ——作为文艺创作的重要任务和文艺在新时代的价值和使命，充分证明了“歌颂”在“加强现实题材创作”中的价值与作用。正如习近平总书记所说的：“文艺创作的目的是引导人们找到思想的源泉、力量的源泉、快乐的源泉。清泉永远比淤泥更值得拥有，光明永远比黑暗更值得歌颂。”[④]

这里需要指出的是，在今天，歌颂生活并不只是要歌颂当下人民群众的美好生活和情感，对于“四讴”真正含义的理解也不能仅仅局限于当下题材。充分认识中华优秀传统文化、民族精神的重要价值和意义，也是“四讴”命题的应有之义。那些优秀传统文化留

① 习近平：《在文艺工作座谈会上的讲话》，人民出版社 2015 年版，第 19—20 页。

② 习近平：《在中国文联十大、中国作协九大开幕式上的讲话》，人民出版社 2016 年版，第 9 页。

③ 《中国共产党第十九次全国代表大会文件汇编》，人民出版社 2017 年版，第 35 页。

④ 习近平：《在中国文联十大、中国作协九大开幕式上的讲话》，人民出版社 2016 年版，第 14 页。

给我们的基本标准、坚守、原则、理念、精神，那些为民请命、抵御外侮的英雄豪杰、普通百姓，中华悠久的文化传统与民族精神，都是值得我们讴歌和赞美的。习近平总书记多次在讲话中强调：“中华优秀传统文化是中华民族的精神命脉”①，“优秀传统文化是一个国家、一个民族传承和发展的根本，如果丢掉了，就割断了精神命脉”②。正是有了悠久丰富、开放包容的中华优秀传统文化的涵养和培育，中华文明才得以在世界文明史上长久屹立、备受赞誉。中华优秀传统文化以及由此涵养出的民族精神是我们的立国之根、立身之本。歌颂中华优秀传统文化、歌颂民族精神，让传统文化民族精神得到更广博、更长久的传播，这也是新时代赋予广大文艺工作者的重要使命。

当然，今天我们强调“歌颂”，并不是完全不要暴露。对于歌颂和暴露，我们必须辩证地去看，关键是要把握好两者之间的“度”。远离历史事实、生活现实，抽象地、一味地歌颂，必然会让人怀疑其真实性，令人生厌；而一味地表现私欲、物欲，专揭生活中的阴暗面，而不看现实生活的主流，则只会在社会中催生出一批“精致的利己主义者”“拜物主义者”“享乐主义者”“颓废主义者”，这些显然都不是文学的正途。是歌颂还是暴露，文艺家必须学会思考辨析，要根据现实创作具体来看。如巴金先生的小说《家》，虽然整部小说都在“控诉”，对爱情不自由、个性被压抑、礼教的摧残、家长的绝对权威以及卫道者的虚伪和无耻等的描写，似乎穷尽了旧家庭制度的一切罪恶，但在小说的结尾，觉慧登船离家，面前那“永远向前流去没有一刻停留的绿水”，却让人们看到了明天的希望与对未来的期盼。而2018年上映的国产电影《我不是药神》之所以受到人们的追捧和共鸣，并非其一味地展示出了“正能量”，而同样是因为作品在对百姓

---

① 习近平：《在文艺工作座谈会上的讲话》，人民出版社2015年版，第25页。

② 习近平：《在纪念孔子诞辰2565周年国际学术研讨会暨国际儒学联合会第五届会员大会开幕会上的讲话》，人民出版社2014年版，第11页。

生存困境的表现中让人看到了希望，看到了困难背后解决问题的办法，看到了国家为人民幸福生活的不懈努力。破坏永远比建构容易，对黑暗的揭露永远比大团圆更有噱头，批判似乎也比赞美更有姿态，但文艺工作者应该谨记，文艺的使命就在于多在困难中寻找答案，多在黑暗中寻找光明，多在危机中寻找希望。

四　创造生活

《在中国文联十大、中国作协九大开幕式上的讲话》中，习近平总书记引用作家茅盾的一句话说："文艺作品不仅是一面镜子——反映生活，而须是一把斧头——创造生活。"[①] 对文艺"创造生活"这一观点的重申，是习近平总书记重视文艺的价值和作用总体思想观念中的重要内容。如果说走入生活、提炼生活、歌颂生活是习近平总书记对文艺以及文艺工作者在新时代担负的职责与使命的肯定，那么"创造生活"则是在艺术实践层面上对如何实现这一担当与使命提出了更加具体的要求。文艺"创造生活"观点的重申和强调，具有重要的现实意义，是习近平继马克思主义经典作家之后，在文艺与生活关系问题上的新补充、新认识、新发展。这里，文艺工作者手里的"斧头"必然是鲁班之斧，它精雕细刻，巧夺天工，能够创造最美的生活，能够塑造最美的形象，能够展现最美的精神。

首先，文艺应创造乐观向上、积极进取的精神世界。习近平多次强调文人之笔要劝善惩恶，"生活中不可能只有昂扬没有沉郁、只有幸福没有不幸、只有喜剧没有悲剧。生活和理想之间总是有落差的，现实生活中总是有这样那样不如人意的地方。因此，广大文艺工作者要对生活素材进行判断，弘扬正能量，用文艺的力量温暖人、鼓舞人、

---

① 习近平：《在中国文联十大、中国作协九大开幕式上的讲话》，人民出版社 2016 年版，第 14 页。此处习近平引用茅盾"创作生活"，重点突出的是"文艺要反映生活，但文艺不能机械反映生活"。但笔者认为，对"创作生活"可以做更丰富的理解，即文艺对于生活的积极能动作用，文艺对于现实生活的影响、创造作用。

启迪人，引导人们提升思想认识、文化修养、审美水准、道德水平，激励人们永葆积极向上的乐观心态和进取精神”。[①] 文艺来源于现实生活，但绝不仅是对现实生活的简单反映，而应以高于生活的标准，为人们提供一个有别于现实的艺术世界。这个“艺术世界”应是一个充满温情、梦想、自由、奋斗、进取的世界，能让人在疲惫失落之后，重新唤起积极、乐观、向上的生活态度的世界，是一个充满正能量的精神世界。以“爱国、进步、民主、科学”为核心的五四精神、由“首创精神、奋斗精神、奉献精神”融合而成的红船精神，以及井冈山精神、苏区精神、长征精神、延安精神、西柏坡精神，乃至中华人民共和国成立后形成的铁人精神、雷锋精神、焦裕禄精神、两弹一星精神、工匠精神，如此等等，都是在“以爱国主义为核心的民族精神和以改革创新为核心的时代精神”[②] 的孕育中生成并逐步发展起来的，文艺工作应该在弘扬这些精神方面上有所作为。习近平总书记指出：“任何一个时代的经典文艺作品，都是那个时代社会生活和精神的写照，都具有那个时代的烙印和特征。”[③] 抒写时代精神，为人们提供高质量的精神食粮，应该是文艺创造的重要内容。这里需要注意的是，时代文学绝不是“时代＋文学”的简单组合或生搬硬套，它需要广大文艺工作者用博大的胸怀去拥抱时代，用敏锐的目光去捕捉时代，用诚挚的情感去感受时代，用高超的艺术创造去反映时代，如此，“一代文学”之辉煌，无愧于后人的精品力作才能真正出现。

其次，文艺创造生活还体现在它对整个国家形象的塑造，以及对整个人类共同命运的观照上。当今中国已经与世界更加紧密地联结在了一起，世界需要更好地了解中国，中国也需要更好地融入世界。文

---

① 习近平：《在中国文联十大、中国作协九大开幕式上的讲话》，人民出版社 2016 年版，第 14 页。

② 习近平：《在中国文联十大、中国作协九大开幕式上的讲话》，人民出版社 2016 年版，第 5 页。

③ 习近平：《在中国文联十大、中国作协九大开幕式上的讲话》，人民出版社 2016 年版，第 7 页。

艺作品在文化的对外交流传播，以及创造建构中国形象等方面发挥着重要的作用。因此，在实现中华民族伟大复兴中国梦的征途中，文艺应该树立更高的要求和目标，不仅为国人提供精神食粮，更要在“讲好中国故事，传播好中国声音”方面担起责任。创作新时代的史诗经典，为展示一个奋进、和平、合作、共赢的中国形象倾注更多的力量。除此之外，文艺创造是精神的创造，它不同于其他任何形式的创造；文艺创造是情感的创造，它能跨越不同民族、种族与地域人们之间的种种隔阂与阻碍，而以情感为纽带，将不同国度的人们联结在一起。世界上不同民族、种族、地域的人们，之所以能够在文艺方面彼此阅读与欣赏，就在于文艺的创造是与个体生命直接相关的创造，正如歌德所说“诗是人类的共同财产”①，它所书写的都是人类共同关心的问题。因此，从这个角度来看，任何文学都是“世界文学”，而构建人类命运共同体，则是所有文学文艺创作成功的秘诀所在。

结　语

通过以上论述可以发现，习近平总书记有关文艺与生活关系的基本观点，相互渗透、相互依存、相互作用，是对于文艺与生活关系的完整认识，有其内在的逻辑递进关系和体系性。走入生活强调文艺要反映世界，即要反映“人民生产生活的伟大实践”“人民喜怒哀乐的真情实感”；提炼生活则强调艺术家的主体准备，要时刻注意修炼“诗外功夫”，能在世间万象之中捕捉生活中的真、善、美，抓住事物的灵魂和本质；歌颂生活是强调艺术作品的主题表达，强调要用文艺去引领风尚，展现民族精神的美丽篇章；创造生活旨在强调艺术对接受对象的责任，要为接受者创造一个乐观、进取的精神世界，要为中华民族讲好故事，传播好声音，要为人类命运共同体做出贡献。四者统一于“文艺与生活”的关系这一命题之中，走入生活是文艺创作

① ［德］爱克曼辑录：《歌德谈话录》，朱光潜译，人民文学出版社 1978 年版，第 113 页。

的必然准备，提炼生活考量创作主体的艺术能力，歌颂生活是文艺创作的担当与使命，创造生活则是对前三项工作所做努力效果的最终检验。

在文艺与生活关系的四个方面中，文艺“创造生活”的理念，应该得到广大文艺工作者更多的重视。黑格尔曾说：“只要我们执着于因果间的区别，则原因的作用，或原因所设定的后果，同时也是原因的前提。”[①] 在文艺与生活的关系上同样如此，从传统眼光来看，生活为艺术提供了原料和土壤，但当艺术作品一旦生成，被人们接受和理解，又无时无刻不在重新创造生活，不管是马克思曾论述的“生产不仅为主体生产对象，而且也为对象生产主体”[②]，还是毛泽东在《实践论》中指出的“从感性认识而能动地发展到理性认识，又从理性认识而能动地指导革命实践，改造主观世界和客观世界”[③]，都是从不同侧面阐述了艺术创造生活的能动作用。文艺与生活互相转化、互相创造，美好的生活理应被描绘为艺术中的美好，同时，艺术中的美好又催生、创造着更美好的现实生活。创作艺术经典无他，“只有扎根脚下这块生于斯、长于斯的土地，文艺才能接住地气、增加底气、灌注生气，在世界文化激荡中站稳脚跟”。[④] 如果艺术家不能认真地对待生活，不能走入现实生活的最深处，去提炼现实生活中的真、善、美，歌颂新鲜事物，创造艺术精品，弘扬社会正气，传播国家能量，观照人类命运，那么艺术就只是跟在生活之后的机械复制者，艺术也就失去了它应有的魅力、存在的价值。如果是这样，那“艺术终结”“文学无用”的观念，或许也就不再是危言耸听的了。

---

① ［德］黑格尔：《小逻辑》，贺麟译，商务印书馆1980年版，第318页。

② 《马克思恩格斯全集》第12卷，中共中央马克思恩格斯列宁斯大林著作编译局编译，人民出版社1962年版，第742页。

③ 《毛泽东选集》第1卷，人民出版社1991年版，第296页。

④ 习近平：《在中国文联十大、中国作协九大开幕式上的讲话》，人民出版社2016年版，第10页。

第二节　再论文艺的真实性与倾向性

文艺的真实性和倾向性问题，是马克思主义文艺理论十分重要的理论命题，不仅马克思、恩格斯等经典作家对此有重要的论述，我国学界在不同的历史时期也都对此问题有集中的探讨。什么是文艺的真实性和倾向性，二者的关系如何，这个看起来十分清楚的问题，由于外部世界的变化、人们所处历史语境的不同以及个人理解上的差异性，却常常模糊难辨。这就导致了在实际创作中，常常出现有的为了文艺的真实性而忘记倾向性，有的为了文艺的倾向性而不顾真实性，有的甚至对文艺的倾向性存在表示怀疑等问题，所有这些都是与马克思主义的文艺观背道而驰的。在文艺活动日益繁荣、备受重视的今天，重新讨论并厘清这一问题，就显得十分必要。

一　马克思、恩格斯关于文艺真实性与倾向性的基本论述

马克思、恩格斯关于文艺的真实性与倾向性的主要观点见于他们一些与文艺有关的通信中，这些通信评价了拉萨尔的历史剧《弗兰茨·冯·济金根》、考茨基的长篇小说《旧与新》和哈克奈斯的中篇小说《城市姑娘》，具体是 1859 年 4 月 19 日马克思《致斐·拉萨尔》，1859 年 5 月 18 日恩格斯《致斐·拉萨尔》，1885 年 11 月 26 日恩格斯《致敏·考茨基》，1888 年 4 月初恩格斯《致玛·哈克奈斯》。而在恩格斯《致敏·考茨基》和《致玛·哈克奈斯》两封信中，比较集中地论述了文艺的倾向性、真实性以及典型性等现实主义的文艺问题。除此之外，在其他文章中，马克思、恩格斯也有对文艺的倾向性或真实性等问题的相关论述。如马克思在《致贝尔塔·奥古斯蒂》（1879 年 10 月 25 日）中就对德国当时流行的“倾向小说”表示了否定，[①] 恩格斯

① 《马克思恩格斯全集》第 34 卷，中共中央马克思恩格斯列宁斯大林著作编译局编译，人民出版社 1972 年版，第 392 页。

在《德国的革命和反革命·普鲁士邦》（1851 年 9 月）中指出了 1830 年后的德国文坛，“在一切文学作品中，都充满所谓的‘倾向’，即反政府情绪的羞羞答答的流露”，[①] 在《路德维希·费尔巴哈和德国古典哲学的终结》中恩格斯谈到了“席勒所传播的那种不能实现的理想的庸人习气”的问题，[②] 马克思、恩格斯在《评科西迪耶尔公民从前的警备队长阿·谢努的“密谋家，秘密组织；科西迪耶尔主持下的警察局；义勇军”；评律西安·德拉奥德的“1848 年 2 月共和国的诞生”》中，对绘画中的“真实性”问题提出了看法，[③] 恩格斯在《德国的民间故事书》中谈到了童话和传说的真实性以及倾向性问题，[④] 如此等等。综合马克思主义经典作家的相关论述，他们关于文艺的倾向性、真实性和典型性的观点主要有以下几点。

首先，肯定文艺的倾向性。恩格斯说“我决不是反对倾向诗本身”[⑤]。其次，认为倾向性越隐蔽越好。恩格斯认为，“倾向应当从场面和情节中自然而然地流露出来，而不应当特别把它指点出来，同时我认为作家不必要把他所描写的社会冲突的历史的未来的解决办法硬塞给读者”。[⑥]“作者的见解越隐蔽，对艺术作品来说就越好。”[⑦] 恩格斯还认为，不需要“在这本书里公开表明您的立场，在全世界面前证

① 《马克思恩格斯文集》第 2 卷，中共中央马克思恩格斯列宁斯大林著作编译局编译，人民出版社 2009 年版，第 361 页。

② 《马克思恩格斯文集》第 4 卷，中共中央马克思恩格斯列宁斯大林著作编译局编译，人民出版社 2009 年版，第 285 页。

③ 《马克思恩格斯全集》第 7 卷，中共中央马克思恩格斯列宁斯大林著作编译局编译，人民出版社 2009 年版，第 313 页。

④ 《马克思恩格斯全集》第 41 卷，中共中央马克思恩格斯列宁斯大林著作编译局编译，人民出版社 1982 年版，第 14—23 页。

⑤ 《恩格斯致敏·考茨基》，《马克思恩格斯选集》第 4 卷，中共中央马克思恩格斯列宁斯大林著作编译局编译，人民出版社 1995 年版，第 673 页。

⑥ 《恩格斯致敏·考茨基》，《马克思恩格斯选集》第 4 卷，中共中央马克思恩格斯列宁斯大林著作编译局编译，人民出版社 1995 年版，第 673 页。

⑦ 《恩格斯致玛·哈克奈斯》，《马克思恩格斯选集》第 4 卷，中共中央马克思恩格斯列宁斯大林著作编译局编译，人民出版社 1995 年版，第 683 页。

明您的信念”。[①] 再次，十分强调对现实关系的真实性描写。“我们不应该为了观念的东西而忘掉现实主义的东西，为了席勒而忘掉莎士比亚。”[②] “如果一部具有社会主义倾向的小说通过对现实关系的真实描写，来打破关于这些关系的流行的传统幻想，动摇资产阶级世界的乐观主义，不可避免地引起对于现存事物的永世长存的怀疑，那末，即使作者没有直接提出任何解决办法，甚至作品有时并没有明确地表明自己的立场，但我认为这部小说也完全完成了自己的使命。”[③] 因此，恩格斯说：“我所指的现实主义甚至可以不顾作者的见解而表露出来。”[④] 最后，正是在以上主张的基础上，指出了现实主义创作的基本方法，即典型化的创作方法。恩格斯指出，“现实主义的意思是，除了细节的真实外，还要真实地再现典型环境中的典型人物”，[⑤] “每个人都是典型，但同时又是一定的单个人，正如老黑格尔所说的，是一个‘这个’”。[⑥] 以上这些论述基本构成了马恩经典作家关于文艺倾向性、真实性及典型化创作的全部主张，也是他们关于“现实主义”的基本见解，这些见解同恩格斯所谈到的“三融合”原则，即“具有的较大的思想深度和意识到的历史内容，同莎士比亚剧作的情节的生动性和丰富性的完美的融合”[⑦] 是一致的。这就是说，倾向性需要在艺术形象的塑造中来展现和完成，而不能概念式或抽象式地硬性塞入。

---

① 《恩格斯致敏·考茨基》，《马克思恩格斯选集》第4卷，中共中央马克思恩格斯列宁斯大林著作编译局编译，人民出版社1995年版，第673页。

② 《恩格斯致斐·拉萨尔》，《马克思恩格斯选集》第4卷，中共中央马克思恩格斯列宁斯大林著作编译局编译，人民出版社1995年版，第559页。

③ 《恩格斯致敏·考茨基》，《马克思恩格斯选集》第4卷，中共中央马克思恩格斯列宁斯大林著作编译局编译，人民出版社1995年版，第673—674页。

④ 《恩格斯致玛·哈克奈斯》，《马克思恩格斯选集》第4卷，中共中央马克思恩格斯列宁斯大林著作编译局编译，人民出版社1995年版，第683页。

⑤ 《恩格斯致玛·哈克奈斯》，《马克思恩格斯选集》第4卷，中共中央马克思恩格斯列宁斯大林著作编译局编译，人民出版社1995年版，第683页。

⑥ 《恩格斯致敏·考茨基》，《马克思恩格斯选集》第4卷，中共中央马克思恩格斯列宁斯大林著作编译局编译，人民出版社1995年版，第673页。

⑦ 《恩格斯致斐·拉萨尔》，《马克思恩格斯选集》第4卷，中共中央马克思恩格斯列宁斯大林著作编译局编译，人民出版社1995年版，第557—558页。

倾向性无须特别关注，只要创作者将精力执着于细节，执着于情节个性的真实与生动，执着于艺术的“典型化”塑造，那么倾向性便可以“自然地流露出来”。可以说，关于真实性与倾向性关系的统一与一致，是以典型化基础之上的真实性描写为前提的。

马克思主义创始人在评论作家作品时，反复肯定了文艺的真实性的重要价值，他们之所以特别推崇莎士比亚、巴尔扎克、狄更斯、萨克雷等现实主义作家的作品，就是因为这些作品真实地描写了当时的社会生活和历史，“向世界揭示的政治和社会真理，比一切职业政客、政论家和道德家加在一起所揭示的还要多”。[①] 真实性、倾向性以及有关典型塑造的相关论述构成了马克思主义经典作家关于现实主义文艺创作的基本内容，之后的各种现实主义理论都是在这一框架下展开或有所发展的。

二 再论文艺的真实性和倾向性

由以上论述可知，文艺的真实性、倾向性及其关系等问题，是一个并不陌生而又内涵界定比较明确的命题。然而，由于受各种现实环境、政治因素、个人喜好等制约，真正将二者做出比较正确的理解，并在实际创作中合理运用，却并非一件容易的事情。如何把握作为艺术表现的真实性，以及如何把握作为作品思想内涵的倾向性，在创作主体的创作意识和实际创作中，往往并不会如理论本身所界定的那样清晰明了。

通俗地说，“真实性”的问题实际上可以看成艺术性的问题，而“倾向性”的问题则可以看成政治性的问题。1942 年，毛泽东同志的《在延安文艺座谈会上的讲话》中对文艺的艺术性及政治性都做出了比较明确的论述和解说，尤其是他提出的“文艺是从属于政治的”[②]

---

① 马克思：《英国的资产阶级》，《马克思恩格斯全集》第 10 卷，中共中央马克思恩格斯列宁斯大林著作编译局编译，人民出版社 1965 年版，第 686 页。

② 毛泽东：《在延安文艺座谈会上的讲话》，《毛泽东选集》第 3 卷，人民出版社 1991 年版，第 866 页。

和关于文艺衡量标准的“以政治标准放在第一位，以艺术标准放在第二位的”[①] 观点影响深远，成为一定时期我们认识文艺的基本观点、基本主张。虽然毛泽东同志在讲话中指出召开延安文艺座谈会的“目的是要和大家交换意见，研究文艺工作和一般革命工作的关系，求得革命文艺的正确发展，求得革命文艺对其他革命工作的更好的协助，借以打倒我们民族的敌人，完成民族解放的任务”[②]，并在“结论”中声明“中国政治的第一个根本问题是抗日”[③]，但是这些具有鲜明时代特征的论述与判断，或者说在当时抗战的具体形势下所阐述的一系列“革命文艺”原则，并没有仅仅被人们当成特定历史时期的文艺方针或文艺政策，而是被当成放之四海而皆准的理论，被人们以抽象的概念化的形式接受并运用于中华人民共和国成立后的一切文艺工作中。

中华人民共和国成立初期，“真实性”是被当作一个正面的理论范畴或创作手法被人们提倡和接受的，然而从20世纪50年代中期直至“文革”开始前后，“真实性”与“写真实”开始遭到理论界的批判。1966年4月10日，在由中共中央批发的《林彪同志委托江青同志召开的部队文艺工作座谈会纪要》（以下简称《纪要》）中，更是将“写真实”与“现实主义广阔的道路”论、“现实主义的深化”论、反“题材决定”论、“中间人物”论、反“火药味”论、“时代精神汇合”论、“离经叛道”论一起被确定为文艺黑线专政的“黑八论”而加以批判。极左文艺将毛泽东《在延安文艺座谈会上的讲话》中所提到的“政治标准第一，艺术标准第二”的观点抽象地运用于文艺工作的各个领域。《纪要》将“文艺战线的阶级斗争”放在了重要位置，为了突出政治而忽视艺术的真实创造，将“不要受真人真事的局限”，

---

① 毛泽东：《在延安文艺座谈会上的讲话》，《毛泽东选集》第3卷，人民出版社1991年版，第869页。

② 毛泽东：《在延安文艺座谈会上的讲话》，《毛泽东选集》第3卷，人民出版社1991年版，第841页。

③ 毛泽东：《在延安文艺座谈会上的讲话》，《毛泽东选集》第3卷，人民出版社1991年版，第867页。

“要满腔热情地、千方百计地去塑造工农兵的英雄形象”[①]作为创作的基本原则，以“三突出”“高大全”的人物塑造代替了现实主义的典型理论，给中华人民共和国成立后的我国文艺的健康发展造成了很大的困难；而“样板戏”的推广与宣传，进一步将我国文艺推向了单一狭窄的死胡同，给我国文艺文化事业造成了难以估量的损失。

正因为如此，新时期之初，鉴于反思极左文艺的需要，关于要真实性还是要倾向性以及真实性与倾向性的关系等相关问题，引起了学术界的广泛讨论，掀起了对于这一问题研究的一个高潮。1978 年初彭立勋就在《关于文艺的倾向性和真实性——马克思、恩格斯美学思想学习札记》一文中比较系统地梳理了文学艺术的倾向性、真实性以及二者的关系问题，并指出“马克思主义关于文艺的政治倾向性和艺术真实性辩证统一的思想，是我们战胜形形色色的资产阶级和修正主义文艺思想的锐利武器”。[②]而 1979 年杜奋嘉的文章《艺术的真实性与倾向性的关系》则结合我国极左文艺时期的具体作品，从理论上阐明了“艺术真实性与政治倾向性是文艺作品中两个互有联系，但又不能混为一谈的概念”[③]这一基本事实。1980 年以后到 80 年代中期这段时间，有更多学者加入了这一讨论，朱光潜、陈涌、王元化、王之望、包永新、李中一、姚青苗、狄其骢、钱中文、吴元迈、陆贵山、王家骏、王世瑜、刘冲一等学者都撰写文章，提出了看法。

总体来看，这一阶段关于文艺的真实性与倾向性的讨论主要有以下几种观点。一是认为真实性与倾向性是一致的、统一的观点。如王之望就认为，“文艺真实性、倾向性和艺术性相统一，即文艺真、善、美相统一的思想，是马克思主义美学对无产阶级文艺的一贯的和基本

① 《林彪同志委托江青同志召开的部队文艺工作座谈会纪要》，人民出版社 1967 年版，第 17 页。

② 彭立勋：《关于文艺的倾向性和真实性——马克思、恩格斯美学思想学习札记》，《外国文学研究》1978 年第 2 期。

③ 杜奋嘉：《艺术的真实性与倾向性的关系》，《广西师范学院学报》（哲学社会科学版）1979 年第 4 期。

的要求”。[①] 这也是大部分理论家所认可的观点。二是认为二者虽然有统一性但仍需要在实践中具体检验。如陈育德、严云受就在承认文艺的政治性与真实性相统一的基础上，进一步提出：“文艺的政治性与真实性的统一，不是纯理论性的问题，在一部作品中两者是不是统一的，怎样统一的？它是不是能够帮助人们提高精神境界？这都要由客观社会效果来检验。文艺是反映生活的，又反过来给生活以巨大影响。而这种影响可以是积极的，也可以是消极的。”[②] 由客观社会效果来具体衡量文艺的政治性与真实性的关系，从创作的角度，让我们看到了二者关系的复杂性。这与第三种观点，即强调二者关系的复杂性是有相通性的。陈涌认为：“文艺的真实性和倾向性的关系问题，是一个复杂问题。”“艺术上的真实性和倾向性出现矛盾，不一致，这在文学艺术史上是经常的带规律性的现象。这点，马克思主义以前的文艺思想家便已经发现了。”[③] 因此，他认为，“不能认为真实无情地揭露我们现实的矛盾和问题，揭露现实的阴暗面便会丧失社会主义的立场，便无法用社会主义的精神来教育人民；同样，不能因为要坚持社会主义立场，坚持创作的社会主义方向，便认为只有歌颂光明，至于揭露我们现实的矛盾和问题，揭露我们现实的阴暗面，和社会主义立场、方向是不相容的。问题不应该这样理解”。[④] 四是许多学者都认为倾向性应该存在于真实性之中。刘冲一指出：“倾向性之于真实性，并不是作家任意外加的，而是生活本身固有的。重要的是作家能否自觉地认识它，能动地反映它。”[⑤] 陈涌也强调了真实的生活与倾向性的固有关系，他认为，“我们要求的是艺术的真实性和社会主义倾向性的一致，但社会主义倾向，是我们的现实生活本来存在的，我们作家的社会主义倾向应该看作是现实生活本来存在的社会主义倾向的一种反映

① 王之望：《试论文艺的倾向性和真实性》，《天津师院学报》1980 年第 6 期。

② 陈育德、严云受：《谈谈文艺的政治性与真实性的统一》，《江淮论坛》1980 年第 2 期。

③ 陈涌：《文艺的真实性和倾向性》，《电影艺术》1980 年第 10 期。

④ 陈涌：《文艺的真实性和倾向性》，《电影艺术》1980 年第 10 期。

⑤ 刘冲一：《略说真实性与倾向性》，《学术月刊》1981 年第 2 期。

和提高，又转过来融汇到艺术创作中去”[①]。这种强调通过真实生活来表现倾向性的观点，在许多理论家那里都有共鸣，如王元化认为：“倾向性是作家的立场观点在认识、掌握和表现生活时有意无意的表露，它只能从艺术形象的真实性中显现出来。”[②] 朱光潜认为，“倾向不应作为作者的主观见解，而应作为所写出的客观现实的趋势，自然而然地表现出来”。[③] 对照以上相关讨论的基本观点可以看出，它们与马克思主义经典作家的论述基本都是一样的，这反映出新时期之初，我国学者对于文艺真实性与倾向性问题认识上的深入与提高。

1985 年以后，由于大家在认识上已经比较一致，加之西方文艺理论的引入与影响逐渐占据理论的主导地位，关于文艺真实性与倾向性问题的讨论也就越来越少了。进入 90 年代以后，社会主义商品经济的大力推行，已使人们不再将文艺的道德与政治书写当成必然的内容，艺术上的追求与创新在金钱的助推之下也已显得无足轻重，作品的真实性和倾向性被人们抛在了脑后，成为过时的东西。上天入地，胡编乱造，虚无历史，解构传统，只要能吸引眼球，只要能创造效益，没有什么内容不能写，没有什么底线不能破。人们发现，没有了真实性与倾向性的理论纷争，不仅没有阻碍创作的持续繁荣，而且由于当代西方文论的流行，理论也显得红火而昌盛。

然而这正是问题的症结所在。在这种繁荣与昌盛的背后，却隐藏着危机。正如习近平总书记《在文艺工作座谈会上的讲话》中针对文艺创作所提到的那样：“有的调侃崇高、扭曲经典、颠覆历史，丑化人民群众和英雄人物；有的是非不分、善恶不辨、以丑为美，过度渲染社会阴暗面；有的搜奇猎艳、一味媚俗、低级趣味，把作品当作追逐利益的‘摇钱树’，当作感官刺激的‘摇头丸’；有的胡编乱写、粗

---

① 陈涌：《文艺的真实性和倾向性》，《电影艺术》1980 年第 10 期。

② 王元化：《文学的真实性和倾向性》，《上海文艺》1980 年第 12 期。

③ 朱光潜：《形象思维与文艺的思想性》，见《谈美书简》，北京出版社 2004 年版，第 83 页。

制滥造、牵强附会，制造了一些文化‘垃圾’；有的追求奢华、过度包装、炫富摆阔，形式大于内容；还有的热衷于所谓‘为艺术而艺术’，只写一己悲欢、杯水风波，脱离大众、脱离现实。”① 所有这些都不能不引起人们的注意。在种种文艺怪象的背后，固然有文艺生产与消费多元化的原因，但创作者“在市场经济大潮中迷失方向”，“在为什么人的问题上发生偏差”，② 无疑是其最重要的原因。

今天我们面对着的许多文艺作品，包括影视作品在内，有的不讲真实只讲倾向，有的过于追求真实而忽视倾向，既不能很好地处理真实和倾向的关系，又不能真正理解现实主义“典型化”的创作真谛。极左文艺过于强调政治倾向性的历史教训离我们并不是很远，而脱离生活真实的写作也必将为人民大众所唾弃。笔者认为，近年来在创作倾向上存在的急功近利思想，是文艺创作的重要病症之一，造成了不好的影响。这里对此作一专门讨论，以引起注意。

三　切忌文艺创作倾向上的急功近利

文艺工作者在创作中应该传播主流思想，但倘若背离艺术创作规律，忘记了艺术如何化人的真谛，恐怕就会走上滑稽可笑的境地，遑论对正确思想的传播与引领。2014 年推出即备受诟病的网络季播剧《盗墓笔记》，就属于这一方面比较典型的例子。《盗墓笔记》本是网络作家南派三叔创作的系列探险悬疑小说，2006 年在网上连载以来，获得百万读者狂热追捧。南派三叔也因此成为国内屈指可数的超级畅销书作家，在 2011 年更是以 1580 万元的版税收入，荣登第六届中国作家富豪榜第二位。借此东风，2015 年 6 月 12 日，网络季播剧《盗墓笔记》也在“稻米”们千呼万唤下闪亮登场。然而与小说所引发的

① 《习近平总书记在文艺工作座谈会上的重要讲话学习读本》，学习出版社 2015 年版，第 10 页。

② 《习近平总书记在文艺工作座谈会上的重要讲话学习读本》，学习出版社 2015 年版，第 10 页。

狂热相比，该剧却出师不利，非但没有受到原著爱好者的追捧，反而招来了众多网民的质疑和谩骂。其中，剧中的一句经典台词——“把……上交给国家”更是被段子手们玩坏了，成为2015年最火爆的网络流行语。在该剧中，出生于盗墓世家的男主角吴邪被塑造成一个文物的誓死守卫者，总会不厌其烦、随时随地向身边的人宣讲“把文物上交给国家”的理念，以至于很多观众纷纷呼吁“不如把编剧上交给国家吧”。

“上交给国家”现象在近年来的文艺作品、影视剧创作中绝非个案，一系列的抗日神剧都在不断地试探观众的底线。诸如“徒手撕鬼子”“手榴弹炸飞机”“隔空打人”“自行车反物理制敌”“全裸女敬礼”等抗日剧情的设计，与其说是在警醒我们不要忘记那段历史，激起人们的爱国情怀，不如说是在颠覆真实、哗众取宠、戏耍历史。在这些剧作中，充斥着一种过于绝对的正义无敌，过于虚夸的保家卫国。这些耸人的雷人剧情，让本来真实的历史事实反而显得不那么真实，让生动鲜活的抗日故事反而变成了消食取笑的娱乐资料。与上述现象同出一辙的，还有2015年央视春节联欢晚会的语言类节目，被称为2015年春晚“反腐三驾马车”的《投其所好》《这不是我的》《圈子》三部作品，创作者的初衷是好的，然而播出之后褒贬不一，就在于作品对丑陋现象的鞭挞方式，对正能量的宣传尺度，都有太多值得商榷的地方。虽然在艺术的政治倾向性方面没有问题，但由于过分追逐思想倾向的正确性而忽视了在艺术表现上的真实性，对所表达思想的抽象化处理、概念式解读等，都使这些作品难以达到预想的社会效果，不仅达不到弘扬正能量的宣传效果，反而容易引起人们对“正能量”类节目的反感与误判。

不可否认，文学作品应该去歌颂人类一切美好的情感、精神和品德，去揭露和批判世间的落后、丑陋和邪恶；真正有责任的艺术家，也应该有强烈的是非观念和爱憎情感，正如鲁迅所说，“像热烈地主张着所是一样，热烈地攻击着所非，像热烈地拥抱着所爱一样，更热烈地拥抱着所憎……”[①] 任何作品，都应该表现作者某种积极的人生态度或追求，一直以来，这也是有良知的艺术家们所共同遵奉的信条。文艺创作应该具有某种思想上的倾向性，这是艺术的本质规律之一，是任何人都无法违背的。如马克思、恩格斯等经典作家所论述的那样，每一个人都是现实社会中的一员，必然会在思想观念或行为处事上带有一定的阶级立场，作家也不例外，在文艺创作中也会有意识或无意识地反映出某一阶级的阶级意识，这就使艺术家创作出来的作品必然具有某一阶级的思想倾向性。如鲁迅所言：“生在有阶级的社会里而要做超阶级的作家，生在战斗的时代而要离开战斗而独立，生在现在而要做给与将来的作品，这样的人，实在也是一个心造的幻影，在现实世界上是没有的。”[②] 正因为如此，无论多么高超的艺术家，想要创作一部没有立场或倾向性的艺术作品，简直就像“用自己的手拔着头发，要离开地球一样”，是不可能的。因此，没有一定倾向性的文艺作品是绝对不存在的。由此可见，不管是积极宣扬把文物上交给国家的《盗墓笔记》，还是鼓吹抗日英雄天下无敌的抗日神剧，抑或把反腐进行到底的春节联欢晚会相关节目，它们的确都在传播一种正确和进步的思想理念，都在歌颂人类美好的精神和品格，可以说是立场坚定、精神可嘉、赤心可鉴。

然而，如何把一种坚定的立场、可嘉的精神，以及一颗滚烫的赤心传递给艺术欣赏者，却并不依赖于呶呶不休的说教、过于裸露的表白，或者歪曲事实的浮夸。诸如“上交给国家”“手撕鬼子”之类，一味地“为了观念的东西而忘掉现实主义的东西”，这样的“倾向性”的弊端也是显而易见的。一是容易导致人物形象的扁平化，作品中的人物不再是一个“完满而富有生气的整体”（黑格尔语），人物的个性被消融到了作家的“主观规定”之中，而成为一个“过于完美无缺”

① 鲁迅：《再论“文人相轻”》，载《鲁迅文集》第 6 卷，黑龙江人民出版社 1995 年版，第 281 页。

② 鲁迅：《论“第三种人”》，载《鲁迅文集》第 4 卷，黑龙江人民出版社 1995 年版，第 384 页。

的理想化身或阶级代言人。如《盗墓笔记》中的男主人公吴邪或者抗日神剧中的豪侠们，他们脱离了自己的个性与成长的典型环境，导致这些人物“虽长厚而似伪，虽多智而近妖”（鲁迅语），成为被“炮制的英雄”。二是情节设计的虚假化，由于创作者急于在世人面前公开表明立场，再加上本身生活体验的缺乏，在情节的安排上就难免脱离生活实际和艺术真实，表现出创作上的唯心主义倾向，以至于不得不用一大堆矫揉造作的修饰来掩盖并非合情合理的情节发展。然而正如恩格斯所言，“他们终究还是逃不脱被人看穿的命运”①，甚至会被认为“用一些能够引起公众注意的政治暗喻来弥补他们作品中才华的不足”②。三是故事结局的套路化，为了宣扬心中的理念，故事的结局必然是美战胜丑，正战胜邪，英雄幸福美满，敌人片甲不留。比如有网友就指出《盗墓笔记》的所有剧集其实可以分为“文物要上交给国家”和“文物上交给了国家”两大部分，其他还有如网络上流传的“两分钟看完……”电影系列等，莫不如此，难怪网友会直呼“伤不起”。

其实真正融于生命中的道德情感，会恰如其分地内含在作品的细节中，而不需要随时随地干瘪地说教。恩格斯所说的越是我们欲极力主张和宣扬的理念，越“应当从场面和情节中自然而然地流露出来，而不应当特别把它指出来”以及“作者的见解越隐蔽，对艺术作品来说就越好”③ 的观点是深刻的，而那些以一种先在的预设，把自己的主观见解与创作意图强制性地捆绑于作品之中，则必然适得其反，给人一种似是而非的感觉。当然，纵观当下诸种文艺怪象，造成这种现象的真正原因主要在于文艺工作者严重的急功近利思想。为了获得所谓艺术上的“成功”贪图名利，便不得不以容易引起公众注意的话题

① 《恩格斯致玛·哈克奈斯》，《马克思恩格斯选集》第 4 卷，中共中央马克思恩格斯列宁斯大林著作编译局编译，人民出版社 1995 年版，第 682—683 页。

② ［德］恩格斯：《德国的革命和反革命》，《马克思恩格斯文集》第 2 卷，中共中央马克思恩格斯列宁斯大林著作编译局编译，人民出版社 2009 年版，第 361 页。

③ 《马克思恩格斯选集》第 4 卷，中共中央马克思恩格斯列宁斯大林著作编译局编译，人民出版社 1995 年版，第 683 页。

作为噱头；甚至有些时候，为了达到某种自私的目的而不惜牺牲作品的思想价值或艺术魅力。如《盗墓笔记》的编剧就坦言，“上交给国家”的设计，仅仅是为了便于影片通过审查。[①] 殊不知，这样的做法最终会自掘坟墓，适得其反，既违背了创作规律，又伤害了正面价值的宣传，不能获得观众的喜欢。艺术的魅力在于不断调动欣赏者的情感参与和心理期待，在于读者（观众）对于作品终极意义的不断想象和追寻，倘若创作者一厢情愿地把主观意图强加到作品之中，或直接告诉欣赏者，并以为这样的作品就是好的作品，那真是创作者异想天开，不仅得不到广大人民群众的喜爱，更遑论能够实现正向价值的宣传与引领。

宣扬正确的价值观，是文艺作品的天职所在，但过于急功近利的表现方式，急于求成，让主题先行，就不仅伤害了作品、伤害了观众，也最终伤害了艺术。这种被马克思称为“席勒式”的艺术创作，不是从生活出发，而是从主观观念出发，以主观的热情代替对客观现实的清醒观察，以抽象的观念演绎代替对现实关系的真实具体生动的艺术描写，“把个人变成时代精神的单纯的传声筒”。[②] 伟大的时代带来伟大的机遇，正如习近平同志《在文艺工作座谈会上的讲话》所言，“今天，我们比历史上任何时期都更接近中华民族伟大复兴的目标，比历史上任何时期都更有信心、有能力实现这个目标。而实现这个目标，必须高度重视和充分发挥文艺和文艺工作者的重要作用”。[③] 今天广大文艺工作者一定要抓住机遇，静下心来，精益求精搞创作；要处理好文艺的艺术性与政治性之间的关系，处理好真实性与倾向性的关系，要深入生活、扎根人民，切忌急功近利，真正将“彰显信仰之

① 《〈盗墓笔记〉编剧解释“上交给国家”：为能顺利过审》，腾讯网，http://games.qq.com/a/20150619/032861.htm，2015-06-22。

② 《马克思致斐·拉萨尔》，《马克思恩格斯选集》第4卷，中共中央马克思恩格斯列宁斯大林著作编译局编译，人民出版社1995年版，第555页。

③ 《习近平总书记在文艺工作座谈会上的重要讲话学习读本》，学习出版社2015年版，第2页。

美、崇高之美”融化在对人民真实生活的了解中、对艺术表现手段的追求中；不要讲大观念和大道理，而要“用栩栩如生的作品形象告诉人们什么是应该肯定和赞扬的，什么是必须反对和否定的，做到春风化雨、润物无声”。①

第三节　吕荧“主观派”美学的当代启示

在20世纪五六十年代的美学大讨论中，吕荧的“美是观念”说遭到了很多学者的批评和诟病，人们将他的美学观点与高尔泰的“美即美感说”合二为一，一起划到了“主观派”之列。然而，吕荧的美学思想究竟是怎样产生的？到底是不是“主观派”？为什么他会被扣上“主观派”的帽子？厘清这些问题，对于我们认识吕荧的美学观以及五六十年代的美学大讨论，更好地处理当下我国文艺理论的某些命题、指导文艺创作实践都有十分重要的价值和意义。

一　在反思和争论中的美学建构

吕荧的美学思想是在他与蔡仪、朱光潜两位美学家美学观点的反思和商榷中逐渐形成的，其最有代表性的美学观点“美是观念”，是他在1953年《文艺报》发表的第一篇较为完整的美学论文《美学问题——兼评蔡仪教授的〈新美学〉》一文中提出来的。在发表这篇文章之前，吕荧的学术活动主要在文学翻译、文艺理论与作品批评方面，因此，这篇文章可以看作吕荧美学研究的首次亮相。之后他又发表了《美学论原——答朱光潜教授》（1958）、《再论美学问题——答蔡仪教授》（1958），以及《美是什么》（1957）、《关于“美”与“好”》（1962）等几篇文章，这些文章总体来看始终围绕着对蔡仪、朱光潜

① 《习近平总书记在文艺工作座谈会上的重要讲话学习读本》，学习出版社2015年版，第26页。

美学思想的反思与论争。

(一) 在对蔡仪美学的评析中提出了"美是人的观念"

在当时的美学界，蔡仪《新美学》中由于鲜明的唯物主义倾向，所以一直都被人们看成马克思主义美学的典范之作，蔡仪本人也因其对马克思主义唯物论和反映论的忠诚坚守，而得到人们的肯定和尊重；然而吕荧对此则持审慎的态度，他对蔡仪美学思想的反思主要是围绕《新美学》开始的，他不仅反思蔡仪的"美的东西就是典型的东西""美是物的属性""美是客观的"等具体观点，而且还直言不讳地指出了蔡仪美学思想中存在的机械唯物主义甚至唯心主义倾向。

首先，吕荧认为蔡仪的"美是典型"说无法在实际生活中得到验证，因而是超社会、超现实的东西。在《新美学》中蔡仪援引宋玉《登徒子好色赋》中的一段话并认为，那个"增之一分则太长，减之一分则太短，着粉则太白，施朱则太赤"的东家之子的形态颜色等，都是最标准的，最有代表性的，由此可知她的美就在于她是典型的。针对蔡仪的这一看法，吕荧表达了自己的疑问："大多数眼睛都象它那副模样"的"典型的眼睛"究竟什么样？什么样的女人才是"典型"的女人？这一切似乎是个谜，让读过的人不知所以然。而"科学的理论应该是从实践产生而又为实践所证实的理论"[①]，不是让人读后感觉像谜一样的理论。另外，吕荧还进一步指出，"美是典型"实际上也无法在生活中自圆其说，如果"典型就是美"，那么"典型的恶霸""典型的帝国主义者"是否也是美的？[②] 吕荧对"美是典型"的这种质疑与反问，可谓击中了蔡仪美学思想的要害，揭示出典型说在理论逻辑上的问题与缺陷，实际上也就解构了这一理论存在的合理性前提，使其成为美学上的一个假命题。

而在《再论美学问题——答蔡仪教授》一文中，吕荧还以"胭脂和粉"以及风、雨、雪等这些自然现象有力反驳了蔡仪的"美是物的

① 吕荧:《吕荧文艺与美学论集》，上海文艺出版社 1984 年版，第 414 页。

② 吕荧:《吕荧文艺与美学论集》，上海文艺出版社 1984 年版，第 417 页。

属性”的观点。他指出，胭脂和粉搽在脸上合适的位置就是美的，若搽在鼻子或其他地方就不美了；风、雨、雪对于具有闲情逸致的人是美的，对于筚路蓝缕、饥寒交迫的人就不是美的。[1]“物的属性”虽没有改变，但美丑的感觉却截然不同，因此，吕荧认为，美学不是自然科学，不能从“物的属性”中去找，而要从人的生活和人的意识的生成中去找。不仅如此，吕荧还敏锐地发现，蔡仪提出的“典型就是美”与“美是物的属性”本身就是自相矛盾的，因为如果“美是物的属性”是正确的，那么“所有的物应该都有美，正如所有的物都有运动、存在一样”，然而如果真是这样的话，“典型就是美”的理论同样也就不会存在了。[2] 以子之矛攻子之盾，吕荧从缜密的生活逻辑出发，找到了蔡仪美学论证过程中一些抵牾之处。

其次，吕荧认为，蔡仪的美学观是唯心论的，当这样唯心论的美学思想表现在艺术理论上的时候，就必然走上超社会、超现实的“美学至上”“为美而艺术”的道路。在吕荧看来，既然蔡仪认为“艺术所要表现的是现实事物的种类的一般性，是它的本质真理，是它的典型性”，那么在蔡仪这里艺术就必然与社会的现实性、阶级性相脱离，因而无益于为帮助一定的社会基础而战斗。然而事实是，“自从有艺术的历史以来，就没有什么纯粹的‘美的艺术’，或超社会超历史的‘美的认识的表现’的艺术，只有社会的阶级的艺术”。[3] 吕荧还围绕“社会生活”这一内容对蔡仪的美学观进行批判，他认为，蔡仪的“美是典型”说是对马克思“社会存在”思想的狭隘理解，这些必然导致艺术走上“美学至上”“为美而艺术”的道路，使艺术成为离开生活大地漂浮于空中的抽象的东西。针对蔡仪在《新美学》中通过对物的属性层层剖析，最终把诸如形体、音响、颜色、气味、温度及硬度等看作事物低级的属性条件这一看法，吕荧同样尖锐地指出，这实

---

① 吕荧：《吕荧文艺与美学论集》，上海文艺出版社 1984 年版，第 481 页。
② 吕荧：《吕荧文艺与美学论集》，上海文艺出版社 1984 年版，第 424 页。
③ 吕荧：《吕荧文艺与美学论集》，上海文艺出版社 1984 年版，第 435 页。

际上是重蹈了马赫关于物是“感觉的综合”、巴克莱关于物是“观念的集合”的覆辙，是把物变成为主观观念中的存在。由此，吕荧认为：“《新美学》虽然承认物的客观的存在，但是当它把物还原成‘属性条件的统一’的时候，就在实际上取消了物的现实性的客观存在，把它变成了抽象的主观观念中的存在，走向了主观唯心论的道路。”① 毋庸置疑，吕荧对艺术史的这种理解是正确的，与马恩等经典作家的相关论述也是一致的。

在以上研究的基础上，吕荧提出了自己的美学主张：“美是生活本身的产物，美的决定者，美的标准，就是生活。凡是合于人的生活概念的东西，能够丰富提高人的生活，增进人的幸福的东西，就是美的东西。美不是超现实的，超功利的，无所为而为的。美随历史和社会生活本身的变化和发展而变化发展，并且反作用于人的生活和意识。美不是超然的独立的存在，也不是物的属性。美和善一样，是社会的观念。”② 在另一篇文章中，他对此作了进一步阐述：“美是人的观念，不是物的属性。人的观念是主观的，但是它是客观决定的主观，人的社会生活，社会存在决定的社会意识。在这一意义上它也有客观性。”③ 从以上论证可知，吕荧的“美是观念”说以及强调美的观念与社会生活密不可分的内在关系，就是在直接批判蔡仪的“美是物的属性”的判断中产生的，吕荧之所以大张旗鼓地拎出“观念”二字，就是为了与蔡仪的“物的属性”相抗衡，试图通过自己貌似的“唯心”来反对蔡仪虚假的“唯物”。从这一层面上我们可以说，吕荧对美的探讨的出发点实际上就是为了批驳美学中的“唯心主义”，为了让美学走上“唯物主义”的正确道路。

（二）在对朱光潜美学的质疑中丰富了“美作为一种社会意识”

吕荧对于朱光潜美学的批判，主要体现在《美学论原——答朱光

---

① 吕荧：《吕荧文艺与美学论集》，上海文艺出版社 1984 年版，第 422 页。

② 吕荧：《吕荧文艺与美学论集》，上海文艺出版社 1984 年版，第 436—437 页。

③ 吕荧：《吕荧文艺与美学论集》，上海文艺出版社 1984 年版，第 495 页。

潜教授》一文中，此文是他专门用来答复朱光潜于1958年1月16日发表在《人民日报》上批判自己观点的《美就是美的观念吗?》一文的，从表面上看，本文是吕荧迫不得已的被动应战，但其实早在1953年在他批判蔡仪的《美学问题》一文中，就已经表露出对于朱光潜美学理论的质疑，吕荧写道："中国美学家所著的美学，也大都是唯心论的美学。朱光潜教授的《文艺心理学》是一个例子。"[①] 五年之后(1958)，吕荧在《美学论原——答朱光潜教授》这篇答复性的文章中，把重要的内容放在对朱光潜美学的批判上，也就是非常自然的事了。吕荧写道："朱光潜教授在今年一月十六日《人民日报》上发表的《美就是美的观念吗?》一文里，批评我的'美是观念'之说，认为美是'艺术的一种属性'，同时力持'美是客观与主观的统一'说。朱光潜教授的定义和他的批评是根据他的美学理论而来的，因此，在这里除答复外，有一并进行研讨他的美学及其源流的必要。"[②] 概括来说，吕荧对朱光潜的美学质疑，主要针对以下问题。

其一，关于"美是艺术的一种属性"的定义。吕荧认为，一般的理解是艺术有许多属性，而美只是其中之一，但朱光潜把审美判断中的自然的事物（如花草）、社会的事物（如生活、道德）都理解为艺术的作品，并把这三者的美统称为"艺术的一种属性"[③]，是混淆了自然的事物、社会的事物与艺术作品的根本区别，会让人认为只要美的东西都可以归属到艺术之中，显然，"朱光潜的这一定义不合事实，是不能够成立的"。[④]

其二，关于"美是客观与主观的统一"说，吕荧认为，这属于"唯心主义的阵营"。因为朱氏在阐释"美感经验"时曾说，"直觉除形相之外别无所见，形相除直觉之外也别无其他心理活动可见出。有

① 吕荧:《吕荧文艺与美学论集》，上海文艺出版社1984年版，第412页。
② 吕荧:《吕荧文艺与美学论集》，上海文艺出版社1984年版，第442页。
③ 吕荧:《吕荧文艺与美学论集》，上海文艺出版社1984年版，第442页。
④ 吕荧:《吕荧文艺与美学论集》，上海文艺出版社1984年版，第443页。

形相必有直觉，有直觉也必有形相”。[1] 这种“形相直觉”说与康德“先验的心理学”中的“在吾人之体系中，此等所名为物质之外物（在其所有一切形态及变化中），皆不过现象而已，即不过吾人内心中之表象而已”[2]，在本质上其实是相同的。不仅如此，吕荧指出，在朱光潜最著名的“物甲物乙”论中，同样不仅割裂了物和物的形象，而且这个夹杂着人的主观成分的“物乙”也是因人而异，这样我们也就不可能通过“物乙”去还原、认识客观存在的“物甲”，这其实就是克罗齐的“直觉即表现”、巴克莱的“存在就是被感知”、休谟的“我们的知觉是我们的唯一的客体”，是“从康德退回到休谟、巴克莱”。[3]

因此，吕荧认为，人对事物的美的判断或评价，不是“美感经验”论所能解释的，而是需要回归到生活之中，因为人的一切知识、认识都是从生活中来的，对美的认识也同样如此。“美作为一种社会意识，有它在社会中形成发展的历史。同时，它作为一个人的观念，有它在个人生活中形成发展的过程。”[4] 所以，“美的概念是客观现实在人的主观意识中的一种反映，它因为人的现实生活的不同而不同”。[5] 这样，吕荧在“美是观念”之后，又进一步丰富完善了自己的美学理论，把有个人色彩的“观念”转换为具有群体性的“社会意识”，理论思路也显得更为清晰了。

其三，吕荧用较大篇幅分析了朱光潜美学思想的康德主义“美感经验”论的美学传统，并对这种美学传统进行了批判。吕荧认为，“美感经验”学说“正如一切唯心主义的‘美感’论的美学一样，不谈美的本质问题，把美的研究限于认识论（知识论）之内，并且用认识论来代替本质论（本体论）”[6]。吕荧详述了康德、克罗齐、巴克莱

---

① 朱光潜：《文艺心理学》，开明书店 1936 年版，第 14 页。
② ［德］康德：《纯粹理性批判》，蓝公武译，商务印书馆 1997 年版，第 291 页。
③ 吕荧：《吕荧文艺与美学论集》，上海文艺出版社 1984 年版，第 458 页。
④ 吕荧：《吕荧文艺与美学论集》，上海文艺出版社 1984 年版，第 451 页。
⑤ 吕荧：《吕荧文艺与美学论集》，上海文艺出版社 1984 年版，第 452 页。
⑥ 吕荧：《吕荧文艺与美学论集》，上海文艺出版社 1984 年版，第 462 页。

等的美学思想，批判这些美学“都不过是‘穿上了二十世纪的服装’的唯心主义，生活在物质的中间而又力图用诡辩来否认物质的存在，站在唯物主义真理前面而又力图反对唯物主义真理”[①]。吕荧还由邦格腾（鲍姆嘉通）1750 年出版的《美学》一书说起，对“美学”（Aesthetica）一词进行了溯源性探究，认为这一名称本身含有“明显的主观唯心主义的内容”，仍然沿用 Aesthetic（英文）或 эстетика（俄文），以“感性学”一词来称“美学”是不适当的。[②] 吕荧以此提出了“清理康德主义之感性学或直觉学的美学思想，与近百年来唯心论的诸流派分手，明确的走上历史唯物论的社会学的，亦即科学的道路”[③] 的美学愿景。

综观吕荧对蔡仪、朱光潜的美学批判可知，他始终站在唯物主义立场强调“美”与社会现实不可分割的关系。在近年学界对吕荧的研究中，虽然有不少学者通过对比分析，指出吕荧与他的批判者和被批判者蔡仪、朱光潜以及李泽厚、高尔泰等在美学思想上的见解，其实是“五十步笑百步”，但不能不说，从吕荧的第一篇美学论文开始，他就力图坚实地踏在现实生活的大地之上。

二　对唯物论美学思想的理论继承

如果说“因为吕荧批判唯心，所以吕荧是唯物的”这一逻辑并不成立，那么，从吕荧美学思想的理论来源去审视他的美学观念，有助于进一步理解他的美学立场以及理论追求，透视其美学承续的价值取向所在。

（一）对车尔尼雪夫斯基“生活美学”的继承发展

车尔尼雪夫斯基是对吕荧美学思想产生重要影响的一位理论家，在前述五篇关于美学问题的论文中，除了《关于“美”与“好”》一

① 吕荧：《吕荧文艺与美学论集》，上海文艺出版社 1984 年版，第 473 页。
② 吕荧：《吕荧文艺与美学论集》，上海文艺出版社 1984 年版，第 477 页。
③ 吕荧：《吕荧文艺与美学论集》，上海文艺出版社 1984 年版，第 478 页。

篇，其他四篇都或多或少地通过引用车氏美学的思想观点，以证明或辅证自己观点的正确性或合理性，批判他人美学思想中的唯心主义。在最早的《美学问题》中，吕荧就直接引用了车氏《生活与美学》中对于“美”的著名界定：“美是生活；任何事物，我们在那里面看得见依照我们的理解应当如此的生活，那就是美的；任何东西，凡是显示出生活或使我们想起生活的，那就是美的。”[①] 可以说，正是有对车氏关于艺术与现实关系、“美是生活”等思想观念的深刻领悟，吕荧才提出了后来备受关注的“美是观念”思想：“美，这是人人都知道的，但是对于美的看法，并不是所有的人都相同的。同是一个东西，有的人会认为美，有的人会认为不美；甚至于同一个人，他对美的看法在生活过程中也会发生变化，原先认为美的，后来会认为不美；原先认为不美的，后来会认为美。所以美是物在人的主观中的反映，是一种观念。”[②]

当然，美作为一种观念，并不是抽象的，吕荧曾多次申明这一观念与现实生活之间根深蒂固的联系。如：“美是人的一种观念，而任何精神生活的观念，都是以现实生活为基础而形成的，都是社会的产物，社会的观念。”[③] 再如，他在《美是什么》中谈道：“美是人的社会意识。它是社会存在的反映，第二性的现象。”[④] 由此来看，吕荧对于车氏美学除了借鉴之外，还有一定程度的发展，他将车氏艺术与生活的关系借用过来，同时放置在马克思主义反映论的框架之下，一方面像车氏一样强调了现实生活对于美的观念的重要意义，另一方面论述了两者密不可分的哲学依据，论述了“作为社会意识形态之一的美的观念”与“客观的存在的现象”之间的根本联系。即，“美的观念”作为一种第二性的社会意识，它要受到第一性的社会存在的决定性影响，并且在一定程度上又能反作用于社会存在。这一认识无疑为他后

① ［俄］车尔尼雪夫斯基：《艺术与现实的美学关系》，周扬译，人民文学出版社 1979 年版，第 6 页。

② 吕荧：《吕荧文艺与美学论集》，上海文艺出版社 1984 年版，第 478 页。

③ 吕荧：《吕荧文艺与美学论集》，上海文艺出版社 1984 年版，第 416 页。

④ 吕荧：《吕荧文艺与美学论集》，上海文艺出版社 1984 年版，第 400 页。

来的“美随历史和社会生活本身的变化和发展而变化发展，并且反作用于人的生活和意识”[①] 的观点提供了理论基础。

（二）对马克思“反映论”及“历史唯物主义”的忠实坚守

“美是观念说”除了受车尔尼雪夫斯基思想的影响，也深得马克思主义反映论和唯物史观的精髓要义。这里的“观念”其实就是马克思所说的“观念的东西不外是移入人的头脑并在人的头脑中改造过的物质的东西而已”[②]，以及恩格斯所说的“一切观念都来自经验，都是现实的反映——正确的或歪曲的反映”[③]。不管后来理论界怎么批评吕荧美学的主观与反动，单从他现有的论著及学术渊源上看，他始终是以马克思主义理论为指导来思考自己的美学问题的。论文中，他不仅大量引用马克思、恩格斯、列宁、斯大林等经典作家的相关论述，而且能够对他们的思想活学活用，从而创立属于自己的美学体系。

在吕荧看来，任何美学理论归根到底都是一定社会经济状况的产物，“美必须从社会科学观点，历史唯物论的观点加以说明”[④]。他认为，美学“必须在社会生活的基础上进行研究”[⑤]，“必须在历史的关联上进行研究”[⑥]，这是进行马克思主义美学研究的两个基本原则。唯心论美学正是离开了社会生活的基地，形而上学地讨论美，因而只能限于在“玄学”的世界兜圈子，解释不了关于美的任何问题。而从“美”的起源看，只有随着人类的进步、历史的发展，人们对于周遭的事物才会有审美上的判断，才能在观念中形成美，并且这个美的观念，也将随着历史的发展而不断发展变化。因此，吕荧提出：“马克思主义的美学不仅应作社会的历史的研究和分析，批判的接受人类在

---

① 吕荧：《吕荧文艺与美学论集》，上海文艺出版社 1984 年版，第 437 页。

② 《马克思恩格斯选集》第 2 卷，中共中央马克思恩格斯列宁斯大林著作编译局编译，人民出版社 1995 年版，第 112 页。

③ 《马克思恩格斯全集》第 20 卷，中共中央马克思恩格斯列宁斯大林著作编译局编译，人民出版社 1957 年版，第 661 页。

④ 吕荧：《吕荧文艺与美学论集》，上海文艺出版社 1984 年版，第 400 页。

⑤ 吕荧：《吕荧文艺与美学论集》，上海文艺出版社 1984 年版，第 437 页。

⑥ 吕荧：《吕荧文艺与美学论集》，上海文艺出版社 1984 年版，第 438 页。

历史过程中在美的方面的创造和成就，从而更向前进，而且必须彻底的批判各种超社会超现实的美的思想，使美学积极地为人民的利益服务，参加建设社会主义社会和共产主义社会的斗争。"①

由以上论述可知，不论是对车尔尼雪夫斯基"美是生活"的继承，还是对马克思主义反映论和历史唯物思想的坚守，吕荧一直都是脚踏现实的大地，从不做凭空的臆想。在美学大讨论中，虽然人们偏执地抓住其"观念"二字大做文章，而对其更为详尽的"客观决定的主观""社会存在决定的社会意识"等解说和思想视而不见，但这丝毫也不能抹杀他的美学思想与马克思主义思想本身的一致性。当然，如此鲜明的唯物主义立场，最终却被他人扣上了"主观派"的帽子，这其中有其他更为深刻复杂的历史原因。

三　被划分为"主观派"的历史原因

吕荧的"美是观念"说在美学讨论中被人们当作"主观派"而受到批判，这其中虽有吕荧对这一理论阐释不够，人们缺乏深入了解、认识上有所偏失的原因之外，更重要的原因则与他在美学大讨论前后这段时间的政治处境与遭遇有关。客观地讲，他的美学研究恰恰处在他的政治处境最为糟糕的那段时间，其间他经历了人生中两次大的政治批判，一次是1951年《文艺报》对他的"资产阶级文艺观"的批判，一次是1955年因众所周知的"胡风事件"而对他进行的批判。这两次批判虽然从表面来看与他的美学研究没有多大的关系，但是在那个"文艺批判"总是和"运动"联系在一起的时代，在文艺工作中"左"的倾向或"左"的倾向的萌芽已经出现的时候，二者之间的关联实际上是无法避免的。

（一）《文艺报》对吕荧"资产阶级教学观"的批判

1951年，时任青岛山东大学中文系主任、讲授文艺学课的吕荧遭

① 吕荧：《吕荧文艺与美学论集》，上海文艺出版社1984年版，第440页。

到了来自《文艺报》的批判。在1951年11月10日出版的《文艺报》头版上，以“关于高等学校文艺教学中的偏向问题”为主题发表了六篇文章并专门编发了“编辑部的话”，其中在“编辑部的话”中有这样的句子：“现在有些高等院校，在文艺教育上，存在着相当严重的脱离实际和教条主义的倾向，也存在着资产阶级的教学观点……我们觉得，对于这一类错误论点与欧美资产阶级思想意识的残余展开批评，是完全必要的。”① 而在所发的六篇文章中，有一篇署名张祺以《离开毛主席的文艺思想是无法进行文艺教学的》为题目的读者来信，该信件向《文艺报》反映，他所在的山东大学的文艺教学存在着“不是以人民的文艺和社会主义现实主义文艺为主要线索，而是以古典的外国文学作品如哈姆雷特、奥勃洛摩夫为主要例子”“不注重工农兵文艺，不注重当代写工农兵的文艺作品”“对于现实政治不积极”② 等问题。这封来信虽然没有指名道姓，但矛头已经直指当时在山东大学担任文艺理论教学的吕荧。这封发表在《文艺报》上的信件，“不仅在山大中文系引起了思想震动（不如说是引起混乱），而且造成了‘运动’的声势”③。在这次事件中，《文艺报》虽然保持了一种开放的姿态，随后也刊发了吕荧为自己辩护的信件④，但由于势单力薄并没有起到能改变什么的作用。

于是，在该校的进一步组织下，经过全系学生的积极认真学习讨论，很多学生又分别写信向《文艺报》反映自己的感受和观点。⑤ 这些感受和观点对吕荧保持了较为一致的声讨基调，从不同角度指责了

① “编辑部的话”，见《文艺报》1951年11月10日。

② 张祺：《离开毛主席的文艺思想是无法进行文艺教学的》，《文艺报》1951年11月10日。

③ 吕荧：《吕荧文艺与美学论集》，上海文艺出版社1984年版，第548页。

④ 吕荧先生信中指出：“张祺同志没有去听过文艺学的课，可是他引了我在课堂上讲的话。这些话经他一写之后，和原意正正相反。还有一些话我根本就没有讲过……”吕荧为自己辩护的例子指的是，他于1950年写的《加强学习〈在延安文艺座谈会上的讲话〉》的文章，他说这篇文章是，“我对毛主席文艺思想的尊崇和对人民文艺的重视。现在竟有人制造一些莫须有的话加在我的身上，这实在是不能缄默的”。但这样的表白，此时对吕荧已无实际意义。

⑤ 主要有刘乃昌、任思绍和冯少杰以山东大学学生会名义发表的《这是我们迫切需要解决的问题》，樊庆荣的《反对脱离实际的文艺教学》，崔杰民、赵开华的《为甚么不热爱新的人民文艺》，李希凡的《对我校文艺教学问题的几点意见》，等等。

他的文艺教学“脱离实际、脱离毛泽东文艺思想的教条主义的错误，并迫切要求改进”[①]。在此之后，时任山东大学校长的华岗曾劝吕荧做一下自我批评以保护自己，但吕荧终究不肯，并离开了山东大学，并在1952年冬天，经冯雪峰介绍到人民文学出版社从事特约翻译工作。

在该事件过去多年之后，当时事件的亲历者和参与者李希凡反思说，所谓的全系学生热烈的学习和讨论，不过是“被动员起来给先生提意见，批评先生的‘教条主义’”[②]。其实站在今天来看，吕荧这次有口难辩的遭遇，实是当时国内“知识分子思想改造”之下整个社会文化氛围的一个具体表现。就这样，吕荧被时代的浪潮所卷裹，成为这场运动的“众矢之的”，虽然这带有一定的历史偶然性，但不能不说这个“偶然性”的遭遇，为随后学界对其美学思想中“主观性”因素的批判，起到了“先入为主”的铺垫作用。

（二）被作为“胡风反革命分子”遭到的批判

1955年5月25日，中国文联主席团和中国作协主席团在北京召开了700余人参加的“撤销胡风等反革命分子职务”的批判大会，然而在大会步调一致地对胡风的严厉声讨中，吕荧却不合时宜地提出：“胡风性情有些缺点，我们批评、帮助他是应该的。但他不是政治问题，是学术思想问题，不能说他是反革命……”[③] 由于这些发言，吕荧被赶下了台，并被认为是胡风集团的反动分子，经最高人民检察院批准后进行了为期一年多的隔离审查。虽然在吕荧被隔离审查期间，他的罪名并没有确立，但社会上对他的批判却轰轰烈烈地开始了。首先在吕荧曾经任教的山东大学的学术刊物《文史哲》上，从1955年的第8期到第11期，先后刊发了多篇批判他的文章，[④] 这些文章虽有

---

① “编辑部的话”，见《文艺报》1952年第2期。

② 吕荧：《吕荧文艺与美学论集》，上海文艺出版社1984年版，第548页。

③ 青溪子：《一种可敬的“迂”》，《团结报》2002年2月26日。

④ 这些文章主要有刘洋溪、孙昌熙的《揭发吕荧反革命的文艺思想》，袁世硕的《彻底清算胡风分子吕荧的罪恶活动》《吕荧是胡风的忠实信徒和帮凶》，赵俪生的《批判吕荧的反马克思主义文学理论》，徐维垣的《揭发胡风分子吕荧通过介绍俄罗斯文学和苏联文艺理论所犯的罪行》，等等。

声讨他所犯下的“胡风罪行”的，但大多数则是对其文艺思想的批判。这一方面可以看作人们对吕荧文艺教学批判的惯性使然；另一方面，从中也可以看出，“政治上的反革命”必然等于“文艺上的反革命”这一并没有逻辑依据的等式，在当时的社会环境下却成为大多数人的自然或必然的判断。

不过幸运的是，在1956年解除审查之后，吕荧又重新开始了美学研究工作，并于1957年12月3日在《人民日报》上发表了《美是什么》一文。与此文同时发表的还有一个对吕荧而言分量颇重的“编者按”：“本文作者在解放前和胡风有较密切的来往。当1955年胡风反革命集团被揭露，引起全国人民声讨的时候，他对胡风的反革命面目依然没有认识，反而为胡风辩解，这是严重的错误。后来查明，作者和胡风反革命集团并无政治上的联系。他对自己过去历史上和思想上的错误，已经有所认识。我们欢迎他参加关于美学问题的讨论。”这篇“编者按”之所以非常重要，就在于它可以看作中央通过《人民日报》这个平台在为吕荧公开平反，为其恢复名誉；但如果结合1956年4月28日、5月2日，1957年2月27日毛泽东主席多次在重要会议上倡导“双百方针”① 这一情况看，吕荧的这次高调复出，似乎又有落实践行“百花齐放、百家争鸣”这一方针的政治上的需要。但不管怎么说，吕荧所遭遇的这两次批判使其在很多人心中已是“臭名昭著”，加之1950—1956年我国的文化环境发生着悄然的变化，这就使吕荧提出的“美是观念”说本身不得不经历时代的洗礼和考验。由于在那个年代，学术和文化领域很多人简单地认为，强调“客观”

---

① 1956年4月28日，毛泽东在中共中央政治局扩大会议上的总结讲话中提出了百花齐放、百家争鸣的“双百方针”；1956年5月2日，毛泽东在最高国务会议第七次会议上说：现在春天来了嘛，一百种花都让他开放，不要只让几种花开放，还有几种花不让他开放，这就叫百花齐放，并主张在文艺上百花齐放、在学术上百家争鸣；1957年2月27日毛泽东在《关于正确处理人民内部矛盾的问题》的讲话中重申：“百花齐放、百家争鸣的方针，是促进艺术发展和科学进步的方针，是促进我国的社会主义文化繁荣的方针。艺术上不同的形式和风格可以自由发展，科学上不同的学派可以自由争论。利用行政力量，强行推行一种风格，一种学派，禁止另一种风格，另一种学派，我们认为会有害于艺术和科学的发展。”

就是忠实于马克思主义思想原则，而突出“主观”就是“歪曲马克思列宁主义的原则”，就是“反革命活动”（蔡仪语）。虽然1953年吕荧提出“美是观念”时并未得到人们太多的关注，但却在1956年美学大讨论开始后备受批判，经历了从默默无闻到全民批判不同的待遇。

吕荧的美学研究，是在批判他人“唯心论”的美学思想中逐步建立和完善起来的，他以马、恩、列、斯等马克思主义经典作家的思想以及俄国革命民主主义著名的唯物主义理论家车尔尼雪夫斯基的思想作为自己美学研究的思想来源，真正理解了理论研究中“安泰俄斯”①的启示。但在当时的学界，普遍有着“魔床”的通病，学者们大都以自己的一家之言去刻意裁剪他人的观点，吕荧以及他所批判的蔡仪、朱光潜等许多参与美学大讨论的人在此方面实际上都未能免俗。他们在相互指责对方为“唯心论”的争鸣和批判中，一些观点是越辩越明，而另有不少的观点则被随意曲解和歪曲。这一教训是值得今天学界引以为戒的。

吕荧的“美是观念”说，因为在某些概念上陷入混用和言说不详，加上他所遭遇的一些不公正批判的影响，因而被划为“主观派”并不难理解。假以时日，吕荧或许能让自己的美学观点更为清晰、完善，但可惜的是，因为身体和生活条件等诸多方面原因，他于1969年早早地离开了人世，他的美学研究没能再进行下去。

---

① 安泰俄斯，希腊神话中的巨人，中文也译作安泰，他是大地女神盖亚和海神波塞冬的儿子。安泰俄斯力大无穷，而且只要他保持与大地的接触，他就是不可战胜的。今天，人们常用安泰俄斯的故事来比喻精神力量不能脱离物质基础，或一个人不能脱离他的祖国和人民。“魔床”，即普洛克路斯忒斯之床，普洛克路斯忒斯（Procrustes）是古希腊神话中的一个强盗，他不但洗劫旅人，而且有一张著名的床，用来把旅人缚在上面，硬要旅人适合他那张床的长度：长者截腿，短者拉长。吕荧的学生曾在一篇回忆文章中写道，吕荧在讲授文艺理论课程时不止一次提到希腊的两则神话，一是大力神安泰的故事，一是魔床的故事。他说：搞创作的人要记住安泰的教训，安泰不能离了土地，作家不能离了生活；创作只能从生活出发，不能从理论出发。搞文艺批评的人要以魔床为戒，千万不能把批评弄成死框框，到处硬套，像魔床那样，把人家按到床上，短了硬拉长，长了就砍短［见吕家乡《回忆吕荧先生》（上），《齐鲁晚报》2014年4月9日］。

第二章　文艺理论新命题、新思考

习近平总书记在党的十九大报告中指出“中国特色社会主义进入了新时代”，这一时代是在全面总结历史发展成果的基础上，承前启后、继往开来的时代，新的奋斗目标、新的战略安排、新的重大部署，这一切都需要中国共产党人以新的思想作为行动指南，在新的发展理念指引之下，迈向新的发展阶段。当下我们越来越意识到，在这一新的发展历程之中，文艺将发挥越来越重要的作用。习近平历来非常重视文艺在社会主义建设中的重要作用，发表了有关文艺的系列讲话，其中《在文艺工作座谈会上的讲话》《在中国文联十大、中国作协九大开幕式上的讲话》《在哲学社会科学工作座谈会上的讲话》《在全国政协十三届二次会议文化艺术界、社会科学界委员联组会上的讲话》，以及最近《在中国文联十一大、中国作协十大开幕式上的讲话》等系列重要论述，中共中央发布的《关于繁荣发展社会主义文艺的意见》，中宣部等五部门联合印发的《关于加强新时代文艺评论工作的指导意见》等文件，均对文艺工作的重要地位给予了充分肯定，并逐步形成了一个清晰、全面的有关文艺工作的观念体系。

面对全新的文艺环境，最近几年，学术界围绕文艺理论的一些新命题做出了一些新的思考。首先，是对于习近平有关文艺的系列论述的研究，如他提出的“思想性、艺术性、观赏性有机统一”，“繁荣文艺创作、推动文艺创新，必须有大批德艺双馨的文艺名家”，文艺工作者们要“在培根铸魂上展现新担当，在守正创新上实现新作为，在明德修身上焕发新风貌”等文艺观念和思想，引发了国内学者对于新时代文艺创作、文艺批评、文艺理论的研究热潮，本章也对以上问题进行了较为深入的探讨。其次，“强制阐释”自 2014 年被提出之后，就成为国内文艺理论界研究的一个热点问题，它在准确指出当代西方文论的病症与缺陷的同时，也构建了其自身作为理论的批判武器的话语力量；它对当代西方文论的反思与批判，表现出了鲜明的价值立场与时代精神，不仅给当代西方文论在中国创造出的神话画上了句号，而且也从更深的层次为中国当代文论的发展打开了思路。“强制阐释论”留给我们的既有文艺理论和文学批评方面的指导与启示，同时对今天我国人文社会科学研究和文化价值诉求也有很强的启迪与警示作用，对此问题的研究对扭转国内文艺理论领域存在的一些问题具有极强的针对性和现实意义。再次，新媒体与文学的碰撞也是近几年的一个关注热点。新媒体的出现为文学的生产、传播和消费提供了一个很好的发展平台，但就在这种“另类的繁华”之下也出现了文学经不起阅读、文学韵味和审美淡化的现象。当然，我们不能把文学创作目前遭遇的困境全部归咎于新媒体技术与新市场，文学的困境实质上表现出的是人性精神的困境；如何使人们正视这些困境、面对社会生活现实并在此基础上去寻求解决之途、解放之路，则是包括文艺在内都必须面对的课题，对此进行探索和研究可以为新媒体时代的文艺创作提供新的思路。

第一节　对文艺“观赏性”的理论解读

优秀的文艺作品应该符合哪些标准？历代学者都寻找过答案，并从不同的角度提出了看法。我国古代的孔子认为，优秀的作品要“尽善尽美”“文质彬彬”；庄子则认为，应“法天贵真”“朴素而天下莫能与之争美”。而在马克思主义文艺理论经典作家恩格斯看来，评价作品优秀与否在于其是否符合“美学的历史的”这个“非常高的，即最高的标准”；毛泽东则认为，优秀的作品必须要达到“政治标准和艺术标准”的完美统一。此外，还有一直处于争论中的“真善美”标准、“真实性”标准、“道德性”标准等，不一而足。不可否认，这些批评标准都曾长期有效地指导着我们的文艺创作，帮助文艺完成了时代赋予的使命，然而要说这些标准中哪一个更具有普遍的适用性，可以十全十美地指导各个时期的文艺创作，恐怕都会引起争议。在中国几千年的文明史中，每个时代都有自己的代表性文学，每个时代也都有最适用于这个时代的文艺批评标准。例如钟嵘的“滋味说”可以很好地评点古典诗词，用在现代社会则会让人摸不着头脑；再如“政治标准”也曾和“枪杆子”一样重要，然而倘若不加辨析地用它来评价今天的文艺创作也会被认为落伍和生硬。正像我们不能用评论杨沫的《青春之歌》、吴强的《红日》的标准来评论王安忆的《长恨歌》或郭敬明的《小时代》一样，随着时代的发展，随着文艺环境的改变，评价文艺作品的标准也应“审时”“审势”而变，这是文艺繁荣发展的必然要求。

在我国现当代文艺批评理论中，“思想性”和“艺术性”一直都是我们评判文艺作品行之有效的话语方式，除此之外，虽然标准很多，但能够被确立为一种判定文艺作品的重要原则而被广泛运用且得到广泛认可的显然不多。在 2014 年 10 月 15 日召开的文艺工作座谈会讲话中，习近平指出，广大的文艺工作者们要牢记：“必须把创作生产优秀作品作为文艺工作的中心环节，努力创作生产更多传播当代中国价值观念、体现中国文化精神、反映中国人审美追求，思想性、艺术性、观赏性有机统一的优秀作品。”① 从此前的文艺创作要达到“思想性”和“艺术性”完美融合的“两性统一论”，到现今的文艺作品要“思

① 习近平：《在文艺工作座谈会上的讲话》，人民出版社 2015 年版，第 7 页。

想性”、“艺术性”和“观赏性”俱备的“三性统一论”，体现出中国共产党根据新的时代要求及时调整文艺思想的与时俱进的文艺思考。对文艺作品“观赏性”的提倡，是针对当下我国文艺的基本现实以及新媒体技术的广泛应用而导致的文艺创作和文艺欣赏新情况而进行符合时代文艺特征的新的调整，必将对此后我国的文艺创作和文艺批评产生重要的指导意义。

一 “观赏性”概念的提出与学术讨论

很长时间以来，国内学者都把恩格斯批评歌德和拉萨尔时所提到的“美学的和历史的观点”奉为文艺批评的最高标准，认为两者是对名目繁多的文艺评判标准的一种高度概括，最具宏观视野因而也最具科学性。虽然有各种批评形态、原则和方法此消彼长，但最终都难出两者左右，“美学的和历史的观点”因而也成为国内最具权威性和影响力的艺术批评标准，至今魅力不减。当然，恩格斯所提出的这个“非常高的，即最高的标准”虽被国内学界奉为圭臬，但却并非一方独大，与之可以相互抗衡和互为补充的，还有毛泽东 1942 年《在延安文艺座谈会上的讲话》（以下简称《讲话》）中所提出的“政治标准和艺术标准”，即“文艺批评有两个标准，一个是政治标准，一个是艺术标准”。[①] 在《讲话》中，毛泽东虽强调政治标准第一，艺术标准第二，两者有等级上的不同，但毛泽东最终希望的则是“政治和艺术的统一，内容和形式的统一，革命的政治内容和尽可能完美的艺术形式的统一”[②]，两者的完美融合，才是文艺作品达到高水准的标志。这一对艺术标准的提出，有着当时革命战争需要的时代背景，正如毛泽东在《讲话》中所说的，当时的历史环境需要我们有两支军队，“一支是朱总司令的，一支是鲁总司令的”，[③]“朱总司令”（朱德）领

---

① 《毛泽东选集》第 3 卷，中央文献出版社 1991 年版，第 868 页。

② 《毛泽东选集》第 3 卷，中央文献出版社 1991 年版，第 869—870 页。

③ 李颖：《文献中的百年党史》，学林出版社 2020 年版，第 162 页。

导的是武装军队，“鲁总司令”（鲁迅）领导的是文化军队，枪杆子和笔杆子对于革命战争的胜利同样重要。这两个批评标准虽在新时期以后备受争议，但不可否认其在很长一段时间内都有着不可替代的重要地位。1979 年 10 月 30 日，邓小平在中国文学艺术工作者第四次代表大会上的“祝词”中提出，围绕着实现四个现代化的共同目标，“文艺的路子要越走越宽，文艺题材和表现手法要日益丰富多彩”①，并提出“作品的思想成就和艺术成就，应当由人民来评定”。②可以说是正式奠定了用“思想成就”和“艺术成就”两个标准进行文艺批评的基调。在 1980 年 1 月 16 日中共中央召集的干部会议上的讲话中邓小平指出：“不继续提文艺从属于政治这样的口号，因为这个口号容易成为对文艺横加干涉的理论根据……”③ 由此，“政治标准”的提法暂时消退，“思想”和“艺术”成为 20 世纪 80 年代以后学者使用最多的文艺批评标准。

“思想性”“艺术性”“观赏性”三个批评标准的并列提出可追溯到 1987 年，首先在电影界使用。时任中国广播电影电视部电影局局长的滕进贤在《中国电影：一九八七》这篇文章中把思想性、艺术性、观赏性作为衡量电影影片质量高低优劣的标准，并认为这一年（1987）出现了一些思想性、艺术性、观赏性比较统一的好作品。④随后，“两性（思想性、艺术性）统一”变成了“三性（思想性、艺术性和观赏性）统一”，并首先广泛运用于电影、电视剧、戏剧等表演艺术界，成为衡量一部影视作品成就高低的最重要的三个标准。进入 21 世纪，“思想性”“艺术性”“观赏性”的“三性统一”提法逐渐被中央领导阶层认可，进入了党的文件，进入了政府关于文艺的决定，进入了国家最高领导人的历次讲话中，成为党和政府重要的文艺

---

① 《邓小平文选》第 2 卷，人民出版社 1994 年版，第 211 页。
② 《邓小平文选》第 2 卷，人民出版社 1994 年版，第 212 页。
③ 《邓小平文选》第 2 卷，人民出版社 1994 年版，第 255 页。
④ 滕进贤：《中国电影：一九八七》，《当代电影》1988 年第 2 期。

指导思想。[①] 特别是在2014年10月15日，习近平总书记在文艺工作座谈会上的讲话中明确提出："文艺工作者应该牢记，创作是自己的中心任务，作品是自己的立身之本……必须把创作生产优秀作品作为文艺工作的中心环节，努力创作生产更多传播当代中国价值观念、体现中国文化精神、反映中国人审美追求，思想性、艺术性、观赏性有机统一的优秀作品。"[②] 自此，"思想性""艺术性""观赏性"在经历了文艺批评标准的多次转变之后最终成为我国文艺事业一个总的创作指导思想。

不应忽视的是，自1987年"观赏性"与"思想性"和"艺术性"并列成为文艺批评的标准，并首先应用于电影、电视、戏剧等表演艺术批评界之后，学者们对于"观赏性"能否成为一项重要的批评标准的质疑和争论一直存在。综合来看，对于"观赏性"的质疑主要集中在以下三点。一是"观赏性"这一概念抽象的逻辑起点与"思想性、艺术性"是不一样的，前者的逻辑起点是受众的接受效应，属接受美学范畴；而后者的逻辑起点是文艺作品自身的品格，属创作美学范畴。[③] 二是"观赏性"已被"艺术性"涵盖，再提"观赏性"口号，除了无事生非、多此一举制造理论混乱外，并没有多少新的发现。[④] 三是对"观赏性"的片面强调滋生了大众文化，艺术的娱乐功能遮蔽

---

① 李长春《从"三贴近"入手改进和加强宣传思想工作》（2003年5月16日）中提到："抓住了'三贴近'，就能把弘扬主旋律和提倡多样化结合起来，做到思想性、艺术性、观赏性的统一，满足人民日益增长的文化需求，更好地实现用优秀的作品鼓舞人。"李长春《全面落实科学发展观深入推进文化体制改革》（2006年3月28日）："最大限度地激发文化发展的活力，激励广大文化工作者创作和生产更多思想性、艺术性、观赏性俱佳的精品力作，促进文化自身繁荣，使文化发展的成果惠及全体人民。"刘云山《坚持思想性艺术性观赏性有机统一创作更多深受群众喜爱的精品力作》（2010年9月26日）："要加强对文化产品创作生产的引导，推出更多深受群众喜爱、思想性艺术性观赏性相统一的精品力作，最大限度发挥文化引导社会、教育人民、推动发展的功能。"胡锦涛《努力建设社会主义文化强国》（2011年10月18日）："把学术探索和艺术创作融入实现中华民族伟大复兴的事业之中，创作生产出思想性艺术性观赏性相统一、人民喜闻乐见的优秀文艺作品。"

② 习近平：《在文艺工作座谈会上的讲话》，人民出版社2015年版，第7页。

③ 仲呈祥：《"观赏性"辨析》，《当代电视》2007年第5期。

④ 李应该：《质疑"观赏性"》，《剧本》2006年第2期。

了其他功能，是对极左文艺观的“矫枉过正”。[①] 对于以上的这些质疑，也有很多学者撰文回驳，如刘云程认为，“观赏性是戏剧存在的理由”[②]，“审美是一个过程，戏剧不能不考虑‘给谁看’的问题”[③]。薛继军认为，“优秀电视剧的共性是三性统一……观赏性是前提，艺术性是基准，思想性是核心”[④]。赵绍义则对“什么是真正的观赏性”给出了自己的定义，“我以为一切形式的文学艺术作品，当它的思想性和艺术性达到完美统一的高度和水平时，就会产生很强的艺术感染力和诱人的艺术魅力，能深深地吸引着它的观众，这就是作品的观赏性”。[⑤] 丁国旗认为，“‘观赏性’的提出与当下我国电影电视以及戏剧舞蹈歌唱相声等舞台视觉艺术的发达和兴盛直接相关”，同时他还提出，“对观赏性的理解也应该开放地去看，即便是对视觉性不强的小说等文字作品而言，其自身的观赏性特征也是存在的。小说能不能吸引读者，作者的语言魅力、故事情节的设计、典型人物的塑造等，一定程度上都可以呈现其是否‘可观’的一面”。[⑥] 对于“观赏性”这一新生的文艺批评标准的担忧、质疑和争论，恰恰说明“观赏性”已在新兴的文艺市场成为难以回避的发展态势。

学者们对于“观赏性”作为一项文艺批评标准的研究由其引发的焦虑，其实根植于对于大众文化中出现的一些低俗、暴力、猎奇、香艳，一味追求视觉效果和感官刺激的谄媚现象的自觉抵制。众多的文艺工作者经年累月地强调好的作品要符合“美学的和历史的观点”，要达到“思想性和艺术性的高度统一”，即便如此苦口婆心，如今的大众文化还这样不堪，他们不敢想象再郑重其事地将“观赏性”提出，是否会正好满足一些低俗文化者的胃口和需要，会将文艺进一步

① 李应该：《“三性统一”的尴尬——再疑“观赏性”》，《剧本》2006 年第 9 期。

② 刘云程：《正确理解观赏性》，《剧本》2005 年第 6 期。

③ 刘云程：《再谈观赏性》，《剧本》2006 年第 6 期。

④ 薛继军：《电视剧如何做到三性统一》，《中国电视》2013 年第 6 期。

⑤ 赵绍义：《观赏性之我见》，《电影创作》2002 年第 2 期。

⑥ 丁国旗：《习近平文艺“精品”标准的六个维度浅论》，《中国当代文学研究》2020 年第 6 期。

推向深渊。焦虑可以理解，却大可不必如此“上火”。对“观赏性”的质疑，其实是某些学者先入为主地将具有“观赏性”等同于“庸俗化”“娱乐化”“无灵魂”“无美感”。对于“观赏性”的这般定位，自然有偏执之嫌。“观赏”一词本身就含有审美主体对审美对象怀有一种赏识的态度，而审美对象的“观赏性”自然就是值得审美主体去把玩、赏识的美好品性，与低俗、庸俗等并没有必然的联系，此其一。其二，“观赏性”也并非只专注于艺术“娱乐性”“趣味性”的维度，持这种观点的学者虽然对“观赏性”怀着一种友好的态度，但其实也暗露着把“艺术”等于“高雅”、“观赏”等于“谄媚”的偏执心态。能让人们静心欣赏的，有马戏团的热闹喧嚣、荧幕上的嬉笑打闹，也有芭蕾舞台上的静穆典雅，小说中的催人泪下，而最令人“三月不知肉味”的，往往还是后者。所以“观赏性”可以注重娱乐和趣味，但却远非等量关系。其三，“观赏性”并非“思想性”和“艺术性”的多余衍生品。艺术犹人，需血肉、筋骨、肌理必备方具有生命，方有存活于世的资本。在笔者看来，一件优秀的艺术品，“思想性”是其血肉，“艺术性”是其筋骨，“观赏性”是其肌理，需血肉丰润，筋骨遒劲，肌理细腻，方为上品。三者之间，你中有我，我中有你，一荣俱荣，一损俱损。血淡肉枯，则筋暴骨露，肌瘦理削，在人则瘦骨嶙峋、营养不良，在艺术则平淡无魂、寡然无味；筋骨不立，则血肉无附，肌理不存，在人则萎靡不振，在艺术则浮涩拙劣；同样，若肌厚理糙，则再丰腴的血肉、再刚健的筋骨都会淹没在不忍直视的表象之下，白白浪费了创作者的一片苦心。近些年网络上有一句流行语——“这是一个看脸的时代”，人如此，艺术也有过之而无不及，“颜值”的高低，直接决定着在这个社会上能否存活、能走多远。所谓艺术的“观赏性”其实就是由肌理所塑造出的“颜值”，“颜值”高就具备了生存的基础，有了令人接近的欲望，则“思想性”和“艺术性”才有了被进一步挖掘的机会，否则，很有可能还没真正进入市场就被扼杀在了摇篮里。笔者不是机械的“外貌控”，只是对于美好的事物，人类先天就缺少免疫力，“看杀卫玠”和“掷果盈车”的典故至今仍被人津津乐道，恐怕原因也正在于此。

二　“观赏性”是艺术“直面市场”的勇敢选择

如前所述，“观赏性”的首次提出是在20世纪80年代的电影界，这段时期是中国电影史上的春天，电影终于摆脱了种种束缚，周身都焕发着勃勃的生机。连放6000余场，被载入吉尼斯世界纪录的《庐山恋》打破了浪漫爱情、男欢女爱的禁区，标志着时代精神的解冻和苏醒；第三代导演的“反思三部曲”（《天云山传奇》《牧马人》《芙蓉镇》），第四代导演的“伤痕电影”（《城南旧事》《青春祭》《小街》）创造了难以超越的观看热潮，第五代导演则把中国电影推向了世界，更是创造了80年代中国电影的最高峰。此外，尤为值得注意的是，此时期随着市场经济的萌动，电影界出现了一大批以市场、娱乐为主导方向的商业电影，如以《珊瑚岛上的死光》《霹雳贝贝》为代表的科幻片，以《神秘的大佛》《东陵大盗》为代表的动作片，以《银蛇谋杀案》《最后的疯狂》为代表的谋杀片，以《二子开店》《京都球侠》为代表的搞笑片，等等，这些影片推动了影视界的商业娱乐高潮，影史上称为“87年商业片热潮”，为此后商业电影的发展积累了宝贵的经验。也就是在这一年，滕进贤在《中国电影：一九八七》中首次提出了“观赏性”这一概念，由此可以看出，“观赏性”这一概念的诞生与市场和商业有着最直接的关系。滕进贤在此文中提出：商业影片多年来处于十分尴尬的境地，一方面有观众的需求，另一方面是理论界的轻视、创作人员的自卑。但近年来情况有所好转，1987年出现了好几部高层次的娱乐性影片，拆除了横在娱乐片与艺术片之间的“墙”，“在观赏性和艺术性方面都达到较高水平”。同时他还指出，电影作为艺术，必须兼顾社会效益和经济效益，既承担社会责任，又思考自身的生存，在社会主义初级阶段，“这一转折是具有战略意义的，符合电影的特性，适合广大群众的需要，也是电影得以继续存在和发展的前提”。[①] 兼顾艺术的社会效益和经济效益，使之既符合艺术规律，又符合商业规律，是“观赏性”这一概念提出的初衷，也是今天我们重视它的思想依据。

然而，自对艺术“观赏性”的强调提出之后，学者们对它的合法性及其可能造成的不良后果的忧虑，就没有停止过。尤其是近几年，我们的文艺环境确实被搞得有些“乌烟瘴气”——网络小说中充满着情色，现代诗歌中裸露着生理器官，电视剧里都是钩心斗角，微电影里满是“绿茶妹”“直癌男”，音乐里充斥着消沉的魇语，绘画是大量杂乱无章的符号，行为艺术怪异难懂，综艺节目恶意炒作，媒体更是没有一点底线，为了上头条混淆视听、颠倒黑白。而本该肩负监督和批判责任的理论家和批评家们，已经被淹没在“面子”“红包”之中，不愿意发出声音。这诸种怪态，用一句网络流行语来说就叫“这是病，得治！”然而，如何治？怎么治？学者们表现得既没有力量，又没有信心。“让艺术回归艺术”“让艺术拯救心灵”，这些标语式的口号和呐喊根本无法使青少年们的目光从《小时代》或《非诚勿扰》上转移半分，而所谓“艺术的魅力”“艺术的审美”在亚当·斯密的“看不见的手”的面前也相形见绌，不具备丝毫抗衡的能力。于是，市场、效益、消费篡夺了艺术的领地，艺术沦为市场的奴隶。在这种文化生态下，有的艺术家选择了妥协，转身去追求经济利益的最大化，忘记了肩上的责任；有的艺术家选择了放弃，躲进了象牙塔里自怨自艾，冷眼怒视着周遭的一切；有的艺术家则干脆举起了“艺术终结”的大旗，为自己曾经的事业亲手操办了宏大的葬礼……在这样的境遇下，还郑重其事地提倡艺术的“观赏性”，岂非“羊入虎口”？

然而，艺术不是“羊”，“虎口”却必须要入。在“市场”和“艺术”狭路相逢的今天，艺术既然无法避开市场，那唯一的办法就是勇敢地直面。艺术想要重拾自我、焕发生机，不仅不能逃避市场，

---

① 滕进贤：《中国电影：一九八七》，《当代电影》1988 年第 2 期。

还要直面它、利用它，与之成为亲密的朋友、共赢的伙伴，甚而终生的伴侣。对“观赏性”的提倡，正表现出了我们将要走出此前艺术的狭隘王国，去勇敢直面市场挑战的信心和勇气，这才是艺术家应有的姿态，这才是艺术应有的品格。

所谓的“直面市场”，首先要消解艺术工作者们对于市场的敌对态度。市场并非一个非此即彼、非好即坏、非黑即白的二元世界，我们说市场“沾满了铜臭气”，其实更大程度上是我们身处其间的人“沾满了铜臭气”。市场只是一面镜子，映照出来的是我们人性中的是与非、善与恶。所以当下“乌烟瘴气”的文化环境不只是市场主导的结果，更是艺术工作者们亲手创造的结果。当我们关于市场有了冷静的态度，“直面市场”的第二步，就是利用市场去扩大文艺的受众面，进而影响人民的精神生活，对艺术“观赏性”的强调，在此时就有着非同寻常的意义。在业余生活五彩斑斓的今天，如何能让诗歌、小说、书法、音乐会、舞蹈比电玩、网络游戏、KTV、酒吧更能留住人们的脚步，就必须在艺术的“观赏性”这一“肌理”上狠下功夫。艺术大可不必故作高雅拒人千里之外，也不必故作媚俗遭人唾弃，就让艺术像个邻家女孩吧，清新、淡雅、唯美，她轻轻的一个招手，就让你愿意跋山涉水。以电影《智取威虎山》为例，电影上映之初，很多人认为其又是一部宣扬解放军智慧与英勇并重的红色主旋律影片，因而兴趣不大，但随着人们的一句“好看”，越来越多的观影者拥入影院。该片也成为2015年贺岁档的最大赢家，两周内票房就突破了7亿元。在影片中，观影者一方面获得了强烈的视觉享受，另一方面深深地潜入了影片讲述的故事之中，于是更多的年轻人了解了解放军那段已经快要被忘却的历史，更被他们不屈不挠的精神所感染、鼓动。人们在欣赏电影的同时精神得到了升华；影片获得赞誉的同时也收获了不菲的经济利益，而这些成功，其实就源于那一句再简单不过的“好看”，由此我们也足以见出“观赏性”的重要意义。当然，艺术要想在市场的“虎口”中游刃有余，仅仅强调“观赏性”还远远不够，徒有其表经不起岁月的考验，“观赏性”必须还要依靠“思想性”和“艺术性”的内在支撑，这也正是艺术直面市场的第三点要素。

总之，在市场经济环境下，文艺作品必须重视“观赏性”。文艺工作者要想在竞争激烈的市场环境中生存下来，就必须正确对待文艺与市场的关系。正如习近平在《讲话》中所说：“优秀的文艺作品，最好是既能在思想上、艺术上取得成功，又能在市场上受到欢迎。”[①]所谓“市场”在这里并非指什么具体的、有形的商业产品的交换空间，而是广大人民群众对于物质产品和精神产品的渴求和需要。文艺工作者不能指望闭门造车就可以赢取成功，而应该及时地走到人民群众的生活中，去了解人民的精神需求和艺术喜好。在这个充斥着信息、消费、娱乐的五彩斑斓的社会里，文艺虽有“经国大业”之心，但无“济时拯世”之实，文艺早已“变得很低很低，低到尘埃里”。一本诗集的诱惑显然比不上KTV里的一场欢聚，一个高品质的画展也抵不上游走着美女的车展更有人气。虽然很多文艺工作者还是充满希望，满心欢喜地期待文艺能冲破这层尘埃，从卑微里生长出花儿来，但让文艺重振风采的誓言喊了一遍又一遍，事实却往往并不尽如人意。我们似乎很难寻找到一个“突破口”，能把人们的目光从电玩、网络游戏、KTV、酒吧拉到诗歌、小说、书法、音乐会上。其实真正的困难并非我们缺少优秀的文艺工作者，也不是没有才能创作出好的文艺作品，而是艺术家们没能与时俱进地调整自身的创作理念，没有充分考虑当代社会消费者的审美需求。一味地坚持道德说教，以高高在上的姿态俯视人民群众显然已不合时宜，而一味地迎合观众，以媚俗之作讨取市场的欢心也是低估了人民的精神品位，最终经不起时间的检验。在“生产—产（作）品—消费”这条文艺生态链条中，人民在文艺工作中开始扮演越来越重要的角色，他们不仅是文艺作品最直接的“消费者”，更是文艺作品优

① 习近平：《在文艺工作座谈会上的讲话》，人民出版社2015年版，第20页。

劣的最终“判决者”。因此，尊重人民的审美需求，创作人民喜爱、经得起“观赏”的作品，才是文艺工作者的当务之急，是实现文艺社会效益最大化的必然之路。

越是在“观赏性”备受争议的时候，它的存在和作用就显得越重要。在当下这个眼花缭乱的市场环境中，艺术要想在保持自身操守的同时又欣欣然地存活下去，就必须运用好“观赏性”这个利器，让它发挥更大的作用，“把社会主义核心价值观生动活泼、活灵活现地体现在文艺创作之中，用栩栩如生的作品形象告诉人们什么是应该肯定和赞扬的，什么是必须反对和否定的，做到春风化雨、润物无声”①。如此才能真正创作出属于我们时代的新经典。这不仅是观赏者的要求，更是这个时代赋予艺术工作者的使命。

三　“观赏性”是推动实现“人民的文艺”的重要手段

在习近平同志的《讲话》中，“人民”是出现频率最高的一个词语。“社会主义文艺，从本质上讲，就是人民的文艺。”②“文艺要反映好人民心声，就要坚持为人民服务、为社会主义服务这个根本方向。”③“文学、戏剧、电影、电视、音乐、舞蹈、美术、摄影、书法、曲艺、杂技以及民间文艺、群众文艺等各领域都要跟上时代发展、把握人民需求……”④“能不能搞出优秀作品，最根本的决定于是否能为人民抒写、为人民抒情、为人民抒怀。”⑤总之，是否把“人民”作为文艺工作的核心，直接决定着我国文艺事业的前途命运。

在讲话中，“为了谁”的问题已基本解决，“如何为”就是一个最为迫切的任务。广大文艺工作者要坚持“为人民服务”这个根本方向，那么是否坚守了这一根本方向，到底是应该看主观愿望呢，还是

---

① 习近平：《在文艺工作座谈会上的讲话》，人民出版社 2015 年版，第 23 页。
② 习近平：《在文艺工作座谈会上的讲话》，人民出版社 2015 年版，第 13 页。
③ 习近平：《在文艺工作座谈会上的讲话》，人民出版社 2015 年版，第 13 页。
④ 习近平：《在文艺工作座谈会上的讲话》，人民出版社 2015 年版，第 14 页。
⑤ 习近平：《在文艺工作座谈会上的讲话》，人民出版社 2015 年版，第 16 页。

看社会效果？没有愿望却取得了意外的效果，这种事情发生的概率大约可以略而不计；另外，有愿望却没有取得预期的效果，一切还是复归于零的起点，这种出力不讨好的事情，在很多文艺工作者身上都有过教训。一些艺术家怀着美好的初衷，致力于传播文化经典，弘扬民族精神，但他的作品就像一桌不那么可口的饭食，虽然营养丰富，但却无法激发人们的食欲，最终只能不了了之。2010 版的电视剧《红楼梦》在开拍之前可谓造足了声势，吊足了人们的胃口，在该剧首播的发布会上，制片方的代表也激动得落泪，并说“用了 4 年时间交出了一份认真的答卷……希望让观众看到一部认真的、严谨的鸿篇巨制”。[①] 这些艺术工作者的愿望是极好的，可现实显然过于不尽如人意。一部耗资如此巨大的作品，仅在个别电视台上短时间放映，随后就悄无声息了，即使在每逢寒暑假电视上的猴子、格格、娘娘、皇上、女皇上以及各路英雄豪杰没日没夜漫天飞的时候，我们再也没有见到 2010 版的宝玉和黛玉出现过，说起来不能不让人扼腕叹息。对于 2010 版《红楼梦》，其实大多数观看者的反映是其比 1987 版的《红楼梦》更忠实于原著——如果说 1987 版的《红楼梦》侧重表现的是宝、黛、钗三者之间的爱情悲剧，一定程度上缩减了原著的思想精髓，那么 2010 版的《红楼梦》则不仅如实反映了上述内容，而且更忠实地还原了一个封建大家族由盛及衰的没落过程，从这一点上来说，2010 版的《红楼梦》不可谓没有思想性。此外，从影片精致的场景、考究的衣饰、空灵的音乐等方面来说，也不能说没有艺术性。为何这样一部思想和艺术都不欠缺的作品却遭到了如此冷遇，最大的败笔恐怕就在“观赏性”的缺失上。“照搬文本，节奏太慢”，“像催眠曲”，“像在看小说图解”，“简直像教科书”……从网络上的观看者的反馈来看，“让人看不下去”直接宣布了该片的死刑。于是，让艺术“为人民服务”的美好初衷被“看不下去”这一现实效果击打得一地粉碎。

---

① http：//ent. sina. com. cn/v/m/2010 - 08 - 30/14373069717. shtml.

因此，作为辩证的唯物论者，我们应该坚持愿望和效果的有机统一。说到底，“人民的文艺”“以人民为中心的创作导向”是我们对于我国未来文艺工作提出的美好理想和总体要求，而对于“观赏性”的提倡则是我们要坚决推动这一理想实现的具体手段。马克思曾在《为摩塞尔记者的辩护》一文中说过：“谁要是经常亲自听到周围居民因贫困压在头上而发出的粗鲁的呼声，他就容易失去美学家那种善于用最优美最谦恭的方式来表述思想的技巧。他也许还会认为自己在政治上有义务暂时用迫于贫困的人民的语言来公开地说几句话，因为故乡的生活条件是不允许他忘记这种语言的。”[①] 马克思所谓的放弃美学家“最优美最谦恭的方式来表述思想的技巧”“用迫于贫困的人民的语言来公开地说几句话”，其实就是强调美学家的创作首先要让人民看得懂，让人民接受，让人民喜欢。坚持“以人民为中心的创作导向”，坚持文艺“为人民服务，为社会主义服务”，这些美好的理想落到现实上，就必须要创作出人民“喜闻乐见”的作品，创作出经得起人民“观赏”的作品。只有作品被人民接受、欢迎、喜爱了，作品在人民大众中产生好的效果了，我们才能真正实现“人民的文艺”这一宏伟目标。

不管是历史的经验还是现实都告诉我们，一旦离开人民的观赏，文艺作品就没有了欣赏的主体，文艺作品就没有了存在的价值和意义。而只有具有“观赏性”的作品，才是能留住人民的脚和心的根本所在。同样重要的是，“观赏性”不仅是满足人民精神文化需求的重要表现，也是把人民作为文艺审美的鉴赏家和评判者的重要表现。一部作品好不好究竟谁说了算？是专家说了算，是艺术家说了算，还是人民群众说了算？答案恐怕无须多言。人民不仅是文艺创作的源头活水、是作品最重要的表现主体，更是文艺作品最直接的鉴赏者和消费者，因此作品好不好，是否具有留存于世的价值，人民最有发言权。如果

① 《马克思恩格斯全集》第1卷，中共中央马克思恩格斯列宁斯大林著作编译局编译，人民出版社1956年版，第210页。

说限于专业的隔阂，让人民去评价一部作品的“思想性”和“艺术性”有点勉为其难，那么评价一部作品是否具有“观赏性”则手到擒来。人民对自己的生活和实践体验最深刻、最准确，感受也最真实、最强烈，因此他们对于作品是否做到了“充沛的激情、生动的笔触、优美的旋律、感人的形象”① 也最能感同身受。此外，能否使自己的作品具有“观赏性”也是判断一名艺术工作者能否完成“为人民服务”这一职责的重要依据。这就要求我们的文艺工作者时刻谨记“我是谁”——不是高高在上的人民的俯视者，不是卑微的市场的乞食者，只是人民群众最真诚的代言者。因此无须装高雅，也不用玩深沉，就用一种通俗易懂的方式讲述老百姓“观赏”得懂的故事吧。像当下流行的一些“高深”的行为艺术，诸如“书法家拿少女当毛笔”“41 名男女集体全裸”“男子当街扮腐尸”“女子全裸睡铁丝床 36 天”等，不知让人从何说起，也不知艺术家们意欲何为。说这样的作品是在坚持“以人民为中心的创作导向”，说这样的艺术家是“以为人民服务为天职”，恐怕难以令人信服吧。

由以上所论可知，要“把满足人民精神文化需求作为文艺和文艺工作的出发点和落脚点，把人民作为文艺表现的主体，把人民作为文艺审美的鉴赏家和评判者，把为人民服务作为文艺工作者的天职”②。这一切理想的实现，都离不开对于“观赏性”的重视和提倡。如果说“以人民为中心的创作导向”是行驶在我国的文艺汪洋里的一艘大船，那么“观赏性”与“思想性”、“艺术性”一起是必不可少的划船的大桨，它们将共同推动这艘大船越行越远。

四　“观赏性”是尊重艺术创作规律的明智之选

强调文艺工作要适应市场、为人民服务等，绝非把艺术的本质和使命抛之脑后，但有一个特别需要注意的事实是，坚守艺术的使命并

① 习近平：《在文艺工作座谈会上的讲话》，人民出版社 2015 年版，第 14 页。
② 习近平：《在文艺工作座谈会上的讲话》，人民出版社 2015 年版，第 13—14 页。

不是要重回“教化”的老路。正如文艺工作座谈会讲话所言：“随着人民生活水平不断提高，人民对包括文艺作品在内的文化产品的质量、品味、风格等的要求也更高了。”[①] 事实也正如此，不管是对盲目追求艺术作品社会效果的“谆谆教诲者”，还是对过度追求经济效益的“投机倒把者”，人民的内心都有一杆自己的秤，所以一些自诩内涵深刻的作品却无人问津，而另一些一味追求感官刺激的创作则被斥为低俗、被社会抛弃。文艺工作在今天所遇到的困难，并非人民的口味越来越刁钻，而是长久以来我们颠倒了艺术的本质和使命所致。中国传统文学批评中的“诗言志”“教化说”“文以明道”等思想让我们自觉地把文艺的教育作用摆在首位，然后才是审美、娱乐等功能。但如果追溯到文艺的发生时期，我们会发现，不管是关于文艺起源的巫术说、游戏说、模仿说还是劳动说，其实都是原始人民发泄身心压力、舒缓心情、调节情绪的一种方式，本质上无关乎教化。我们不否认文艺是“引导国民精神的前途的灯火”（鲁迅语），但真正的顺序是文艺作品首先要“养眼”，其次才能“养心”，正如黑格尔所说：“遇到一件艺术作品，我们首先见到的是它直接呈现给我们的东西，然后再追究它的意蕴或内容。”[②] 面对一件艺术品，是否值得“观赏”总是第一位的，此后才会考虑它在思想教育方面价值的大小。由此来看，不管对文艺作品好坏优劣的标准如何界定，都不能无视和规避文艺首先应该“愉悦身心”这一最本质的规律。因此，对“观赏性”的提倡其实是把长久以来被颠倒了的东西重新颠倒过来，还文艺以本来的面貌。

对“观赏性”的提倡也是充分实现文艺作品的“思想性”和“艺术性”的最佳途径。当然，强调文艺的“观赏性”，不能以牺牲“思想性”和“艺术性”为代价，从发生学的角度来说，“愉悦身心”虽是文艺最原始、最本真的使命，但却远远不是“唯一的”使命。而文

---

① 习近平：《在文艺工作座谈会上的讲话》，人民出版社 2015 年版，第 14 页。

② ［德］黑格尔：《美学》第 1 卷，朱光潜译，重庆出版社 2018 年版，第 22 页。

艺之所以能几千年来在各个历史时期都扮演着重要的角色，它的“不可替代”性还在于它做到了对于“思想性”和“艺术性”的重视。因此，“观赏性”需要通过强化作品的“思想性”和“艺术性”来实现，而“思想性”和“艺术性”也需要通过提高“观赏性”才能更好地被人们接受，抽出其中任何一项，都不能完好地实现文艺作品的全部价值。

总之，随着社会生活的日益丰富、人民精神境界的逐步提高，单调、低俗的文艺作品将很难满足人民的审美需求，而思想深刻的文艺作品倘若没有“观赏性”也无法得到群众的真正喜爱，如何做到“思想性”“艺术性”“观赏性”有机统一，“以充沛的激情、生动的笔触、优美的旋律、感人的形象创作生产出人民喜闻乐见的优秀作品”[①]，将是当前文艺工作者面临的新挑战。

第二节 “德艺双馨”的理论内涵及其实现途径

习近平总书记指出：“伟大的文艺展现伟大的灵魂，伟大的文艺来自伟大的灵魂。”[②] “要把文艺队伍建设摆在更加突出的重要位置，努力造就一批有影响的各领域文艺领军人物，建设一支宏大的文艺人才队伍。文艺是给人价值引导、精神引领、审美启迪的，艺术家自身的思想水平、业务水平、道德水平是根本。”[③] 这就要求广大文艺工作者不断提高自己的创作素养、培养自己的品德情怀。创作素养、品德情怀既指思想层面上的，也指艺术层面上的。习近平总书记在全国宣传思想工作会议上强调的“脚力、眼力、脑力、笔力”主要属于艺术

---

① 习近平：《在文艺工作座谈会上的讲话》，人民出版社 2015 年版，第 14 页。

② 习近平：《在中国文联十大、中国作协九大开幕式上的讲话》，人民出版社 2016 年版，第 17 页。

③ 习近平：《在文艺工作座谈会上的讲话》，人民出版社 2015 年版，第 11—12 页。

层面，是基本素养，是创作精品力作的前提与基础；而在文化艺术界、社会科学界委员联组会上提出的“四个坚持”，即“坚持与时代同步伐”，“坚持以人民为中心”，“坚持以精品奉献人民”，“坚持以明德引领风尚”[①] 则主要属于思想层面，是思想准备，也是创作精品力作的前提与基础。

对于文艺批评家来说，创作素养与品德情怀同等重要，掌握了艺术批评的理论、方法、写作技巧，还需要在境界上不断提升，才能真正发现经典、传播经典。鲁迅曾说，一部《红楼梦》“经学家看见《易》，道学家看见淫，才子看见缠绵，革命家看见排满，流言家看见宫闱秘事……”。[②] 文艺批评家能在一部作品里看出什么，思考什么，都与其自身修养紧密相关。习近平总书记强调文化文艺“就是一个灵魂的创作”，就是向创作主体的灵魂深处提出希望和要求，从艺术创作的初心出发去激发大家的热情。同理，具有真知灼见的文艺批评也需要伟大的灵魂做支撑。文艺批评的好坏，从根本上说，其实与批评主体的灵魂是最为相关的。所以，新时代的文艺批评者要把“立德”与“立言”统一起来，做“德艺双馨的文艺名家”。

一　新时代文人应做到“立德”与“立言”的统一

在多次有关文艺问题的重要论述中，习近平总书记都强调了文艺工作者加强“德行”修养的重要性，“繁荣文艺创作、推动文艺创新，必须有大批德艺双馨的文艺名家”[③]“要在思想道德修养上追求卓越……努力做到言为士则、行为世范”[④]“立德是最高的境界”“新时代的文化文艺工作者、哲学社会科学工作者明大德、立大德，就要有信仰、有情怀、有担当”[⑤] 等。

---

① 习近平：《一个国家、一个民族不能没有灵魂》，《求是》2019 年第 8 期。
② 鲁迅：《绛洞花主》小引，《鲁迅全集》第 8 卷，人民文学出版社 1981 年版，第 145 页。
③ 习近平：《在文艺工作座谈会上的讲话》，人民出版社 2015 年版，第 11 页。
④ 习近平：《在文艺工作座谈会上的讲话》，人民出版社 2015 年版，第 24 页。
⑤ 习近平：《一个国家、一个民族不能没有灵魂》，《求是》2019 年第 8 期。

《在中国文联十一大、中国作协十大开幕式上的讲话》中，习近平又一次把文艺工作者之德放在了重要的位置，指出广大文艺工作者要“在明德修身上焕发新风貌”[①]“希望广大文艺工作者坚持弘扬正道，在追求德艺双馨中成就人生价值”[②]“立德树人的人，必先立己；铸魂培根的人，必先铸己”[③]“文艺工作者的自身修养不只是个人私事，文艺行风的好坏会影响整个文化领域乃至社会生活的生态”[④]等。这些论述表明，“立德”是基础，只有德立才能言成，做到“立德”与“立言”的统一，是文艺创作最理想的状态，也是文艺工作者创作精品力作，成为一个对国家、对民族、对人民有贡献的艺术家和学问家的先在条件。但不可否认的是，在中外文艺史上确有很多实例向我们表明，一些德行并不高尚的人，却创作出了备受世人瞩目的作品。那么，文人的德行修养是否对于创作（即“立言”）来说并非至关重要？应如何解释“立德”与“立言”在很多时候并不统一这一悖论？回答好这些问题，对我们理解习近平总书记有关文艺的相关论述，以及如何创作文艺精品有着重要的价值和意义。

（一）“德”“言”统一是历史的必然、主流

“德”与“言”的关系，在中外文艺史上呈现出两种截然不同的状态。一是“德”与“言”的统一，这是我们最为熟悉，也是大多文人最为认同的一种状态。这种观念在我国产生得非常早，可以追溯到《周易·乾》中的“君子进德修业”“修辞立其诚”[⑤]，“进德”“立诚”强调的是人内在的品性，“业”“辞”强调的是外在的功业；“进

---

① 习近平：《在中国文联十一大、中国作协十大开幕式上的讲话》，人民出版社 2021 年版，第 5 页。

② 习近平：《在中国文联十一大、中国作协十大开幕式上的讲话》，人民出版社 2021 年版，第 14 页。

③ 习近平：《在中国文联十一大、中国作协十大开幕式上的讲话》，人民出版社 2021 年版，第 14 页。

④ 习近平：《在中国文联十一大、中国作协十大开幕式上的讲话》，人民出版社 2021 年版，第 15 页。

⑤ 赵辉贤注译：《周易注译》，浙江古籍出版社 2009 年版，第 9 页。

德”“立诚”在前，“修业”“修辞”在后，德高才能建业，诚在心中方有美好的言辞。此时的“辞”虽然还不是后世的文章、文学，但却奠定了德在先、德为大，有德才有言的观念意识。《乐记》中也有类似的表达：“德者，性之端也；乐者，德之华也。金石丝竹，乐之器也。诗，言其志也。歌，咏其声也。舞，动其容也。三者本于心，然后乐气从之。是故情深而文明，气盛而化神。和顺积中而英华发外，唯乐不可以为伪。”① 乐本于心，是德的外在表现，只有“和顺积中”才能“英华发外”，所以如音乐等艺术是不可以作假的。此后的各个历史时期，大多文人都秉持“德”与“言”一致的观点，甚至在品评具体的文艺作品时，首先关注创作者的德行是否高尚。如淮南王刘安就认为屈原出淤泥而不染、可与日月争光的纯洁品质，使《离骚》兼具了“国风”和“雅歌”的双重艺术特质。而岳飞一介武将，其词作和书法之所以备受后世推崇，与其精忠报国、刚正不阿的民族气节息息相关，正如朱元璋以“纯正不曲，书如其人”来评价岳飞，对其词作和书法的喜爱，并非只是单纯的艺术欣赏，而是掺杂着对其人格品行的仰慕之情。同理，正是在读其文章时难免想见其为人，所以我们对于杜甫“安得广厦千万间，大庇天下寒士俱欢颜”、范仲淹“先天下之忧而忧，后天下之乐而乐”、文天祥“人生自古谁无死，留取丹心照汗青”等诗句的欣赏，也与他们堪为世之楷模的悲悯情怀与奉献精神等高尚的德性有着密切的关系，品读这些诗句时我们难免感同身受、爱不释手。

（二）“德”“言”分离是历史的偶然、旁支

“德”与“言”的分离是“德”“言”关系呈现出的第二种形态。曹丕在《与吴质书》中所说“古今文人，类不护细行，鲜能以名节自立”是这方面比较典型的代表，由此而衍生的“文人无行”论在后世有很大的影响。刘勰就在《文心雕龙·程器》中历数“文士之疵”：

① （元）陈澔注：《礼记》，金晓东校点，上海古籍出版社2016年版，第442页。

司马相如偷情又受贿，扬雄贪酒又缺少谋划，班固献媚窦宪而作威作福，马融做梁冀的爪牙并且贪污受贿[①]……虽然刘勰最终立论在文人必须注重修养，充实其才德于内，才能散发其华采于外，但他所列举的这诸多人品与文品相悖的例子，正好反映出“德”与“言”分离的历史事实。诸如此类“工骚者有登墙之丑，能赋者有涤器之污”在中外文艺史上也非少数。以《闲居赋》闻名的潘岳，在文章中极力表现厌倦官场，渴望归隐田园的情趣，在现实生活中却“性轻躁、趋世利”，甚至“忘尘而拜”；严嵩在历史上是白脸奸臣，然而却写得一手好诗文，以至于纪昀在编《四库全书》时不忍将其诗文全部删去，以“孔雀虽有毒，不能掩文章”为其辩护。“曾经沧海难为水，除却巫山不是云”，诗句里的感情多么专注真挚、令人动容，但作者元稹却风流成性、始乱终弃。在西方这方面的例子也有不少，美国诗人庞德虽犯有“叛国罪”，但在意象派诗歌创作上颇有建树；培根出卖朋友、贪污受贿，但他在哲学、实验科学、散文上的成就却不能忽视。这些低人品、高文品的例子，使看似简单的“德”与“言”的关系呈现出复杂的局面。

面对以上这些“德”“言”分离的现象，我们必须辩证地去分析，个别的存在并不能代表一般性的认识。首先，我们需要考虑的是，在文艺创作的历史长河中，对文艺有贡献的、有作品传世的，是“德”“言”一致者多，还是“德”“言”相悖者多？其次，在选择阅读或研究作品时，人们是更乐意接受“德”“言”一致者还是相悖者？再次，在“德”“言”相悖者中，是他的全部作品都能给人以感人的力量，还是仅个别的作品获得了人们的认可？答案其实一目了然，“德”“言”相悖者在历史长河中其实屈指可数，因其少才经常被人拿来举证。同时，“德”“言”相悖者的作品能为人所提及的往往也不过是某一二种而已。而本文前面所提到的很多“德”

---

① （南朝梁）刘勰著，郭晋稀注译：《文心雕龙》，岳麓书社2004年版，第453页。

“言”有些不一致的作家艺术家，很多并非真正意义上的“德”“言”分离，而只是性格或行事上略有缺陷罢了。这也正好说明了“德”“言”分离只是历史的偶然、旁支，“德”“言”一致才是历史的必然、主流。

（三）“德”“言”一致是文艺的特殊性要求

艺术是对人类心灵世界的表现，艺术家一方面在作品中表达对于自我、生命、自然、社会的认知，同时也通过自身的认知和思考从精神上改变、塑造这个时代。而对时代的塑造来源于对一个个具体的人心的塑造，所以艺术的中心任务在于影响、净化、塑造人的心灵和精神世界，这也是文学被称为“人学”、作家被称为“人类灵魂的工程师”的原因所在。艺术不同于科技，科技重“实用”，只要技术发明能够给人们的生活提供便利，背后的那个主体是否高尚并不会影响人们对它的接受和使用，科技也不会因主体更崇高而超长发挥或因卑下而削弱效果；艺术重“感化”，人们在欣赏一首荡气回肠的诗歌、一部感人至深的小说时，总会不由自主地把诗和小说中的人物形象、情感经历与创作者本人联系起来。有两则比较有趣的例子，梵罗那城的妇女在读过《神曲》，又看到但丁黝黑的面孔后，就认为他真正下过地狱，这是把作家在作品中塑造的形象等同于作家本人。一位美国的女读者喜欢钱锺书的作品，想要登门拜访他。钱锺书婉拒说：“假如你吃了个鸡蛋，觉得不错，何必要认识那下蛋的母鸡呢？”[①] 后来的学者对“蛋与母鸡”进行了过度阐释，认为钱锺书在说作家和作品是独立的，欣赏作品没必要了解作家，但钱老先生是说了一句象征性的话语，或只是出于礼貌性的拒绝也未可知，但是这位“美国的女读者”代表了我们大多数读者的心理：看到一部心仪的作品，如果能一睹作者真容，或者至少了解作者的生平，进一步发现作品和作者交相辉映，那是一种多么满足、踏实的幸福呀！如果正好相反，

① 杨绛：《记钱锺书与〈围城〉》，《名作欣赏》1992 年第 2 期。

在作者的言行和生平里感受不到丝毫与作品相匹配的感动，那又是多么灰心和失落呀！就像当下一些影视艺人不注重自己的公众形象，做了有违法律和道德的事情，我们将很难认同他在荧幕中所塑造的形象，即使费尽心力把自身洗白，也不会再有先前的社会影响力，甚至一出场就招人厌烦，更遑论俘获人心，艺术生命至此也就画上了句号。最近几年这样的例子不在少数，都是需要人文工作者引以为戒的。

另一方面，艺术的特殊性还在于，作品是否会被时代认可和选择，是否能在历史的长河中流传下去，评判标准是带有很强的主观性的。淘汰一代代科技发明的是更先进的创造，新科技的出现必然导致旧科技的消落，是否更先进是唯一的评断标准。艺术则完全不同，除了作品本身的艺术成就高低，作品的风格、统治者的态度、作者本人的德行都是评判的因素。就如我国的书法艺术，王羲之、欧阳询的书法被奉为经典，不仅仅是字本身好，他们的德行、学识、气质都成为一代佳话。秦桧被认为是“书法奇才”，但他的作品鲜有书法爱好者临摹，如果有人说临的是秦桧的帖，怕是会贻笑大方吧。同理，《四库全书总目》在留废作品时，多有“人品可传，则文章亦重”①，或“立身一败，万事瓦裂，其诗亦颇为当代所轻”② 的评断。读其书，颂其诗，不知其人可乎？书因人贵，亦因人贱，历史在选择和淘汰作品时，总是带有很强的主观色彩，即根据对其人的德行评判决定其艺术成就的高低，这是无法改变的文艺的特殊性。

（四）“德”“言”互补是创作艺术精品的必由之路

艺术是对人类心灵世界的表现，艺术家一方面在作品中表达对于自我、生命、自然、社会的认知，同时也通过自身的认知和思考从精

① （清）永瑢、纪昀主编：《四库全书总目提要》，周仁等整理，海南出版社 1999 年版，第 809 页。

② （清）永瑢、纪昀主编：《四库全书总目提要》，周仁等整理，海南出版社 1999 年版，第 989 页。

神上改变、塑造着他所处的时代。当下文艺创作有“高原”无“高峰”，很大一部分原因或是作者的内在修养欠缺，在作品上发力不足、后劲不够，或是作者的精神品格未到一定境界，作品中的思想情感不能给人以向上的力量，所以对文艺精品的召唤，也须先从文艺工作者“立德”开始。

历代文人都推崇司马迁，认为他的《史记》“论人物，定是非，古今前后，一眼觑破，如日镜之于形影也”。[①] 这与其“几于圣”的高尚德行是分不开的。同样，如果不是杜甫心怀家国天下、敢为苍生呐喊的品格，他留下的1400余首诗歌不会一以贯之地流露出纯粹无瑕的爱民挚情，具有一唱三叹的动人力量。正所谓“有第一等襟抱、第一等学识，斯有第一等真诗”。[②] 回望中外文艺史上那些响当当的名字，其作品成功的背后，无不有其高尚德行的培育、支撑、转化。只有从优秀的作品中意识到自身的局限，才有进一步提升的可能。

保加利亚共产党领袖、国际共产主义杰出活动家季米特洛夫曾谈到对自己特别有影响的车尔尼雪夫斯基的小说《做什么?》（又译为《怎么办?》）:“我真是花了好几个月的时间去体验车尔尼雪夫斯基所描写的主人公的生活。我要使自己成为一个坚强、刚毅、勇敢、自我牺牲的人，并要在同困难斗争中锻炼自己的意志和性格，使自己个人的生活服从于工人阶级伟大事业的利益，——换言之，要做一个车尔尼雪夫斯基给我所描写的这个无可责难的主人公那样的人。毫无疑问，在我的少年时期帮助教育我成为一个无产阶级革命家的和具体表现于我以后在保加利亚革命斗争中及莱比锡审判中的，正是这种良好的影响。”[③] 人们在一部优秀作品中可以获取的，不仅是作品的文辞、线条、旋律带来的悦目之乐，而是将自身的生命与作品中的生命互为参

① （明）李贽:《藏书》,《李贽文集》第3卷，社会科学文献出版社2000年版，第601页。

② （清）沈德潜撰，王宏林笺注:《说诗晬语笺注》，人民文学出版社2013年版，第14页。

③ ［保加利亚］布拉戈也娃:《季米特洛夫传》，泽湘译，世界知识出版社1958年版，第12页。

照，认识到自身的局限，涵养自身的德行，追求美好的人生。英国首相丘吉尔曾有一句名言："我宁愿失去一个印度，也不愿失去一个莎士比亚。"由一部作品，影响到一个人、一个家庭、一个时代，这正是文艺所具有的独特魅力和巨大能量所在。

习近平总书记说："一个文艺工作者如果品行不端，人民不会接受，时代也不会接受！不自重就得不到尊重！"① 在这个文艺可以大有作为的新时代，文艺工作者一定要从自身做起，做到"立德""立言"相一致，不断创作更多经得起时代考验的精品力作。

二　修炼"诗外功夫"，提高文艺创作能力

除了修"德"，文艺工作者艺术才能的修炼和提高也是时刻不容忽视的。陆游在《示子遹》一诗中回顾了自己一生的写作经历，最后告诫自己的孩子说："汝果欲学诗，工夫在诗外。"② 受此影响，人们把谋篇布局、遣词造句、写作技法等能力称为"诗内功夫"，把阅历、学养、识悟、操守、精神境界等的修炼称为"诗外功夫"。陆游认为自己在创作之初刻意追求华美的辞藻和工丽的句式，所以成就不高，自愧妄有虚名，直到"四十从戎驻南郑"后，在金戈铁马中开阔了视野，淬炼了思想，才忽悟"诗家三昧"，了解到作诗的真谛。"诗内功夫"是进行文艺创作的基础，但若想创作出上乘的精品力作，非先从"诗外功夫"修炼不可。当下的文艺创作止步于高原而无高峰，究其根本就是"诗外功夫"的欠缺。随着时代的发展，对于今天的文艺工作者来说，"诗外功夫"的修炼不仅需要陆游所强调的深入生活，还需要学识、情操、德行等多方面的修炼。

---

① 习近平：《在中国文联十一大、中国作协十大开幕式上的讲话》，人民出版社 2021 年版，第 15—16 页。

② 《示子遹》全诗为："我初学诗日，但欲工藻绘；中年始少悟，渐若窥宏大。怪奇亦间出，如石漱湍濑。数仞李杜墙，常恨欠领会。元白才倚门，温李真自郐。正令笔扛鼎，亦未造三昧。诗为六艺一，岂用资狡狯？汝果欲学诗，工夫在诗外。"

（一）修炼学识，厚积才能薄发

刘勰《文心雕龙》“知音”篇中说“故圆照之象，务先博观”，充分强调了“博观”对提高鉴赏批评能力的重要性。不管是批评家还是作家，都要在生活、知识、阅读等各方面有充足的准备和积累，也就是要去全面了解与所批评对象、创作对象相关的一切事情，才能对作品做出客观、公允的判断，才能写出思虑周全的作品。如要评判一部历史题材的小说或电影，读懂、读透其中的故事情节、人物形象和思想内涵还只是最基本的工作，那段历史中人们的衣食住行、生活的地理环境、社会的风俗礼仪等，也都需要了然于心，这样才能了解作品的全部意义和历史价值。

首先，学识来源于最火热的人民生活。“关在象牙塔里不会有持久的文艺灵感和创作激情”①，道听途说或闭门造车，作品必然是隔靴搔痒。只有走进生活深处、体悟生活本质、吃透生活底蕴，才能把真实的生活变成感人的故事、丰满的人物、优美的旋律，作品也才能具有打动人心的力量。其次，学识的获得还需要艺术工作者多读书识理，多向其他知识领域扩展、突围。陆游说：“诗岂易言哉！一书之不见，一物之不识，一理之不穷，皆有憾焉。”②（《何君墓表》）但凡艺术莫不如此，世界名画《蒙娜丽莎》之所以呈现出不一样的魅力，就是因为画作不仅运用了美术的透视法，还有光学、数学、医学、人文多学科知识的助力和支撑。艺术工作要“专”，“专”可以让我们在某一领域站稳脚跟，但要使作品产生质的飞跃，更需要艺术家的生活要广、学问要博。鲁迅先生经常劝导青年要“泛览”，学理科的要看看文学书，学文学的要看看科学书，这样才能对于别人、别事有更深的了解。作家就要像蜜蜂一样，采过许多花才能酿出蜜来。倘若叮在一处，所得就会非常有限。纵观当下的一些文艺作品，历史题材的作品却虚无

① 习近平：《在文艺工作座谈会上的讲话》，人民出版社2015年版，第19页。

② 陆游：《何君墓表》，见郭绍虞主编《中国历代文论选》第2册，上海古籍出版社1979年版，第325页。

历史，现实题材的作品却悬空生活，军旅剧却不符合战争常识，商战剧却没有一点经济规律，所以最终变成了“笑剧”“神剧”。究其原因，就是生活经验的缺乏、学识的狭隘单一。所以，优秀的文艺工作者，都会注重对自身学识的积累扩充，这不仅有助于作品的每一个细节符合情理、经得起推敲，更有助于推动各学识领域之间互通融合，提升艺术的创新创造能力。

（二）修炼情操，“心入”才能“情入”

文章不是无情物，作家可以“为文造情”，但如果缺乏生命体验，没有同情理解，为了一些特殊的需要去刻意表现或勉强写作，就难免创作出“强哭者虽悲不哀，强欢者虽笑不乐”的尴尬作品。燃烧的情感、深沉的理解是文艺创作最重要的内驱力，巴金谈到自己在创作《家》时，“我仿佛在跟一些人一同受苦，一同在魔爪下面挣扎”[①]，正是有着陪作品中的主人公一起欢笑、一起哀哭的浓烈情感，才有了《家》这部小说。白居易若非有着与琵琶女“同是天涯沦落人”的相同身世之感，也很难创作出如泣如诉的《琵琶行》。“座中泣下谁最多？江州司马青衫湿”，诗句背后流露出的不仅是诗人的创作才华，更有感人的白居易对琵琶女惺惺相惜的理解和同情。毛泽东曾说：“感觉到了的东西，我们不能立刻理解它，只有理解了的东西才能更深刻地感觉它。”[②] 想要深刻地表现事物、传递情感，就必须有对人、事、生活发自内心的理解和同情。这就需要我们的艺术工作者写最感同身受的，而不是蹭热点、抢流量，谍战剧流行就写谍战剧、宫剧流行就写宫剧，最终陷在跟风的旋涡中，迷失了自己。老舍曾说他最熟悉的是北平的人事、风景、味道，所以敢放胆地描写它，而自己在济南和青岛住过多年，也到过武昌、汉口、重庆、成都，但却始终不敢替它们说话。老舍对北平有着最深沉的爱，所以他笔下的北平才细腻、独特、有生气。我们都已经知道“生活是创作的源头活水”，但应该

① 巴金：《和读者谈谈〈家〉》，见《巴金论创作》，上海文艺出版社1983年版，第212页。

② 毛泽东：《实践论》，见《毛泽东选集》第1卷，人民出版社1991年版，第286页。

谨记的是这不仅要求文艺工作者去表现生活，不是先确定某一选题，然后通过报纸、网络等途径搜集材料、酝酿构思、开始写作，这样的做法很难会有感同身受的生命体验，更谈不上深刻的理解；更重要的是对生活、对要表现的对象投入真心、真情，正如习近平同志所说：不仅要“身入”，更要“心入”“情入”，只有拆除“心”的围墙，带着心、带着真情、带着对人民最真挚的爱和理解，才能真正深入人民的精神世界，创作出触及人的灵魂、引起人民思想共鸣的优秀作品。

（三）修炼德行，“格高”才能“艺精”

文艺要为国家立心、为民族铸魂，这是文艺最重要的担当和使命。这就要求作为创作主体的文艺工作者，必须要注重自身道德境界的修养，创作主体的德行是否高尚，直接决定了作品品格的高低，也就是所谓的“人高诗亦高，人俗诗亦俗”。如果一个作家“汲汲于富贵，戚戚于贫贱”，我们很难相信他的作品中会充满高尚的情感和格调。所以自古文人都很注重自身德行的修养，从孟子提出“养气”说，到曹丕的“文以气为主”，再到韩愈的“气盛言宜”，都在强调自身的道德境界修养对于文艺创作的重要作用。历史在选择、淘汰作品时，也总是把创作者的德行作为重要的品评标准，所以德行与创作，是相得益彰的关系，高尚的德行催生高尚的艺术，而艺术要经得起历史的筛选，创作主体的德行也是重要的参考。在新时代，对创作主体的德行有更高的要求，不仅要求自身品格之高，也要时时牢记艺术所承担的“铸造灵魂”、实现中华民族伟大复兴的时代使命。只有文艺工作者们时刻牢记文艺的使命，在作品中彰显信仰之美、崇高之美，弘扬中国精神、凝聚中国力量，才能真正创作给人以光与亮、温暖与希望的精品之作。

“诗外功夫”的修炼绝非一时半刻之功，需要的是长期的磨炼和沉潜，这个过程需要我们的艺术工作者力戒浮躁、耐得住寂寞。正如习近平同志《在文艺工作座谈会上的讲话》中所说，当前文艺最突出的问题就是“浮躁”[①]，不在创作上用心，不花时间体验生活，不下苦功夫琢磨作品，终归是缘木求鱼、舍本求末，是不可能创作出好作品的，艺术生命也不会长久。希望我们的文艺工作者都能潜下心来，加强“诗外功夫”的修炼，打造出真正的艺术精品。

三 走出“创作安逸区”，勇攀艺术高峰

在中外文艺史上，有两个经常被学界提起的文艺创作规律，一是文艺生产与物质生产的不平衡性，即文艺的繁荣、落后并不是与生产水平的高低同步的，在某些生产力极端低下的时期，反而出现了文艺创作上不可逾越的高峰，如古希腊时期的史诗、先秦时期的诸子散文等。或是在同一历史时期，艺术成就高的作品并不出现在生产水平高的国家，如18世纪末19世纪初的德国，经济发展远远落后于英、法，但在文艺创作上却出现了极大的繁荣。20世纪五六十年代的拉美国家在经济上虽然与欧美等国家没有可比性，但以马尔克斯为代表的拉美魔幻现实主义文学却让世界为之瞩目。二是“诗穷而后工”，即认为养尊处优的人创作不出好的作品，“文学是苦闷的象征”，文人们只有身处逆境，愤愤难平才能创作出惊世之作。如司马迁身受腐刑，以《史记》铭志，曹雪芹家道中落，使《红楼梦》“字字看来皆是血”，蒲松龄仕途偃蹇，才有《聊斋志异》中的精彩世界。这两个艺术规律使很多人为当下文艺创作有高原无高峰的现象找到了理由：因为社会过于安定、艺术工作者生活过于安逸，没有新鲜的题材可写，没有强烈的情感要抒发，所以才很难有艺术的高峰。

痛苦确实容易出诗人，但真正的原因并非困顿的生活催生了高质量的艺术作品，而是困顿中的诗人更能够苦心孤诣、下苦功夫，倾注全部的心血从事创作。《在中国文联十一大、中国作协十大开幕式上的讲话》中，习近平总书记特别提出：“文艺创作是艰辛的创造性工

① 习近平：《在文艺工作座谈会上的讲话》，人民出版社2015年版，第9页。

作。练就高超艺术水平非朝夕之功，需要专心致志、朝乾夕惕、久久为功。如果只想走捷径、求速成、逐虚名，幻想一夜成名，追逐一夜暴富，最终只能是过眼云烟。”① 好的文艺创作向来都是艰苦努力、孜孜以求的结果，文艺工作者应该主动走出各种困境，在勇于突破和自我超越过程中，创作优秀作品，攀登艺术高峰。

（一）走出“学识安逸区”，为文艺创作奠基培元

我们经常用“操千曲而后晓声，观千剑而后识器”来强调经验积累的重要性，但“操千曲”“观千剑”还只是限于某一生活领域，对于文艺工作者来说远远不够。首先，任何文艺创作都不是“孤岛”行为，而是必须全面了解与小岛相连的整片大海。比如，创作一部历史题材的小说或电影，勾画出故事情节和人物形象还只是最基本的工作，那段历史中人们的衣食住行、当地的地理人文传统、社会的风俗礼仪等，必须全都了然于心，才能创作出丰满而有生机的作品，经得起读者和历史的考验。其次，艺术创新要求艺术工作者多向其他领域扩展、突围。世界名画《蒙娜丽莎》之所以呈现出不一样的魅力，就是因为这样一幅画作不仅运用了美术上的透视法，还有光学、数学、医学、人文学等多学科知识的助力。艺术工作首先要“专”，“专”可以让我们在某一领域站稳脚跟，但“专”了以后还需要我们生活要广、学问要博，如此才能做到认识深刻、虑无不周而又能独辟蹊径，举隅历史上的一些文化名家莫不具有这个特点。如，以《二京赋》《归田赋》闻名的张衡，不仅文学上有成就，他还是最早发明了地动仪的天文学家，中国第一个理论求得 π 值的数学家，制造了自转机、木雕飞鸟而被称为“木圣”的发明家，做出《地形图》的地理学家，被评为“善画”的画家，“反谶纬的思想家”，等等。我国当代文学史上有一件趣事也可做印证。萧红曾回忆她穿了一件大红的上衣请教鲁迅先生是否漂亮，鲁迅先生给出意见之后，又讲了一大堆有关衣服配色的问题。

① 习近平：《在中国文联十一大、中国作协十大开幕式上的讲话》，人民出版社 2021 年版，第 14—15 页。

萧红很奇怪先生怎么懂得“女人穿衣裳的这些事情”，鲁迅先生说自己看过这方面的书，许广平也在一旁说“周先生什么书都看的”。鲁迅还专门讲过“嗜好的读书”，认为：“那是出于自愿，全不勉强，离开了利害关系的。……嗜好的读书该如爱打牌的一样，……诸君要知道真打牌的人的目的并不在于赢钱，而在有趣。……凡嗜好的读书，能够手不释卷的原因也就是这样。”[①] 老舍曾说：“依我的十多年写小说的一点经验来说，我以为写小说最保险的方法是知道了全海，再写一岛。”[②] 福楼拜也曾说“要写就该知道一切”，这一要求看似苛刻，却是文艺工作者提高创作能力的必由之路，应该将之作为毕生追求。平静生活的表层之下隐藏着无数可敬、可爱、可称颂的故事，重要的是艺术家们要主动走出自己学识学养的局限，不是仅以自己有限的学识阅历作为文艺创作的全部资源，而是要多走、多看、多学、多磨炼，如此才能让自己的作品更加丰满、有血有肉。

（二）走出“写作安逸区”，以竞胜之心开创文艺新境界

文艺工作者应该去广泛地亲历生活，在最真实的生活中受到感动，产生创作的欲望，这是创作好的作品的前提，也是文艺工作必有的基本功。正如习近平《在中国文联十一大、中国作协十大开幕式上的讲话》中所说的：“广大文艺工作者要有学习前人的礼敬之心，更要有超越前人的竞胜之心，增强自我突破的勇气，抵制照搬跟风、克隆山寨，迈向更加广阔的创作天地。”[③] “礼敬之心”可以使我们的创作站立在更加坚实的大地之上，“竞胜之心”则可以帮助我们开拓出更为广阔的艺术道路。需要注意的是，“竞胜之心”不仅是要勇于与前人不同，更要有勇气实现自我超越。在艺术上，我们

---

① 鲁迅：《而已集（读书杂谈）》，见《鲁迅全集》第三卷，人民文学出版社 2005 年版，第 458 页。

② 老舍：《三年写作自述》，见《老舍全集》第 16 卷，人民文学出版社 1999 年版，第 694—695 页。

③ 习近平：《在中国文联十一大、中国作协十大开幕式上的讲话》，人民出版社 2021 年版，第 11 页。

无法容忍两部相似或相仿的作品存在。正如鲁迅于1936年2月在上海参加苏联版画展览会后所做的文章中所说的那样，“依傍和模仿，决不能产生真艺术”[①]。因此，艺术工作者们要独具慧眼、慧心，能见常人所不能见，思常人所不能思，写常人所不能写。艺术家的作品必须是独一无二、无可替代的，这样作品才会具有永存的艺术魅力。当然，文艺创作不仅不能依傍或模仿他人，甚至也不能依傍或模仿自己。因此，文艺工作者需要不断超越自我惯常的写法、风格，“谢朝花于已披，启夕秀于未振”，写过的东西，即使看起来如早上的鲜花那般绚烂也可以忍心弃绝；而未写过的东西，则要勇敢写、放开写，“夕秀”同样会给人们带来惊喜和收获，要敢于开拓新的题材，敢于向陌生领域深处探寻，敢于挑战自我、超越自我。创新常被谈起，却也常被质疑。正如有些人所认为的，所有的道路都已被脚走过，所有的话语都已从嘴巴说出，太阳底下已无新鲜事情，那么创新又从何而来？“创新是文艺的生命”。创新并非平空而起，很多时候都是在学习别人的同时翻出了花样。李白的诗歌因其空无依傍、笔法多端、变幻莫测而成为中国古代诗歌史上难以逾越的高峰，但常人所不知的是，李白的很多诗句其实就来源于对前人的学习和翻新。李白的名句“我寄愁心与明月，随风直到夜郎西”（《闻王昌龄左迁龙标遥有此寄》）学习的就是曹植的“愿为西南风，长逝入君怀”（《七哀》），取其诗意，而自成奇语，意境别出。李白善于向前人学习，但是通中有变，十分注重自我革新。“东流若未尽，似见别离情”（《口号》），“请君试问东流水，别意与之谁短长”（《金陵酒肆留别》），“孤帆远影碧空尽，唯见长江天际流”（《黄鹤楼送孟浩然之广陵》），这些诗句都是用“流水”写离别，但云谲波诡，毫无雷同之感。习近平《在中国文联十一大、中国作协十大开幕式上的讲话》中重点讲到的第三个希望，即“希望广大文艺工作者坚持守

① 鲁迅：《且介亭杂文末编（记苏联版画展览会）》，见《鲁迅全集》第六卷，人民文学出版社2005年版，第499页。

正创新，用跟上时代的精品力作开拓文艺新境界”。[①] 在李白身上，学习前人的礼敬之心与超越前人和自我的竞胜之心相得益彰，共同成就了李白诗歌的伟大，为我们生动而鲜活、深入又浅出地诠释了“守正创新”的理论意义，堪称今人学习的楷模和典范。礼敬前人、超越前人，就是“守正创新”的真实含义。

（三）走出“认知安逸区”，以历史主动精神发挥文艺凝聚力量

“历史主动精神”是党的十九届六中全会提出的一个重要概念，并郑重地写进了《中共中央关于党的百年奋斗重大成就和历史经验的决议》中。《在中国文联十一大、中国作协十大开幕式上的讲话》中，习近平同样提出“广大文艺工作者要增强文化自觉、坚定文化自信，以强烈的历史主动精神，积极投身社会主义文化强国建设”[②]，正式将“历史主动精神”与文艺工作联系了起来，成为理解新时代文艺工作目标和方向的又一核心概念。所谓“历史主动精神”，是个体的一种能深刻把握历史发展规律、顺应历史发展趋势，并能够站在历史潮头积极主动承担未来发展重任的可贵的精神品质；具有“历史主动精神”的人，无疑是能够胸怀“两个大局”、心系“国之大者”、认清历史大势、具有担当品质、能以巨大的勇气和强烈的使命感承担起国家事务和民族集体事业的智慧者、实干家和奋斗者。在百年历史奋斗中，中国共产党人正是以这样一种“历史主动精神”努力奋斗，主动作为，将中华民族和中国人民带入一个生机勃勃的全新世界。在实现第二个百年奋斗目标的历史进程中，在实现中华民族伟大复兴的征程中，广大文艺工作者必须走出个人创作、个体意识，以历史的主动精神投身到当下文艺创作和工作中。文艺事业是党和人民的重要事业，文艺工作是实现文化强国进而实现中华民族伟大复兴中国梦征程中的重要

---

① 习近平：《在中国文联十一大、中国作协十大开幕式上的讲话》，人民出版社 2021 年版，第 10 页。

② 习近平：《在中国文联十一大、中国作协十大开幕式上的讲话》，人民出版社 2021 年版，第 4 页。

力量。文艺工作者们必须认识到文艺事业绝不是个人的私事，不是想写什么就写什么，高兴写什么就写什么。文艺绝不是书写“一个人的风花雪月”和“身边的小小的悲欢”，更不是求暴富、逐虚名的工具。

认识到这一点，广大文艺工作者就必须对自己有更加严格的要求。首先，要充分认识到文艺在聚人心、暖民心、强信心上的重要作用，努力提炼、发挥作品思想的正能量，将是否能引人向善、弘扬民族精神作为自己创作成功与否的重要尺度。当代作家陈建功曾说：“我读屈原，感到自己的卑琐；我读陶渊明，感到自己的势利；我读李白，感到自己的狭窄。”① 如果一部作品不能让阅读者超越自己，不能给人以精神上的洗礼，那这部作品的价值注定是有限的。其次，要把个人的文艺创作放置到时代发展之中，要反映这个时代的新特点、新故事、新形象。任何艺术家都无法脱离自己所生活的时代，艺术家与时代是相互成全的关系。列宁说“托尔斯泰是俄国革命的镜子”②，就是因为托尔斯泰的小说真实地描绘了俄国改革后和革命前这一时期社会各个阶层的心理状态，那个特殊的时代为托尔斯泰提供了丰富的写作素材，托尔斯泰则依赖于书写这个时代而成就了自己事业的辉煌。诗歌史上的“盛唐气象”成为至今无法逾越的艺术高峰，同样是因为时代塑造了诗人，而诗人又书写了时代。当今世界处于百年未有之大变局，中华民族走在伟大复兴的征程上，时代为我们提供了前所未有的广阔舞台，将自己的书写与时代结合起来，是文艺工作者义不容辞的责任。最后，以上两点要求的实现，都需要文艺工作者具有积极主动、不畏艰辛、勇赴使命的责任意识。这种责任意识，不仅是写好作品的意识，甚至也不仅是写好时代的意识，而是改变历史、推动历史的意识。初唐时期，被称为“初唐四杰”的“王、杨、卢、骆”力革六朝宫廷辞赋浮艳绮靡的文风，使诗歌逐渐走向清新刚健。继“初唐四杰”之后

---

① 刘心武、冯骥才等：《作家书简——关怀、鼓励与建议》，《广州文艺》1980年第5期。

② ［苏］列宁：《列夫·托尔斯泰是俄国革命的镜子》，《列宁全集》第17卷，中共中央马克思恩格斯列宁斯大林著作编译局编译，人民出版社1988年版，第181页。

的陈子昂又喊出“兴寄”和“风骨”的口号，他们都为唐诗健康清朗地发展、为开启盛唐之音做出了不可磨灭的贡献。表面来看，他们革新的是文风，但本质上，他们革除的是哀怨颓靡的精神基调，带来的是一种积极进取的时代精神。他们由诗歌入手，但却从根本上引领时代精神，改变了当时的历史风貌，这也正是陈子昂被后人誉为“揭竿而起的陈胜”[①] 的原因所在。以文艺革新发展而影响和改变社会、推动历史的前进步伐，看起来似乎是好高骛远，但其实是古代文人一以贯之的“心忧天下”的担当意识和家国情怀使然。在当下，重拾这一担当意识是文艺工作者发挥自身历史主动精神的重要内容。

当然，不管是增加学识经历，还是保持竞胜之心，抑或让自己具有更强的历史主动精神，这其中任何一步的迈出都绝非易事，非一时半刻之功可成，需要长期的磨炼和沉潜。这个过程需要艺术工作者抗得住浮躁、耐得住寂寞。正如习近平《在中国文联十一大、中国作协十大开幕式上的讲话》所提倡的那样：“广大文艺工作者要心怀对艺术的敬畏之心和对专业的赤诚之心，下真功夫、练真本事、求真名声。”[②]

第三节　文艺的“培根铸魂”作用浅论

《在中国文联十一大、中国作协十大开幕式上的讲话》中，习近平对文艺工作者们提出了一个总要求，即“在培根铸魂上展现新担当，在守正创新上实现新作为，在明德修身上焕发新风貌”[③]。培根铸魂、守正创新、明德修身是习近平同志在历次有关文艺、文化的系

① （明）胡震亨《唐音癸签》、（清）沈德潜《说诗晬语》均有此说法。见汪爱武《情感诗人陈子昂——试论陈子昂的山水诗》（《前沿》2005 年第 2 期）。

② 习近平：《在中国文联十一大、中国作协十大开幕式上的讲话》，人民出版社 2021 年版，第 15 页。

③ 习近平：《在中国文联十一大、中国作协十大开幕式上的讲话》，人民出版社 2021 年版，第 5 页。

列讲话中强调的重要内容，这一方面是对广大文艺工作者的殷切希望，同时也是基本要求。其中，文艺工作者要实现“培根铸魂”的使命居于首位，是需要我们特别注意的。那么如何理解“培根铸魂”四个字的含义？应该“培什么根”“铸什么魂”，两者之间有何内在联系？为什么说“培根铸魂”是文艺工作者的天职使命？对这些问题的回答，对我们理解新时代文艺工作的目标和方向具有重要意义。

一　文艺创作要根植传统文化，守好中华文明之根

习近平总书记多次在讲话中强调：“中华优秀传统文化是中华民族的精神命脉”①，“优秀传统文化是一个国家、一个民族传承和发展的根本”②，正是有着悠久丰富、开放包容的中华优秀传统文化的涵养和培育，中华文明才得以在世界文明史上长久屹立、备受赞誉。中华优秀传统文化是我们的立国之根、立身之本，“抛弃传统、丢掉根本，就等于割断了自己的精神命脉”③。当下社会，虽然各种学说、流派、口号层出不穷，但任何新兴的思想都绝不是凭空产生的，更不是随心所欲地创造出来的，最核心最本质的精神依然源自中华民族五千多年文明历史所孕育的中华优秀传统文化。《在中国文联十一大、中国作协十大开幕式上的讲话》中，习近平又一次郑重明确了传统文化与文艺创作的关系：“博大精深的中华文明是中华民族独特的精神标识，是当代中国文艺的根基，也是文艺创新的宝藏。”④ 文艺创作与传统文化是相伴而生、相互成全的关系。首先，文艺创作是承载中华优秀传统文化的重要载体之一。一方面，从先秦诸子到鲁、郭、茅、巴、老、曹，从《诗经》到《呐喊》，浩如烟海的历代文艺精品，本身就是中

---

① 习近平：《在文艺工作座谈会上的讲话》，人民出版社 2015 年版，第 25 页。

② 习近平：《在纪念孔子诞辰 2565 周年国际学术研讨会暨国际儒学联合会第五届会员大会开幕会上的讲话》，人民出版社 2014 年版，第 11 页。

③ 《习近平总书记重要讲话文章选编》，中央文献出版社 2016 年版，第 119—120 页。

④ 习近平：《在中国文联十一大、中国作协十大开幕式上的讲话》，人民出版社 2021 年版，第 11 页。

华优秀传统文化的重要组成部分；另一方面，这些文艺经典中又蕴含着无穷无尽的中华优秀传统文化思想精髓，是我们了解、感悟传统文化最便捷、最有效的途径。传统文化和文艺创作其实就是互为表里、思想和形态、灵魂和身体的关系，传统文化是隐藏的、内在的，文艺创作是表露的、外在的，传统文化中最深邃的精神理念，需要借助文艺创作之实体才能存在、传播；文艺创作这一有形实体，也需要传统文化的滋养才能有生气、有灵魂，才能传之不朽。

其次，用文艺作品去呈现中华优秀传统文化的思想精华，让传统文化的精髓借助文艺作品得到更广泛、更长远的传播，是新时代赋予文艺工作者的新使命。这就要求文艺工作者在进行创作时一定要时刻明确所肩负的“培育中华优秀传统文化之根”的使命，用传统文化让自己的作品更具有感染人心的力量。当然，必须要明确的是，文艺创作所展现的中华优秀传统文化并不限于有形的物质文化，更重要的是无形的思想文化、精神文化。正如习近平《在中国文联十一大、中国作协十大开幕式上的讲话》中提到的“要挖掘中华优秀传统文化的思想观念、人文精神、道德规范，把艺术创造力和中华文化价值融合起来，把中华美学精神和当代审美追求结合起来，激活中华文化生命力”。[①] 例如，路遥《平凡的世界》描写的是中华人民共和国 70 年代中期到 80 年代中期十年间社会各阶层众多普通人的日常生活故事，其经久不衰的艺术魅力，正在于这部作品中所表现出的普通大众在苦难面前依然自尊自爱、自我牺牲、守德守爱的高贵精神品质，这些精神品质来自中华优秀传统文化精神的代代相传，因而特别能引人共鸣。其语言是质朴的，思想却是深邃的；故事是日常的，精神却是伟大的，正是由于这一原因，这部著作在多次“到现在为止对被访者影响最大的书”“读者最喜爱的茅盾文学奖获奖作品”“大众有奖荐书活动”等评选活动中都名列前位，成为中国当代文学史上独树一帜的“《平凡

① 习近平：《在中国文联十一大、中国作协十大开幕式上的讲话》，人民出版社 2021 年版，第 11 页。

的世界》现象”。当下社会，各种艺术门类千姿百态、表现形式形形色色，但是一切创作技巧和方法都是为内容并最终为思想服务的，认识到这一点，我们才能真正培育好传统文化之根。

再次，强调传统文化在文艺创作中的重要作用，绝不是说我们的文艺工作者要去拾古人牙慧，而是要移花接木，在继承中实现创新。“故步自封、陈陈相因谈不上传承，割断血脉、凭空虚造不能算创新。”① 正如宋词对于唐诗的继承，在看似与唐诗截然不同的长短交错、变化多端的句式之下，宋词不仅在写景抒情、意境的渲染、色彩的搭配上大量学习唐诗，甚至有时候或直接移用原句、或变换字面、或改变句法，宋人通过一系列“点铁成金”“夺胎换骨”的艺术技巧，站在巨人的肩膀上向前奔跑，脚步轻盈却有力量，成就了可以与唐诗并峙的艺术高峰。回头看看文艺发展的历史吧，传统总在影响着我们，我们也总能在一些经典作家作品中发现一些似曾相识之处：婉转典雅的昆曲离不开南戏上百年的探索；鲁迅与屈原相隔数千年，却同样“上下求索”“九死未悔”；在当下火爆的网络玄幻小说荒诞无稽、上天入地的文字中，我们也总能看到庄子、魏晋志怪、唐传奇、吴承恩、蒲松龄的影子……一切艺术的发展莫不如此。以传统为根，向经典致敬，这正是新时代文艺创作探寻出路的最好途径，正如习近平总书记所说：“要把握传承和创新的关系，学古不泥古、破法不悖法，让中华优秀传统文化成为文艺创新的重要源泉。”②

二　文艺创作要融注中国精神，铸就中华民族之魂

习近平总书记《在中国文联十一大、中国作协十大开幕式上的讲话》中指出，“广大文艺工作者要立足中国大地，讲好中国故事，以

① 习近平：《在中国文联十一大、中国作协十大开幕式上的讲话》，人民出版社2021年版，第11页。

② 习近平：《在中国文联十一大、中国作协十大开幕式上的讲话》，人民出版社2021年版，第11页。

更为深邃的视野、更为博大的胸怀、更为自信的态度，择取最能代表中国变革和中国精神的题材，进行艺术表现，塑造更多为世界所认知的中华文化形象，努力展示一个生动立体的中国，为推动构建人类命运共同体谱写新篇章”①，《在文艺工作座谈会上的讲话》中则指出“中国精神是社会主义文艺的灵魂”②。什么最能代表“中国精神”？那就是以爱国主义为核心的民族精神和以改革创新为核心的时代精神。爱国主义、民族精神、改革创新、时代精神，一些文艺工作者觉得这些词语过于高远，自己小小的作品里容纳不了这些大大的思想。这其实是对于中国精神的误解。应该如何在作品中表现中国精神，我们可以回到世界艺术作品的宝库中去寻找答案。“举重劝力之歌”是最古老的歌谣之一，《淮南子·道应训》记载：“今夫举大木者，前呼‘邪许’，后亦应之，此举重劝力之歌也。”③“邪许”是先民在集体劳动时的一种呐喊之声，类似于鲁迅先生所说的“杭育杭育”，或者今天的劳动号子。这首歌谣是我们的祖先在抬木头觉得吃力时，不由自主发出的呼喊，这一呼喊感染了一起抬木头的劳动者，于是众人开始一起“邪许”“邪许”地呼喊，并在这一有序的节奏中舒缓了劳动的疲惫。虽然只有两个音节，虽然已过去千年万载，但现在反复聆听“邪许”两字，仍能在读者的心底荡起一种欣赏集体劳作、敬畏劳动的激情之感。这句“邪许”的呐喊是否是“中国精神”的一种体现？汉乐府民歌中，一名女子大胆地喊出：“上邪！我欲与君相知，长命无绝衰。山无棱，江水为竭，冬雷震震，夏雨雪，天地合，乃敢与君绝！”④这是不是“中国精神”的一种体现？杜甫在“八月秋高风怒号，卷我屋上三重茅”的境遇中，仍在呼唤“安得广厦千万间，大庇天下寒士俱欢颜”，这是不是“中国精神”的一种体现？在怀才不遇、沉抑下僚

① 习近平：《在中国文联十一大、中国作协十大开幕式上的讲话》，人民出版社2021年版，第13页。

② 习近平：《在文艺工作座谈会上的讲话》，人民出版社2015年版，第21页。

③ （汉）刘安等著，（汉）高诱注：《淮南子》，上海古籍出版社1989年版，第123页。

④ （宋）郭倩茂：《乐府诗集》第一册，中华书局1979年版，第231页。

之时，关汉卿选择了自己独立的生活方式，在曲中写道：“我是个蒸不烂、煮不熟、捶不匾、炒不爆、响珰珰一粒铜豌豆”（《南吕一枝花·不伏老》），这是不是“中国精神”的一种体现？

因此，像“邪许”一样为了劳动去奋力拼搏，像“山无棱……乃敢与君绝”一样努力捍卫忠贞的爱情，像杜甫那样虽身处绝境却仍能有“吾庐独破受冻死亦足”的胸怀和境界，或者像关汉卿一样在任何时候都保有自我的铮铮铁骨，甚或于扶起被风吹倒的一株小树，为雨中的陌生人撑起一把雨伞，赞美清晨的蓝天和阳光，对一个暖心的微笑念念不忘，诸如此类，一切表现真善美的文字、线条、旋律，都是“中国精神”的一种体现。中国精神迫切需要描写民族的艰苦抗争、描写中华民族翻天覆地变化的奋斗史诗，但是，在一件件日常小事中表现人民对于“爱国、敬业、诚信、友善”的美好品德的追寻，表达对“自由、平等、公正、法治”的美好社会的赞美，表达对“富强、民主、文明、和谐”的理想社会的向往，都是“中国精神”的内在之义。

习近平总书记多次强调“作为精神事业，文化文艺、哲学社会科学当然就是一个灵魂的创作，一是不能没有，一是不能混乱”。[①] 一方面，艺术作品必须要有灵魂，犹人之生存必须要有水和空气。文艺工作者要“铁肩担道义，妙手著文章”，要时刻谨记艺术工作有更高使命，那就是对人类的灵魂负责、对人类的未来负责，要“用灵魂唤醒灵魂，用生命影响生命”，让看到自己作品的每一个生命保有灵魂，或至少维持住对灵魂的向往；另一方面，文艺作品中所铸之魂应是以民族精神和时代精神为代表的“中国精神”，不是“身边的小小的悲欢”。不是不良风气的制造者、跟风者、鼓吹者。“以文化人，更能凝结心灵；以艺通心，更易沟通世界”[②]，新时代的文艺创作要融注中国精神，通过文艺作品去铸就一个国家、一个民族的灵魂。

---

① 习近平：《一个国家、一个民族不能没有灵魂》，《求是》2019 年第 8 期。

② 习近平：《在中国文联十一大、中国作协十大开幕式上的讲话》，人民出版社 2021 年版，第 13 页。

三　“培根”与“铸魂”为什么是天职使命?

“培根”与“铸魂”，一头指向历史，一头指向未来，两者就像艺术家的左膀右臂，缺一不可，同等重要。当然，“培根”与“铸魂”还可以理解为递进关系，“培根”为前提，“铸魂”为结果，所谓根之不培，魂何以铸？一部有“根”的作品才更能激发民众的民族认同感，更能在世界的文艺舞台上大放个性光彩，也更能激荡起一个一个民族的灵魂；反过来，一部有温度有灵魂的精品之作，才能以更好的艺术形式表现出传统文化的精髓，才能让世人感受到传统文化的魅力所在，从这一层面来说，“培根”与“铸魂”也是相生相长的关系。我们要把“培根”与“铸魂”紧紧联系起来，用中华传统文化之根去涵养作品的民族精神之魂，用充盈着中国精神的灵魂之作守好中华文明之根。

“培根铸魂”命题的提出，又一次充分肯定了文艺工作的重要作用，同时也赋予了文艺工作者更重要的职责和更神圣的使命。处于新时代，广大文艺工作者首先自身要明大德、立大德，要树立对国家和人民的信仰、情怀、担当，这样才能“把个人的艺术追求、学术理想同国家前途、民族命运紧紧结合在一起，同人民福祉紧紧结合在一起，努力做对国家、对民族、对人民有贡献的艺术家和学问家”。[①]“培根铸魂”最终要落实到文艺创作和文艺工作中，要镌刻在每一位文艺工作者的心坎里，要体现在每一部不同体裁和不同题材的文艺作品中。“培根铸魂”是时代对文艺工作者提出的新要求，是能“出精品”、多“出精品”的力量源泉。

第四节　对“强制阐释论”的评介与思考

张江先生的“强制阐释论”已成为文艺理论界的一个热点，在各

① 习近平：《一个国家、一个民族不能没有灵魂》，《求是》2019 年第 8 期。

类报纸期刊、学术会议和专题研讨会中，其被提及的频率之高、讨论范围之广、势头之盛，在近些年的文艺理论界都是没有的。而以“强制阐释”为主题词在“中国知网”进行搜索，《强制阐释论》及其系列文章已被引用上千次，而与此相关的补充佐证、商榷研究性文章已有四五百篇。可以说，关于“强制阐释论”的学术探讨，已成为一个令人瞩目的文艺现象，正受到越来越多专家学者的重视，将引发更多的研究与讨论。

其实，对于当代西方文艺理论在我国新时期之后的引介情况进行反思或研究的文章，21 世纪以来在文艺理论界也常能看到、听到，“失语症”“中国化”“本土化”“转型”“中体西用”“对话”“理论自信”“文化复兴”等词语也可见于一些文章中，然而，这些文章虽然言之有物，观点鲜明，却没有产生太大的影响，也很少得到同行的关注，更不用说引起相关的论争。相较而言，张江的“强制阐释论”及其系列文章，虽然同样是反思当代西方文论，却在很短的时间内引起学界的广泛关注与热烈讨论，并且成为 2015 年我国文艺理论界有代表性的学术事件，其中的原因是非常值得认真探究的。

一　应时而生的“强制阐释论”

20 世纪 70 年代末开始，刚刚走出极左文艺束缚的国内文论界掀起了引入和接受西方文论的学术热潮，形式主义、新批评、叙事学、结构主义、解构主义、精神分析、现象学、阐释学、接受美学、新历史主义批评、后现代主义、后殖民主义、女性主义、西方马克思主义、文化研究、生态批评等各种文论思潮开始大量涌入中国。然而，与西方文论的引介与研究热潮不相配称的是，我国古代文论传统及马克思主义文论传统却或被忽略，或被遗忘，处于哑然失语状态，原本属于它们的理论领地被西方文论纷纷占去，它们在被颠覆、被抛弃中慢慢由中心移向了边缘，最终促成了西方文论一家独大的局面。一段时期来，不管是评论家还是理论家，似乎不开口“英伽登”、闭口“德里达”，都不好意思说话。这种不良的氛围弥漫笼罩着整个文艺理论界，西方文论在中国这片土地上，正在创造和演绎着一个“外来和尚会念经”的传奇“神话”。

这个“神话”首先表现在对西方文论著作的翻译和研究上。新时期之后，特别是在中国当代文艺学发展史上有名的“方法论年”（1985）和“观念年”（1986），秉持先“拿来”再“消化”的思想，国内学界开始大量译介西方文艺论著。至20世纪末，在短短20余年的时间里，西方近百年的各种文艺理论思想几乎全部在中国登陆，各家各派的代表性学术著述基本也都能在国内找到相关的中文译作。仅以1985—1990年为例，在短短五年时间内，像A. 杰弗逊、D. 罗比等的《西方现代文学理论概述与比较》，卡西尔的《人论》《语言与神话》，苏珊·朗格的《艺术问题》《情感与形式》，弗洛伊德的《爱情心理学》《图腾与禁忌》，荣格的《心理学与文学》《人·艺术和文学中的精神》，杰姆逊的讲演本《后现代主义与文化理论》，特里·伊格尔顿的《文学原理引论》，托多洛夫的《批评的批评》，马尔库塞的《单向度的人——发达工业社会意识形态研究》，佛克马、易布思的《二十世纪文学理论》，韦勒克的《批评的诸种概念》，巴赫金的《陀思妥耶夫斯基诗学问题：复调小说理论》，等等，这些著作就都被译介了进来。而由国内学者编选的各种西方文艺理论、美学等方面的相关译丛也是随处可见，那些研究西方文论的专著、系统梳理西方文论发展史的编著等，更是不胜枚举。其次，表现在学术影响上。可以说，在当下中国文艺理论界，西方文论完全构筑起了它的话语霸权，形成了它的独特优势。今天不管是本科生还是研究生，毕业论文题目选择西方文论似乎就比选择传统文论要高级很多；高校课堂建设，外国文学、西方文论所占的比重一点也不亚于中国古典文学和文论；此外，在课题申报、学术研究等方面，西方文论明显更是“香饽饽”，是学者们愿意花费时间和精力的。正是在这种对西方文论顶礼膜拜的势头之下，我国学术界不仅在不长的时间内走完了西方现当代文论发展的百年历程，而且在思维方式、话语习惯、研究结论等方面已明显地呈现出“西化”特点，而更让人痛心的则是，许多学者对此不以为耻，反以为荣。再次，反映在阐释能力上。由于对西方文论的过分推崇，加之自认为对西方文论的深入研究与特别熟悉，不管是古代文学作品还是现当代文学作品，不管是古典诗歌还是网络小说，不管是作品内容、表达方式还是人物形象，许多学者都习惯于随手拿来西方文论的术语概念，对这些作品进行批评分析、比较阐释，从而创造了西方文论阐释一切、解释一切、无所不能的神话。正像美国文学理论家和批评家弗兰克·兰特里夏所说：“只要你告诉我你的理论是什么，我便可以提前告诉你关于任何文学作品你会说些什么，尤其是那些你还没读过的作品。”① 如此看来，西方文论真是包治百病的灵丹妙药，说是“神话”恐怕一点也不为过了。

西方文论在中国创造的神话已是事实，但这个“外来的和尚”会不会念经，能不能念好经，或者说这个神话能不能助中国文论建设一臂之力，却还需要冷静分析。其实，早有一些学者感觉到了这个“和尚”在中国所传播的“经文”似乎并不那么对味，甚至有学者站出来，想把这种奇怪的感觉和美丽的混乱表达出来，但令人遗憾的是，这些声音或声微言轻寡不敌众，或语焉不详隔靴搔痒，并没有产生太大的影响。正是在这种情况下，张江先生发表了他的“强制阐释论”系列文章，这些文章围绕“强制阐释论”这一中心思想，直击西方文论的弊端和要害，使西方文论长久以来不可一世、无所不能的神圣“光环”黯然失色，并引起了学术界的强烈共鸣。难怪有学者认为“强制阐释论”的提出“是中国文学理论对西方理论的接受具有逆转意义的重要理论事件”②，还有学者提出要将“强制阐释论”问世的

---

① Frank Lentricchia, “Last Will and Testament of an ExLiterary Critic”, in Alxander Star (ed.), *Quick Studies: The Best of Lingua Franca*, New York: Farrar, Straus and Giroux, 2002, p. 31.

② 高楠：《理论的批判机制与西方理论强制阐释的病源性探视》，《文学评论》2015 年第 3 期。

2014年称为文艺理论界的“张江年”[①]，“强制阐释论”的影响由此可窥见一斑。

当然，“强制阐释论”的意义不仅在于其对当代西方文论的深刻辨析与检省，对当代西方文论在中国的反思与批判，更在于其系统完整的理论话语背后所透露出来的鲜明的价值立场和时代意义以及对中国文论健康发展的警示作用。“强制阐释论”给当代西方文论神话画上了句号，必将从更深的层次为中国文论的发展开启一个新的时代。

二 “强制阐释论”的理论逻辑

通过“强制阐释论”系列论文，张江先生不仅准确概括了当代西方文论的根本缺陷，即“背离文本话语，消解文学指征，以前在立场和模式，对文本和文学作符合论者主观意图和结论”的“强制阐释”病症，而且还言之有据，详细论述了当代西方文论各学说的自相矛盾与违逆逻辑之处，批判了它们以“场外征用”“主观预设”“非逻辑证明”“混乱的认识路径”为主要特征的文本阐释方式，可以说是层层深入、环环相扣，使“强制阐释论”的整个理论体系呈现出严密的逻辑理路。

首先，用“强制阐释”来诊断当代西方文论的基本病症，可谓一语中的、击中要害。正如张江在文中所说，一百多年来，当代西方文论的一些重要思潮和流派、诸多思想家和理论家，“以惊人的想象力和创造力，造就和推出无数优秀成果，为当代文论的发展注入了恒久的动力”，但同时，“一些基础性、本质性的问题，给当代文论的有效性带来了致命的伤害”[②]。特别是一些学者对于当代西方文论并没有很好地咀嚼和消化，就轻易地拿来进行文学批评和理论阐发，更进一步放大了它的本体性缺陷。但是对于这一缺陷，很久以来学者们似乎都

---

① 姚文放：《“强制阐释论”的方法论元素》，《文艺争鸣》2015年第2期。

② 张江：《强制阐释论》，《文学评论》2014年第6期。以下引用凡出自该文均不再另行注释。

没有给予准确的理论概括。意大利小说家、文学批评家安贝托·艾科于1990年提出过“过度阐释”的概念，对文学阐释的可能性、有限性等问题进行了探讨，力图把文学批评从范围过大过宽的无边界状态拉回到作者和文本规定的限度之内；20世纪二三十年代，国内的一些学者也曾提出“妄事糅合”的说法，认为“以别国的学说为裁判官，以中国的学说为阶下囚”[①] 的做法势必会使理论批评流于附会，很难获得健康的发展，但是艾科的“过度阐释”只概括出了西方文论诸多缺陷的一个方面，并不完整全面；而我国学者提出的“妄事糅合”只是现象性描述，并非理论性概括，因此也并没有产生过多的理论效应。相比较而言，“强制阐释”则观点明确，界判分明，既有高度的理论概括又充满理论自信，可以说，其之所以受到学界的重视，与这一概念的鲜明特征不无关系。

张江教授指出“强制阐释”“这一特征既存在于西方文论自身，也存在于后人具体运用的批评实践过程中”[②]，这就意味着它具有至少两层面的含义。第一层面，西方文论自身具有“强制阐释”的特征。这一点主要表现在西方文论中很多的学说与流派不是产生于文学作品批评实践之中，而是运用文学之外的其他学科阐释文本、解释经验，进而推广为具有普适性的文学规则。这种脱离了文学生产和实践的文学理论，不仅无法为文学作品提供正确的审美标准，而且也不能为文学创作提供正确的理论指导。另外，西方文论自身的“强制阐释”特征还表现在它的“偏执与极端”“僵化与教条”[③] 上。西方文论的“繁荣”建立在对以往理论和学说的批判乃至反叛之上，很容易使一些学说因矫枉过正乃至过分极端而失去合理性，再加上一些学派由于过分推崇科学主义而存在运用固定公式和模板框定文本的弊病，使文

---

① 罗根泽：《中国文学批评史》，上海书店出版社2003年版，第30页。

② 毛莉：《当代文论重建路径：由“强制阐释”到“本体阐释”——访中国社会科学院副院长张江教授》，《中国社会科学报》2014年6月16日。

③ 张江：《当代西方文论的理论缺陷（下）》，《文学报》2014年8月14日第22版。

学理论越来越偏离文学本身，而陷入一种简单化的形式主义的窠臼，不能真正有效地指导文学创作与实践。

第二层面，学界在运用西方文论进行批评实践时存在“强制阐释”的特征。在《强制阐释论》中，张江详细论证了当代西方文论以“场外征用”为主要特征的思想来源的强制性，以“主观预设”为特征的思维方式的强制性，以“非逻辑性证明”为特征的批评过程的强制性，以“混乱的认识路径”为特征的批评结论的强制性。这些由当代西方文论本身所决定的“强制性”特征，就使那些以西方文论为资源的批评者，在其“选定理论工具—确定批评方法—展开批评过程—生成批评结论”过程中，就会不知不觉地处于“被强制”的状态。例如，用女性主义理论就必然会得出男权对女性的压抑的结论，用精神分析理论主人公就必然会有恋父、恋母情结或在成长时期受到过性的压抑的经历，用解构主义理论则必然会得出传统是荒谬的、真理是不存在的这样的结论，诸如此类。深陷于这些批评方法和观念之中，批评家们有时虽然会为自己得出了出人意料的观点而兴奋，但却茫然不知自己其实“身似傀儡”，早已被当代西方文论的话语逻辑所限制和框定。

由此可见，张江的“强制阐释论”对当代西方文论的批判和反思不是现象性描述的隔靴搔痒，而是深入其理论深层的洞若观火、层层解析，使其妍媸美丑自行展示，一眼可辨。此外，用“强制”二字来形容国内当下的文学批评与理论现状也非常贴切，它不仅形象地表达出了新时期以来西方文论的高高在上、不可侵犯，同时也生动反映了国内学者由于对西方文论顶礼膜拜、一味盲从而给我国文艺理论与批评造成巨大伤害，真是一箭双雕，一语双关。

另外，“强制阐释论”思路清晰，结构缜密，自成体系。“强制阐释论”非常准确地抓住了西方文论的基本特征，精练地概括了西方文论的根本缺陷，但与许多学者以空对空的研究思路不同，作者并没有止步于这种诊断式的现象性描述，而是深刻挖掘和阐述了造成这种状况的深层原因，在层层深入、条分缕析的基础上，建构起了完备的

“强制阐释论”批判体系。这个体系既包括论者对于“强制阐释”这一定义的科学解释（背离文本话语，消解文学指征，以前在立场和模式，对文本和文学做符合论者主观意图和结论的阐释），也包括了“强制阐释论”的四个具体表现特征（场外征用、主观预设、非逻辑证明、混乱的认识路径）。此外，在每一个特征之下，作者又以一种审慎的态度，条理清楚地介绍和分析了诸如原因、后果、表现方式、相似概念的区别等问题，使“强制阐释论”犹如一个“球体”，从任何角度看都自成一体、坚不可破。下面仅以“场外征用”这一特征为例，加以举证。

为了让读者明白何为“场外”，论者首先概括了“场外”的三种理论来源。第一，与文学理论直接相关的哲学、史学、语言学等传统人文科学理论；第二，构造于现实政治、社会、文化活动之中，为现实运动服务的理论；第三，自然科学领域的诸多规范理论和方法。这三种理论来源不仅能让读者迅速明白何为“场外”，同时，如果以“文学”为中心，我们可以看出，这三种来源呈现出了由最靠近中心点向外逐渐拓展的过程，反映了作者由近而远清晰的逻辑思维线索。既然“场外”的概念已解说明白，那么这三种场外的理论来源，是如何由非文学的“场外”进入文学的“场内”呢？作者将之概括为三种表现方式，即“挪用”“转用”“借用”，并分别举例介绍了这三种方式的具体表现。经过论证之后，“场外征用”的事实已经毋庸置疑，接下来也就自然转到了对文学内部的论述。场外理论到底使用了哪些技巧，不留痕迹地进入文学内部呢？论者又将之概括为四种方式，即“话语置换”“硬性镶嵌”“词语贴附”“溯及既往”。而在论述这四种方式时，作者不仅详细地概括了每一种表现方式的内涵，还通过具体的文学批评案例让读者有了更为直观的了解。至此，作者已经非常详细地为我们勾勒出了“场外征用”各个环节的内容所在。然而，文章并没有在此停下，而是进一步提出和解决了两个容易让人产生疑惑的问题。一是，在跨学科、跨领域的交叉融合已成为科学发展动力的时代，文学的场外征用是否应该是正当的？二是，新的理论一旦形成，能否用这个理论重新认识和改写历史文本？对这两个疑惑的进一步解决是重要的，这就从另一个方面推进了读者对于“场外征用”内涵的深入领悟和完整理解。由此可见，从概念的提出，到可能会有的疑惑，作者都周全考虑，一一道来，有逻辑有条理，比较全面而清楚地阐释了“场外征用”的理论脉络。对“主观预设”“非逻辑证明”“混乱的认识路径”等强制阐释论的其他特征，作者也都通过详细深入的理论分析和相关举例进行阐述证明，令人信服。限于篇幅，这里不再一一赘述。

在论证相关问题时，“强制阐释论”并不迷恋于论证说理，而是十分善于通过一些具体的文学案例用事实说话，这一点也是非常值得赞赏的。如在论述“场外征用”时，作者就列举了一些批评者用生态批评理论解读《厄舍古屋的倒塌》的案例；在论述“主观预设”时，则列举了一些女性主义批评家，站在女性主义的前置立场对一些作品所进行的预设性解读模式；等等。可以看出，“强制阐释论”不仅通过强大的理论论证，言之有据，言之成理，而且通过大量典型的文学批评实例来支撑结论，联系实际，实事求是，从而将西方文论的问题与病症很好地呈现给了读者，进而非常成功地击碎了当代西方文论的“神话”，催人梦醒，引人深思。

三　“强制阐释论”所引发的理论思考

“强制阐释论”指出了当代西方文论的根本缺陷以及在中国的滥用情况，让我们对今后如何理性地对待西方文论，如何正确地进行文学批评有了更为科学、客观的认识与理解，对于国内理论界来说，这确实是一件具有里程碑意义的事情。“强制阐释论”留给我们的，既有文艺理论或文学批评方面的指导与启示，同时它对我国整个人文社会的科学研究、国人的文化价值诉求等，都有很强的启迪与警示作用。

让理论归依实践，是“强制阐释论”给我们的第一个启示。正如张江所说："当代文学理论建构始终没有解决好文学与实践的关系问题。一些西方文学理论脱离实践，相当程度上源自对其他学科理论的直接'征用'，中国文学理论脱离实践则表现为对西方理论的生硬'套用'。从这个意义上讲，东西方文学领域中理论与实践的关系都处于一种倒置状态。"① 正是这种"倒置状态"，使文学理论离文学本身越来越远，最终走向了伤害文学的道路，于是，文学理论在跟诸多学科结合之后看似"繁花似锦"，但却没有结出真正的果实。这些源自哲学、心理学、经济学甚至于自然科学的方法、观点、流派，本无关乎文学，但却被作为具有"创新性"和"独特性"的文学理论和文学批评范式，大量地应用于文学领域。于是，本应作为理论指导的文学理论，并不能真正地指导文学批评，更遑论指导当下的文学创作。不能面对文本，不能给文学以活的解释，文学批评和文学理论又该以何面目存在？今天诸如"理论终结""文学已死"虽让人有着"新亭对泣"的彻骨之痛，但文学理论自身的人云亦云、不够争气，却显然是造成这一事实的原因之一。当然，学者们并非不够努力，我们去古典文论中寻找动力，从西方文论中寻找资源，在马克思文论中寻找规律，提倡古代文论的"现代转换"，提倡"中体西用"，提倡"马克思主义文艺理论的中国化"，但我们忘记了这些思想资源只能作为理论成长的孵化器，绝不是理论生成的内驱力。只有回到丰富的社会实践和鲜活的现实生活，只有回到具体的文学作品和紧跟时代的文艺创作，文学理论与文学批评的健康成长才真正可能。因此，"让文学理论归依文学实践"，面向具体的文学作品，面向具体的批评实践，从千百部作品中分析出特色，从千百次批评中看出规律，"由个别到一般、由特殊到普遍、由具体到抽象的归纳上升"，才是文学理论的正确道路，也是唯一的道路。

尊重作家、尊重作品，才能使艺术永恒，这是"强制阐释论"给

① 毛莉：《当代文论重建路径：由"强制阐释"到"本体阐释"——访中国社会科学院副院长张江教授》，《中国社会科学报》2014年6月16日。

我们的又一启示。如张江所言：“从道德论的意义上说，公正的文本阐释，应该符合文本尤其是作者的本来意愿。文本中实有的，我们称之为有，文本中没有的我们称之为没有，这符合道德的要求。对作者更应如此，作者本人无意表达，文本中又没有确切的证据，却把批评家的意志强加于人，应该是违反道德的。”[①] 其实，对作者或文学作品进行妄意的批评，不仅只是违反道德的行为，更是对艺术本身深层的戕害。虽然我们赞同“一千个读者心中有一千个哈姆雷特”，“说不尽的莎士比亚”，但这个哈姆雷特可以是忧郁的、迷茫的，可以是敏锐的、深刻的，可以是刻薄的、审慎的，甚至可以是具有恋母情结的，但绝不应该是邪恶的、淫乱的。或者就像把《罗密欧与朱丽叶》的主旨诠释为肯定“一种同性恋秩序”[②] 一样，都只能在最初的新奇之后让人觉得匪夷所思。而诸如把李商隐《无题》中的“春蚕到死丝方尽，蜡炬成灰泪始干”中的“蜡炬”解读为男性的象征[③]，把朱自清的《荷塘月色》视为“爱欲骚动的心理过程”[④]，都只能说是“无知者无畏”了。而这种“无畏”的后果，并不是对于作品的“意义再生产”，而是遮蔽了作品本身的思想内涵，践踏了艺术的审美价值。长此以往，艺术将成为可以随意任人调笑、戏玩的工具，而当艺术的神圣性被消解之后，它还能否成为“经国之大业，不朽之盛事”（曹丕），能否成为“积蓄在苦难和耐劳的人的灵魂中的蜜”（德莱赛），能否带领我们去“探访现实中未知的一座座殿堂，走向一个同过去有着天渊之别的未来”（泰戈尔）？答案肯定不是我们所期望的。所以，尊重作家、尊重作品、尊重艺术，对神圣的事业保持敬畏，才能让它生生不息。否则，最终会像罗曼·罗兰的呐喊：“假如艺术不能和真理并存，那就让艺术去毁灭吧！”总之，“强制阐释论”对当代西方文

---

① 张江：《强制阐释论》，《文学评论》2014 年第 6 期。

② Jonathan Goldberg, “Romeo and Juliet’s Open Rs”, in Joseph A. Porter (ed.), *Critical Essays on Shakespeare’s Romeo and Juliet*, New York: G. K. Hall & Co., 1997, p. 83.

③ 颜元叔：《颜元叔自选集》，黎明文化事业股份有限公司 1980 年版，第 226 页。

④ 高远东：《〈荷塘月色〉一个精神分析的文本》，《中国现代文学研究丛刊》2001 年第 1 期。

论的反思与批判，留给我们的不仅是有关国内文学理论、文学批评方面的启示，更因其深刻的批判精神而可以扩大到整个人文社会科学领域，因为我国对当代西方思潮与价值的膜拜在这些领域同样存在。

第五节 新媒体时代文学创作的困境与出路

早在90年代初，冯骥才就感叹“那个曾经惊涛骇浪的文学大潮，那景象、劲势、气概、精髓，都已经无影无踪了，魂儿没了，连那种‘感觉’也找不到了”①。同样，在21世纪初年，面对日益兴起的网络技术，美国学者米勒也发出了令文学界更为震撼的声音：“文学研究的时代已经过去了，再也不会出现这样一个时代——为了文学自身的目的，撇开理论或政治方面的考虑而去单纯研究文学。”② 于是，沸沸扬扬的关于“文学终结”的讨论也便由此展开。确实，我们无法回避文学创作在当代所面临的困境，但是若深究下去就会发现，冯骥才口中的文学逝去的辉煌与米勒的“文学终结”其实有着本质的不同。90年代，文人哀叹的只是文学影响力的降低，文人被新兴的市场浪潮从高高的、辉煌的殿堂驱赶了下来，不复再有“一呼百应”的效应，但“作家”这个职业在众人眼中却还是值得敬仰的。然而今天，在这个网络媒介的新时代，文学在形式上似乎迎来了前所未有的发展热潮——作家的数量与日俱增、作品的样式层出不穷。但在这种“另类的繁华”之下，我们却很少看到具有厚重的历史承载和深刻的思想深度的大作品，充斥在市场、书店和网络中的只是一些肤浅、琐碎、供人娱乐的作品。新的媒介的出现到底给我们带来了什么，究竟是促进了文学的繁荣，还是将文学引向了没落？笔者将就此谈些自己的看法。

---

① 冯骥才：《一个时代结束了》，《文学自由谈》1993年第9期。

② ［美］J. 希利斯·米勒：《全球化时代文学研究还会继续存在吗?》，国荣译，《文学评论》2001年第1期。

一　新媒体时代文学遭遇“祛魅”过程

首先，我们来谈谈“新媒体”。1967 年，“新媒体”一词最早出现在美国 CBS（哥伦比亚广播公司）技术研究所所长 P. Goldmark 发表的一份关于开发电子录像商品的计划书中，至今已近半个世纪。虽然新媒体在今天已经成为人们日常生活中不可或缺的部分，但对于它的具体界定却依然众说纷纭。目前较为流行的看法有两种，一种是美国《连线》杂志所提到的“所有人对所有人的传播”，另一种是清华大学熊澄宇教授所说的“在计算机信息处理技术基础之上出现和影响的媒体形态”。[①] 笔者认为，具体如何界定似乎并不太重要，重要的是要能对传统媒体与新媒体做出区分。综合现有的研究，本文认为，这种区分大体表现在两个方面：一是技术运用上的不同，新媒体主要利用数字技术、网络技术，通过互联网、宽带局域网、无线通信网、卫星等高科技手段进行信息传播；二是应用形式上的不同，新媒体应用的是数字杂志、数字电视、手机、网络、触摸媒体等新型的媒体形态。相对于报刊、广播、电视等传统意义上的媒体，新媒体以其开放性、自由性、虚拟性和互动性等特点，成为人们日常交往中信息交流与传播的主要形式。新媒体对我们当代社会生活所具有的意义是巨大的，不管身在哪里，不管从事的是何种职业，新媒体都无时无刻不在为我们提供便利的服务。新媒体改变的不仅是以往的信息传播方式，同时也在深层次上影响着人们的思维活动和生活习惯。正如麦克卢汉在《理解媒介——论人的延伸》中说的一句话：“我们塑造了工具，此后工具又塑造了我们。”[②] 这里，我们姑且将这个经过新媒体“塑造”的时代称为“新媒体时代”。

“新媒体时代”的到来，对文学产生了重要的影响。一方面，“传

---

① 景东、苏宝华：《新媒体定义新论》，《新闻界》2008 年第 3 期。

② ［加］马歇尔·麦克卢汉：《理解媒介——论人的延伸》，何道宽译，商务印书馆 2000 年版，第 4 页。

统文学领地大面积萎缩”，丧失了文学话语的主动权，日益呈现出边缘化趋势；另一方面，借助传媒、影视、网络等文学样式迅速发展，急剧占领生活的各个领域，但同时又有着“速朽、低质与巨量”[①] 的特点。网络文学、手机文学、博客、微博等伴随新媒体技术应运而生的“新媒体文学”，在当代文学中所占的比重越来越大。如果说白烨“三分天下”的文学新格局[②]——以出版营销为依托的图书市场文学；以文学期刊为主阵地的传统文学；以互联网络为平台的网络文学或新媒体文学——在几年前还颇具说服力的话，那么现今新媒体文学恐怕要占据半壁江山了。《人民文学》编辑部主任邱华栋披露了这样一组对比数字：中国作家协会共有 9000 多名会员，而盛大文学网号称有 123 万个作者，这些作者以每天 1 万至 3 万字的速度写作。[③] 在如此庞大的作者群的运作下，确实诞生了一些优秀的文学作品，但也存在良莠不齐、鱼龙混杂的现象，大部分作品充斥着色情、暴力、消极和拜物因素，这些作品只是在某些方面满足了人们的感官享受，并不涉及对心灵的陶冶，在文学的审美性上也是非常欠缺的。正如白烨所说：“各种写法多了，佳作却少了；作品种数增了，艺术质量与分量却减了；小说改编影视的多了，经得起阅读的却少了；期刊的时尚味浓了，文学味却淡了；作家比过去多了，影响却比过去少了；获奖的作者多了，能留下来的作品却少了。”[④]

新媒体的出现，本来应该为文学的生产、传播和消费提供一个更好的发展平台，但为何会出现文学经不起阅读、文学韵味和审美淡化的现象呢？笔者以为，造成这种现象的原因，主要是由于新媒体时代文学写作本身已经遭遇到“祛魅”的过程，同时，作家也在市场、利益等多元因素的驱动下，丧失了艺术创作必要的坚守与根基。

---

① 彭亚非：《网络写作——速朽的文作与潜在的生机》，《中国社会科学院院报》2007 年 10 月 23 日。

② 白烨：《文学的新演变与文坛的新格局》，《文艺报》2009 年 9 月 19 日。

③ 王传真、白瀛：《新媒体给中国文学带来了什么？》，《常德晚报》2011 年 2 月 18 日。

④ 白烨：《在适应中坚守——文坛现状的观察与思考》，《北京文学》2004 年第 1 期。

文学是一项需要创造的事业，创造是文学的生命所在。但阅读当代文学作品，不管是纯文学还是备受争议的新媒体文学，我们很多时候都会有类似的感觉：合上书本，除了脑海中模模糊糊的主人公的名字、断断续续的故事情节，似乎再也想不出来别的什么东西。即使这仅有的些许记忆，也会在很短的时间内消失得无影无踪，我们唯一可以聊以自慰的是，这本书我读过。

人们对于无新奇、无挑战、无特色、无深度、无内涵、不能撞击心灵的东西总是没有多大的兴趣，俄国形式主义大师什克洛夫斯基的"陌生化"理论也很好地说明了这一点。人们总是本能地漠视平常的内容和形式，而对那些超越常识的新鲜事物却情有独钟，所以当年阿来的《尘埃落定》一经出版，便以其对于藏族土司家族历史和生活的独特描述、新颖的异域风情、奇妙的故事情节，以及独特的叙事手法等，深深地吸引了读者。这些是此前的文学经验所缺少的，因此令人关注与痴迷。处于新媒体时代，这样的作品却越来越难以看到了。这其中的原因就在于，在新媒体时代，地球已经缩小为一个村落，媒体几乎完成了对世界上的每一个区域、每一种行业、每一件事情的"祛魅"工作，各种各样前所未闻的奇异事件充斥于媒体之中，我们对这些奇异事件的感觉由震惊到新奇到平淡再到漠视，所有的一切已经很难点燃我们的好奇之心。正如《晚生的悲哀》一诗中所写到的，"所有的道路/都被脚印占领/太阳底下/已没有新鲜事情//所有的话语/都被嘴巴说出/天地之间/风景已全被阅读//晚生的人因此/而瞠目结舌，手足无措/模仿已是宿命/一切都是重复"。[①] 创作需要想象，阅读作品也需要想象，然而在这个时代，我们足不出户就可以阅览世界，南半球的一次轻微叹息，瞬间便可以传遍世界的各个角落。对于读者来说，新媒体的出现，使一切都不再新鲜，大众的思维已经被麻痹了，作家的想象力也由于无法超越新媒体对奇异事件快速、密集的传播，而陷

---

① 杨景龙：《用典、拟作与互文性》，《文学评论》2011 年第 2 期。

入一种无所适从、思维枯竭的尴尬处境，创作也随之进入一个难以突破的瓶颈处。从表面来看，现在的小说，特别是新媒体小说种类繁多，有玄幻、武侠、仙侠、都市、言情、历史、军事等，但即使是这些形式较为新颖的作品，在内容上也很少能满足读者的阅读期待，自然也就无法引起读者的阅读兴趣。

再者，巨大的经济利益诱惑着文学写手们，使他们放弃了对文学至上至美境界的探索，转而去追求速度和数量，形成了创作的模式化、平面化、媚俗化、庸俗化，而作品的思想性、审美性、想象性和创造性却荡然无存。为了更大的经济效益，为了获得更大的名声，作家们犹如一部快速运转的机器，拼命地创作，以争取在尽可能短的时间内创作出尽可能多的文学产品。然而，作为一种艺术创造，文学创作却偏偏是一项需要静心、耐心和精雕细琢的工作，没有“十年磨一剑”的功夫，是难以创作出上乘之作的。正是在这一意义上，笔者认为，今天我们的文学真正面对的不是新媒体所造成的影响与冲击，而是作家们如何在这种影响与冲击下，沉着应对，保持一种独立的人格、独立的思考，以及对人类生存命运的真切关怀。

二　新媒体时代与文学民族传统的解构

新媒体时代文学遭遇“祛魅”的过程，这只是问题的一个方面；另一方面，新媒体的到来还造成了民族与民族特色的消融与解构，正如希利斯·米勒所言：“国际互联网既是推动全球化的有力武器，也是致使民族独立国家权力旁落的帮凶”，[①] 民族国家之间的界限正在被因特网这样的信息产业打破，任何人只要拥有一台电脑、一个调制解调器、一个服务器，几乎马上就可以链接到世界上任何一个地方。他认为，“民族独立国家自治权力的衰落或者说减弱、新的电子社区（electronic communities）或者说网上社区（communities in cyberspace）

① ［美］J. 希利斯·米勒：《全球化时代文学研究还会继续存在吗?》，国荣译，《文学评论》2001 年第 1 期。

的出现和发展、可能出现的将会导致感知经验变异的全新的人类感受（正是这些变异将会造就全新的网络人类，他们远离甚至拒绝文学、精神分析、哲学的情书）——这就是新的电信时代的三个后果”。[①] 基于对新的电信时代后果的这一认识，米勒认为，文学以及文学研究也走向了它的终结。如果说米勒是从技术层面提供了新媒介时代民族衰落的客观依据，那么英国学者本尼迪克特·安德森则从文化人类学的角度出发彻底解构了民族的存在。他是这样界定“民族”这一概念的：“它是一种想象的政治共同体——并且，它是被想象为本质上有限的（limited），同时也享有主权的共同体。”“它是想象的，因为即使是最小的民族的成员，也不可能认识他们大多数的同胞，和他们相遇，或者甚至听说过他们，然而，他们相互联结的意象却活在每一位成员的心中。”他还认为，“民族的属性以及民族主义，是一种特殊类型的文化的人造物（cultural artefacts）”。[②] 安德森对于“民族”问题的这种判断，将过去人们关于“民族”的常识性认识彻底颠覆掉了。

应该说，无论是米勒还是安德森，他们对于“民族”问题所做出的理论分析都有一定的道理。然而，米勒从网络将不同地域的人拉得更近以及从“地球村”的可能形成这一点出发，并不必然就得出民族衰落的结果，它可能还会有另一个结果，正如有学者所指出的，“由网络媒介留给民族国家的这种后果，势必激起民族国家捍卫自身权力与利益的本能力量，而作为同这种后果对抗的这种力量一经得到人们的认同，那么，米勒所说的这种事实的存在就将是可疑的，或者说根本就不存在了”。[③] 而安德森的“民族想象”理论，实际上也忽略了这样一个事实，即：正是在个体“相互联结的意象”中，人们其实可以建构出一种类似于实然存在的民族认同感，更何况真正“民族”的形

① ［美］J. 希利斯·米勒：《全球化时代文学研究还会继续存在吗?》，国荣译，《文学评论》2001 年第 1 期。

② ［美］本尼迪克特·安德森：《想象的共同体——民族主义的起源与散布》，吴叡人译，上海人民出版社 2003 年版，第 6 页。

③ 丁国旗：《“全球化”语境中的“世界文学”探讨》，《江苏行政学院学报》2010 年第 3 期。

成过程还有更多更为复杂的因素参与其中。在由于生存而同自然与外族入侵的斗争中，在维护共同体的安全与权益的建设中，这个“想象的共同体”实际上已不再只是想象，而成为一种“实在的共同体”，因为人们对它有着共同的记忆、共同的感情、共同的依赖与信任，而围绕它所形成的文学、艺术与文化也将有着相同的精神诉求与相同的审美理想。由于这种文化精神的塑造与承传，又会进一步促进与加强对民族身份的认同与巩固。

任何创作都不会凭空诞生，正是民族与民族历史的存在，才为文学艺术准备了用之不竭的素材与丰富多样的主题。然而，对以往艺术创作精神的继承与坚守却常常被人们轻易地忽视甚至抛弃。顾彬等曾在一次访谈中这样说道：“中国当代许多作家与传统几乎没有关系，可以说基本上没有联系。你阅读中国当代作家的创作几乎难以了解1949年以前的中国，难以了解鸦片战争以前的中国。”① 在文学艺术备受冲击的新媒体时代，这种情形更加严重，今天，我们把某一部文学作品拿来，如果除去地名和人名，主人公的性格、故事情节或是景物描写，似乎放在任何一个时代和任何一个国度都可以成立。鲁迅对中国国民性的深刻写照，张爱玲对封建家族的真实刻画，或者一眼可辨的老舍的北平或是沈从文的湘西风情，这些与中国的民族文化紧密联系在一起的文学作品，在当下文学作品中已经很少看到了。

然而现在无法回避的事实是：全球化就发生在我们身边，新媒体通过网络、电视、电影、数字杂志等手段，将全世界的经济和文化紧紧地联结在一起。传媒时代的特征，就是让人丢失传统。年青一代的写作者深受西方网络流行文化的影响，在创作中往往缺乏民族文化的自觉意识。再加上近年来对国学教育的疏忽、对西方文化的重视，也使他们在民族文化素养方面先天不足，从而导致他们丧失了精神依赖的血脉与根基。除此之外，图书出版商们也用尽种种手段打造市场卖

① 杨剑龙、顾彬：《中国当代文学创作的困境与思考——当代作家与中国经验谈》，《芳草》2008 年第 2 期。

点，致使文学创作在对市场的迎合中不得不放弃对于人类精神家园的坚守。于是就出现了这种状况：过分张扬自然人性、肆意渲染感官刺激、充分暴露个人私欲、彻底消解传统价值的作品大行其道，所谓“身体写作”“个人化写作”“私语化写作”侵占了图书的大半市场，而对爱的表达、对理想的追寻、对真善美的探索、对民族文化和民族精神弘扬的作品，不再是作家创作的主要内容，这样的文学创作怎能让人乐观？别林斯基曾说：“我们时代的精神是如此：无论是怎样蓬勃的创作力，如果只把它自己局限于‘小鸟的歌唱’，只创作自己的、与当代历史的及思想界的现实毫无共同之处的世界；如果它认为地面上不值得它去施展本领，它的领域是在云端，而人世的痛苦和希望不应该搅扰它的神秘的预见和诗的冥想的话——这样的创作力也只能炫耀一时而已。它无论怎样巨大，由它产生的作品绝不能伸入到生活里，也不可能在现代或后世人的心中引起热烈的激动和共鸣。”[①] 事实正是如此，没有以民族文化与民族精神为支撑的作品是经不起阅读的，只有保持文学的民族特色和民族个性，使其成为一种难以复制的东西，它才可以不被遮蔽而成为世界性的，这才是文学生命的不竭动力。正如唐诗宋词、京剧、茶文化、园林艺术等，它们之所以长盛不衰，之所以在世界各国广受青睐，根本就在于它们充满着鲜明的、不易被模仿的、无法被替代的民族特色。这些民族特色成就了艺术文化，是唐诗之所以为唐诗、京剧之所以为京剧的唯一缘由。

因此，笔者认为，在新媒体时代，中国当代文学想要重获新机，必须高扬本民族积极、向上的精神力量。作家应该沉静下来，扎根于民族艺术的土壤之中，从民族艺术的精髓中汲取营养，不断向民族文化与艺术学习，不断养炼自己的民族精神。同时，以开放的心态去汲取其他民族进步的、健康的文学思想，唯有如此，才能创作出经得住历史考验的经典作品。

---

① ［苏联］别列金娜选辑：《别林斯基论文学》，梁真译，新文艺出版社1958年版，第26页。

三　文学的出路在于走出人性的困境

需要注意的是，我们讨论新媒体时代文学创作的困境，并不是要把批判的矛头指向新媒体技术，也不是要一味地责怪市场的作用。丹尼尔·贝尔在《资本主义文化矛盾》中提到："经济、政治和文化三个领域各自拥有矛盾的轴心原则：掌管经济的是效益原则，决定政治运转的是平等原则，而引导文化的是自我实现（或自我满足）原则。由此产生的机制断裂就形成了150年来西方社会的紧张冲突。"[①] 经济、政治和文化之间之所以存在着强烈的冲突与矛盾，是由于所遵循的原则不同。结合到文学创作上说，经济的效益原则要求作家必须迎合市场，迎合大众的消费口味，必须在短时间内创作更多的作品，必须不断翻新花样以免引起审美疲劳，在这种情况下，粗制滥造之作实在是在所难免。而新媒体时代技术的高效原则，再加上经济社会市场的运作逻辑，必然要求在最节省时间和空间的前提下为消费者提供最便捷的服务。这样，经济的刺激和新技术的支持导致作品的更新和代谢周期越来越短，以至于作家根本没有时间深入生活，更没有时间精心思索，闭门造车也就成了无奈的选择。这些难以调和的矛盾，造成了文学创作上的诸多困境。但"技术无过错"，我们不能把创作所遭遇的困境嫁祸在无生命、无理性、无思想的"技术"身上，拨去文学创作困境的重重迷雾，我们发现，文学目前的创作困境，最根本的原因还在于人自身。文学的困境在本质上其实表现为人性的困境。

如麦克卢汉所说，我们创造工具只是为了延伸我们肉体器官的功能、增强人类的能力，而不是让工具成为束缚人的绳索。但自工业社会以来，技术革命在给人类创造巨额财富的同时，也造成了人们对于工具与技术的依赖，甚至工具与技术本身成为人的目的，而人在对工

---

① ［美］丹尼尔·贝尔：《资本主义文化矛盾》，赵一凡、蒲隆、任晓晋译，生活·读书·新知三联书店1992年版，第41—42页。

具与技术的追求中丧失了自己。正像贝塔朗菲所说的，“我们已经征服了世界，但是却在征途中的某个地方失去了灵魂”[①]。在进入发达工业社会以后，人们由于过分追求效率，追求对商品的消费而将自己拖入“异化”的境地，如法兰克福学派的理论家马尔库塞所分析的，社会成了“单向度的社会”，人成了“单向度的人”。[②] 而消费社会的到来，则进一步将这种状况引向极致。消费时代，人们消费的内容已经越出物质商品本身而走向了对于“物符”的消费中。研究消费社会的理论家波德里亚对此有很多精彩的论述：“今天，很少有物会在没有反映其背景的情况下被提供出来。消费者与物的关系因而出现了变化：他不会再从特别的用途上去看这个物，而是从它的全部意义上去看全套的物。”[③] 他认为，“我们已经看到消费逻辑被定义为符号操纵”[④]。“至少在西方，生产主人公的传奇现在已到处让位于消费主人公。”[⑤] 也就是说，在消费社会，人们所看重的已不再是商品的使用价值，而是它的符号价值。过去人们主要消费商品，生产是主体，属于生产为主体的时代；而今天人们主要消费的是符号，消费成为主体，属于消费为主体的时代。在生产为主体的时代，虽然如马克思所分析的，由于资本对利润追求最大化的逻辑，雇佣劳动必然会造成人同自己的劳动产品、自己的生命活动、自己的类本质以及人同人等四个方面的“异化”，[⑥] 但作为劳动生产者，他们仍会在实际劳动过程中，忘记自身的雇佣身份，而将个人情感、审美与智慧等融入劳动产品即商品中

---

① ［奥］冯·贝塔朗菲：《人的系统观》，张志伟等译，华夏出版社1989年版，第19页。

② 详情参见马尔库塞《单向度的人——发达工业社会意识形态研究》（张峰、吕世平译，重庆出版社1993年版）一书相关内容。

③ ［法］让·波德里亚：《消费社会》，刘成富、全志钢译，南京大学出版社2006年版，第2—3页。

④ ［法］让·波德里亚：《消费社会》，刘成富、全志钢译，南京大学出版社2006年版，第85页。

⑤ ［法］让·波德里亚：《消费社会》，刘成富、全志钢译，南京大学出版社2006年版，第20页。

⑥ 见马克思《1844年经济学哲学手稿》（人民出版社2000年版）“异化劳动和私有财产”一节相关论述，第50—65页。

去。在资本主义制度下，艺术家正是由于这一原因才创作出了许多伟大的作品，成就了多次艺术的辉煌时代。然而，进入以消费为主体的时代，创造主体已经退居到次要地位，人们更看重的是商号的符号因素，符号成为统治一切的力量。反映到艺术创作上，这也就意味着，作家只要创作出供人消费的产品即可，至于是否将个人的情感体验融入其中，是否将审美理想传达出来就不重要了。作品传递什么已经无关紧要，重要的只是给人们提供一种消费的品位与氛围。“消费逻辑取消了艺术表现的传统崇高地位。”① 在这个时代，作家为了加重文学作品作为一种文化符号消费的价值，只要想办法把自己“华丽转身”为名人，作品就自然会因为这种外在的符号属性而畅销。于是在这样一种与传统完全不同的文艺作品的生产机制中，作家的功利之心、成名之欲便自然被调动起来，甚至急剧膨胀，自然也就把心思放在创作之外的事务上，无心于创作而用心于成名。消费时代这种作家与消费者（读者）共同“异化”的结果，最终把文学推向了尴尬的境地。

很多时候我们怀疑，为什么文明的进步、物质的丰裕并没有使人类感觉到更加幸福？我们只能说，当人类的欲望超越了生理本能而进入心理层面的时候，它便获得了无限的发展空间，人们越来越像一群盲目的羊群，在市场或一些莫名因素的引导下急剧膨胀，最终忘却了自身的归依之地。正像詹姆士·里德所说：“当我们的财富增加的时候，我们的需要也随之人为地增加，一直到从前是奢侈品的东西现在变成必需品。许多人在生活中承受的大量紧张不是像他们想象的那样，只归咎于为生活而进行的斗争，而要归咎于他们需求维持一种完全人为的生活标准。”② 我们被物欲、被一些“人为的标准”牵着鼻子走，

① ［法］让·波德里亚：《消费社会》，刘成富、全志钢译，南京大学出版社2006年版，第86页。

② ［英］詹姆士·里德：《基督的人生观》，蒋庆译，生活·读书·新知三联书店1980年版，第155页。

但是若要追问，很多人却不知道自己真正需要的是什么，这就是我们人性的困境所在，也是文学创作的真正困境所在。因此，文学的救赎，便需要从人性的救赎开始。

文学在这个时代陷入了危机，但越是危险的时刻，越孕育着蓬勃的生机。再充裕的财富，也代替不了灵魂之间的沟通与交流；文明越进步，社会越发展，就越需要人文精神的介入与抚慰。同时需要注意的是，我们不能责怪市场迷惑了我们的思想，技术扰乱了我们的步伐，更不能埋怨社会不重视、读者没品位。要真正实现人性的救赎，作家需要反省自己，人性的救助要先从自我开始。作家如果能在消费的洪大潮流中保持一份知识分子的独立，真正成为一个有思想的人，那么这种救赎就会充满希望，作品的育人功用，一个良好的文艺生产与消费的循环生态的形成，也就能真正得以实现。因此，作家要敢于剖析自己，敢于追求真理，敢于重挑"天下之大义"，远离铜臭和俗气，多些风骨与睿智，扎根民族精神富饶之土壤，扎根生命体验动情之深处，听从心灵的呼唤，这样才能创作出对得起自己、对得起艺术，也对得起天下苍生的优秀作品。

第三章　文艺批评的新语境、新探索

21 世纪以来，文艺批评备受诟病。创作者坦言从来不看批评家对自己作品的评论，读者、观众抱怨很难看懂批评家的文章，批评界内部也是乱象丛生，很多批评家对此也表示不满。文艺批评颇有些自身难保的意味，更遑论为文艺创作提供指导、为社会主义文艺工作的繁荣发展做出贡献。面对文艺批评面临的重重困境，迫切需要广大文艺理论和文艺批评工作者针对存在的问题展开讨论，提出改进的措施与办法，但这一问题并没有引起各方面足够的重视。习近平总书记发表的有关文艺的系列讲话均对文艺评论工作的重要地位给予了充分肯定，对文艺评论工作提出了许多建设性意见和建议。为切实加强文艺评论工作，2014—2017 年，《人民日报》先后开设“文学观象”“文艺观象”栏目，组织知名学者、作家等，针对当代我国文坛存在的各种乱象，以对话形式开展了系列批评工作，具有很强的现实针对性。2014 年 5 月 30 日，中国文联成立文艺评论家协会，同年 11 月 22 日，中国社会科学院成立中国文学批评研究会，这两件具有风向标意义的事件被看作批评界重塑批评精神、加强文艺评论队伍建设的重要举措。虽然文艺界对习近平总书记有关文艺问题的系列重要讲话进行了广泛的研究与讨论，但文艺批评自身的发展与党中央的期望还有很大差距，与十八大以来我国文艺取得的成就还不同步。正是基于这一原因，本章以习近平总书记有关文艺问题的系列重要讲话为理论资源，针对新时代我国文艺繁荣发展的迫切需求，对文艺批评应该具备的精神品质、价值导向，应该重视的理论资源等问题进行深入研究。

第一节　基于 CiteSpace 的文艺批评热点与趋势知识图谱分析

CiteSpace 可视化文献分析软件是目前国内学界应用最广、最为流行的知识图谱绘制工具之一，这种多元、分时、动态的引文分析可视化技术所绘制的 CiteSpace 知识图谱，能够将一个知识领域来龙去脉的演进历程集中展现在一幅引文网络图谱上，并把图谱上作为知识基础的引文节点文献和共引聚类所表征的研究前沿自动标识出来，因此 CiteSpace 知识图谱具有："一图谱春秋，一览无余；一图胜万言，一目了然"两大基本特征。[①] 本文运用 CiteSpace 工具，对近十年文艺批评研究进行知识图谱分析，总结其研究热点，分析其发展规律和趋势，为下一步探讨新时代文艺批评在繁荣发展社会主义文艺、助力文化强国建设上的重要作用提供信息支撑。

一　研究数据与方法

1. 数据来源

本研究旨在探析新时代我国文艺批评研究的脉络。为了全面、完整地搜集国内该领域的相关权威研究，对文艺批评研究进行科学知识图谱分析，本研究数据来源于中国学术期刊（CNKI）数据库中的核心论文集（CSSCI）。利用 CNKI 数据库高级检索功能，选择期刊文献库，以"文学批评"为主题关键字进行检索（本研究的文艺批评主要是以文学作品为代表的批评理论和实践，为了使检索对象更具有针对性，故仅以"文学批评"为关键词进行检索），检索时间跨度为 2010—

① 陈悦、陈超美、刘则渊、胡志刚、王贤文：《CiteSpace 知识图谱的方法论功能》，《科学学研究》2015 年第 2 期。

2021 年，共得到检索结果 3978 篇，并确定检索文献皆有效，最终以这 3978 篇文献作为本书的研究对象。

2. 分析方法与工具

本研究通过采用文献计量和数据可视化技术，对我国文学批评相关研究进行多层次分析，以全面呈现文学批评研究的知识图谱。主要借助 CiteSpace 5. 8 可视化分析工具并结合 Python、Excel，对新时代我国文学批评研究的主题、热点、趋势等进行分析，由此确定了发文量、作者、研究机构、期刊载文量、发文地区、高被引文献、研究主题及研究趋势等 8 个层面，以尽可能全面地展示我国文学批评研究的全面风貌。

二　文艺批评研究文献分布概况

1. 发文量分析

按时间段对研究文献数量进行分析，可以了解某一领域研究力量投入的动态过程分布。为了梳理出 2010—2021 年我国文学批评研究文献的产出情况，以样本文献发表时间逐年进行统计，得到近十多年文学批评研究发文量变化趋势图，如图 3 - 1 所示。从图中可以看出，发文量呈现出波动下降的趋势。

具体而言，在 2010—2021 年十二年间，2010 年发文量最多，此后发文量呈逐年下降趋势，至 2014 年底 2015 年初，发文量开始逐步提升。此提升应与 2014 年 10 月 15 日习近平在北京主持召开的“文艺工作座谈会”并发表了重要讲话有关。讲话之后，文艺工作又一次得到人们的重视，文艺批评工作也随之受到关注。在图 3 - 1 中，2021 年发文量最少，与本统计数据截止到 2021 年 11 月份有关，2021 年因缺少 11—12 月份的论文数据，故显示的发文数量最少。但整体来看，发文量在 300—370 篇波动，在近几年也并没有井喷式的增长。

2. 作者分析

统计作者相关信息有利于发现该领域高产作者以及作者之间的合作

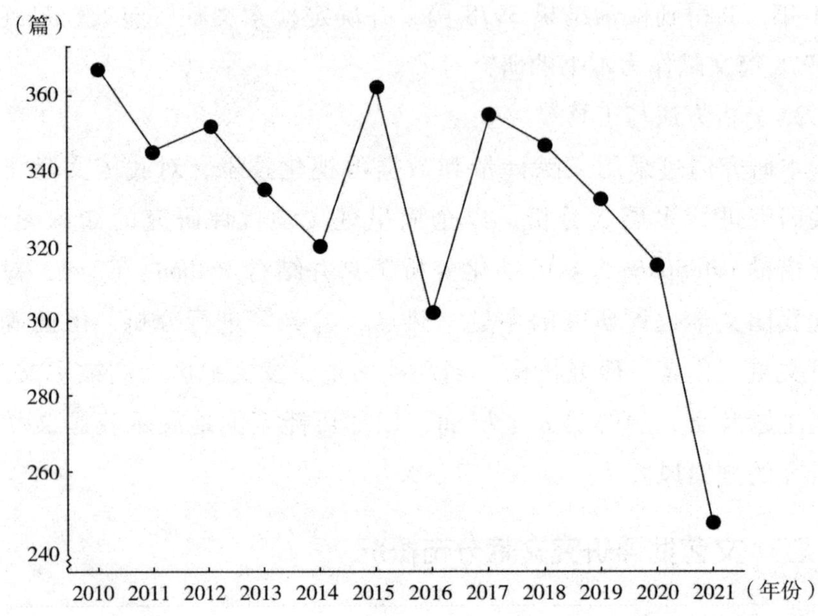

图 3－1　文学批评发文量变化趋势

关系。普赖斯定律指出，高产作者的计算公式为：$N_{min}=0.749\sqrt{N_{max}}$，其中 N_{max} 为本领域中发文最多作者的发文量，如果某一作者的发文量不小于 N_{min}，则该作者被称为高产作者。根据公式计算得出 $N_{min}=4.3027$，即发文量 5 篇及以上的作者将被称为高产作者。本文通过 CiteSpace 软件对文献作者进行统计分析，发现有 99 位作者发表论文数量在 5 篇及以上，为高产作者（见表 3－1，表 3－1 仅列举排名前 20 的作者）。通过对数据的进一步分析，发现核心作者占作者总数的 6.41%，这表明当前持续产出较多研究成果的学者相对较少，我国文学批评研究的核心队伍尚未成型。

表 3－1　2010—2021 年文学批评研究发文作者统计（Top20）　单位：篇

排名	作者	发文量	排名	作者	发文量
1	文学武	33	3	吴俊	20
2	牛学智	21	4	黄念然	19

续表

排名	作者	发文量	排名	作者	发文量
5	欧阳友权	18	12	袁济喜	15
6	南帆	18	13	程光炜	14
7	孟繁华	18	14	张永清	14
16	王侃	11	15	任美衡	11
8	丁帆	17	17	胡俊飞	11
9	李建军	17	18	闫月珍	10
10	贺绍俊	16	19	朱立元	10
11	殷国明	16	20	聂珍钊	9

本文运用 CiteSpace 软件进行作者共现分析，得到作者共现图谱，共现图谱中作者名字字体大小与作者发文量成正比，节点间的连线表示作者间的合作关系。网络图谱中共有 2476 个作者节点和 766 条合作链路，网络密度为 0.0002，是一个较为稀疏的网络。网络中含有大量的孤立节点，作者间的连线较少，合作关系多为 2 人或 3 人作者团队，这说明文学批评领域的研究团队较少且规模较小，研究处于分散的状态。图 3－2 所示为整个作者共现图谱中的部分合作较为紧密的图谱，如林建法、程光炜与王尧，徐刚、行超、姜肖与宋嵩，李云雷与杨庆祥，等等。

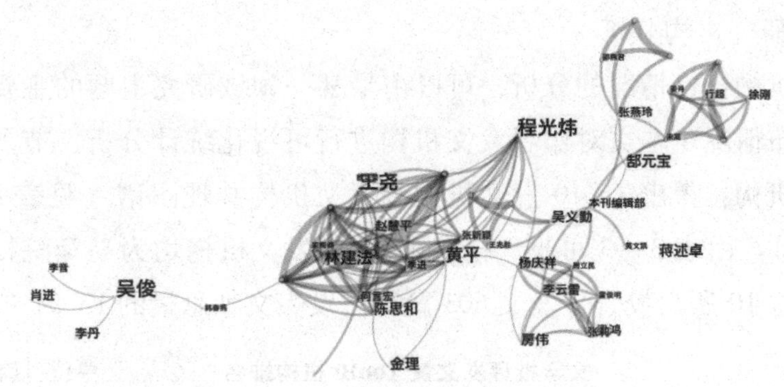

图 3－2 文学批评发文作者共现图谱（部分）

3. 期刊载文量分析

期刊具有传递学术信息、预测研究方向的作用，能够在一定程度上反映出该领域的研究成果和发展趋势。通过对文学批评领域发文期刊进行统计，分析发文数量超过100篇的有《文艺争鸣》、《南方文坛》、《当代作家评论》、《当代文坛》、《外国文学研究》和《文学评论》六家期刊。以上六家期刊合计发文为1036篇，占发表文献总量的26.05%。上述结果体现出关于文学批评领域的研究，其文献发表机构相对集中，几乎均为文学研究类刊物，这与该研究自身的评论批评属性有关。

表3－2　　文学批评载文量Top20期刊来源　　单位：篇；%

序号	文献来源	发文量	占比	序号	文献来源	发文量	占比
1	《文艺争鸣》	261	6.56	11	《外国文学》	69	1.73
2	《南方文坛》	255	6.41	12	《当代外国文学》	63	1.58
3	《当代作家评论》	183	4.6	13	《中国现代文学研究丛刊》	61	1.53
4	《当代文坛》	114	2.87	14	《文艺研究》	56	1.41
5	《外国文学研究》	112	2.82	15	《中国文学研究》	45	1.13
6	《文学评论》	111	2.79	16	《江西社会科学》	43	1.08
7	《文艺理论研究》	88	2.21	17	《求索》	39	0.98
8	《文艺理论与批评》	77	1.94	18	《国外文学》	38	0.96
9	《文艺评论》	71	1.78	19	《学术研究》	37	0.93
10	《小说评论》	70	1.76	20	《学习与探索》	36	0.90

4. 研究机构分析

对机构合作情况的分析，可以衡量某一领域研究主题的主要研究力量分布情况。本文对作者发文机构进行可视化统计分析，节点类型设置为机构，得出Top10发文机构和发文机构共现图谱（见表3－3、图3－3）。由表3－3可见，排名前10的发文机构均为高等院校的文学院，这10所高校合计发文603篇，占发表文献总量的13.51%。

表3－3　　文学批评发文量Top10机构排名　　单位：篇；%

序号	机构名称	发文量	占总数的百分比
1	华中师范大学文学院	114	2.55
2	复旦大学中文系	83	1.86
3	武汉大学文学院	60	1.34

续表

序号	机构名称	发文量	占总数的百分比
4	中国人民大学文学院	58	1.3
5	华东师范大学中文系	52	1.16
6	北京大学中文系	51	1.14
7	南京大学中国新文学研究中心	50	1.12
8	中国社会科学院文学研究所	50	1.12
9	中山大学中文系	44	1.00
10	四川大学文学与新闻学院	41	0.92

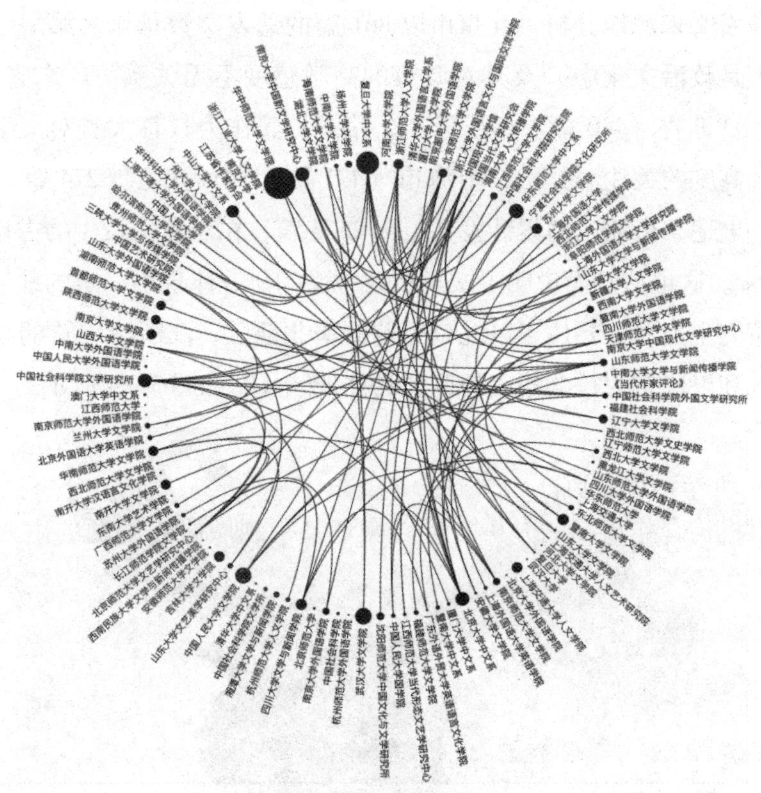

图 3－3　机构共现图谱（发文量大于 5 篇）

从图 3－3 中可以看出，文学批评领域相关研究的发文机构之间的合作关系较弱，不同发文机构之间的合作较少。通过软件分析得到有合作关系的部分机构之间的关联度，可以直观了解到高校之间的内部机构之间的合作较多，而不同的高校或者单位之间的连线较少。图 3－3 中存在部分跨机构研究，如武汉大学文学院、中南大学文学院与海南师范大学文学院。同时，随着合作次数的增加，机构间的合作范围逐渐缩小。这表明在文学批评相关的研究过程中，研究主体相对独立。因而有必要促进不同机构间的交流与合作，从而形成浓厚的学术氛围，进一步丰富文学批评领域的研究。

5. 发文地区分析

从发文来源地分析，北京市以 861 篇的总发文数量排名第一，这和北京市是政治文化中心及其对政策的高敏感度不无关系。广东省（570 篇）和江苏省（440 篇）位居第二、第三，其作为教育大省对文学类研究有着高度的关注。其次，上海市（431 篇）和浙江省（274 篇）紧随其后。上述 5 个地区的累计发文量为 2576 篇，在总发文量中的占比高达 64.76%。这也从侧面说明了文学批评方面的研究体现出一定的地域集中性，研究主力军主要位于以北京为首的华北地区、江浙沪为首的东部沿海地区和以广东为首的华南地区。具体地区分布如图 3－4 所示。

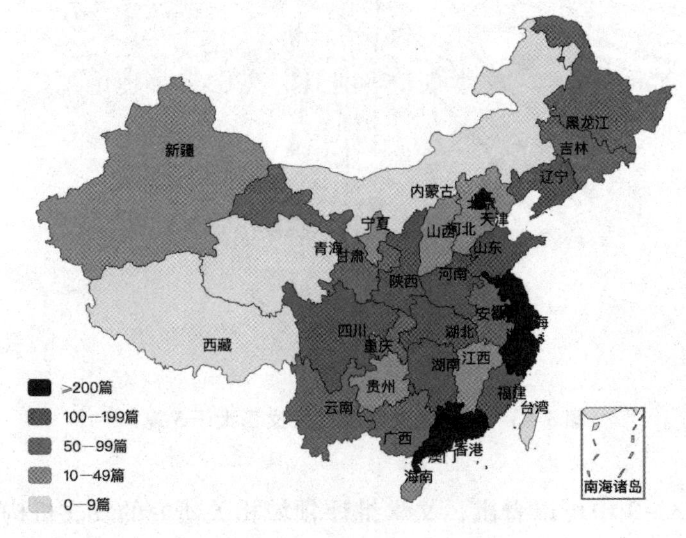

图 3－4　机构发文地区分布情况

6. 高被引文献分析

高被引文献是在一段时间内，被引次数排在该研究领域前列的文献，具有较高的参考价值、学术价值以及影响力。通过对高被引文献的分析，可以为以后的探究提供一定的思考。为了解文学批评研究领域内的高被引文献情况，本文选取了被引次数排名前 5 的文献，如表 3－4 所示。

表 3－4　2010—2021 年文学批评研究被引频次≥100 的文章分布　单位：次

序号	作者	高被引文章名称	刊物名	被引次数
1	聂珍钊	《文学伦理学批评：基本理论与术语》	《外国文学研究》	1164
2	聂珍钊	《文学伦理学批评：伦理选择与斯芬克斯因子》	《外国文学研究》	454
3	张剑	《西方文论关键词　他者》	《外国文学》	395
4	邹建军 周亚芬	《文学地理学批评的十个关键词》	《安徽大学学报》（哲学社会科学版）	232
5	聂珍钊	《文学伦理学批评：论文学的基本功能与核心价值》	《外国文学研究》	129

总的来看，表中所列的高被引文献主要来自《外国文学研究》和《外国文学》，与主要研究机构和相关学者分布大致相同。在高被引文献中，研究重点主要为文学理论学批评，其中多从理论视角剖析，实证分析较少。

三　文艺批评研究主题与趋势分析

1. 主题关键词分析

关键词是对一篇文章内容的高度概括和凝练，文章关键词分析是对文章主题的窥探，能够反映文章的研究角度、研究方向，对关键词进行统计分析能够明确研究领域的重点主题。

本文使用 CiteSpace 软件，通过设置关键词节点对关键词进行统计分析，得到关键词共现知识图谱（如图 3－5 所示）。节点和字体的大小代表关键词出现频次的高低，中心性的大小用来衡量关键词的重要

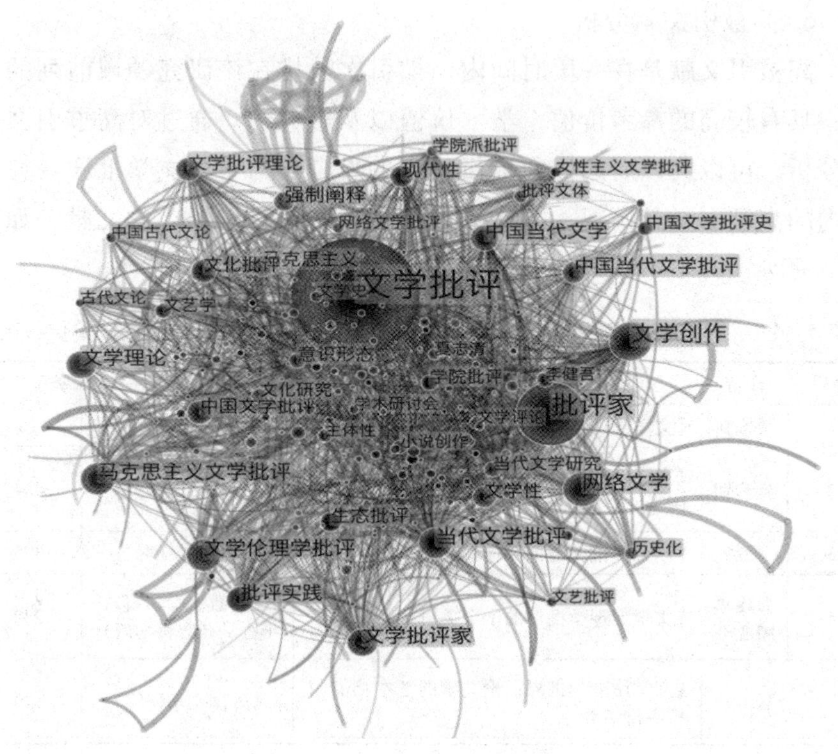

图 3－5　文学批评关键词共现图谱

性，频次高且中心性大的关键词可以作为研究热点词。在此基础上，本文选取频度 Top20 的关键词，分析其频度与中心性（如表 3－5 所示）。其中，除检索关键词“文学批评”之外，高频关键词主要围绕“批判家”和“文学创作”展开，其中心性最高，达到 0.15 和 0.08，表明了这两个关键词的重要性，代表了文学批评研究中的两大关注点。与“批判家”相关的关键词有当代文学批评、批评实践、生态批评、文化批评、学院派批评、网络解释和强制阐释等；与“文学创作”相关的关键词有中国当代文学、文艺批评、当代文学研究、古代文论、网络文学、马克思主义等；除此之外，与“文学理论学批评”相关的关键词有中国文学批评、审美批评、学术研讨会、文化诗学、理论构建、伦理批评等。

表 3-5　2010—2021 年文学批评研究关键词统计　单位：次

序号	关键词	度	频次	序号	关键词	度	频次
1	文学批评	1.15	1249	11	强制阐释	0.03	48
2	批评家	0.15	226	12	中国当代文学	0.04	47
3	文学创作	0.08	94	13	中国当代文学批评	0.02	45
4	文学伦理学批评	0.02	67	14	文学批评理论	0.04	42
5	当代文学批评	0.04	67	15	中国文学批评	0.03	42
6	网络文学	0.02	65	16	文化批评	0.01	41
7	马克思主义文学批评	0.04	62	17	现代性	0.05	41
8	文学批评家	0.05	61	18	马克思主义	0.03	41
9	文学理论	0.03	60	19	生态批评	0.01	39
10	批评实践	0.05	54	20	文学性	0.02	38

此外，本研究结合“期刊载文量分析”小节，进一步探究文学批评研究主题关键字。分析与文学批评研究最为贴切的八个期刊《当代作家评论》《南方文坛》《文学评论》《文艺理论与批评》《文艺争鸣》《中国文学批评》《中国图书评论》《中国当代文学研究》近十年收录文章的关键词分布，具体关键词分布情况如表 3-6 所示。

表 3-6　文学批评相关期刊关键词分布　单位：次

《当代作家评论》		《南方文坛》		《文学评论》		《文艺理论与批评》	
关键词	频次	关键词	频次	关键词	频次	关键词	频次
小说创作	117	文学批评	168	编后记	66	马克思主义文艺理论	157
当代作家评论	106	批评家	134	文学批评	42	中国艺术研究院	81
文学批评	101	小说创作	96	中国现代文学	36	马克思主义	42
小说家	88	小说家	79	小说创作	34	出版社	42
中国当代文学	85	文学创作	70	现代性	30	绘画颜料	39
批评家	61	中国当代文学	58	沈从文	27	社会主义	33
主持人	61	长篇小说	50	知识分子	25	意识形态	32
长篇小说	53	《南方文坛》	45	国际学术研讨会	18	文学创作	31
文学创作	52	现代性	45	研讨会综述	16	文学批评	29
小说叙事	45	网络文学	43	文学创作	16	马克思主义文论	29

续表

《文艺争鸣》		《中国文学批评》		《中国图书评论》		《中国当代文学研究》	
关键词	频次	关键词	频次	关键词	频次	关键词	频次
文学批评	140	网络文学	26	出版社	54	现实主义	18
小说创作	121	文学批评	17	知识分子	47	当代文学研究	18
文学创作	105	现实主义	11	中国图书评论学会	45	编后记	17
现代性	96	中华美学精神	9	马克思主义	39	《中国当代文学研究》	12
中国现代文学	80	长篇小说	8	图书评论	39	网络文学	10
小说家	78	现代性	8	现代性	37	贾平凹	9
中国当代文学	71	《中国文学批评》	7	全球化	29	报告文学	9
批评家	71	文学创作	7	意识形态	26	历史化	7
知识分子	64	夏志清	6	长篇小说	26	徐则臣	6
“文革”	61	郭沫若	6	中信出版社	25	小说创作	6

去掉“编后记”“主持人”“出版社”“绘画颜料”等词语，从表 3－6 中可以看出，一是此 8 家期刊的关键词重点聚焦于“小说创作”“文学批评”“小说家”“现代性”等理论性研究之上，在具体的实践研究上，“沈从文”（27）、“贾平凹”（9）、“夏志清”（6）、“郭沫若”（6）、“徐则臣”（6）频次相对较高，但是依然与一些理论性研究关键词的频次无法相提并论；二是涉及的现当代作家较少，研究不成规模，更很少针对某一作家、作品的主题性、专题性进行研究；三是除了《文艺理论与批评》期刊比较关注“马克思主义”文论研究外，另外 7 家期刊的关键词没有特别明显的差异性，说明期刊并没有形成相对独立的发文特色。

2. 关键词聚类分析

对关键词聚类进行分析可以反映出该领域热度最高的研究主题。通过对关于文学批评高频关键词进行聚类分析，最终得出 12 个关于文学批评高频关键词的聚类点（见图 3－6），每个聚类簇都是由联系密切的关键词组成。在进一步研读相关文献资料的基础上，对聚类结果进行主题归类，深入了解关键词内在的逻辑关系，发现文学批评在理论和实践领域都各有聚焦，通过梳理总结得出了近几年文学批评研究呈现三大核心热点主题。

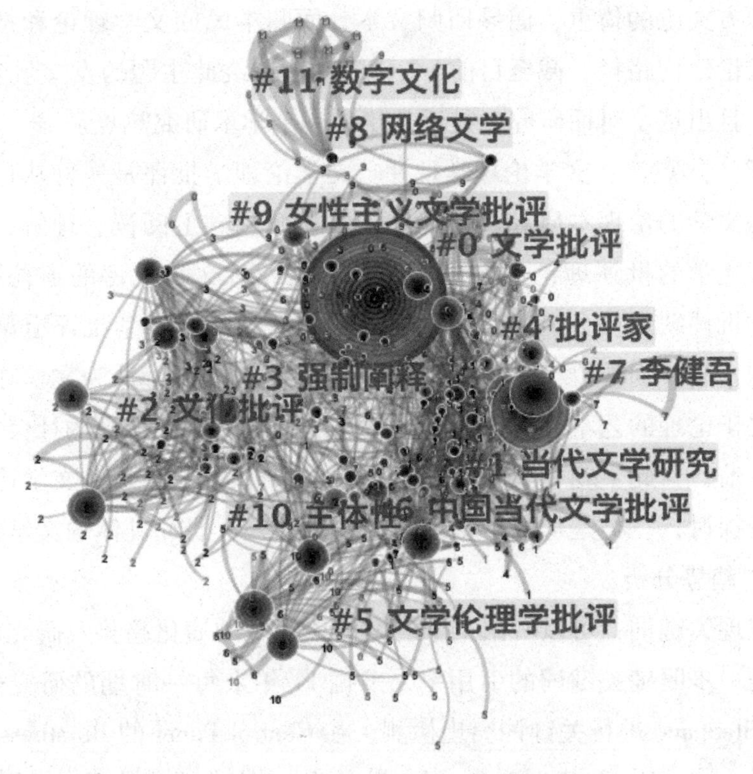

图 3-6　文学批评关键词聚类图谱

（1）热点一：文化批评。文化批评（Cultural Criticism）是以文化学角度观察、分析和阐释文学文本的批评方式，以此拓展固有的文学批评（Literary Criticism）模式。在研究范式上，文化批评在关注以纸质、文字符号为主的文本的同时，将研究视角扩延到社会范围，即关注社会事件和文化现象与文学的关系。与传统文学研究范式所不同的是，文化批评重点考察文学的外部要素，如文本环境、生产与再生产体制以及传播和接受等。文化批评研究自 20 世纪 90 年代在我国兴起，目前仍是学者们关注的重点，结合图 3 - 6 可以看出，文化批评聚类较广，不管是在理论研究方面还是实践研究方面，都是较为常用的切入点。

（2）热点二：强制阐释。“强制阐释”是中国社会科学院张江教授于 2014 年提出的一个理论术语，该理论认为文学批评应摆脱长久以来对西方文论的倚重，倡导回归文本、回归本民族文学理论和批评传统的文论建构路径。截至目前，7 年时间中围绕此主题的发文量有 400 余篇，且出现了对话研究，是近几年的一个学术研究热点。

（3）热点三：文学伦理学批评。文学伦理学批评是一种从伦理视角认识文学的伦理本质和教诲功能，并在此基础上阅读、理解、分析和阐释文学的批评理论与方法。此术语是针对文学批评的道德缺位，即文学批评缺乏社会道德责任感而提出的。为应对文学批评道德缺位的问题，聂珍钊教授于 2004 年提出文学伦理学批评，认为文学在本质上是关于伦理的艺术，强调文学的教诲功能以及文学批评的社会责任。截至目前，与此主题相关的研究论文 1000 余篇，一类是对文学伦理学的理论探讨，一类是从文学伦理学的视角切入，研究具体的文学作品。

3. 趋势分析

突现关键词，可以看出某个时段内该领域的演化趋势及研究前沿。为了进一步明确关键词的引用率，发掘 11 年来每一时期的研究热点，使用 CiteSpace 进行关键词突现检测。在 Control Panel 的 Burstness 一栏中设置 r［0，1］数值为 0.4，得出排名前 25 的突现关键词，如图 3 - 7 所示。结合文献的研读与图 3 - 1、图 3 - 6、图 3 - 7 的分析，可清晰地看出 2010—2021 年文学批评研究的整体演化进程。

结　语

通过对检索时间跨度为 2010—2021 年，共得到检索结果的 3978 篇文章的发文量、作者、研究机构、期刊载文量、发文地区、高被引文献、研究主题及研究趋势等 8 个层面进行分析后可以看出，目前国内文艺批评存在以下几个特征。

Keywords	Year	Strength	Begin	End	2010—2021
学院批评	2010	3.49	**2010**	2011	
当代作家评论	2010	5.31	**2011**	2013	
女性主义文学批评	2010	4.25	**2011**	2014	
文化诗学	2010	3.51	**2011**	2014	
主持人	2010	3.25	**2011**	2013	
文学观念	2010	3.22	**2012**	2013	
聂珍钊	2010	6.53	**2013**	2015	
中国马克思主义文学批评	2010	4.47	**2013**	2014	
中国文学批评史	2010	3.76	**2013**	2017	
李健吾	2010	3.23	**2013**	2014	
伦理选择	2010	3.45	**2014**	2015	
强制阐释	2010	11.31	**2015**	2016	
强制阐释论	2010	6.01	**2015**	2017	
当代西方文论	2010	5.16	**2015**	2016	
批评范式	2010	3.69	**2015**	2017	
场外征用	2010	3.14	**2015**	2016	
世界文学	2010	4.45	**2016**	2021	
哈罗德·布鲁姆	2010	3.83	**2016**	2021	
批评观	2010	5.35	**2018**	2021	
网络文学批评	2010	4.04	**2018**	2019	
当代文学研究	2010	3.81	**2018**	2021	
数字文化	2010	3.74	**2018**	2019	
文学创作	2010	6.9	**2019**	2021	
现实主义	2010	4.12	**2019**	2021	
《文心雕龙》	2010	3.17	**2019**	2021	

图 3－7　文学批评研究突现关键词（Top 25）

第一，从发文量层面分析后可知，近十多年文艺批评研究发文量有所变化，但波动范围较小，2014 年习近平总书记在北京的《在文艺工作座谈会上的讲话》中虽然针对文艺批评提出了很多问题、表示了殷切的期望，学者们对文艺批评的关注也有所增强，但并没有引起学界较大的震荡。中国文联中国文艺评论家协会和中国社会科学院中国文学批评研究会的成立虽表示出国家层面重视文艺批评工作的巨大力度并成为一个大事件，但其效绩还有待时间的积累和检验。

第二，从作者层面分析后可知，当前持续产出较多研究成果的学者相对较少，我国文艺批评研究的核心队伍尚未成型。作者间的连线较少，多为 2 人或 3 人的作者团队，这说明文艺批评领域的研究团队较少且规模较小，研究处于分散的状态。

第三，对机构合作情况的分析可知，排名前10的发文机构均为高等院校的文学院，其他单位和组织人员的发文量偏少；相关研究的发文机构之间的合作关系较弱，这表明在文艺批评相关的研究过程中，研究主体相对独立。今后有必要促进不同机构间的交流与合作，从而形成浓厚的学术氛围和团结合作的基本态势，进一步丰富文艺批评领域的研究。

第四，从发文来源地分析可知，北京市以861篇的总发文数量排名第一，广东省（570篇）和江苏省（400篇）位居第二、第三，这从侧面说明了文艺批评方面的研究体现出一定的地域集中性，研究主力军主要位于以北京为首的华北地区、以江浙沪为首的东部沿海地区和以广东为首的华南地区。今后需要调动更多地域的文艺批评力量。

第五，从高被引文献分析可知，排名前5的高被引文献均为文艺理论的研究文章，具体的研究作家、作品的批评文章引用相对较低，这从侧面说明目前学界在文艺批评方面仍较为重视理论研究，对实证批评和作品的具体解读的关注仍需进一步加强。

第六，从主题关键字分析可知，文化批评、文学伦理学批评、强制阐释是近10年文艺理论界较受关注的高频词语，带动了一定的相关理论研究热潮。但在具体的作家作品批评上，研究不成规模，甚至很少有针对某一作家、作品的主题性、专题性研究。

整体来看，目前国内的文艺批评生态还需要进一步提升改进，如此才能在建设社会主义文化强国的征程中发挥其应有的作用。文艺批评不能一味地“从理论来到理论去”，要更加注重作家作品批评，从具体的批评中总结出符合、适用于新时代的文艺理论思想；要重视中国传统文论和文化资源在新时代文艺批评话语建构上的重要作用，以此寻找更多的理论生长点，使文艺批评得到学界和社会更多的关注；要重视文艺批评家队伍的建设，一方面要集中更多地域、更多年龄段的批评家加入文艺批评力量中来，另一方面，也要更加注重对批评家道德品质的培养和塑造，如此才能真正发挥出“批评的力量”。在下文中，将针对这些要求，详细地阐述文艺批评在文化强国建设中应发挥的作用和应注意的问题。

第二节　对文艺批评是“真批评”的理论思考

在2014年《在文艺工作座谈会上的讲话》中，习近平总书记围绕“要高度重视和切实加强文艺评论工作”这一主题，对文艺批评工作做了专门探讨，对新时代文艺批评工作提出了许多新的要求和重要的理论观点，使文艺批评的功能更加凸显，成为切实推动文艺创作发展繁荣的动力之源。同时，在此次讲话及其他相关论述中，习近平对文艺批评的现状及其存在的问题——尤其是缺乏“真批评”表达了担心与忧虑。笔者认为，虽然习近平并没有在其论述中直接使用“真批评”这三个字，但对“真批评”的呼唤却渗透在习近平对文艺批评相关问题的论述之中，这从他在《在文艺工作座谈会上的讲话》中提出的“文艺批评要的就是批评”“有了真正的批评，我们的文艺作品才能越来越好”等观点中可以得以证明。对当下我国的文艺批评工作而言，存在的最大问题就是没有做到“真批评”，这是我们无法回避的文艺批评的真实状况。“真批评”是解决当下我国文艺批评所存在问题和困境的抓手和钥匙，笔者将从以下几个方面谈谈对于“真批评”的认识和思考。

一　“真批评”是文艺批评的生命所在

《在文艺工作座谈会上的讲话》中，习近平指出：“文艺批评要的就是批评，不能都是表扬甚至庸俗吹捧、阿谀奉承”，“文艺批评就要褒优贬劣、激浊扬清，像鲁迅所说的那样，批评家要做‘剜烂苹果’的工作，‘把烂的剜掉，把好的留下来吃’。不能因为彼此是朋友，低头不见抬头见，抹不开面子，就不敢批评”[①]。在这句话里，习近平重点指出了批评家“剜烂苹果”的责任，也点出了文艺批评在当下所存在的一种比较严重的问题——没有“真批评”。那么究竟什么是“真批评”呢？

在笔者看来，“真批评”就是要实实在在地批评，然而从批评的现实状况来看，似乎又与此正好相反。比如，对于“烂苹果”，批评家们评判起来往往比较谨慎，或视而不见，或隔靴搔痒，或干脆忽略其“烂”处，将其吹捧为新鲜香脆的“好苹果”。时下“圈子批评”“站台批评”“捧场批评”等都属于这一类。由于这一层关系的存在，批评家们心甘情愿或者不得不心甘情愿地为朋友或朋友的朋友的作品多说好话、多唱赞歌。因为这不仅关系着朋友之间的交情问题，也关系着自己的红包是否丰厚等利益问题以及自己在“圈内”是否会更受欢迎等，显然这绝对是一件马虎不得的大事儿。如此，即使有时是为了临时需要不得不批评几句，很多批评家也早已深谙“批评的艺术”，绕绕弯子、走走过场，有时候欲遮还羞、“似批实褒”。在这样“一团和气”的批评氛围中，创作者、批评者都很受益，何乐而不为！

但这绝不是真正的批评，文艺批评重在“批评”二字，这才是批评的生命所在、本分所在。新时代文艺批评价值的重建，必须先从批评家有勇气“真批评”、敢说真话、敢讲道理做起。在这方面，马克思为了言论自由而战斗一生，值得我们敬仰和追随。1842 年，马克思在《致阿尔诺德·卢格》的信中说：“书报检查机关每天都在无情地破坏我们，报纸常常几乎不能出版。……不过我自己淘汰的文章也不比书报检查官淘汰的少，因为梅因一伙人寄给我们的是一大堆毫无意义却自命能扭转乾坤的废料；所有这些文章都写得极其草率，只是点缀上一点无神论和共产主义（其实这些先生对共产主义从未研究过）。在鲁滕堡负责的时候，由于他毫无批判的能力，又缺乏独立性和才能，

① 习近平：《在文艺工作座谈会上的讲话》，人民出版社 2015 年版，第 29 页。

这班人已习惯于把《莱茵报》看成是自己的唯命是听的机关报，而我则决定不让他们再象以前那样空谈下去。”[①] 面对投稿人的文章，马克思指名道姓毫不留情的批判姿态给我们树立了典范。批判是马克思理论的生命，没有批判就没有问题意识，没有思想的交锋，也不可能有创作者水平的提高，敢说真话、敢于批评当是批评者应有的素质。

没有“真批评”的坏处极多，正如鲁迅所说：“文艺必须有批评；批评如果不对了，就得用批评来抗争，这才能够使文艺和批评一同前进，如果一律掩住嘴，算是文坛已经干净，那所得的结果倒要相反的。”[②] 关于这相反的结果，鲁迅在文中没有说下去，我们却可以揣测一二。首先，作家被永远蒙蔽在一片叫好的欢呼声中，无法探知作品有哪些优点是需要继续坚守的，有哪些问题是需要以后改正和提高的，作家很可能就陷在一种“原地打转”的困境中，看似红火了一时，却失去了更长远的艺术生命。其次，对于作品的阅读和接受者来说，在一片虚假的赞誉艺术氛围中无从选择，不知道什么是真正应该阅读和欣赏的，什么是不值得浪费精力去看的，长此以往，也就不再相信批评家的话，或者干脆对作品都失去了兴趣。再次，对于整个艺术环境来说，批评家不能为所处时代的文艺作品褒优贬劣、激浊扬清，很可能导致“世胄蹑高位，英俊沉下僚”（左思《咏史》）。优秀的作品难以被发现，平庸的作品却炙手可热，严重挫伤正常健康的文艺生态。虽然在历史上确实有很多优秀的作家和作品是在很多年甚至上百年之后才被人们发现了光芒，但封建时代传播条件有限，普通百姓的精神生活需求不高，情有可原，损失有限。而在进入新媒体时代的今天，信息交流渠道之多、传播之快之广早已让这个世界变得透明起来，没有传播不了的讯息，没有接触不到的作品。另外，更为重要的是，当下人民群众的精神需求日益提高，欣赏优秀作品的诉求日益迫切，阅

---

① 《马克思恩格斯全集》第27卷，中共中央马克思恩格斯列宁斯大林著作编译局编译，人民出版社1972年版，第435页。

② 鲁迅：《看书琐记（三）》，见《鲁迅全集》第5卷，人民文学出版社2005年版，第580页。

读欣赏能力也非过去可比，对优秀作品的需求也就自然更多更高。

但遗憾的是，由于批评界并没有毫不留情地替大家淘汰平庸之作，也没有及时地、公允地把优秀作品选拔出来，最终导致批评失去了公信力，形同虚设，成为摆设。正如有学者所言："一个普通的读者，有理由享受随便谈论文学的快乐，但一个认真、负责的批评家，却必须努力摆脱阅读和评价上的漫不经心，放弃凌空蹈虚的自由。批评是一种揭示真相和发现真理的工作。虽然进行肯定性的欣赏和评价，也是批评的一项内容，但就其根本性质而言，批评其实更多的是面对残缺与问题的不满和质疑、拒绝和否定。"[①] 缺少"面对残缺与问题的不满和质疑、拒绝和否定"，不敢去毫不留情地"剜烂苹果"，正是当下批评界面临的最大问题，也是更多优秀作品难以脱颖而出的重要原因。没有批评的文学，文学何以健康发展；没有真正的批评，批评又何以在当下立足？

二　要完整正确地理解"真批评"的内涵

正如习近平总书记在《在文艺工作座谈会上的讲话》中所指出的："文艺批评就要褒优贬劣、激浊扬清，像鲁迅所说的那样，批评家要做'剜烂苹果'的工作，'把烂的剜掉，把好的留下来吃'"，[②] 等等，这些话为我们正确理解"真批评"的内涵提供了思路。正如鲁迅先生所说，批评家的职务"不但是剪除恶草，还得灌溉佳花"[③]，要抵制那些"在嫩苗的地上驰马"的"恶意的批评家"[④] 和把作家"不是举之上天，就是按之入地"[⑤] 的批评家。也就是说，"真批评"不仅包括对不好的作品的批判，也包括对好的作品的褒扬和护卫，要谨防以"烂"的名义把好的作品埋没或淘汰，这一点也是应该警惕的。当好

① 李建军：《批评家的精神气质与责任伦理》，《文艺研究》2005 年第 9 期。
② 习近平：《在文艺工作座谈会上的讲话》，人民出版社 2015 年版，第 29 页。
③ 鲁迅：《并非闲话（三）》，《鲁迅全集》第三卷，人民文学出版社 2005 年版，第 162 页。
④ 鲁迅：《未有天才之前》，《鲁迅全集》第一卷，人民文学出版社 2005 年版，第 176 页。
⑤ 鲁迅：《我怎么做起小说来》，《鲁迅全集》第四卷，人民文学出版社 2005 年版，第 528 页。

的作品遭遇不公正的待遇时，批评家需要适时而动，保护优秀作品的艺术生命。这是批评家的良知所在，也是批评家批评素质的一种体现，在这一方面别林斯基给我们树立了好的榜样。当时，因为果戈里的《密尔格拉得》和《小品集》揭露了农奴制的罪恶，受到了布尔加林、森科夫斯基等一些反动批评家不公正的批评和围攻，别林斯基便写出了《论俄国中篇小说和果戈里君的中篇小说》一文以回击和批判他们对果戈里创作的歪曲和贬低，进而提出了批判现实主义的文学纲领。别林斯基的这一做法，不仅保护了果戈里的创作热情，也使果戈里更加坚定了自己的批判现实主义的创作方法，不断创作出了《钦差大臣》《死魂灵》等不朽之作。另一方面，针对当时俄国文学盲目模仿西欧的风气，别林斯基还尖锐地指出："我们的一部文学史，不过是通过盲目模仿外国文学来创造自己的文学的这种失败尝试的历史而已。"① 不媚上、不媚俗、不跟风、不摇摆，态度鲜明坚定，批判起来就能疾风骤雨——"当问题涉及真理，述及艺术的利益的时候，我的确不喜欢宽容"，② 赞赏起来也能毫不吝啬——"果戈里君小说的显著特点在于：构思的朴素、民族性、十足的生活真实、独创性和那总是被深刻的悲哀和忧郁之感所压倒的喜剧性的兴奋"③。作为批评家的别林斯基，正是以其批评家的眼光和勇气与对优秀作家的真正肯定和赞扬，对不良作家和创作风气不留情面的批评，扶植了一批俄国文学界的中坚力量，推动了当时俄国文学的健康发展，给文艺批评家们树立了榜样。

因而，"真批评"是一种"客观性"批评，而非"主观性"批评，这是由批评的性质和规律所决定的。"真批评"是一种类似于科学的

---

① ［俄］别林斯基：《文学的幻想》，《别林斯基选集》第1卷，满涛译，上海译文出版社1979年版，第101页。

② 《别林斯基的话》，《别林斯基选集》第1卷，满涛译，上海文艺出版社1979年版，第416页。

③ ［俄］别林斯基：《论俄国中篇小说和果戈里君的中篇小说》，《别林斯基选集》第1卷，满涛译，上海译文出版社1979年版，第176页。

工作，科学的批评就是好的说好，坏的说坏，成绩归成绩，问题归问题。“真批评”不是随心所欲的批评，而是有标准、有原则的批评，是推动文艺创作更好发展的批评，是推动作家创作水平不断提高的批评。把握住这几点，批评家才是一个合格的称职的批评家，正如贺拉斯在《诗艺》中把自己作为一个批评者所指出的那样，批评能起“磨刀石的作用，能使钢刀锋利，虽然它自己切不动什么。我自己不写什么东西，但是我愿意指示（别人）：诗人的职责和功能何在，从何处可以汲取丰富的材料，从何处汲取养料，诗人是怎样形成的，什么适合于他，什么不适合于他，正途会引导他到什么去处，歧途又会引导他到什么去处”①。做一个合格的批评的“磨刀石”并不容易，批评家需要具有开阔的视野、丰富的学识、艺术的敏感、理性的判断，更重要的是还要有公允的态度和不畏世俗的勇气。如德国玛克斯·德索所说：“我感到诚实与勇气似乎便是艺术批评之基本先决条件。艺术批评家经常遇到与公众相对抗的艰巨任务，他还需有极大的技巧使自己不因此而脱离他们。对作品提出指责而又不必使人生气。”② 这里显然从另一角度为我们指出了批评家在批评过程中所应该具备的更为完整的人性魅力和批评的策略考虑等问题。因为只有这样，“真批评”才能真正健康地开展，批评者既坚持了真理，被批评者也能乐意接受，最终推动了整个社会创作水平的不断改进和提高。

正如习近平总书记在文艺工作座谈会讲话中所希望的：“打磨好批评这把‘利器’，把好文艺批评的方向盘，运用历史的、人民的、艺术的、美学的观点评判和鉴赏作品，在艺术质量和水平上敢于实事求是，对各种不良文艺作品、现象、思潮敢于表明态度，在大是大非问题上敢于表明立场，倡导说真话、讲道理，营造开展文艺批评的良

---

① ［罗马］贺拉斯：《诗艺》，杨周翰译，人民文学出版社 1962 年版（和亚里士多德的《诗学》并作一本），第 153 页。

② ［德］玛克斯·德索：《美学与艺术理论》，兰金仁译，中国社会科学出版社 1987 年版，第 440 页。

好氛围。”[①] 在当下，“真批评”虽说道路艰难，但批评家要有坚持真理的勇气，从敢于“剜烂苹果”、敢于说真话做起，同时要尊重作家、尊重作品、尊重创作规律，努力做创作者的畏友、诤友、挚友。对优秀作品和作家要大胆推介、充分肯定，对差次的作品要实事求是、客观评价、以理服人，这样做了，于批评、于作品、于朋友，都不会是坏事。总之一句话，好的文学批评的形成，需要我们从“说真话、讲道理”的“真批评”开始，批评家要毫不吝惜地推介优秀作品，毫不留情地批判作品中的问题，同时讲究批评的策略和艺术，使被批评者诚心接受，这才是对“真批评”的完整的理解。

三 要在批评的特殊使命中认识“真批评”的价值和作用

文艺批评对文艺创作而言能起到或淘汰纠偏或支持鼓励的指导作用，它对作家的创作提升、读者的欣赏接受与作品的传播推介等都有巨大的影响。除此之外，文艺批评还通过对文艺创作的诊治补正、褒优贬劣等功能，对人民大众审美素质的提高、阅读个体完整人格的养成以及引领时代文艺风尚等都可以发挥重要作用。因此，要理解“真批评”，我们还必须将“真批评”放在文艺批评的特殊使命中来审视，这样就能更为客观准确地认识“真批评”在当今时代的必要性和重要价值。反观近些年来民众对文艺创作的不满，学界对于文艺批评的失望，其中很重要的一个原因就是对文艺批评责任意识的淡漠缺少反思和批判。对于创作而言，文艺批评一定要起到监督、检查与质检把关的作用。文艺批评是根据一定的批评标准，以文艺作品为中心，对包括作家、作品、文艺思潮、文艺运动等在内的一切文艺现象进行分析和评价的科学活动。因此文艺批评对批评家而言应该是一项坚守艺术原则、客观公正评价、推动创作提高、帮助读者阅读、推动文艺繁荣、有高度责任心和使命感的工作。然而，正如有学者所指出

① 习近平：《在文艺工作座谈会上的讲话》，人民出版社 2015 年版，第 30 页。

的，现在的批评界是“推销员太多，质检员太少；说空话的太多，说实话的太少；说鬼话的太多，说人话的太少；垂青眼的太多，示白眼的太少”。[①] 这些现象的存在，最根本的原因就是学者们对于文学批评的使命认识不清、文学批评主体的自我责任意识不强所致。高尔基曾经说：“文学的目的，是帮助人了解自己本身，提高他的自信心，激发他对于真理的企求，同人们的鄙俗行为作斗争，善于在人们身上找到好的东西，唤醒他们灵魂中的羞耻、愤怒和勇气，做一切使人能变得高尚坚强、能用美好圣洁的精神来活跃自己的生活的事情。”[②] 这里所提到的文学的目的，也理应是文学批评的目的。文学批评的使命，正在于挖掘作品中“能使人变得高尚坚强”的“美好圣洁”的精神和情感，坚守和引导创作者和阅读者求真、向善、趋美的力量。除此之外，当别无他求。

其实，从历史上看，文学的繁荣发展与正确的批评信念有着不可分割的内存关系，无数伟大的文学批评家正是以他们的良知与社会责任感推动着文学也推动着社会的进步与发展。别林斯基认为，文学批评是一项极有难度、极为复杂的工作，批评者不仅需要具备“深刻的感觉”“对艺术的热烈的爱”“才智的客观性”等“公正无私的态度的源泉”“不受外界诱引的本领”，同时批评家“担当的责任又是多么崇高”，“人们对被告的错误习见不以为怪；法官的错误却要受到双重嘲笑的责罚”。[③] 法官的责任犹如批评家的责任，批评家的误判也不仅仅是对批评家个人所带来的损失，它会断送一部伟大的作品，抑或同时断送了一个伟大的创作者。因此，如果说文学创作可以是诗性的、含蓄的，文学批评则必须是理性的、直接的、明确的；如果说普通的读者可以仅仅快乐于曲折的故事情节、陶醉于流畅优美的文字，一个

---

① 李建军：《批评家的精神气质与责任伦理》，《文艺研究》2005 年第 9 期。

② ［俄］高尔基：《高尔基文集》第 2 卷，巴金等译，人民文学出版社 1981 年版，第 290 页。

③ ［俄］别林斯基：《论〈莫斯科观察家〉的批评及其文学意见》，《别林斯基选集》第 1 卷，满涛译，上海译文出版社 1979 年版，第 324 页。

负责任的批评家却必须“铁肩担道义”，把对广大读者的思想和精神引导作为自己“为真理而斗争的手段”[①]（别尔嘉耶夫对别林斯基的评价）。始终把俄国文学视为“我的生命和我的血”[②]，这是别林斯基所坚守的批评信念，也应当是当代中国文艺批评家们所要坚守的职业信念。

因此，今天我们真切地呼唤热爱真理和善良、能够反映时代发展和历史进步、具有使命意识和价值担当的文艺批评。唯有如此，文艺创作和批评的作用和使命才能获得最佳、最充分的释放，文艺生态才能实现良性循环，文艺也才能最终行使好其化人育人的功能，使人性变得高尚和坚强。习近平在其有关文艺问题的系列重要论述中，多次论述以爱国主义为核心的民族精神和以改革创新为核心的时代精神以及传承和弘扬中华美学精神等重要命题，这些命题为新时代文艺批评确立了明确的方向，提出了具体的要求，把文艺批评的价值追求提升到了一个新的高度。

最后，要理解“真批评”，我们必须再一次强调与重申文艺批评与文艺创作的真正关系。文艺批评与文艺创作过去常常被学界解读为一种依附关系，认为文艺批评是文艺创作的“掮客”，依附于创作，缺乏独立地位，对于创作与批评各自相对独立的地位并未给予充分的尊重，这也是对“真批评”认识不够、对批评的价值认识不到位的原因所在。笔者认为，《在文艺工作座谈会上的讲话》中，习近平所提到的文艺批评是“镜子”和“良药”的说法，把文艺批评从创作中剥离了出来，充分肯定了文艺批评的独立价值和作用。习近平指出：“文艺批评是文艺创作的一面镜子、一剂良药，是引导创作、多出精品、提高审美、引领风尚的重要力量。”[③] 这也在一定

---

① ［俄］别尔嘉耶夫：《俄罗斯思想》，雷永生、邱守娟译，生活·读书·新知三联书店1995年版，第57页。

② 见［俄］别林斯基《别林斯基选集》第2卷，满涛译，上海译文出版社1979年版，第422页注释。这是1840年3月14日“给鲍特金的信”中的话。

③ 习近平：《在文艺工作座谈会上的讲话》，人民出版社2015年版，第29页。

程度上承认了文艺批评的独立地位，即相对于文艺创作来说，文艺批评是作为“他者”存在的“镜子”和“良药”，而不再是文艺创作的一个附属物，成为可有可无的东西。更为重要的是，作为可以“正衣冠、知兴替、明得失”的“镜子”、可以“治病疗伤”的“良药”，文艺批评对创作判断、诊治、完善的功能和价值也就有了更深一层的意味和更加合理的身份定位。镜子之于丑、良药之于病，都是最好的校正之法。作为“镜子”和“良药”的文艺批评，一定要回到具体的文学作品与文艺实践中，对作品所做的一切判断、结论也必须建立在作品文本的基础之上。唯有坚持求真、尚实，“镜子”才不会变成“哈哈镜”，“良药”也才可以真正对症有效、真正起到治病救人的作用。

结　语

本文认为，文艺批评不能仅仅止于运用一定的观点、方法对文艺作品做出知识性、思想性、艺术性等的分析和评判，而要通过对作品所传达的思想与情感的分析评价，来高扬文艺批评更为强大的对文艺创作的纠偏扶正、引领风尚的价值和力量。任何批评都是在继承前人的思想与精神、在感知时代脉动与气息中展开的，重视民族精神、时代精神、中华美学精神乃至历史精神、人文精神等，是新时代文艺批评的应有内容。今天，我们比历史上任何时期都更接近、更有信心和能力实现中华民族伟大复兴的目标，文艺批评要在推进文艺创作多出精品力作与文化事业持续繁荣发展方面有所作为，就必须始终坚持“真批评”的使命定位。作为一支重要的文艺队伍，文艺批评工作者需要在举精神之旗、立精神支柱、建精神家园，改造国人的精神世界与推动文艺创作凝神聚气等方面有所作为，守土有责，不辱使命，切实为实现全面建成小康社会、夺取新时代中国特色社会主义事业伟大胜利、实现中华民族伟大复兴中国梦的宏伟目标而努力，不辜负新时代赋予文艺的新使命、新任务。

第三节　对当下文艺批评两个重要资源的辨析与思考

要高度重视我国文艺批评的理论资源问题研究，这是做好当下文艺评论工作的基础和前提。近年来，文艺批评工作越来越受到人们的关注，主要有以下四个方面的原因：一是习近平总书记在有关文艺工作的系列重要论述中对文艺批评提出了明确要求；二是各级文艺文化部门对部署落实习近平系列重要论述精神开展了大量工作；三是文艺批评工作自身存在的诸多问题亟待解决；四是全社会对文艺“精品”或优秀文艺作品创作的需要和呼唤日益迫切。为切实加强文艺批评工作，在全社会形成浓郁的加强文艺评论工作的舆论氛围，近些年来，相关机构和理论界学术界各方面都做出了许多切实的努力。2014—2017年，中国社会科学院和《人民日报》合作先后开设了“文学观象”[①]“文艺观象”栏目，组织知名学者、作家等，针对我国文坛存在的各种乱象及相关理论问题，以访谈对话的形式进行了探讨，具有很强的现实针对性。2014年5月30日，中国文艺评论家协会成立[②]，同年11月22日，中国文学批评研究会成立[③]，这两个全国性文艺评论组织的成立，具有风向标意义，被看作我国文艺批评界重塑批评精神、加强文艺评论工作建设的重要举措。同时，这两个国家级文艺评论组织还分别创办了《中国文艺评论》（月刊）、《中国文学批评》（季刊）期刊，搭建了国内文艺作品评价与批评理论研究的学术平台，进一步

---

① 《中国社会科学院和〈人民日报〉合作开设“文学观象”栏目　拓展马克思主义学术大众化的新路》，《中国社会科学报》2014年2月28日第565期，http：//cass. cssn. cn/xueshuchengguo/wenzhexuebulishixuebu/201402/t20140228_ 1006428. html，2016-02-20。

② 《中国文艺评论家协会成立》，见《人民日报》2014年5月31日第4版，人民网，http：//culture. people. com. cn/n/2014/0531/c1013-25088512. html，2016-02-20。

③ 《中国文学批评研究会成立》，见《光明日报》2014年11月23日，人民网，http：//culture. people. com. cn/n/2014/1123/c1013-26075462. html，2016-02-20。

彰显与增强了学界对于文艺批评工作的重视程度与热切期待。这两个评论组织的高调成立及其鲜明的官方背景，给我国文学艺术界带来的影响震动与示范昭示作用是十分明显的。

今天学界已逐渐认识到文艺批评的重要价值，无论在理论探讨或是批评实践方面都取得了不小的成绩，做了大量的工作，提出了一些切实可行的解决问题的思路和办法。但同时不得不承认，良好的文艺批评氛围的形成、文艺批评的价值与精神使命的重建毕竟非毕其功于一役就可以完成的，还有很长的路要走，还有很多事要做。尤其是2021年8月中央宣传部、文化和旅游部、国家广播电视总局、中国文联、中国作协等五部门联合出台的《关于加强新时代文艺评论工作的指导意见》①，为我国文艺评论工作的繁荣发展提供了政策决策方面的指导和指南，进一步为文艺评论工作迎来难得的历史机遇和发展创造了条件。今天，文艺评论与批评能否进一步找准自身的理论生长点，能否切实建立具有民族特色的中国文艺批评话语及其理论体系，能否产生世界级的文艺评论成果、理论影响和大师级的评论人才等，都是需要我们认真思考、研究和探寻的。当然，在笔者看来，以上这些问题中目前我们迫切需要解决的是新时代文艺批评的理论与话语体系的建立问题，这是做好文艺批评工作的理论基础与前提，而要解决好这一问题，则需要高度重视我国文艺评论与文艺批评的理论资源问题。就我国文艺评论与批评理论的实际情况而言，今天我们面对的理论资源主要有西方文艺理论、中国传统文艺理论、马克思主义文艺理论三种资源，而在这三种文论资源中，马克思主义文艺理论的引领和指导地位是不言而喻的，那么如何在马克思主义文艺理论指导下接续古今、融通中西，使我国传统文论在当代焕发活力，使西方文艺理论在我国落地生根，使它们切实有效地发挥作用，指导实践，这是当代文艺批评话语能否有效建构首先需要解决的问题。以下就主要针对这两种理

---

① 《中央宣传部等五部门联合印发〈关于加强新时代文艺评论工作的指导意见〉》，新华网，http：//m. xinhuanet. com/2021－08/02/c_1127722893. htm，2021－08－05。

论资源，谈谈自己的看法。

一　对西方文艺理论资源的批判性思考

进入新时期之后，当代西方文艺理论被大量引介进来，国人的文艺观念开始受到刷新和冲击，西方文艺理论在较长时间内占据着国内文艺理论研究的主要舞台，甚至一度被推上“神坛”成为许多学者追求膜拜的对象，这与当时刚刚走出极左文艺束缚，学界迫切需要新的理论观念、新的思维方法的强大意愿是分不开的。实际上 80 年代之后西方文论的引进，的确给我国的文艺理论和文艺评论带来了巨大的变化，1985 年的“方法论年”、1986 年的“观念年”名副其实。经过短短几年的时间，我国的文艺理论研究几乎已经做到和西方齐头并进、同步发展了，这些都是不争的事实，也是我国文化发展的重要收获。但或许这种疯狂地对西方文论资源的攫取本身，就注定西方文论在我国的发展先天不良，存在这样那样的问题。因为西方文论在西方各国的生成发展是自然的本土性发展，而当它来到中国之后，则主要只是理论文本的引入，中国文论的传统和土壤是否接纳并适合它生长，或者说它的引入是否会给中国的文论生态造成破坏，甚至是否会给新时期之后中国文论生态的恢复发展带来阻碍和困难，在当时的语境中都是难以预知的。近些年来，虽然我们开始逐渐意识到新时期之后对西方文艺理论的盲目崇拜限制了我国文论自身的理论建构和发展，一些学者也积极反思应该如何批判借鉴西方文艺理论，但作为一种理论资源，如何使西方文论在我国平稳着陆、生根开花并结出果实，如何使之适用我国的文艺理论和文艺创作发展等，是需要学界认真考虑探索和认真对待的。笔者认为，就目前而言，回归对待西方文论资源的理性态度，认识当代西方文论存在的问题，是首先需要澄清和明确的。

（一）并非“前沿”的“前沿理论”

很长时间以来，我国文艺理论界一直都在一种追赶西方文艺理论的新奇与焦躁之中。新奇的是西方文艺理论话语的层出不穷，焦躁的是中国文艺理论界对如何运用这些外来的理论处于盲目追随或无所适从的状态。虽然“洋为中用”“现代转换”“中国化”的呼声曾一次次振奋人心，但从当前国内文艺理论的实际发展来看，情况显然并不乐观。长期以来，西方文论在我国被过度传播、引用、应用、研究，以至于谁要是不读不学点西方的东西，不懂得一些西方的理论术语，都不好意思在学术场合开口说话。西方文论几乎已成为“前沿理论”的代名词，只要能在文章或讲话中时不时地提到“新历史”“后殖民”“后现代”“后人类”等词语，就能有效证明自己没有落伍，甚至足够新潮。

然而，西方文论到底能不能担当前沿理论的殊荣，恐怕还需要慎思慎行、从长计议。什么是前沿的理论？在笔者看来，它起码应该是反映了当下热点的、能解决当下实际问题的理论，或者最好在一定程度上是走在时代前列的理论，这应该是所有可以被称为“理论”的东西的基本品质。就视觉直观感受而言，应接不暇的西方文艺理论确实足够“新潮”，但“新潮”并不等于“前沿”，“前沿”并不意味着“适用”，况且限于传播的时效问题，在我们看来那些“独树一帜”的西方文论在西方或许已然是“明日黄花”了。就像我们还在焦急地希冀自己同西方文艺理论无缝接轨之时，人家却喊出了“文学已死”“理论终结”一样，很长时间以来“慢半拍”的西方文艺理论的引介输入，其实很难与国内文艺热点和文艺的现实发展扯上多大关系。此其一。

其二，前沿的文艺理论，应该是关系到文艺创作和发展最迫切、最重要、最关键的问题，但当西方文论在进入中国之后，更多承担的只是对于已经完成的作品文本的事后解读和阐释。如用精神分析解读《红楼梦》、用女性主义解读《花间词》等，这些研究虽然为我们理解作品提供了新的认识途径，但在有效指导当下我国文学创作或解决我国文艺困境方面，显然用处不大、意义了了。同时，对于西方文论引介的这种功利性追逐，也使我们失去了该有的理论反思，耗尽了我们自身理论创造的动力、精力和智慧，失去了对其反思性接纳的必要的冷静。2004 年前后，有学者曾经试图以提出“西方文论的中国化”①来阻止西方文论在我国发展的前进步伐，但对于这一问题的讨论终究没有继续下去，这既与西方理论本身存在的各种问题有关，也与其“中国化”本身的难以实际落地有关，一种产生背景完全不同的理论在异国他乡的土壤中生根生存难免会有水土不服的现象。

其三，前沿的文艺理论还应该是在一定程度上具有自身的创新性、创造性的理论，但以目前的情况来看，西方文论在中国的旅行过程中并没有结出什么新的果实。国内学者对于西方文论的研究大多还囿于拾人牙慧、言人所言，让西方文论“中国化”以解决中国问题，并没有落到实处，也难以落到实处。实际上，西方文论的中国旅行，只是填补了我国因原有文论的单一化而造成的某种空白，缺乏理性的辨识和应用，只是知识的引介而非理论上的需求，其创新性、创造性也只是辞藻术语的陌生化、理论话语的新颖化而已，其本身是难接地气的。而之所以造成这种局面，一是盲目崇拜心态作怪，凡西必崇，凡西必译，人为地将西方的东西奉为“圣经”，制造出了理论虚假的辉煌景象；二是靠此成就了一批从理论中来到理论中去、不接地气的“学问家”，他们以兜售西方的东西为荣，而全然不顾这些东西的引进意欲何为、初心何在。

取长补短一直是我们所提倡的，但在引介过程中大可不必给西方文论带上神圣的光环、盲目崇拜，有选择地继承我国传统文论的衣钵，适当借鉴西方文论的长处，立足我国文艺创作的当下现实，去真诚勇敢地发出自己的理论见解，这样的理论成果才真正是“前沿”的，也才是适合我们的。

（二）以“套用”为主的西方文论

在 2014 年《在文艺工作座谈会上的讲话》中，习近平总书记认

---

① 见曹顺庆《重建中国文论的又一有效途径：西方文论的中国化》，《外国文学研究》2004 年第 5 期。

为，文艺批评“不能套用西方理论来剪裁中国人的审美”[①]，可谓一语中的，道出了西方文论在国内被拙劣而简单地“套用”这一弊病。西方理论的引入，旨在“以我为主，为我所用”，最终是为了解决中国自身的问题。然而对西方文论的“套用”，很多时候连头疼医头、脚疼医脚都算不上，往往是削足适履、生搬硬套。各种主义满天飞，各种理论扎堆来，只是为了炫耀学问和知识，这种“套用”和炫耀既伤害了西方文论，也败坏了学术风气，既对西方理论造成了强制，也对研究对象造成了强制。张江在《强制阐释论》[②] 中所批评的正是这种现象，值得我们静心深思，这里不再赘述。

这种以“套用”为主的西方文论导致的直接后果就是，一方面造成了批评的理论化，成就了一批专业的“业余批评家”；另一方面带偏了文学批评，遏制了批评的活力和丰富性。因此，我们必须承认当代西方文论的他域性、陌生性、个体性、技术性等特征，不加分析和区别地将当代西方文论引介进来，并随心所欲、不由分说地拿来胡乱剪裁作品，使学术研究和文艺批评成为一种对西方文论的知识性炫耀，这是较为典型的文化自卑和文化自欺的表现。客观地讲，当代西方文论被引入中国之后，到底是一种知识性存在还是一种理论性存在，是必须要看它是否结合了中国当下文艺的具体实践并且是否切实发生了理论的转换或转化来判定的。正如有学者所指出的：“当代西方文论毕竟是针对当代西方文学思潮与文艺实践的理论，倘若不顾中西文学的差异以及我国文学艺术发展所具有的独特性，盲目崇拜西方文论，强制性地用当代西方文论分析中国作品，就会得出错误甚至可笑的结论。西方文论当然是一种理论，但对于中国而言，它只能是发展我们自己理论的学术资源，是一种知识性存在。”[③] 而这种作为知识性存在的西方文论，只有在它经过自身的改造而可以真实地进入中国文艺实

---

① 习近平：《在文艺工作座谈会上的讲话》，人民出版社 2015 年版，第 29 页。
② 张江：《强制阐释论》，《文学评论》2014 年第 6 期。
③ 丁国旗：《当代西方文论作为一种知识还是一种理论》，《学术研究》2016 年第 4 期。

践现场的时候，才可以真正成为理论并作为理论而运用。

（三）以理性态度对待西方文艺理论

时刻捍卫自我的主体意识、不妄自菲薄的批判精神，是理论工作者面对外来理论时必须拥有的一种重要的精神品质。因此，对于西方文论，我们一定要在吸收借鉴的基础上同时持有反思批判的态度。很长时间以来，我们视西方文论如珍宝，弃中国传统文论如敝屣，自觉地把自己放在从属的位置，这是应该反思的。在对待中西文论关系上，我们应该时刻警惕，片刻不忘谁是根本、谁是主体的问题。正如有学者所言，我们要“以冷静的头脑、平等对话的态度对待形形色色的西方理论，既无‘我注六经’式的仰视心理，亦无‘六经注我’式的随意态度”[①]。向西方文论“取经”的过程与经历，是我们无法回避的，但在得失成败、“向死而在”（海德格尔）之后，我们则必须更加深切、更加透彻地领悟和明白，能使中华文化生生不息的生命之根和精神之魂，还是由这个民族土生土长、一脉相承的传统文化基因所决定的。如果能早一些对西方文论持有反思和批判的态度，而不是一味地盲从，或许对当代西方文论不足的认识、对其所存在问题的理性思考就不会等到今天，中国当代文论话语体系的建构也不会绕走太多的弯路而显得有些步履蹒跚。

学术研究不能没有反思和批判，尤其是当我们面对强大的外来理论裹挟的时候，更应该有这种批判精神、反思意识。学术不只是埋头研究，学者不只是撰文著书，反思和批判本就是知识分子的职责所在。没有批判，社会不能更好地进步发展；没有批判，学术不能擦出有价值的思想火花。全球化的到来，颇有些“乱花渐欲迷人眼”的感觉，但越是这样的时刻，越需要我们保持冷静，不妄自菲薄，保持自我的主体意识，发出属于我们自己的声音，这是理论建构的前提。当下，对当代西方文论的反思与批判，可以打破长久以来西方文论唯我独尊

---

① 李春青：《“强制阐释”与理论的“有限合理性”》，《文学评论》2015 年第 3 期。

的神话，为我国自身文论话语和学术体系的构建扫除障碍。

当然，本文对当代西方文论的批判性思考，并不是一种文化保守主义的偏见，而只是想借此给当下对西方文论的过度追捧敲响警钟，使学术研究回归常态。实际上，正如习近平《在哲学社会科学工作座谈会上的讲话》中所指出的："要按照立足中国、借鉴国外，挖掘历史、把握当代，关怀人类、面向未来的思路，着力构建中国特色哲学社会科学，在指导思想、学科体系、学术体系、话语体系等方面充分体现中国特色、中国风格、中国气派。"① 这段话给我们提出了对待包括哲学社会科学在内的一切文化思想形态的建设和发展所应遵循的原则和理念。对待西方文论也应如此，即，要在"立足中国"的基础上去学习"借鉴"，这才是面对西方文论资源的正确态度。科学技术的引入可以极大地提高生产力，而思想理论的引入则重在推动观念的更新和发展。西方大量文论思潮的引入，确实改变或更新了我们对于文学理论、文艺批评的某些认识和看法，开阔了我们的视野，为我们提供了理解作品的多种可能。但西方文论的"本土转化"或曰"中国化"却还有很长的路要走。如何使之与中国思维、中国传统结合起来，真正嵌入中国文化土壤之中，从而培育出全新的具有民族特色的理论话语，这才是我们努力和奋斗的真正目标。

二 对中国文艺理论资源的创新性思考

以今天的视角来看，中国文艺理论传统应该包括中国古代文论传统、五四新文化后的文论传统、延安文论传统、新时期以来的文论传统等。但正如前文对西方文论的论述一样，本文主要从总体性概念意义来看待中国文艺理论传统，从而探讨其作为文艺批评资源在当下的价值和意义。

（一）要在整体文化视域中看待中国文论传统

强调传统文论在文艺创作中的重要作用，绝不是说我们的文艺工

① 习近平：《在哲学社会科学工作座谈会上的讲话》，人民出版社2016年版，第15页。

作要去拾前人牙慧，而是要移花接木，在继承中实现创新。传统总在影响着后世，宋词成为可以与唐诗并峙的艺术高峰源于它对唐诗的继承，婉转典雅的昆曲的成功离不开它对南戏上百年历史的摸索探求，鲁迅与屈原虽相隔数千年岁月却同样承继“上下求索”“九死未悔”的气质精神，那些在当下火爆的网络玄幻小说之中，我们不是也总能看到庄子、魏晋志怪、唐传奇、吴承恩、蒲松龄的影子吗？一切艺术的发展莫不如此。以传统为根，向经典致敬，是新时代文艺创作和批评探寻出路的重要途径之一。同时，文艺与文化的同源关系也启示我们，对于传统文论的认知必须站在整体文化的高度上去看，中国文论传统是中华文化传统的重要构成部分，对于传统文论的把握只有放在中国传统文化的语境中，才能认识得更清晰、更深刻。

黑格尔在《哲学史讲演录》中说：“传统并不仅仅是一个管家婆，只是把她所接受过来的忠实地保存着，然后毫不改变地保持着并传给后代。它也不像自然的过程那样，在它的形态和形式的无限变化与活动里，仍然永远保持其原始的规律，没有进步。这种传统并不是一尊不动的石像，而是生命洋溢的，有如一道洪流，离开它的源头愈远，它就膨胀得愈大。”① 这段话十分明确地告诉我们，在研究文化，特别是在研究如何继承传统文化时，切不可把某一文化现象看作一成不变的、模式化的、“凝固”的对象，而应该将之作为一个开放的、活动的、需要创新转化的对象，不仅要包容其在传承过程中的改变，而且应该结合当代实际积极地为其注入新的内容、新的形式，使其不断生长、进步、前行。因此，传统文化应该随着时代的变化而变化，它的生命力也必然会在这种不断变化、改造和创新中激发出来，失去了与现实生活的联系，也就意味着传统文化生命的终结。以此来看，中国共产党领导中国人民在革命、建设、改革的伟大斗争中形成的革命文

① ［德］黑格尔：《哲学史讲演录》第1卷，贺麟、王太庆等译，上海古籍出版社2013年版，第10页。

化和社会主义先进文化，就是优秀传统文化在新的不同的历史时期的演变和发展的结果。正如美国文化社会学家 E. 希尔斯所提出的："即使我们承认，每一代人都要修改前辈传递下来的信仰和行为范型，我们还必然会发现，大量的信仰过去被拥护，现在仍然被拥护，许多行为范型过去被奉行，现在仍然被奉行，而且，这些信仰和模式与近期出现的范型相互并存。"① 显然在此方面，中西学者有着共同的意识、共同的认知，即传统不可丢，它是我们当代文化的源头活水。文化如此，文论的发展亦是如此。从整体文化的视角来看待中国传统文论，能为我们在更高的文化格局中获得对于传统文论的新的认知，使我们获得一种对待中国传统文论的新的思维、新的立场。中国传统文艺理论如同中华优秀传统文化一样，它源于中国文艺实践，并在历代传承中不断丰富，它培育了一代代文人墨客的血性气质，也造就了独一无二的中国传统文论的思维方式和价值情怀。对于当代中国文艺而言，它天然具有说服力、解释力。因此，对于中国传统文论的当代价值和作用，我们无须过多怀疑。

（二）对"民族特色"的文艺批评话语的期待与呼唤

当我们能以一种正确的态度对待中国传统文论时，才能重点思考如何让中国古代文论走入当代文艺批评实践，使之成为构建具有中国特色的社会主义文艺理论体系的重要支撑这一问题。而之所以强调中国古代文论的重要所在，是因为在今天全球化语境中，虽然我们不可避免也无须回避各种外来理论资源的影响，但是要建设具有中华民族文化特色的文学理论话语和体系，就必须首先珍视我国的古代文艺理论的优秀资源，这是由我国古代文论独一无二的民族特性和文化特性所决定的。

1982 年，邓小平同志在中国共产党第十二次全国代表大会开幕词中说："把马克思主义的普遍真理同我国的具体实际结合起来，走自

① ［美］E. 希尔斯：《论传统》，傅铿、吕乐译，上海人民出版社 1991 年版，第 52 页。

己的道路，建设有中国特色的社会主义，这就是我们总结长期历史经验得出的基本结论。”[①] 为切实响应邓小平同志的号召，在文艺理论研究和建设方面贯彻“走自己的道路”的方针，新时期之初学者们在挖掘中国古代文论的“民族特色”问题上做出了积极探讨。1982 年，《文史哲》编辑部召开了“中国古代文论研究和建立民族化的马克思主义文艺理论问题”座谈会，许多著名学者参加了这次会议，对如何建设“民族化”的文艺理论做了热烈的探讨。[②] 1983 年中国古代文学理论第三次年会、1985 年第四次年会、1989 年第六次年会等，都对中国古代文论的“民族特色”问题进行了集中探讨。[③] 笔者从知网数据库中统计得出，1981—1988 年 8 年间，报刊发表的研究古代文论民族特色的论文有近 50 篇，直到现在，如何建设具有“民族特色”的文艺理论还会经常出现在学者们的讨论之中。可以说，新时期之后“失语症”和古代文论的“现代转换”命题的提出，近些年来中西文论关键词的比较研究，以及对西方文艺理论“强制阐释”的理论判断，等等，都是学者们为了使传统文论资源在当代文艺批评实践中发挥作用、建设具有中国“民族特色”的文艺理论的积极尝试。但从这种尝试和努力的整体来看，效果还不是很好，收获还不很理想。不管是“现代转换”还是中西文论关键词比较，我们经常走入这样一种误区，正如有学者所指出的那样，“就是想用西方的理论来阐释中国先人的观念，

---

① 邓小平：《中国共产党第十二次全国代表大会开幕词》，《邓小平文选》第 3 卷，人民出版社 1993 年版，第 3 页。

② 见《中国古代文论研究和建立民族化的马克思主义文艺理论问题（座谈纪要）》，《文史哲》1983 年第 1 期。

③ 1983 年中国古代文学理论第三次年会重点讨论“中国古代文学理论的民族特色和马克思主义文学理论的民族化问题”［见世友《中国古代文学理论学会举行第三次年会》，《古代文学理论研究》（第八辑），上海古籍出版社 1983 年版，第 310—316 页］。1985 年中国古代文学理论第四次年会重点讨论了中国古代文学理论的民族特点和开创研究工作的新局面两个议题（见张连第《中国古代文学理论学会召开第四次年会》，《文学遗产》1985 年第 4 期）。1989 年中国古代文学理论第六次年会的中心议题是“中国古代文学理论的价值及其在当代的作用和意义”［见朱桦《弘扬古代文论精华推进当代文论建设——中国古代文学理论学会第六次学术年会讨论综述》，《古代文学理论研究》（第十六辑），上海古籍出版社 1992 年版，第 320—327 页］。

用欧美人严密的思想逻辑来界定中国古代文论的概念，力图把含混不一的古代概念明确化、单纯化。但是这种良好的意图的结果常常是阉割了内涵丰富的古代概念，实际上是把中国文论的内瓤抽空，然后注入了西方的思想内涵。这种理论'转换'就像外黄内白的香蕉，有着中国的外皮，内核却是西方的"①。应该说，在面对中国文艺理论资源"民族特色"的构建方面，我们仍然没有找到真正属于我们自己的出路，还没有真正形成适合我们自己文艺实践的理论体系和话语。

当然，或许有学者意识到了追逐西方是一种误入歧途，因而更希望在我国古代文论自身研究方面另辟蹊径，保住古代文论的原貌和底色，于是便把更多的精力放在了对古代文论文献的整理与研究上。改革开放四十多年来，学者们在文献整理，各种文体史、专题史、专人专著研究史，以及对于范畴和命题的阐释研究等工作上的赫赫成果也证明了这一点。如，在对新的资料的挖掘上，林其锬和陈凤金的《敦煌遗书文心雕龙残卷集校》（1991）、张伯伟的《稀见本宋人诗话四种》（2002），以及对上海博物馆馆藏战国楚竹书《孔子诗论》从文字隶定、文句解释，到体裁、时代及作者的考索，再到其中体现的上古书写体例、简策制度等，都有学者专门研讨。在古代文艺理论与文学批评研究的体系化与多元化方面，由王运熙、顾易生主编出版的七卷本《中国文学批评通史》（1996），是目前内容含量最丰富的一部古代批评史著作。在范畴研究上，蔡钟翔、邓光东主编的"中国古典美学范畴丛书"从美学的角度出发，综合文学艺术、哲学和政治等诸多方面，对各个范畴进行了多角度、多层次的整理，其中袁济喜的《和：中国古典审美理想》（1989）、涂光社的《势与中国艺术》（1990）、陈良运的《文与质·艺与道》（1992）、蔡钟翔和曹顺庆的《自然·雄浑》（1996）、汪涌豪的《中国古典美学风骨论》（1994）等分别对各个范畴进行了全面的清理，是很有代表性的成果，如此等等。我国古

① 杨文虎：《"释放过去的能量"——古代文学理论的原创性还原和现代文论建设》，《东方丛刊》2006 年第 1 期。

代文论的这些研究，虽然使各项研究得以向深处拓展，对有些问题的研究有了新的推进、取得了一定的成绩，但显而易见，这类成果大多仍然只是以古诠古，从理论出发又回归到理论，很少真正地将古代文论资源与当下我国文艺理论话语建构与文艺批评实践需要结合起来，因此，对具有“民族特色”的文艺批评话语体系的切实建构，尚有诸多工作要做，需要填补的空间很大。

（三）完整把握、整体理解，寻找传统文论的理论滋养

从以上论述不难看出，通过近几十年来的努力，我们已经比较好地解决了我国古代文艺理论优秀遗产中“有什么”的问题，接下来应该重点思考的就是“用什么”和“如何用”的问题。这是因为，并不是所有的古代文论资源在今天都还是管用的，因此有一个“用什么”的问题；而那些仍有价值的古代文论资源要跨越千年、穿越朝代来到当下，也会有一个“如何用”的问题。在笔者看来，古代文论资源在当下文艺批评理论实践中，首先不必局限于用什么命题范畴来解读当代作家作品和文艺现象上，而应该采用一种更宽阔的视野和思路，把古代文论资源作为一个思想整体，从而挖掘其总体意义上的生成特征、文化理念、审美理想、表达方式等，以寻找其对于当下文艺批评的实践价值和现实意义。从整体来看，我国古代文艺理论有许多值得肯定的地方，例如，中国古代文论总体呈现出的“诗文评”[①] 特征，具有极强的中华文化特性和很强的时代针对性，体现出中国人典型的思维方式与特点；再如，我国古代文论总体上形成的“言志”和“缘情”二分的历史传统，是我们所面对的中国古代文艺批评理论的实际情况，体现了古代文人入世与出世、重情志与重艺术、重经国大业也重词令小业的个性追求，有其道理，各有千秋；又如，我国古代文艺理论具有非常明显的“审美性”特征，一些批评和理论话语本身就是一种文艺创作，读来能给人以美的享受，体现了中华文化

---

① 参见杜书瀛《从“诗文评”到“文艺学”》，中国社会科学出版社 2013 年版。

鲜明的审美传统；另外，古代文艺理论表现方式存在的“多元化”特征，如诗话、词话、书信、序跋等，都可以阐发对文艺的评价和理解，并且往往在不受拘束的表达形式中流露出真知灼见；等等，这些都是当下我国文艺批评理论界所欠缺的，也是我们可以从古代文论资源中继承和创新发展的。因此，对古代文论传统的完整把握、整体理解，最终一定要落实在对中华文化深厚底蕴、中国文艺理论之初始精神的归纳与总结上。必须切实重视古代文论的思想性、创造性、审美性、接地性等特性，从而结合当下时代要求对古代文论遗产进行“创造性转化、创新性发展”，只有这样，才能使传统文论在当代真正地“活”起来，为“民族特色”文艺理论的最终建构作出贡献。

中国古代文论思想观念的提出和形成与当时的社会风气、审美风尚息息相关，尤其是中国古代文人所具有的自然观、天下观以及“修身、齐家、治国、平天下”的“内圣外王”思想等都对我国古代文艺理论的发生发展产生着重要影响。孔子“兴观群怨”等学说的提出，使其文学批评思想有着典型的社会伦理道德批评的特点，无论是“思无邪”“尽善尽美”，还是强调“有德者必有言”“止乎礼义”等，其目的都直指世人的道德完善和社会的稳定与净化；曹丕在《典论·论文》中提出的“盖文章，经国之大业，不朽之盛事”所针对的是汉末轻视文学的社会风气，弘扬的是文学艺术的社会责任；陈子昂大声疾呼“文章道弊，五百年矣”，针对的是南北朝时期的“绮靡”文赋，要求恢复的是“汉魏风骨”的阳刚之气；明代文人提出“独抒性灵”（公安三袁）、“情不知所起，一往而深，生者可以死，死者可以生。生而不可与死，死而不可复生者，皆非情之至也”（汤显祖），针对的是当时的“复古”运动，更是对宋明理学长期以来对人性压抑的反抗和反拨；等等。这些理论都有浓厚的现实针对性和实用性，不仅可以从思想理念上指导具体的文艺创作、在一定程度上发挥积极的社会引领作用，也是推动当下文艺繁荣、社会进步的重要思想成果。从我国古代文艺发展的事实可以发现，我国古代文人不仅是理论家、创作家，大都还是社会建设的执法者、参与者，这使他们都能很好地打破文艺创作、文艺批评与国家社会民生之间的界限，能够很好地使他们将多种身份融为一体，将国事、家事、天下事合而为一，对于文艺而言，这显然是极为幸运的事情。古代文人的这些优势，恰恰是当下广大文艺工作者所欠缺的。可以说古代文人是一人多职多能，虽然今天我们同样强调多学科、跨领域发展，但由于学科细化严重，学科方向庞杂，重实践运用而不重理论思考，基本上都是只专其一、不顾其余，这样的格局难免会限制和束缚学术创造和理论思考能力。加上现在很多做理论研究或搞文艺批评的，不仅不关注社会、不关注民生，甚至也不关注作家、不关注作品，而只是用自己现成的一套理论“自说自话”，使文艺批评和理论研究成为“六经注我”的随意解读，而全然不能从文艺与社会、文艺与立人、文艺与立国等更大更深化的层面去思考问题，把一切研究都做成了死的学问，当成了为稻粱谋的手段和工具，全然忘记了文艺的担当和使命，忘记了修身、齐家、治国、平天下的人生大道，这是值得我们深刻反思和警惕的。因此，如何更好地从中华文化传统的大格局中汲取启示，从而改正不足，迎来发展契机，是今天广大人文学者需要认真对待的。对于传统文论的当代发展，这些都值得我们去思考和重视。

三　对两种批评资源的建构性思考

以上对新时代文艺批评的西方文艺理论资源和中国文艺理论资源的优势和问题分别给予了论述，那么如何综合利用这两种资源的优势和长处，避免其缺陷和不足，是我们建构新时代文艺批评话语体系以及做好文艺批评工作的关键所在，这里谈些粗浅的看法。

（一）对西方文论资源的建构性思考

1. 要认清“后理论时代”西方文论的现实状况

在国内“后理论时代”最先是由王宁教授提出来的，他提出，

“‘后理论时代’这个命名得益于伊格尔顿的《理论之后》一书”[①]，关于“后理论时代”的内涵意义他后来在不同的文章中都有所论述。2019 年在《论“后理论”的三种形态》一文中他总结性地指出：“后理论”是一种思想状况，是对理论的一种反思与重识，同时也是对理论之未来发展的一种憧憬和展望。在“后理论时代”，理论有过的旺盛活力和批判性穿透力已不再，它在当下变得越来越注重实证和经验研究，并对自身进行质疑和反思。在王宁看来，提出“后理论”概念意在表明，理论并没有死亡，它已散发在对文学和文化现象的分析研究中。它一方面要保持以往的批判精神；另一方面又要对自身进行反思。因而在“后理论时代”，处于衰落状态的文学和文化理论再度焕发出了新的生机。[②] 而在另一篇有关“后理论时代”的论文中，他进一步谈道：“‘后理论时代’的来临，虽然标志着文学理论在西方的衰落，但并不意味着它在其他地方也处于衰落的境地，可以说它为非西方文论从边缘步入中心进而与处于强势地位的西方文论平等对话铺平了道路。抓住这个机遇，大力发展和深化中国文学理论的现有成果，并把目光转向更为广阔的世界，我们就有可能在西方文论界遭遇困境的地方作出我们自己的建树。”[③] 由这些论述可以看出，“后理论时代”实际上就是以西方为中心的文学理论时代的结束，“后理论时代”理论并没有死亡，而是已经渗透在对文学和文化现象的经验研究和分析之中，“后理论时代”的来临，对于中国文艺理论等相对边缘的非西方文论而言，是一次绝好的走向世界理论舞台的契机。

以上关于“后理论时代”的认识，与本文之前对于西方文艺理论资源的批判性认识是一致的。西方文艺理论的过分理论化、与文艺现象和文化经验的过分疏离等，使其自身偏离了理论前沿，已经无法针

---

① 参见王宁《“后理论时代”西方理论思潮的走向》（《外国文学》2005 年第 3 期）一文关于“后理论时代”的相关注释。在该注释中，作者提到关于《理论之后》一书的评论，可参见其《“后理论时代”的文化理论之功能》一文，载《文景》2005 年第 3 期。

② 王宁：《论“后理论”的三种形态》，《广州大学学报》（社会科学版）2019 年第 2 期。

③ 王宁：《“后理论时代”中国文论的国际化》，《中国高校社会科学》2015 年第 1 期。

对具体的文艺现象进行阐释和解读，而只能成为一种被“套用”的理论。西方文艺理论对于理论生产和运用正途的偏离，使西方文论丧失了其对于文艺问题的阐释效应，而成为一种摆设，成为一种“没有文学的文学理论”。有了对于当下文艺理论“后理论”状况的这一基本认识，就为我们走出西方文论的牢笼、重新认识理解和运用西方文论，奠定了思想基础。

2. 要正视民族审美心理和经验的中西差异

对于外来理论的接受或接受的程度都是有条件的，违背了接受条件，所接受的东西就会是一种纯粹的知识性接受，从而使接受的东西对接受者而言变成一种无用或无效的东西。张江教授认为，对于文艺理论的接受而言，民族审美心理和经验作为接受的条件，是必须给予重视的。在他看来，“民族审美心理的承继和演进，构造了民族审美的集体性倾向，这种倾向决定了民族的文学艺术呈现多向度的差别，决定了文学艺术产品的公众接受取向和评价标准”。“民族审美心理和经验对文艺理论及批评的影响同样是深刻的。审美先于理论，理论服从审美，个体审美抽象升华为集体审美，集体审美决定理论走向，理论校正、归并个体审美。这是民族审美和理论的一般规律，背离这一规律，任何理论都难以行远。因此，西方文论对中国文学的有效性，取决于民族审美经验的接受程度。”这就是说，西方文论在中国的旅行和落地不取决于西方文论自身，而取决于中国人的审美经验与审美需要。他认为：“重故事，重情节，欲抒情而叙事，已经积淀为民族诗学的基本法则，体现了民族审美取向的基本特征。”“罔顾这一事实，对西方文艺理论横加移植，结果只能是既与审美传统主导下的文艺创作有隔，又与中华民族在审美传统支配下的接受规律相违。理论由此成为无效的理论。”这一论述揭示出对于西方文论接受的深层规律和原因。正是基于这一认识，张江提出：“当前中国文学理论建设最迫切、最根本的任务，是重新校正长期以来被颠倒的理论和实践的关系，抛弃对一切外来先验理论的过分倚重，让学术兴奋点由对西方理论的追逐回到对实践的梳理，让理论的来路重归文学实践。”而且，“这种回归必须是全方位的回归”。这一见地显然是深刻的，这是一种逐本求源的解决问题的办法，“从中国文学实践出发，是所有中国文学理论建构的核心和关键”[①]。以上观点则是张江对症下药，不仅为我们接受西方文艺理论提供了判定的标准和原则，同时也为我国文艺理论的未来发展和文艺批评实践的繁荣发展指明了出路。

3. 要重回文学实践现场

张江教授提出的“让理论的来路重归文学实践”的观点，不仅为我们找回了理论研究的初衷和使命，同时“重归文学实践”的观点对于我们认识与借鉴西方文艺理论也有着重要的理论启示与指导意义。王宁曾经提到，“在‘后理论时代’，理论将失去其大而无当、无所不能的功能，它将返回对文学现象的解释和研究上，它也许会丧失以往的批判锋芒，但却会带有更多经验研究的色彩和分析阐释的成分”[②]。王宁“返回对文学现实的解释和研究”的看法和张江“重归文学实践”的看法是一致的，都对理论回到文学现象和文学实践上来给予了充分肯定，这些观点对于我们认识和运用西方文论有着重要的启示意义。理论不能是自说自话的理论，实践出真知，离开了实践的理论必然是空洞的、无效的理论。可见，对于从事文艺理论和文艺批评工作的人而言，回归文学实践和文艺批评对象本身，而不是回到空泛的理论或者说被“套用”的理论上去，是我们必须遵守的重要原则。理论源于实践、服务于实践，而不是实践源于理论、服务于理论，这本来就是大家都懂得的道理。然而，回望新时期以来，我们对于西方文艺理论的狂热态度和吸吮过程，回望40多年来西方文论在中国的奢华旅行，我们分明感到，虽然西方文论对于我们而言是那样的熟悉，有那么多人的关注和研究，但除了因其在理论上能指的魅力而作为一种空

---

① 张江：《当代西方文论若干问题辨识——兼及中国文论重建》，《中国社会科学》2014年第5期。

② 王宁：《“后理论时代”中国文论的国际化》，《中国高校社会科学》2015年第1期。

洞的理论被无节制地吹捧之外，在具体的理论所指方面似乎是极为疲弱乏力、乏善可陈的，它无法也确实没有做到在中国文艺园地里落地生根，这一点难道不值得反思吗？可以说，新时期之后较长一段时间，我们对于西方文论不加消化地完全引入是有盲目性的，这种盲目既有文化不自信和不成熟的原因，又有更为复杂的历史文化原因。客观地讲，西方文论资源的引入、存在，对于新时期之后我们走出原有文艺理论窠臼、文艺创作单一的局面还是有很大帮助的，对我国文艺批评和文艺批评理论建设和实践给予了巨大支持，它已经成为我国文艺理论与文艺批评继续前行的知识前提和理论基础，无法绕开，这也是不争的事实。对此张江的态度也是十分明确的，他认为，“必须承认，西方文论从外部研究到内部研究的历史切换有不容否定的积极意义”。“我们从未否定外来理论资源对中国文论建设产生的积极影响，但需要强调的是，面对任何外来理论，必须捍卫自我的主体意识，保持清醒头脑，进行必要的辨析。既不能迷失自我、盲目追随，更不能以引进和移植代替自我建设。”[①] 因此，如何更好地使用西方文艺理论，应该成为我们接下来要思考和做的工作。关于这一点，张江的“重归文学实践”和鲁迅的“拿来主义”无疑给我们带来了诸多启示。

4. 对西方文论的跟进、对话与重构

正如王宁所认为的那样，“‘后理论时代’的来临，虽然标志着文学理论在西方的衰落，但并不意味着它在其他地方也处于衰落的境地，可以说它为非西方文论从边缘步入中心进而与处于强势地位的西方文论平等对话铺平了道路”[②]。因此，面对西方文论我们能做的就是要在学习反思的基础上，回归到我们自己的文学实践和文学传统上来，并以此为准绳，以对话的姿态来审视和认知西方文论，奉行“拿来主义”，保持理论自觉和理论主动，努力寻找与西方对话的合适途径。

---

① 张江：《当代西方文论若干问题辨识——兼及中国文论重建》，《中国社会科学》2014 年第 5 期。

② 王宁：《“后理论时代”中国文论的国际化》，《中国高校社会科学》2015 年第 1 期。

正如王宁所设想的那样："一味跟进别人便丧失了自我，而对别人的成果全然不顾、全部依赖自己提出的一套理论，这至少在现在是无法实现的，更无法让别人认可并接受你。那么唯一可行的路径就是在跟进西方理论的同时加进本土的东西，使得西方强势话语的'纯正性'变得不纯，也即取得中国文论的'异质特征'，接下来在与西方理论进行对话的过程中对之进行改造或重构。这是我们中国的文学理论面对西方的强势话语时所能采取的有效策略，也是我近十多年来通过与西方学界交流和对话而不断尝试削弱西方中心主义强势话语的一点尝试。"① 张江也明确指出："实现与西方平等对话的途径，一定是在积极吸纳世界文艺理论发展经验的基础上，立足本土，坚持以我为主，坚持中国特色，积极打造彰显民族精神、散发民族气息的中国文艺理论体系。"② 他们的看法作为当下我们对待西方文论、发展本土文论的基本思路，是值得进一步深入思考和研究的。

综上所述，保持西方文论和中国文艺实践的某种张力，认真审视西方文艺理论对于当下我国文艺批评介入的可能性和限度，认识到西方文论在中国首先是一种知识性存在，还是一种能够介入当下我国文艺创作与文艺批评实践的理论性存在，是根据我国当下的文艺发展与批评实践需要可以"被选择的理论"，并在以我为主的前提下做到为我所用，这应该是我们对待西方文论的一种基本态度。正如毛泽东所指出的那样："对于外国文化，排外主义的方针是错误的，应当尽量吸收进步的外国文化，以为发展中国新文化的借镜；盲目搬用的方针也是错误的，应当以中国人民的实际需要为基础，批判地吸收外国文化。"③ 对于西方文论而言，一味地拥抱不对，一味地拒绝同样有失偏颇。我们要做的就是坚持以我为主，"重归文学实践"，奉行"拿来主

① 王宁：《"后理论时代"中国文论的国际化》，《中国高校社会科学》2015 年第 1 期。

② 张江：《当代西方文论若干问题辨识——兼及中国文论重建》，《中国社会科学》2014 年第 5 期。

③ 毛泽东：《论联合政府》，《毛泽东选集》第三卷，人民出版社 1991 年版，第 1083 页。

义”，行则用，用则行，不仰视也不俯视，使之成为我国文艺批评资源中的重要资源之一。

（二）对中国文论资源的建构性思考

张江在《当代西方文论若干问题辨识——兼及中国文论重建》一文中关于“中国文论建设的基点”部分提到了当前中国文论迫切需要解决的三个问题，分别为“全方位回归中国文学实践”、“坚持民族化方向”和“外部研究与内部研究的辩证统一”。其中在阐述第二个问题，即“坚持民族化方向”时，他认为：“正视文艺理论的民族性，坚持民族化方向，这是中国未来文艺理论建设必须遵循的原则。落实到具体实践层面，一是要回到中国语境，二是要充分吸纳中国传统文论遗产。”① 如何对待中国传统文论遗产与资源始终都是我国当下文艺批评无法回避的重要命题之一，这是我们面对中国文论遗产最直接、最应该辨析清楚的内容，在这方面我们已有较为成熟的理论思考和学术判断。

1. 要做到“古为今用”

关于如何对待传统文化遗产方面，毛泽东同志有着许多重要的论述，提出过许多重要的思想。早在《新民主主义论》中毛泽东就明确地指出：“中国的长期封建社会中，创造了灿烂的古代文化。清理古代文化的发展过程，剔除其封建性的糟粕，吸收其民主性的精华，是发展民族新文化提高民族自信心的必要条件；但是绝不能无批评地兼收并蓄。必须将古代封建统治阶级的一切腐朽的东西和古代优秀的人民文化即多少带有民主性和革命性的东西区别开来。”② 与西方文论文化不同，中国传统文论文化是土生土长的东西，历史悠久，面临的问题纷繁复杂，有过时的东西，也有糟粕的东西，对古代文化要一分为

① 张江：《当代西方文论若干问题辨识——兼及中国文论重建》，《中国社会科学》2014 年第 5 期。

② 毛泽东：《新民主主义论》，《毛泽东选集》第二卷，人民出版社 1991 年版，第 707—708 页。

二地看，因此毛泽东提出了“批判地继承”古代文化的思想。在 1942 年 5 月召开的延安文艺座谈会上，毛泽东从文化的“源”“流”关系方面阐述了辩证地对待古人和外国人的文化遗产问题。毛泽东说：“我们必须继承一切优秀的文学艺术遗产，批判地吸收其中一切有益的东西，作为我们从此时此地的人民生活中的文学艺术原料创造作品时候的借鉴。……我们决不可拒绝继承和借鉴古人和外国人，哪怕是封建阶级和资产阶级的东西。但是继承和借鉴决不可以变成替代自己的创造，这是决不能替代的。文学艺术中对于古人和外国人的毫无批判的硬搬和模仿，乃是最没有出息的最害人的文学教条主义和艺术教条主义。”[①] 1945 年 4 月，毛泽东在中共“七大”政治报告《论联合政府》中再次谈到了如何科学地对待外国文化和中国古代文化的问题，他认为，对于外国文化“排外主义的方针是错误的”，“盲目搬用的方针也是错误的”，要“批判地吸收外国文化”；同样，对于中国古代文化，“既不是一概排斥，也不是盲目搬用，而是批判地接收它，以利于推进中国的新文化”[②]。这两处阐述既针对外国文化，也针对中国古代文化。1956 年 8 月 24 日，在《同音乐工作者的谈话》中，毛泽东强调：“西洋的东西也不是什么都好，我们要拿它好的。我们应该在中国自己的基础上，批判地吸收西洋有用的成分。”“吸收外国的东西，要把它改变，变成中国的。”“应该学习外国的长处，来整理中国的，创造出中国自己的、有独特的民族风格的东西。这样道理才能讲通，也才不会丧失民族信心。”[③] 以我为主，实行拿来主义，表现出对待西洋文化和传统文化的基本态度和立场。综合起来看，以上无论是对中国古代文化，还是对待外国文化，毛泽东都表达出了要“批判地继承”的观点。1964 年 9 月 1 日，中央音乐学院音乐学系学生陈莲

---

① 毛泽东：《在延安文艺座谈会上的讲话》，《毛泽东选集》第三卷，人民出版社 1991 年版，第 860 页。

② 毛泽东：《论联合政府》，《毛泽东选集》第三卷，人民出版社 1991 年版，第 1083 页。

③ 毛泽东：《同音乐工作者的谈话》，《毛泽东文集》第七卷，人民出版社 1999 年版，第 83 页。

给毛泽东写了一封信，反映该院教学和演出中存在的一些问题。毛泽东作了批示，就在这个批示中，毛泽东最终提出了“古为今用，洋为中用”的文艺方针[①]，为我们对待包括西方文化和传统文化在内的文化遗产问题指明了方向、提供了思路。当然这一思路也应该是我们对待中国传统文论的思路。

2. 要做到“创造性转化、创新性发展”

毛泽东同志讲过：“中国历史留给我们的东西中有很多好东西，这是千真万确的。我们必须把这些遗产变为自己的东西。”[②] 进入新时代以来，习近平同志关于弘扬中华优秀传统文化提出了许多新的见解和论断，推动和深化了我们对继承传统文化的认识和理解、践行和使用。2013 年 8 月 19 日在全国宣传思想工作会议上他提出：“对我国传统文化，对国外的东西，要坚持古为今用、洋为中用，去粗取精、去伪存真，经过科学的扬弃后使之为我所用。”[③] 2014 年在文艺工作座谈会讲话中他提出：“传承中华文化，绝不是简单复古，也不是盲目排外，而是古为今用、洋为中用，辩证取舍、推陈出新，摒弃消极因素，继承积极思想，‘以古人之规矩，开自己之生面’，实现中华文化的创造性转化和创新性发展。”[④] 2016 年 5 月 17 日，《在哲学社会科学工作座谈会上的讲话》中他特别警示：“历史和现实都表明，一个抛弃了或者背叛了自己历史文化的民族，不仅不可能发展起来，而且很可能上演一场历史悲剧。”[⑤] 如此等等。这些论述对于今天我国古代文论的有效性应用或者“现代性转换”富有启示意义，这些论述将传统文化放在一个较之以往更加重要的位置，确立了我们对待传统文化的新的

---

① 孙国林：《毛泽东“古为今用，洋为中用”批示的来龙去脉》，《党史博采》2010 年第 11 期。

② 毛泽东：《同英国记者斯坦因的谈话》，《毛泽东文集》第三卷，人民出版社 1996 年版，第 191 页。

③ 习近平：《把宣传思想工作做得更好》，《习近平谈治国理政》，外文出版社有限责任公司 2014 年版，第 156 页。

④ 习近平：《在文艺工作座谈会上的讲话》，人民出版社 2015 年版，第 26 页。

⑤ 习近平：《在哲学社会科学工作座谈会上的讲话》，人民出版社 2016 年版，第 17 页。

立场和态度，同时也提出了解决传统文化在新的历史条件下得以弘扬发展的具体办法，这些论述在尊重文论和文艺发展规律的前提下，对做好我国古代文论的“转化”发展与当代“进入”、实现古代文论的现代转换具有重要的理论指导意义。正如有学者所指出的，“‘古代文论的现代转换’并不是说当代文学理论形态如何从古代文学理论形态转换而来，也不意味着以古代文论为本根进行理论重建，而是意味着‘转化’‘进入’，即让古代文论资源在当代人的意识照耀下，进入到当代文论中，以有利于当代文论的创新与发展”。[①] 当然，正如张江所指出：“时代变了，语境变了，中国文学的表现方式也变了，甚至汉语本身也发生了巨大的历史变异。在此情势下，用中国古典文论套用今天的文学实践，其荒谬不逊于对西方文论的生搬硬套。”[②] 因此，究竟如何切实实现我国古代文论在当下“在去粗取精、去伪存真的基础上，坚持古为今用、推陈出新”，寻找新的生长点而又能避免滥用乱用，还有很长的路要走。在笔者看来，在充分吸纳中国传统文论遗产的基础上，做到“创造性转化、创新性发展”，回到中国语境和中国文学实践，做好古代文论范畴的清理与重构，把传统的理论遗产转化为当下文艺的理论借鉴，以更好地阐释和解决中国文艺具体问题和文艺实践，这就是今后我们要深入研究和要做的事情。

3. 要推动中国文论“走出去”

根据“后理论时代”和全球化语境的基本现实，推动中国文论“走出去”是中国古代文论在当下建构的又一途径。张江提出来的中国文论“融入世界，与西方平等对话”、“要有异质性，有独特价值”以及让理论回到“文学实践”[③] 等观点，既给中国传统文论的当下发展带来新的契机，同时也必将为世界文学理论的发展拓展更多的空间，

① 毛宣国：《古代文论“进入”当代的理论思考》，《中国文艺评论》2017 年第 9 期。

② 张江：《当代西方文论若干问题的辨识——兼及中国文论建设》，《中国社会科学》2014 年第 5 期。

③ 张江：《当代西方文论若干问题的辨识——兼及中国文论建设》，《中国社会科学》2014 年第 5 期。

是“从中国文学理论批评的实践出发”，同时也是“站在中国学者的本土立场”提出的“若干促使中国文论走向世界的对策”。[①]

在王宁看来，“文学理论在相当长的时间内一直是欧洲中心主义占据主导地位。后来一批有着深厚理论素养的东方学家逐步认识到这一局限，开始把目光移向西方世界以外的地方，从那里的文学和理论中发掘新的资源，从而开拓出比较诗学或比较文论的新领域，为东方文论观念和美学原则跻身世界文学话语体系打开一个突破口”[②]。中国传统文论是中华优秀传统文化的重要组成部分，随着我国综合国力的提升和世界影响力的不断增强，中西文艺文化交流日益增多，西方世界对中华文化的兴趣和关注度越来越高，对中华文艺作品和文化产品及其理论的需求也自然凸显出来，所有这些都为中国文论“走出去”创造了条件。当然，“走出去”的中国文论一定是经过“创造性转化、创新性发展”的理论，是既能阐释当下文艺问题又能为西方文化所接受的具有中国文化特色的理论。正如王宁所说：“在传播我们的理论之前，首先要对自己的理论做出梳理和建构，以辨识哪些是别人已经有的理论，哪些是在借鉴别人理论的基础上加以消化逐步转变成了我们自己的理论，哪些才是我们自己所独有和原创的理论。否则的话，不了解国际文学理论界的发展态势，一味重复别人已有的成果，即使通过翻译的中介传播出去了国外学界也不会认可。”[③] 正像我们对于西方文论的引入必须以中国人的审美经验与审美需要为依据，让中国文论“走出去”同样需要考虑西方文化的审美经验、文化习惯和审美需要，给予他们的一定得是他们需要的。但他们究竟需要什么？这就需要我们了解他们、研究他们、融入他们。当然，在“给予”之前，首先我们要做的是了解自己，了解自己的文论家底和文论资源，“转化”和“发展”我们的文论资源。

① 王宁：《“后理论时代”中国文论的国际化》，《中国高校社会科学》2015 年第 1 期。
② 王宁：《“后理论时代”中国文论的国际化》，《中国高校社会科学》2015 年第 1 期。
③ 王宁：《“后理论时代”中国文论的国际化》，《中国高校社会科学》2015 年第 1 期。

余 论

1944 年毛泽东同志强调："我们信奉马克思主义是正确的思想方法，这并不意味着我们忽视中国文化遗产和非马克思主义的外国思想的价值。"[①] 以上对于文艺批评两种重要理论资源的理论认识和分析评价，正是建立在马克思主义的立场、观点和方法的基础之上展开的。在庆祝中国共产党成立 100 周年大会上，习近平同志进一步提出了"坚持把马克思主义基本原理同中国具体实际相结合、同中华优秀传统文化相结合"[②] 的新观点，从理论高度深化了马克思主义中国化的理论内涵，给新时代进一步加强马克思主义同中国具体实际相结合、同中华优秀传统相结合提出了新思路、新任务，为切实推进中华优秀传统文化和文论研究提供了理论依据。

西方文艺理论资源和中国传统文艺理论资源，是我们从事文艺批评和评论工作最重要的两种资源，这两种资源一中一西，各有所长，都有自己源远流长的学术传统。因此，对它们的研究，既要展示出中西两种文化的差别、差异所在，同时还要结合当下我国文论发展的现实状况和需要，通过"平等对话"实现西方文论的"本土转化"，做到批判继承实现传统文论的"创造性转化、创新性发展"。正如习近平总书记在《在文艺工作座谈会上的讲话》中所提到的："要以马克思主义文艺理论为指导，继承创新中国古代文艺批评理论优秀遗产，批判借鉴现代西方文艺理论，打磨好批评这把'利器'，把好文艺批评的方向盘。"[③] 当然，当下我国文艺理论和批评建设还有很长很长的路要走，还有许多具体工作要做。值得庆幸的是，2021 年 8 月中宣部等五部委联合印发的《关于加强新时代文艺评论工作的指导意

---

① 毛泽东：《同英国记者斯坦因的谈话》，《毛泽东文集》第三卷，人民出版社 1996 年版，第 191 页。

② 习近平：《在庆祝中国共产党成立 100 周年大会上的讲话》，人民出版社 2021 年版，第 13 页。

③ 习近平：《在文艺工作座谈会上的讲话》，人民出版社 2015 年版，第 30 页。

见》及其《实施方案》的颁布落实，必将给我国文艺评论工作的繁荣发展带来新的契机，为我们进一步探讨文艺批评理论的当代资源提供新的思路，为这两种文论资源切实为当下文艺批评实践服务创造新条件，最终为推动我国文艺评论工作的健康发展和文艺创作的更加繁荣做出应有的贡献。

第四节　新时代文艺批评的研究状况

习近平总书记有关文艺工作的系列重要论述是在我国社会主义文艺事业面临诸多新问题的现实语境中产生的。改革开放以来，人们一方面在享受改革开放带来的丰硕成果，另一方面面临着价值观的倾斜和精神危机等诸多问题。在这种境况之下，发挥文艺的精神引领作用，成为重建社会主义核心价值观的重要理念和有力手段。同时，繁荣发展社会主义文艺事业，也是建设文化强国、讲好中国故事、传播中国声音、弘扬中国精神的重要路径。尤其是2014年10月习近平总书记召集文艺工作者召开座谈会并发表讲话之后，学界感受到了文艺在当下社会的重要价值和意义，对之进行更细致、更深入的阐发研究的成果很多。其中，对文艺批评与文艺评论相关问题的研究成为学者高度关注的问题域，成为学界研究讨论的重点和热点。因此，本节将重点围绕对习近平在文艺工作座谈会讲话之后一段时间内的相关研究，通过综合梳理总结，探讨在文艺批评方面，学界研究的主要内容和重点关注的问题，以期对当下我国文艺批评的整体风貌有一个相对完整的呈现。

一　对习近平新时代文艺批评观的整体性解读

此类研究主要是对习近平有关文艺的系列讲话中涉及文艺批评的观念做详细的解读，探讨其中的内涵、特色、要点等。罗新河在《社会主义文艺繁荣需要怎样的文艺批评——学习习近平总书记在文艺工作座谈会上的重要讲话精神》[①] 一文中，认真总结了习近平在文艺工作座谈会中有关文艺批评的言论和观点，从重塑批评精神、重树批评标准、重建中国话语三个维度，对习近平有关文艺批评的性质、目的、原则、方法、标准、指导思想等论述进行了全方位阐述，并指出，习近平有关文艺批评的论述，为当前文艺批评的改进以及中国文论话语体系的建构设计了基本路径，指明了努力方向，必将极大促进和推动社会主义文艺的发展与繁荣。杨德忠、陶良格则对习近平在文艺批评功用的界定、有关文艺批评工作的逻辑起点、关于文艺批评的标准问题以及文艺批评的工作原则与方法等方面的论述进行了详细阐释分析，文章最后提出习近平的文艺批评观点具有以下特色：一是对文艺批评工作的高度重视，把文艺批评看作加强党对文艺工作领导的重要途径；二是习近平的文艺批评观点是建立在“文艺为人民”这一逻辑起点上的，指出要把人民作为文艺审美的鉴赏家和评判者，要把人民群众的喜爱程度作为评价作品优劣的重要标准；三是针对新时期中国文艺批评的现状和新的历史环境，习近平在继承了毛泽东等的文艺批评思想的同时，又赋予了批评标准新的内涵和新的要求；此外，他还特别注重文艺批评的“批评”属性，提倡要重塑文艺批评的批评精神。[②]

董学文在《发展中国当代文艺理论的指南》[③] 一文中提出，《在文艺工作座谈会上的讲话》为中国当代文艺理论的发展指明了方向，为建构 21 世纪中国的马克思主义文艺学提供了指南。习近平总书记的讲话从实现“两个一百年”奋斗目标、实现中华民族伟大复兴的中国梦高度来强调文艺的不可替代作用，为我国文艺理论建设描绘了新的背景和底色。而他的“社会主义文艺，从本质上讲，就是人民的文艺”

① 罗新河：《社会主义文艺繁荣需要怎样的文艺批评——学习习近平总书记在文艺工作座谈会上的重要讲话精神》，《人民论坛·学术前沿》2017 年第 17 期。

② 杨德忠、陶良格：《试论习近平的文艺批评思想》，《美与时代》（下）2018 年第 9 期。

③ 董学文：《发展中国当代文艺理论的指南》，《文艺报》2015 年 6 月 24 日。

的界定，不仅坚持了马克思主义文艺观，而且对当代文艺的人民性做了新的揭示。《在文艺工作座谈会上的讲话》对优秀传统文化的重视，对中华美学精神的弘扬，也极大地增添了文论的中国元素和精神内涵。这不仅出色解决了文艺理论上批判与继承的关系，而且为未来的文论建设创造性地铺设了一块具有完全自主知识产权的基石。冯宪光在《中国当代文论话语体系建构的主导结构》① 一文中分析了中国文论话语体系是一种多元而分散的综合体，西化色彩浓厚，形成一种缺少主导结构协调机制的众声喧哗现象。面对此种问题，他认为习近平在《在文艺工作座谈会上的讲话》提出的关于文艺评论以文艺学三个主要学科——马克思主义文论、中国古代文论和西方文论的全面辩证整合，文艺批评四个观点——“运用历史的、人民的、艺术的、美学的观点评判和鉴赏作品”的全面话语覆盖，建构中国当代文论话语的多元一体主导结构，是中国当代文论话语建构的理论基础。

以上学者的研究以整体性的视野，对习近平系列讲话中涉及文艺批评的观点进行了梳理与辨析，学者们都关注到了习近平对新时代文艺批评给予的厚望，希望以文艺批评对文艺创作进行“纠偏”的决心和理念。正是基于文艺批评在新时代所担负的重要使命，重新探讨文艺批评在当下的困境、文艺批评新的批评标准，文艺批评的社会功能、未来与出路等问题，成为近几年学界的一个热点话题。

二　关于新时代文艺批评“问题与出路”的反思

《在文艺工作座谈会上的讲话》（以下简称《讲话》）发表之后，很多文艺理论工作者感受到了党中央对文艺评论工作的重视，纷纷总结这几年来文艺批评所面临的问题，并结合“讲话”精神，为文艺批评今后的发展寻求出路。从整体来看，此类反思可以分为较为宏观的战略型反思和较为具体的策略型反思两种。

---

① 冯宪光：《中国当代文论话语体系建构的主导结构》，《中国文学批评》2016 年第 4 期。

仲呈祥重点强调了新时代文艺批评“高举旗帜，引领导向”的重要意义，认为首先必须高举与时俱进的马克思主义中国化、时代化、大众化的旗帜，即毛泽东思想、邓小平理论、“三个代表”重要思想、科学发展观的旗帜，唯有如此，文艺理论批评与艺术美育领域才能正确引领导向。[①] 胡功胜在《为当下文艺批评开两张“处方”——纪念习近平总书记〈在文艺工作座谈会上的讲话〉公开发表四周》[②] 中，总结出了《讲话》中开出的两张内外兼治的“处方”：一是“内治”文艺批评的责任担当与功利意识问题；二是“外治”文艺批评的中西理论资源问题。他提出，功利意识与人情面子诱发了当下文艺批评的“内疾”，它关涉的是内在的批评主体的态度问题；理论资源的“唯西是从”则是造成当下文艺批评“外伤”的根源，它关涉的是外在的批评主体的能力问题。而重树文艺批评中的责任担当意识是根治“内疾”的良药；回到中国文化传统，接通中华民族的文化血脉，重拾中华民族的文化自信，同时吸收借鉴西方文论资源，中学为体，西学为用，这样才能根治文艺批评的“外伤”。冯巍在《文艺批评要具有中国眼光》[③] 一文中指出，习近平总书记在《在文艺工作座谈会上的讲话》中特别强调，“中国精神是社会主义文艺的灵魂”。这既从文艺创作和文艺批评方面提出了对弘扬中国精神、培育国家观念的殷切期望，也从弘扬中国精神、培育国家观念方面对文艺创作和文艺批评提出了新的要求。因此，文艺批评不能只抓住表面和细节，不能只在作品自身当中转来转去，而是要将批评的出发点和支点放到文学艺术发展的整体进程中，放到国家、社会的时代变迁中，放到中华民族的当代文化建构中，“运用历史的、人民的、艺术的、美学的观点评判和鉴赏作品”。

这几位学者从宏观处着眼，认为解决当下文艺批评无力的问题，

---

① 仲呈祥：《高举旗帜引领导向——学习习近平总书记“2.19”讲话的一点体会》，《长江文艺评论》2016 年第 1 期。

② 胡功胜：《为当下文艺批评开两张“处方”——纪念习近平总书记〈在文艺工作座谈会上的讲话〉公开发表四周》，《安徽农业大学学报》（社会科学版）2019 年第 2 期。

③ 冯巍：《文艺批评要具有中国眼光》，《红旗文稿》2016 年第 1 期。

首先要从意识上认识到文艺批评在整个社会发展、民族振兴过程当中可以、应该承担的责任，如仲呈祥在文章中所强调的，文艺批评要起到“引领导向”的作用，要在精神上起到积极的感召力量，这就需要我们的批评主体自觉意识到自己所肩负的责任，重拾文化自信，在解读评价作品时去挖掘中华民族独特的精神追求和精神特质，阐释好中国精神，弘扬好博大精深的中华文化。

另一类研究则侧重于策略型的探索，力求为当下文艺批评之病找到具体的解决方法。张江提出在开展文艺批评时，一是要尊重和遵循民族审美标准，套用西方理论，作家、艺术家不买账，人民大众也不接受，这样的批评一定是无效批评。二是要时刻坚守艺术标准高于商业标准的理念。与普通商品不同，文艺作品的使用价值恰恰是它的艺术性，没有艺术性就没有商品性，面对市场，批评家的责任是培育和引领，以批评家的良知和担当，坚持思想和艺术标准，造就良好的市场环境和积极健康的时代风尚，才是批评的价值所在。三是文艺批评必须要有批评。在文艺发展进程中，少不了探索与争鸣，创作和批评都需要不断地深化认识、提高水准。批评家要在褒贬甄别中体现对文艺、对社会和受众的担当，没有批评的态度和批评的声音，一片叫好和表扬之声，就难有深化和提高。有了批评才能有论辩和切磋，真理总是越辩越明。[①] 白烨在《重振批评的三大急务》[②] 一文中提出当下的文学批评，首先需要着力解决的，一是强化思想引力，二是整合相关资源，三是培育新生力量。白烨在文章中提出的把文学批评阵营的内部以及与文学批评有所关联的力量动员起来；培育新的代际的批评新人以及了解新的批评视野和新的审美情趣的新型人才的观念，确实是当下文艺理论批评界亟须展开的工作。李正忠认为首要的是让文艺批评战线“争”起来，他认为近年各种报刊所发的文艺评论文章，少有生气，大部分是空话套话，相互重复，但在网络上附在所发文章正文

① 张江：《重塑批评精神》，《光明日报》2014 年 10 月 20 日。
② 白烨：《重振批评的三大急务》，《文学报》2015 年 11 月 5 日。

后面的“跟帖”，不少则是身手不凡，极有见地，文字不多，却一针见血，使人眼前一亮。因此，网络的发达，信息传播、交流的迅速、方便，意味着文艺理论与批评精英独霸的局面已经被打破，在全社会营造讨论与争鸣的氛围，让更多的人而不是少数的精英参与到文艺的批评和争鸣中来，是解决诸多文艺批评问题的关键所在。[①] 袁学骏在《提升文艺批评的威力》[②] 一文中，提出应如何提升当今文艺批评的威力和实效问题，他认为，首先，文艺批评家要有定力。需要文艺批评家有基础理论功底和自信力；要有理论的、文化的自觉性和自信力；要把握批评的基本标准和尺度。其次，文艺批评家要有自己的眼力。要有“火眼金睛”，能够辨别作品的优劣、生活与情感的真伪和作品中正负能量的多与少；要能够走得动、跑得开。要和作家艺术家一样不断到现实生活中去，到社会发展的潮头上去；要带着问题意识去观察分析。再次，文艺批评要有充分的公信力。即要充分肯定和传输作品中的正能量、真善美，褒扬一切有利于社会前进、人生发展的好东西；文艺批评要敢于说真话，扶正祛邪；团队集体发声是提升文艺批评威力的有效途径。除了以上学者，此类研究文章还有文浩《文艺批评要守护真理性民族性人民性》[③]，刘秀珍《以马克思主义历史观观照文艺批评与创作——论习近平文联“十大”开幕式讲话中的“历史观”》[④]，邓楠《论科学的文艺评价体系的建构》[⑤]，冯辉《如何构建中国气派的文艺批评》[⑥]，黄也平《对当前文艺“市场批评”的反思》[⑦]，等等。

---

① 李正忠：《首要的是让文艺批评战线“争”起来——在“坚持以人民为中心的创作导向”学术研讨会上的发言》，《文艺理论与批评》2015 年第 1 期。

② 袁学骏：《提升文艺批评的威力》，《文艺理论与批评》2015 年第 1 期。

③ 文浩：《文艺批评要守护真理性民族性人民性》，《新湘评论》2018 年第 15 期。

④ 刘秀珍：《以马克思主义历史观观照文艺批评与创作——论习近平文联“十大”开幕式讲话中的“历史观”》，《绥化学院学报》2017 年第 9 期。

⑤ 邓楠：《论科学的文艺评价体系的建构》，《湖南广播电视大学学报》2016 年第 3 期。

⑥ 冯辉：《如何构建中国气派的文艺批评》，《中州大学学报》2015 年第 2 期。

⑦ 黄也平：《对当前文艺“市场批评”的反思》，《红旗文稿》2016 年第 4 期。

三　关于新时代“文艺批评标准”的研究

2014年10月15日，习近平总书记在《在文艺工作座谈会上的讲话》中提出了“运用历史的、人民的、艺术的、美学的观点评判和鉴赏作品”的思想，这一观点与马恩经典文艺批评思想中“历史的”“美学的”观点有着明显的不同，因而引发了文艺理论界的热切关注和讨论，很多学者对这四个标准进行了解读和辨析。丁国旗针对一些学者认为的“历史的、人民的、艺术的、美学的”四个观点并不在一个层面上，放在一起逻辑上有些混乱的争论提出了自己的看法，首先，针对新提出来的“人民的”“艺术的”两个文艺批评标准添列于马、恩“历史的”“美学的”标准之间，一些学者认为并不正宗的说法，丁国旗在详细列举马、恩、列、毛的多处有关文艺的经典论述后指出，“人民的”“艺术的”标准并不仅仅是具体的标准，也是普遍性的标准，在马克思主义文艺批评传统中占有重要地位，是正宗正统的马克思主义文艺批评的标准与原则。而习近平总书记在《在文艺工作座谈会上的讲话》中所提出的“历史的”“美学的”标准已不同于马恩经典作家的“美学的、历史的”标准，而是有了新的更为具体的所指内容，是针对当下文艺批评所面临的具体问题提出的更具体的标准，具有明确的现实针对性。此外，他还辨析了“美学的”与“艺术的”标准两者之间的差异，认为“历史的、人民的、艺术的、美学的”四个标准既揭示了文学评判的内容又反映出现实存在的问题，既相互独立又构成为一个整体，既有各自的现实针对性同时又保持着彼此理论上的张力；它们共同构成文艺批评中最高的、普遍性的标准，同时又都是现实文艺评价中具体的、有针对性的标准，比较完整地、全面地体现了我国社会主义文艺的基本要求、基本特征。[①] 丁国旗的这篇文章厘清了四个批评标准之间的逻辑关系，

① 丁国旗：《当代我国文艺批评的新标准》，《前线》2016年第3期。

回答了学界对这一问题的困惑和不解。王传历、龚艳结合当下的文艺现象，分别详细分析了坚持“历史的、人民的、艺术的、美学的”观点的重要意义，认为历史的观点要求艺术评价体系在继承中求创新，抵制历史虚无主义；人民的观点要求艺术评价体系以人民的审美需求作为衡量作品的唯一标准；艺术的观点要求艺术评价体系要在优先考虑社会效益的前提下实现与经济效益的统一；美学的观点要求艺术评价体系守好艺术的最后一道防线，艺术的内核永远是审美。[①] 此外，王艺霖在其文章中认真解读了这四个标准的历史渊源、新的理论意蕴以及在新的历史条件下应该发挥的社会主义文艺批评的“方向盘”作用。[②]

在文艺工作座谈会上，习近平还指出，广大的文艺工作者要牢记：“必须把创作生产优秀作品作为文艺工作的中心环节，努力创作生产更多传播当代中国价值观念、体现中国文化精神、反映中国人审美追求，思想性、艺术性、观赏性有机统一的优秀作品。”一些学者也对其中的“思想性、艺术性、观赏性”三个批评标准进行了研究，李小贝重点研究了“观赏性”对于当下文艺及文艺批评的重要意义，她认为，对于一件艺术作品来说，“思想性”是其血肉，“艺术性”是其筋骨，“观赏性”则是这件作品的肌理，其直接决定着该作品能在市场上走多远，能在多大程度上得到人民的喜爱。优秀的文艺作品不仅要有“思想性”和“艺术性”，更要具备“观赏性”，这一文艺思想的提出对当下困境重重的文艺现实有着重要的指导意义，是在新的时代对文艺工作做出的新的要求。针对“观赏性”概念在学界曾引起的争议，她也做出了一定的辨析，认为在当下语境中，对“观赏性”的提倡不仅显示了文艺勇敢“直面市场”的信心和勇气，同时“观赏性”

---

① 王传历、龚艳：《用习近平讲话精神构建当代艺术评价体系》，《美与时代》（下）2018年第2期。

② 王艺霖：《“运用历史的、人民的、艺术的、美学的观点评判和鉴赏作品”——试析习近平关于文艺批评标准的论述》，见《2016年度文献研究个人课题成果集》（上），中共中央文献研究室科研管理部2018年版，第14页。

也是推动实现“人民的文艺”的重要手段。[①] 仲呈祥则对“观赏性”标准提出了质疑，他认为，“思想性、艺术性、观赏性三性统一”这一对文艺标准的政策性要求口号是欠科学的，在理性思维上不符逻辑学、范畴学规范，其实践效果不好，建议慎用或最好不用。他认为，一味盲目追求“观赏性”的结果是：一方面，弱化、消解文艺家主体传播时代精神、道德情操、社会主义核心价值观等正能量的使命意识；另一方面，诱使文艺创作功利化、商品化，消极媚俗，只会强化受众群体鉴赏心理中残存的两千余年封建文化、百余年半封建半殖民地文化以及十年浩劫专制文化积淀的落后东西，这些被强化了的落后东西，又势必反过来刺激文化盲目的创作者生产品位更为低下、格调更为卑下的文化垃圾，陷入经济单边主义和商业实用主义，造成受众的人性丧失和作品的意义虚无，最终沦为非人化与物化。此外，仲呈祥还进一步论析了“观众是上帝”论，唯收视、唯票房、唯点击率论，“炒作制胜”论，等等，与“观赏性”相似的几个观念，并提出了否定性的看法。[②]

除以上研究外，唐丕跃在《论习近平对马克思主义文艺理论的新发展》[③]、邓楠在《习近平在文艺工作座谈会上重要讲话精神探析》[④]、袁学骏在《高屋建瓴的文论　阐发精深的经典——学习习近平在文艺工作座谈会上讲话的思考》[⑤] 等文章中也谈到了有关文艺批评标准的相关问题。

---

① 李小贝：《“观赏性”：新时代文艺工作的新要求——习近平文艺工作座谈会的理论贡献》，《湖南社会科学》2015 年第 3 期。

② 仲呈祥：《对一个文艺创作政策性口号的思考——“观赏性”辨析》，《南方文坛》2016 年第 2 期。

③ 唐丕跃：《论习近平对马克思主义文艺理论的新发展》，《广西社会主义学院学报》2015 年第 3 期。

④ 邓楠：《习近平在文艺工作座谈会上重要讲话精神探析》，《创作与评论》2016 年第 12 期。

⑤ 袁学骏：《高屋建瓴的文论　阐发精深的经典——学习习近平在文艺工作座谈会上讲话的思考》，《河北省社会主义学院学报》2015 年第 3 期。

四　关于新时代文艺批评价值及使命的研究

《在文艺工作座谈会上的讲话》中，习近平提出："文艺批评要的就是批评"，"一点批评精神都没有，都是表扬和自我表扬、吹捧和自我吹捧、造势和自我造势相结合，那就不是文艺批评了"，"文艺批评就要褒优贬劣、激浊扬清"，"文艺批评褒贬甄别功能弱化，缺乏战斗力、说服力，不利于文艺健康发展"。这些观点都强调要高度重视和切实加强文艺评论工作，对文艺批评提出了具体的要求，赋予殷切的期望和较高的使命。但要使文艺批评真正起到积极有效的作用，需要我们不仅反思当下文艺批评中出现的诸多病症，从而对症下药，也要求我们必须重新认识和定义文艺批评的价值和使命，为文艺批评的社会价值"正名"，名正才能言顺。作为繁荣发展社会主义文艺事业中的一个重要维度，文艺批评的价值和作用就不仅仅是批评鉴赏作品，更要作为一面镜子、一剂良药，是推动文艺发展繁荣不可或缺的重要力量，也是弘扬中国精神、传递中国力量的重要抓手和武器。

严昭柱在文章中从《尚书·尧典》的"诗言志，歌咏言"说起，回顾了我国古代文艺批评从发端和发展之时起，就逐渐形成了高度重视文艺的社会作用，并以之为批评的重要前提；高度关注国家命运和人民福祉，并以之为批评的根本宗旨的优秀传统。他提出，增强文艺批评的战斗力、说服力，首先要深刻认识文艺批评对民族复兴的历史责任，感国运之变化、立时代之潮头，走出"大花轿，人抬人"的小圈子，不断增强为亿万人民、为伟大祖国鼓与呼的历史使命感。这就从较高的层面厘清了文艺为谁批评、为何战斗的根本问题，即文艺批评不仅仅是相互吹捧、争名获利的为个人服务的工具，而是承担着为人民、为祖国、为民族复兴而战斗的历史使命。此外，文章还从实践层面，分析了增强文艺批评的战斗力、说服力，要正确认识和处理好批评与创作的关系；要牢固树立正确的历史观、价值观和文艺观；要坚持运用历史的、人民的、艺术的、美学的观点，实事求是、充分说理，褒优贬劣、激浊扬清等事项。[①] 冯辉在他的文章中也强调了文艺批评的崇高使命，即“以文艺批评的方式为文艺的发展和繁荣做出最大的努力和贡献，简而言之，要充满着自觉的建设精神”[②]。

赖大仁在《文艺批评应起到文艺价值导向的积极作用》一文中提出，把当代文艺批评放到当下社会的大背景和大格局中来看，它的意义和作用显然还不在于其自身，而是要求在当今文艺大发展大繁荣的潮流中，起到应有的文艺价值导向的积极作用。这既是时代赋予的责任与使命，也是文艺批评自身价值功能的一种自我实现与确证。[③] 冯巍强调文艺批评不能只抓住表面和细节，不能只在作品自身当中转来转去，而是要将批评的出发点和支点放到文学艺术发展的整体进程中，放到国家、社会的时代变迁中，放到中华民族的当代文化建构中。从这样的高度和角度审视文艺作品，自然就会把模仿之作、歪曲之作、媚俗之作、媚外之作、一己悲欢之作、空中楼阁之作，摒弃在优秀作品的行列之外。同时，文艺批评还需要具有“中国眼光”，只有这样才能发现那些有着中华民族“一脉相承的精神追求、精神特质、精神脉络”的作品，发现那些“阐释中华民族禀赋、中华民族特点、中华民族精神”的作品，发现那些体现“中华文化的强大感召力和吸引力”的作品，发现那些“以中国节奏讲述中国故事，并且能够塑造出具有中国精神的中国人群像”的作品。而这种从文艺作品的解读中对于中国的发现，既是对当代文艺作品弘扬“独具特色、博大精深的中华文化”的创作倾向的肯定和支持，更是对通过文艺鉴赏传承中华美学精神、凝聚中华民族向心力的大力提倡和引导。这是时代赋予文艺批评的历史使命。[④] 与冯巍所提倡的文艺批评要具有“中国眼光”从而发现“中国精神”相似，杨向荣在其文中呼吁文艺批评要着眼于中

---

① 严昭柱：《如何增强文艺批评的战斗力和说服力》，《人民论坛》2016 年第 24 期。

② 冯辉：《如何构建中国气派的文艺批评》，《中州大学学报》2015 年第 2 期。

③ 赖大仁：《文艺批评应起到文艺价值导向的积极作用》，《创作评谭》2015 年第 5 期。

④ 冯巍：《文艺批评要具有中国眼光》，《红旗文稿》2016 年第 1 期。

国精神内涵的挖掘与呈现。他首先反思了文艺批评遭遇困境的原因，“文艺批评话语在西方理论面前缺乏自己的话语意识，转而寻求以西方话语来强制嫁接中国话语和文本经验，最终导致跟在西方思想后面依样画葫芦，进而丢失了中国文化和中国精神的经验之根”①。从这一维度出发，他提出，当下文艺批评精神品格的建构，首先面临的问题是如何摆脱西方的话语预设立场，应当着眼于中国精神内涵的挖掘与呈现。文艺批评中国精神的实现，要从以下几个方面入手：确立文艺批评的人民性方向；加强文艺工作者的队伍建设；从文艺的时代语境与经验出发建构当下批评的话语体系。

蒋述卓、李石在《价值分化与价值重构——新时代文艺批评的功能与价值取向》② 一文中，从现实文化生态出发，首先分析了导致文艺批评面临悖论和困境的主要原因，即文艺市场机制的形成导致文艺批评的弱化；理论的分化造成批评的泛化；媒介技术的发展促使文学家族不断扩大，导致文艺批评对象的“失焦”。他指出，文艺批评面临的困境，其实是社会分化和价值分化的必然结果。那么，被分化的价值应该如何重构？文章提出新时代文艺批评应该把握好三个价值取向：一是要把“以人民为中心”作为价值取向；二是要有对中国历史及文化传统的自信；三是文艺批评要坚持审美性原则。该文从当下的现实文化生态入手，以价值的“分化”和“重构”为主题，不仅深刻剖析了问题，也积极提出了应对的策略。特别是文章提出文艺批评要坚持审美性原则的观点，本应该是文艺批评的基本属性之一，但却是被当下文艺批评界最为忽略的，对其重提和强调，具有很强的现实意义。

关注新时代文艺批评的价值与使命问题的研究成果还有：贾洁《重塑文艺批评精神》③、尚贵荣《文艺批评的作用及地位》④、策·杰尔嘎拉

---

① 杨向荣：《当下文艺批评话语的反思及其精神品格建构》，《学术界》2016 年第 12 期。

② 蒋述卓、李石：《价值分化与价值重构——新时代文艺批评的功能与价值取向》，《文艺理论研究》2018 年第 5 期。

③ 贾洁：《重塑文艺批评精神》，《中国文学批评》2017 年第 4 期。

④ 尚贵荣：《文艺批评的作用及地位》，《实践》（思想理论版）2016 年第 9 期。

《文艺评论是文艺创作的一面镜子》[①]、白烨《原点、要点与亮点——习近平文艺座谈会讲话学习体会（节选）》[②]、《光明日报》评论员《文艺评论是“方向盘”和“磨刀石”》[③] 等。

小 结

在这些研究成果中，出现了一批有较强的理论深度和现实针对性的文章，但仍有一些问题存在，最主要的表现就是一些成果有较强的问题意识，也试图提出解决问题的办法，但相对来说，没有对这些办法进行更细致具体的挖掘，成为“看起来很美”的空中楼阁。如很多学者提到了加强文艺批评家队伍建设的问题，但是怎么建设？通过哪些途径？制定哪些政策？聚集哪些力量？这些非常实际的问题没有再进行深入挖掘。再如，很多学者关注到了《讲话》中提到的“运用历史的、人民的、艺术的、美学的观点评判和鉴赏作品”的思想，但学者研究的关注点大多在“四个标准”的内涵、“四个标准”的历史意义，或者“四个标准”之间的逻辑关系上；对于如何在具体批评中运用“四个标准”，或者在现实文艺活动中已经实际应用“四个标准”进行文艺创作或批评的成果还较少，这使本来寄希望于文艺能够尽快积极发挥现实作用的号召，又轮回为“理论的理论”，这不能不说是一种缺憾，也是我们在今后的研究中应该注意加强和克服的。

第五节 论文艺批评在文化强国建设中的重要作用

2021 年 8 月，中央宣传部等五部门联合印发的《关于加强新时代

---

① 策·杰尔嘎拉：《文艺评论是文艺创作的一面镜子》，《内蒙古民族大学学报》（社会科学版）2016 年第 3 期。

② 白烨：《原点、要点与亮点——习近平文艺座谈会讲话学习体会（节选）》，《名作欣赏》2015 年第 34 期。

③ 《文艺评论是“方向盘”和“磨刀石”》，《光明日报》2015 年 10 月 16 日。

文艺评论工作的指导意见》（以下简称《意见》），明确了加强新时代文艺评论工作的总体要求，提出了把好文艺评论方向盘、开展专业权威的文艺评论、加强文艺评论阵地建设、强化组织保障工作等一系列具体的工作思路和方法措施。《意见》是对习近平有关文艺的系列讲话中关于文艺批评观点的进一步细化和阐发，它的发表无疑是为新时代的文艺评论工作注射了一剂“强心剂”，不仅为今后文艺评论工作提供了强有力的保障，更明确地确立、展示了文艺评论工作的重要地位。近年来，我们越来越认识到文艺批评在引导创作、推出精品、提高审美、引领风尚等方面的重要作用，认识到文艺批评在迈向文艺高峰的征途上不可或缺的作用，这是非常正确的。同时，我们也应该认识到文艺批评的作用并不止步于此，在文化强国建设上，文艺批评同样也发挥着重要的作用。

一 为什么文艺批评在文化强国建设中具有重要作用

随着中国经济的发展与综合国力的不断提升，中国在世界上的国际地位越来越高，然而与此不相适应的是，我国的文艺、文化输出却比较滞后，西方社会对于中国的认识与中国经济的发展不同步，从而造成了对于中国的诸多误解、曲解，所有这些已经严重影响到了我国的国家形象，影响到中华民族的进一步腾飞与发展。因此，建设社会主义文化强国，是党和国家一项重大而紧迫的任务，关涉民族尊严、国家安全、文化自信和人民幸福。

党的十九届五中全会全面规划了我国十四五时期经济社会各领域的发展目标，对文化建设的目标和路径进行了详细规划，即 2035 年要“建成文化强国”，“繁荣发展文化事业和文化产业，提高国家文化软实力”，并在此基础上提出了“实施文艺作品质量提升工程，加强现实题材创作生产，不断推出反映时代新气象、讴歌人民新创造的文艺精品”①

① 《中共中央关于制定国民经济和社会发展第十四个五年规划和二〇三五年远景目标的建议》，人民出版社 2020 年版，第 26 页。

等具体措施和任务。这些都非常明确地指出了今后我国文艺工作的目标和方向，即要推出文艺精品、助力文化强国建设。目的已有，路在何方？因此，如何才能提升文艺作品质量、打造文艺精品，就成为一个需要我们认真思考、审慎对待的迫切问题。

文艺批评在整个文艺活动中占有重要的地位和作用，是文艺活动中的一种动力性、引导性和建构性因素，它介于文艺创作与文艺理论之间，影响着文艺思想和文艺理论的发展，推动着文艺的创作、接受与传播。因此，文艺批评在文艺精品打造与文化强国建设之间起着重要的桥梁作用，文化强国建设需要文艺精品的支撑，而文艺精品的涌现则需要文艺批评这一利器的筛检、助力、引导和推介。没有这一桥梁，文艺精品的打造将沦为口号，无路可循，那么文化强国建设自然也就无从谈起。因此，提升文艺作品质量、建设文化强国，需要我们重视文艺批评的重要作用，它可以为文艺精品、文化强国的实现提供最坚实的支撑。

二　文艺批评在文化强国建设中的重要作用

在新时代，文艺批评一方面承担着评论文艺现象、指导文艺创作的作用，更重要的是着眼于中国精神内涵的挖掘与呈现，通过文艺批评传承中华美学精神、凝聚中华民族的向心力，承担起为人民、为祖国、为民族文化复兴而战斗的历史使命。

首先，文艺批评要回归“批评”，要“剜烂苹果”，做文艺创作的一面镜子、一剂良药。习近平提出：“文艺批评就要褒优贬劣、激浊扬清，像鲁迅所说的那样，批评家要做剜烂苹果的工作，把烂的剜掉，把好的留下来吃。”① “文艺批评是文艺创作的一面镜子、一剂良药”②，等等。在当下，批评家易做，真正的批评却道路艰难。要改变文艺批评的诸多问题，需要文艺批评家们先从赋予自己勇气，从敢于“剜烂

① 习近平：《在文艺工作座谈会上的讲话》，人民出版社2015年版，第29页。
② 习近平：《在文艺工作座谈会上的讲话》，人民出版社2015年版，第29页。

苹果”、敢于说真话、让文艺批评回归真正的“批评”做起。这就要求我们的评论家回到具体的艺术作品和文艺现场，从文艺创作实践出发进行评论，有一说一，有的放矢，努力做创作者的畏友、诤友，而非昵友、腻友。评论家只有敢于批评、肯说真话，才能真正帮助创作者进步，也才是真正的尊重作家、尊重作品。文艺批评只有求真尚实，“镜子”才不会变成“哈哈镜”，“良药”也才可以真正对症，从而达到治病救人的目的。

其次，文艺批评要推进文艺创作多出精品力作，助力文化事业持续繁荣发展。很长时间以来，文艺批评与文艺创作之间的关系被解读为依附关系，文艺批评是文艺创作的“掮客”，没有独立地位。特别是21世纪以来，文艺批评备受诟病，很多创作者都坦言从不看评论家对自己作品的评论，批评界内部也是乱象丛生，人情批评、红包批评见怪不怪，批评被斥为早已丧失了批评精神，没有任何公信力和影响力。批评的缺席其实不仅仅是批评界的损失，更严重和直接的后果是创作界的一叶障目，不辨妍媸和裹足不前。借用贺拉斯在《诗艺》中的比喻，文艺批评犹如“磨刀石”，虽然它自己切不动什么，却能使钢刀锋利。告诉我们文艺创作者自身的职责和使命是什么，从哪里可以汲取到有利于创作的最丰富的养料，什么样的创作风格是应该保持的，哪些是应该摒弃的，当遭遇创作瓶颈时应该从哪里出发，创作在高峰期时又应该警惕怎样的陷阱，这些都是文艺批评应该做到且能够做到的。文艺批评应该成为国家文化战略的重要组成部分，通过文艺批评，对当下文艺的发展状况做出分析和研判、预测和引导，努力建构积极健康的文艺生态和文化发展氛围，对于文艺精品力作的创作、国家文化形象的塑造、国家文化软实力的提升、中华文化“走出去”战略等方面都有重要作用。

再次，文艺批评要引领社会风尚、塑造中国精神。新时代文艺批评的功能还应该落实到人民大众审美素质的提高以及现代人格的养成、改变和形成一个时代的文艺风格、引领一个时代的文艺风尚这一高度之上。同时，通过文艺批评传播民族精神、时代精神、中华美学精神乃至历史精神、人文精神等，也是新时代文艺批评的重要使命，是文艺批评价值显现的真正途径。我们的文艺理论与批评曾经在一段时间走过弯路，有时候过于强调为政治服务而丢掉了审美的维度，有时候过于强调审美而无视文艺的现实之用，有时候认为文艺表现个体的内心和自我最为重要，有时候又把文艺的意识形态属性看得高于一切，一段时期内我们还唯西是尊，但凡作报告、写论文，不引用几句西方学者的话语就显得好像不够有水平，另一边又痛彻心扉地谈论着文论失语、批评缺席的理论命题，这些现象的出现，都跟我们缺少文化自信、没有足够重视传承一脉相承的民族精神有关。其实，在我们历代流传下来以及当下的很多优秀文艺作品中，蕴藏着深扎于中华民族沃土的、具有民族独特性的、闪耀着生命的光辉和能量的民族精神，通过文艺批评，把这些蕴藏的民族精神价值和特色挖掘出来、阐释出来、推广出去，让广大的人民群众感受到它的美和魅力，正是文艺批评最为重要的使命之一。因此，在新的时代，我们的文艺批评工作者要在举精神之旗、立精神支柱、建精神家园、改造国人的精神世界、凝神聚气等方面发挥积极的作用。

三 如何实现文艺批评在文化强国建设中的重要作用

那么，如何才能实现文艺批评的上述作用呢？这一方面要求我们的文艺工作者具有理论的自觉，在具体开展文艺批评时，不仅仅就作品谈作品，而是具有更为开阔的视野，认识到文艺批评在实现文化事业繁荣发展、助推文化强国建设方面的重要作用。正所谓念念不忘，必有回响，只有首先具有理论的高度，在进行具体的文艺批评时才能突破思维的局限；同时，随着新时代文艺批评使命的变化，文艺批评的传播方式、言说主体、言说方式也需要适时地做出调整。一方面，文艺批评利用传统媒介进行传播的主体地位不能丢失。传统媒介的言说主体主要为学院派的学者，具有较好的进行文艺批评的理论学识背景，对作品的分析更具有理论性、逻辑性和体系性，虽然存在言说方式比较陈旧、传播范围有限等问题，我们依然必须承认，这仍是真正推动文艺批评发展、文艺理论建构、文艺精品涌现的主要力量。因此，我们仍旧要用好传统媒介，打造一些具有权威性的文艺批评栏目，如在《人民日报》《光明日报》《文艺报》《中国艺术报》等主流官方报纸媒体开辟文学批评专栏，褒优贬劣，引导风气；在《中国文艺评论》《中国文学批评》《文学评论》等主流期刊开辟作家作品研究专题，入情入理，推出精品，以此不断推动提升文艺批评的影响力，规范文艺批评的标准和风向，久久为功，必成大器。

另一方面，我们还需要利用好新型媒介，推出新的具有鲜活生命力的文艺批评阵地。在这个“人人都是批评家”的时代，微博、QQ、博客、论坛，特别是微信公众号、朋友圈的运营，使任意一个看过文艺作品的人，甚至道听途说者，随时随地都可以发表对作品的解读、意见、建议等。其传播的即时性、广泛性、互动性等特点，都非纸媒等传统媒介可以赶超的，有时候，甚至一些文学作品的发布会、影视作品的首映会还没有结束，对其解读已经在各种新媒介平台上劈天盖地地卷来了。新媒介平台上的文艺批评主体，主要是一些文艺爱好者、网媒运营者、作品推介者等，其批评带有一定的感悟性、随意性、目的性，虽然偶尔不乏深刻见解，呈现出众声喧哗的热闹场面，但整体来看缺少理论性和体系性，并不能有效地指导文艺创作。近年来，一些学院派批评学者注意到了传统批评的局限性，开始更新观念，改变旧有的长篇大论、引经据典式的言说方式，慢慢与新媒体的传播特点融合。同时，一些新媒体平台的文化传播者也认识到了自身的局限，不断提升自己的专业素养，使自身的批评话语更具有理论性、体系性和持续性。两者的融合虽然道阻且长，还需要不断的探索、否定、割舍、磨合之后，才能最终寻找到最佳的平衡点，但这些改变无疑是令人欣喜的，这也是通过文艺批评打造文艺精品、实现文化强国建设的必由之路。同时我们也要注意到，两者的融合并不仅仅是依靠两条道路的批评家自我改变就能实现的，各个文化部门也需要给予大力的配合和支持，如可以利用各个报纸、杂志，社科联、文联、作协等部门的门户网站、微博、公众号等新媒体平台的受众优势，推出有特色的文艺批评品牌栏目，或者创建一批新的文艺批评交流大众平台，不断扩大文艺批评大众的参与力度等。

除了要重视传统媒介批评与新型媒介批评的有效融合，我们各个层级的文化决策部门也要有计划、有针对性地制定一些政策、举办一些活动，助力文艺批评工作的发展。首先，要完善制度建设，加强对文艺批评家的培育。通过加强对批评家的职业教育和培训、增设具有权威性和影响力的文艺批评作品奖项、加大对文艺批评相关课题的申报和资助力度、完善文艺批评工作制度建设等一系列工作，为文艺批评家队伍增添力量、增强信心，使更多文艺批评人才，尤其是青年批评人才能够脱颖而出，释放文艺批评活力。其次，可以适时地开展针对某一文艺批评议题的全国性讨论。根据某一时期具体的文艺现象热点、重要的作家作品，有计划、有组织、有重点地开展全国性的文艺评论，通过传统媒介与新型媒介的共同参与，学院批评与大众批评的百家争鸣，使推介性批评、扶植性批评、诊断性批评多方发力，不断提高文艺批评质量，助力打造文艺精品，协力文化强国建设。

中央宣传部等五部门联合印发的《意见》正是对新时代文艺批评工作的有力支持，相信在此背景之下，一些有利于文艺批评的政策和活动也会相继展开，文艺批评的春天正在走来。传播“正能量”是文艺发挥作用的重要内容，这里再做一专门的讨论。

四　文艺批评要传播“正能量”

文艺批评本应是一场道路艰险、考验重重的精神抉择、道德历险，然而，正如有人所指出的，现在的批评界是“推销员太多，质检员太少；说空话的太多，说实话的太少；说鬼话的太多，说人话的太少；垂青眼的太多，示白眼的太少”①。试想如此的批评生态、批评伦理，要想出现高水准的批评岂不是难以想象，批评阵地的沦陷岂不是难以违抗。

不可否认，以上文艺批评之“病”，确实都在一定程度上伤害着文艺批评。然而深思一下，诸种“病根”的存在，最根本的原因则是学者们对于文艺批评的使命认识不清，文艺批评主体的自我责任意识不强。高尔基曾经说：“文学的目的，是帮助人了解自己本身，提高他的自信心，激发他对于真理的企求，同人们的鄙俗行为作斗争，善于在人们身上找到好的东西，唤醒他们灵魂中的羞耻、愤怒和勇气，做一切使人能变得高尚坚强、能用美好圣洁的精神来活跃自己的生活的事情。”② 这是文学的目的，也理应是文艺批评的目的。文艺批评的使命，正在于挖掘作品中“使人能变得高尚坚强”的“美好圣洁”的精神和情感，它应该坚守引导人们求真、向善、趋美的力量。用眼下流行的话说，就是文艺批评应该传播“正能量”。

回顾历史我们会发现，文学的繁荣发展与正确的批评信念有着不可分割的关系，无数伟大的文艺批评家正是以他们的良知与社会责任感推动着文学也推动着社会的进步与发展。别林斯基认为，文艺批评是一项极有难度、极为复杂的工作，批评者不仅需要具备深刻的感受、对艺术热烈的爱、聪明的才智、公正无私的态度，更要有肩负传播真理与善良的使命。他说：“他（批评家）担当的责任又是多么崇高！人们对被告的错误习见不以为怪，法官的错误却要受到双重嘲笑的责罚。”③ 法庭上法官的责任就是文学界批评家的责任，法官的错误或许并不仅仅是受到双重的嘲笑，而批评家的误判却常

① 李建军：《批评家的精神气质与责任伦理》，《文艺研究》2005 年第 9 期。

② ［俄］高尔基：《高尔基文集》第 2 卷，巴金等译，人民文学出版社 1981 年版，第 290 页。

③ ［俄］别林斯基：《论〈莫斯科观察家〉的批评及其文学意见》，《别林斯基选集》第 1 卷，满涛译，上海译文出版社 1979 年版，第 324 页。

常会断送一部伟大的作品，抑或一个伟大的创作天才。别林斯基的批评为俄国现实主义文学的兴盛发挥了重大的作用，在他一以贯之的观念中，批评家要尽自己的力量，热爱真理和善良，为人类的利益牺牲一切。因此，如果说文学创作可以是诗性的、含蓄的，文艺批评则必须有明确的价值担当和使命意识；如果说普通的读者可以仅仅快乐于曲折的故事情节、陶醉于流畅优美的文字，一个负责任的文艺批评家却必须“铁肩担道义，妙手著文章”，有义务对广大读者的思想和精神进行引导。始终在文学中追寻真理和善良，始终把批评作为“为真理而斗争的手段”（别尔嘉耶夫对别林斯基的评价），始终把俄国文学视为“我的生命和我的血”，这就是别林斯基所坚守的批评信念。这些理念深深影响并成就了普希金、果戈理、屠格涅夫、陀思妥耶夫斯基等一大批作家，也使当时的俄国文学成为世界文学的一道绚丽风景。

恩格斯在致斐·拉萨尔的信中曾说：“我是从美学观点和史学观点，以非常高的，即最高的标准来衡量您的作品的。”[①] 这里，恩格斯所谓的“史学观点”，不仅指的是要如实反映历史的客观真实面貌，更是要求作品要反映历史进程中的进步要素。因此，是否具有推动人类进步的正义力量就成为进行文艺批评的一个必不可少的重要前提。毛泽东《在延安文艺座谈会上的讲话》中提出的“政治标准第一、艺术标准第二”的文艺批评原则，究其实质，这里的“政治标准”也并非狭隘意义上的“文学为政治服务”，而是在强调文艺批评应该能准确地“辨别什么是真的毒草，什么是真的香花”，并且要“一起来用正确的方法同毒草作斗争”[②]。从以上这些观点，我们可以发现，不管是在一般意义上奉文学为“生命和血”，还是把“史学观点”“政治标准”作为最高的批评原则，其本质都渗透着浓厚的使命意识和价值担

① 《马克思恩格斯全集》第29卷，中共中央马克思恩格斯列宁斯大林著作编译局编译，人民出版社1972年版，第586页。

② 毛泽东：《毛泽东文集》第7卷，人民出版社1999年版，第233页。

当，都有着明确的对美好人性的深刻追问与对人类进步的终极关怀，正是这些恒定的价值理念和善恶判断，成全了它们作为进步的批评理论的根本原因，因而可以代代流传。

当文学创作只为消费、市场和利益存在的时候，我们真切地呼唤热爱真理和善良、能够反映历史进步、具有使命意识和价值担当的文艺批评。唯有如此，无聊之争才可以停止，批评的“正能量”才能获得最佳、最充分的释放，文学生态才能实现良性循环，文学也才能最终使人变得高尚和坚强。

英国文学家阿诺德曾说：“只有当文明有助于教化，因而也有助于善——人的生活、民族的生活、人类生存的惟一目的——的时候，文明才是有价值的。”[①] 作为人类文明的重要组成部分，文艺批评无疑也肩负着同样的使命。这里需要注意的是，强调批评对于文学“正能量”的传播和宣扬，并不意味着要回避描写现实中的丑恶和阴暗。实际上，对美的称赞，是为了激起人们向善的动力；对丑的揭露，是为了警醒人们摒弃邪恶的私念，它们构成文艺批评两条并行不悖的轨道，共同承载着传播“正能量”这班列车。另外，文艺批评要传播“正能量”，也不会给批评活动套上枷锁。一千个批评家可以对同一部作品表达一千种看法，不管是“经学家看见《易》”，“才子看见缠绵”，“道学家看见淫”，还是鲁迅看见“爱和死亡”[②]，“百家争鸣”式的批评本身恰恰就是要在这种种解读与比较中，使正能量在有效途径得以彰显。

文艺批评所要做的，就是在多元的价值形态中坚守核心的道德理念，通过对文学作品的价值判断，从情感和精神上对人们做出引导和改变，给人希望和力量，给人激情和高尚，给人完整和纯粹，给人优雅和美丽……批评家应该承担起人类精神导师的重任，他有责任告诉

① ［俄］别林斯基：《别林斯基选集》第 1 卷，满涛译，上海译文出版社 1979 年版，第 319 页。

② 鲁迅：《绛洞花主》小引，《鲁迅全集》第 8 卷，人民文学出版社 1981 年版，第 145 页。

人们什么是好的作品，什么是不好的作品，什么是好的审美追求，什么是粗俗的感官快乐，什么是值得鼓励的人生追求，什么是需要警惕的精神堕落。这不仅是社会对文艺工作者的时代要求，也是文艺批评工作者永恒的职业使命。

第四章　古代文论的传承与发展

“中国古代文论的现代转换”从提出到现在已有二十多年，在这二十多年中，这一命题受到了国内学者的普遍关注，在理论探讨和具体实践方面也取得了卓有成效的成绩。但与此同时，关于古代文论“是否需要转换”“转向何处”“如何实现转换”的争论从未停息过。在笔者看来，探讨“中国古代文论的现代转换”首先需要搞清楚的一个问题是“什么是转换”？有的学者说，转换就是古为今用，使之能对现代的文学作品进行解读；有的学者说，转换就是对古代文论进行现代阐释，就是把古代文论翻译成现代汉语使之便于理解；有的学者认为，转换最主要的是吸收古代文论中的精神，以扭转当今的拜物主义和拜金主义；也有的学者认为，古代文论现代转换不在于话语的转换，而根本在于思维的转换。关于这个问题，论者们见仁见智。其实，不管是给古代文论穿上新衣，还是把古代文论揉碎重组，最终目的还是用于启示、指导当下的文艺创作实践和文艺理论建设。本章选取了“文德”和“文治”两个古代文论中非常重要的概念，探讨这两个概念的起源、发展，重要的是揭示其对当下文艺现象的启示作用，并以此为古代文论在当下的“创造性转化、创新性发展”提供示范和借鉴。

第一节　“文德”论及其当代启示

对“文德”关系的探讨，是中国文学理论批评史一个非常古老而又重要的话题，它不仅关涉古人对于作家与作品、伦理与审美以及文学的功用、文人的社会价值等一系列问题的思考，还是理解、探讨很多理论命题的逻辑起点。在一定程度上可以说，“文德”是中国文学理论批评史中的一个元命题，当我们想要深入了解中国文学理论批评史中的一些核心概念或命题时，如“诗言志”“养气”“知人论世”“以意逆志”“文如其人”“言为心声”“文品即人品”“诗以载道”“文人无用”“文人无行”等，最终都不得不回到对“文德”关系的讨论上。只有深入地理解了古人对于“文德”关系的看法，才能深入地理解很多命题的发生背景与理论内核。因此，历朝历代的文人都以自身的言语方式对“文德”的内涵及关系进行解释、演绎或补充，阐释人数之多，衍生命题之丰富，都是中国文学理论批评史中其他的话题所无法比拟的。本文将在系统梳理有关“文德”关系的历史争论的基础上，进一步探讨“文德”话题背后的文化内因，即“文德”与中国古代的文治教化、文人的身份认同及我国古代文学批评的独特性之间的内在关系，以期揭示文德论争的历史价值及当代启示。

在历代有关“文德”关系的争论中，有一正一反两种比较鲜明的话语范式，一种认为“文”与“德”是一致的，德充才能文昌、德正才能文正，如果出现了文高但德不配的情况，即使作品具有较高的艺术造诣，也应当弃尔去之。一种认为“文”与“德”无关，作品艺术质量的高低与作家的德行没有必然的关系，甚至一段时期内流行的“文人无行”论者认为，文人的品格大多是低劣的。除此之外，还有另外两种与“文”“德”关系相关的讨论，一种承认“文”与“德”是一致的，但仅有“德”是不够的，需要补充其他的要素才能成立；

一种认为“德”并不单指人的德行，还可以进行其他意义的解读。本节主要就前两种古人言谈比较多的文德一致论与文德分离论进行细致的探讨。

一　“德弥盛者文弥缛”：历史上的文德一致论

文德一致，或称为文德合一，即认为创作主体之德行与作品的艺术品格之间有着密切的关系，创作主体的德行高尚与否直接决定着其作品艺术品格的高下，如果创作主体的德行高尚，则其作品的艺术造诣自然高妙，而一部感人至深、影响深远的艺术作品，其背后的创作主体的现实操守必然也是可圈可点的，反之亦然。文德一致是中国文论史中的一个较早的原发性观念，此后关于“文德”的诸多探讨，都是建立在此观念的基础之上。

明确地表现出“文德一致”观念的，最早可以追溯到《周易·乾》中的“君子进德修业”“修辞立其诚”①，“进德”“立诚”强调的是人内在的品性，“业”“辞”强调的是外在的功业，“进德”“立诚”在前，“修业”“修辞”在后，德高才能建业，诚在心中方有美好的言辞。此时的“辞”虽然还不是后世的文章、文学，但却奠定了德在先、德为大的观念意识。《礼记》中有进一步的发挥，《乐记》篇的“和顺积中而英华发外，唯乐不可以为伪”②，《表记》篇的“是故君子服其服，则文以君子之容；有其容，则文以君子之辞；遂其辞，则实以君子之德。是故君子耻服其服而无其容，耻有其容而无其辞，耻有其辞而无其德，耻有其德而无其行”③。阐述的都是相似的道理，即必须有充盈的内在修养，才能“英华发外”，否则一切都是徒有其表的。可以看到，《礼记》相比《周易》，不仅是意思上的重合、强调，而是有了进一步的补充，即不仅强调德是根本，还提出了情感是不能

① 赵辉贤注译：《周易注译》，浙江古籍出版社2009年版，第9页。

② （元）陈澔注：《礼记》，金晓东校点，上海古籍出版社2016年版，第442页。

③ （元）陈澔注：《礼记》，金晓东校点，上海古籍出版社2016年版，第605页。

作伪的，德行也是不能矫饰的。扬雄《法言·君子》中提出的“弸中彪外”说的是有关“文德”关系的一个重要衍生命题：“或问：‘君子言则成文，动则成德，何以也?’曰：‘以其弸中而彪外也。’”① 其中，“弸中”指的是人的德行修养，“彪外”指显露出的文采，指向的是文学创作。《法言》作为一部效仿《论语》的著作，秉承的是以孔子为代表的儒家思想，而“弸中彪外”说与孔子的“有德者必有言”的思想也是如出一辙。王充在《论衡》中进一步发挥了这一思想，并首次提出了“文德”的概念：“夫文德，世服也。空书为文，实行为德，著之于衣为服。故曰：德弥盛者文弥缛，德弥彰者人弥明。大人德扩，其文炳。小人德炽，其文斑。”② 在王充看来，就像因为官品高下不同而衣服的纹饰有差别一样，人因德行之不同而文的高下也有所不同，至此，“文德”明确地将人之德行与文章创作关联起来，成为中国古代文学理论批评史中的一个重要范畴。

刘勰是“文德”论的集大成者，正如有学者所言，“《文心雕龙》全书，论及德行与文章问题的地方颇多，文德业已成为全书批评伦理的重要规范”③。如《征圣》篇“夫子风采，溢于格言”④，《宗经》中的“夫文以行立，行以文传，四教所先，符采相济”⑤，《祝盟》中的“凡群言发华，而降神务实，修辞立诚，在于无愧”⑥，《体性》中的“夫情动而言形，理发而文见；盖沿隐以至显，因内而符外者也”⑦，《程器》中的“固宜蓄素以弸中，散采以彪外，楩楠其质，豫章其干，摛文必在纬军国，负重必在任栋梁”⑧“瞻彼前修，有懿文德”⑨，《序

① （汉）扬雄撰：《宋本扬子法言》，（晋）李轨等注，国家图书馆出版社 2017 年版，第 291 页。

② （东汉）王充：《论衡》，上海人民出版社 1974 年版，第 431 页。

③ 夏静：《中国文学思想史上的“文德”论》，《文艺研究》2017 年第 10 期。

④ （南朝梁）刘勰著，郭晋稀注译：《文心雕龙》，岳麓书社 2004 年版，第 10 页。

⑤ （南朝梁）刘勰著，郭晋稀注译：《文心雕龙》，岳麓书社 2004 年版，第 22 页。

⑥ （南朝梁）刘勰著，郭晋稀注译：《文心雕龙》，岳麓书社 2004 年版，第 88 页。

⑦ （南朝梁）刘勰著，郭晋稀注译：《文心雕龙》，岳麓书社 2004 年版，第 257 页。

⑧ （南朝梁）刘勰著，郭晋稀注译：《文心雕龙》，岳麓书社 2004 年版，第 458 页。

⑨ （南朝梁）刘勰著，郭晋稀注译：《文心雕龙》，岳麓书社 2004 年版，第 459 页。

志》中的“君子处世，树德建言”。这些言论，都表达出创作主体内在的道德修养是文章表达、传世的基础。刘勰之所以在《文心雕龙》中力倡文人之“德”的重要地位，一方面是其一贯重“明道、征圣、宗经”的文学主张使然，另一方面则与魏晋时期普遍流行的“文人无行”论有着重要的关系，刘勰通过对文人之“德”的有意强调反驳“文人无行”的论点，在当时起着矫正时弊的重要作用。同时，由于刘勰及其《文心雕龙》的权威地位，后世很多文人深受其“文德”思想的影响。

文德一致的思想在此后得到了进一步深化，唐宋时期的诸多文人都秉持这一观念。韩愈在《答李翊书》中指出，如果期望达到古代立言者的境界，就要“无望其速成，无诱于势利，养其根而俟其实，加其膏而希其光。根之茂者其实遂，膏之沃者其光晔”①。并最后总结道：“仁义之人，其言蔼如也。”韩愈将德比喻为树之根、灯之膏，将文章比喻为树之果实、灯之光辉，再次强调了想要写好文章，必须紧紧抓住德行修养这一根本。宋代以周敦颐、朱熹等道学家为代表，将“文德”的关系又推向了另一个极端：即不仅认为“德”是“文”之根本，还将“德”提高到了无以复加的地位，认为德成则文“固不学而能之”。周敦颐在《通书·文辞》中说：“文所以载道也。轮辕饰而人弗庸，徒饰也；况虚车乎！文辞，艺也；道德，实也，笃其实，而艺者书之，……不知务道德，而第以文辞为能者，艺焉而已。”② 在周敦颐看来，道德之于文章，是最自然不过的事情，否则就像徒有华丽外表的车子，如果不用来载人就不是真正的车。不仅如此，他还进一步提出，用文字、词语写文章只是一种技巧，其中应该富含的道德义理才是最实在的。朱熹在《答杨宋卿》中说：“然则诗者岂复有工拙哉？亦视其志之所向者高下如何耳。是以古之君子，德足以求其志，必出于高明纯一之地，其于诗，固不学而能之。”③ 可以看出，周敦颐

① 徐中玉主编：《历代名家书简》，广东人民出版社2019年版，第106页。

② 李敖主编：《周子通书张载集二程集》，天津古籍出版社2016年版，第13—14页。

③ （宋）朱熹著，李滉节要，丁纪点校：《朱子书节要》，岳麓书社2017年版，第186页。

和朱熹明显地表现出重道德而轻文辞的倾向。相对而言，同时期的欧阳修的论述要客观很多，他在《送徐无党南归序》中说："其所以为圣贤者，修之于身，施之于事，见之于言，是三者所以能不朽而存也"①，把"修身""施事""见言"三者并列，置于同等重要的地位。明清时期的"文德"论大多是对前代文人的延续和重复，另立新说者不多。如王文禄的"盖作文不在词句之工，而在性情之正"（《诗的》），徐增的"诗乃人之行略，人高则诗亦高，人俗则诗亦俗，一字不可掩饰，见其诗如见其人"（《而庵诗话》），方孝孺的"发挥道德乃成文，枝叶何曾离本根"（《谈诗》诗之三），宋濂的"身之不修，而欲修其辞，心之不和，而欲和其声，是犹击破缶而求合乎宫商，吹折苇而冀同乎有虞氏之箫韶也，决不可致矣"（《文说赠王生黼》），清人魏禧的"文章之本，必先正性情，治行谊，使吾之身不背于忠孝信义，则发之言者，必笃实而可传"（《答蔡生书》），何绍基的"诗文不成家，不如其已也；然家之所以成，非可于诗文求之也，先学为人而已矣"（《使黔草自序》见《东洲草堂诗文钞》卷三），吴乔的"诗者源于德性，发于才情"（《围炉诗话》），以及近代王国维提出的"无高尚伟大之人格，而有高尚伟大文章者，殆未之有也"（《文学小言》），等等，这些都是有关"文德一致"的重要论述。

二　"有言者不必有德"：历史上的文德分离论

文德分离，即认为创作主体之德行与作品的艺术品格之间不存在必然的联系，格调高尚的艺术作品，其背后的创作主体的德行不一定高尚，甚至在一段时期内普遍流行的"文人无行"论者认为，大多数文人的品行都是不堪的，是与其作品的主题表达背道而驰的。历史中关于文德分离的讨论，大多是伴随"文人类不护细行""文人无行""文人无用"等论题展开的。

---

① 黄公渚选注：《欧阳永叔文》，石勇校订，商务印书馆2019年版，第154页。

有关文德分离的论述，最早可以追溯到孔子，《论语·宪问》：“有德者必有言，有言者不必有德。”前一句强调了“德”对“言”的重要地位，后一句则极为辩证地看到了“言”与“德”之间并非完全一致——言语动听之人并不一定是有德的。此处的“言”虽然不是文学创作，但从言语和文学创作都是对于思维的再加工这一角度来讲，两者具有一定的相似性，满口锦绣并不一定是内心所想，同样，写在纸上的花团锦绣也不一定是作者人格的反映。在以后很长时间，孔子“有德者必有言”这句话得到了较多的转述和阐发，从先秦到汉代的诸多典籍中都有相似观点的言论，但“有言者不必有德”并没有受到重视，文人与无德似乎并不是一个需要讨论的话题。班固对于屈原的评价，是我们可以看到的较早的对于具体文人的文德分离进行批评的材料。在《〈离骚〉序》中，班固认为屈原“露才扬己，竞乎危国群小之间，以离谗贼。然责数怀王，怨恶椒兰，愁神苦思，强非其人，忿怼不容，沈江而死，亦贬絜狂狷景行之士”①。班固站在儒家“既明且哲，以保其身”的角度，显然认为屈原的“露才扬己”是不符合儒家行事标准的，在一定程度上说，是不符合儒家之“德”的，但在《〈离骚〉序》的最后，班固依然承认“然其文弘博丽雅，为辞赋宗，后世莫不斟酌其英华，则象其从容”。“虽非明智之器，可谓妙才者也。”② 换句话说，就是班固认为屈原做人不行，但作文章却是一把好手，这也正好在一定程度上印证了孔子“有言者不必有德”的观点。班固对于屈原的评价虽然值得商榷，这段材料也不是专门论述“文德”关系的，但我们还是可以从这段材料中读出班固的潜意识观点，即认为文人之“德”与文人之“文”并不是完全一致的关系，而是可以有背离、有偏差的。

到了魏晋时期，文德分离成为一种普遍性的认知，甚至认为文人大多是无行无德的。曹丕《与吴质书》中的“观古今文人，类不护细行，鲜能以名节自立”以及《典论·论文》中的“文人相轻”，明确

---

① （宋）洪兴祖注：《楚辞补注》，卞岐整理，凤凰出版社 2007 年版，第 43 页。

② （宋）洪兴祖注：《楚辞补注》，卞岐整理，凤凰出版社 2007 年版，第 43 页。

地将文人从道德的神坛推落下来，使文人无德成为一个公共话题。此后，魏晋时期的书法家韦诞[①]、南朝宋代的文学家袁淑[②]、南朝梁代的文史学家萧子显[③]以及东魏北齐时“善诗赋”的杨愔[④]，都表达过类似的观点。《宋书》中还有这样一则有趣的记载：“徐羡之等嫌义真与灵运、延之昵狎过甚，故使范晏从容戒之。义真曰：‘灵运空疏，延之隘薄，魏文帝云鲜能以名节自立者。但性情所得，未能忘言于悟赏，故与之游耳!’”[⑤] 所谓“悟赏”即文学艺术上的品赏、交流活动。可以看出，刘义真的言论中透露出对于谢灵运、颜延之德行的轻视，并将他们归为曹丕“鲜能以名节自立者”一类，但对于两人的文学创作，却发自内心的喜爱。由此可以看出，徐羡之批评谢、颜二人无德，表现出对文人之“德”的重视，其实是在主张文德合一，但刘义真却不再将“德”作为论人、论文的唯一标准，表现出并不会因德废文的倾向。颜之推可以看作魏晋时期文德论的集大成者，在《颜氏家训·文章》中他提出“自古文人，多陷轻薄”的断语，并细数屈原、宋玉、司马相如、扬雄、班固、曹植、陆机、大小谢等三十六位以文留世者在德行上的缺陷，甚至还提到了五位居天子之位而有才华者，认为他们也多有德

---

① 仲将云：“仲宣伤于肥戆，休伯都无格检，元瑜病于体弱，孔璋实自粗疏，文尉性颇忿鸷，如是彼为，非徒以脂烛自煎糜也，其不高蹈，盖有由矣。然君子不责备于一人，譬之朱漆，虽无桢干，其为光泽亦壮观也。”（《魏书》“王粲传”引用韦诞之言）（晋）陈寿：《三国志》，崇文书局2009年版，第275页。

② “贾谊发愤于湘江，长卿愁悉于园邑，彦真因文以悲出，伯喈炫史而求人，文举疏诞以殃速，德祖精密而祸及。夫然，不患思之贫，无苦识之浅。士以伐能见斥，女以骄色贻遣，以往古为镜鉴，以未来为针艾，书余言于子绅，亦何劳乎蓍蔡。”（《全宋文》卷四十四）（清）严可均辑：《全宋文》，苑育新审订，商务印书馆1999年版，第441页。

③ 史臣曰：“魏文帝云‘文人不护细行’，古今之所同也。由自知情深，在物无竞，身名之外，一概可蔑。既徇斯道，其弊弥流，声裁所加，取忤人世。向之所以贵身，翻成害己。故通人立训，为之而不恃也。”（卷三十六·列传第十七）（梁）萧子显撰：《南齐书》，周国林等校点，岳麓书社1998年版，第399页。

④ 杨遵彦作《文德论》，“以为古今辞人皆负才遗行，浇薄险忌，唯邢子才、王元景、温子昇彬彬有德素”（卷第八十五·列传第七十三文苑）。（南北朝）魏收：《魏书》（五），中华书局1974年版，第1876—1877页。

⑤ （南朝梁）沈约：《宋书》，中华书局1974年版，第1634—1636页。

行上的缺失，非“懿德之君”[①]。在颜之推的观念中，“文人≈无德”，从一般的文人到有才华的君主“有盛名而免过患者，时复闻之，但其损败居多耳”[②]。文人与无德不再是某个文人个体品行的问题，而成为文人这个团体或者行业普遍性的职业特性。而文人无德的原因，颜之推将之归结为创作的特点使然，“文章之体，标举兴会，发引性灵，使人矜伐，故忽于持操，果于进取”[③]。颜之推从创作本身出发，认为创作需要“发引性灵”，容易“使人矜伐”，即认为由于文学创作这一行为的特殊性，其创作之人一定“矜伐”，故多有败德之举，概莫能外，这样就把文人直接钉在“无行”的审判架上，不留丝毫辩驳的余地、回旋的可能。可以看出，整个魏晋南北朝时期，提出文人无德、认为“文”与“德”并不一致的观点比较流行。造成这一现象的原因，一方面与魏晋时期喜好品评人物的风气有关，另一方面，正好是“文学的自觉”的另一侧面的反映，即文学从“重德”的思维定式中跳脱出来，否定其人但不否定其文，文是文，人是人，文有文的评价标准，不再与创作个体混为一谈。

魏晋之后，文德一致的观念占据主流，但也多有学者论述两者之间关系的割裂，如唐代房玄龄在《晋书》中明确指出潘岳华丽的文辞与低劣的人格之间的矛盾，“岳实含章，藻思抑扬。趋权冒势，终亦罹殃”[④]。

---

① “屈原露才扬己，显暴君过；宋玉体貌容冶，见遇俳优；东方曼倩，滑稽不雅；司马长卿，窃赀无操；王褒过章《僮约》；扬雄德败《美新》；李陵降辱夷虏；刘歆反覆莽世；傅毅党附权门；班固盗窃父史；赵元叔抗竦过度；冯敬通浮华摈压；马季长佞媚获诮；蔡伯喈同恶受诛；吴质诋忤乡里；曹植悖慢犯法；杜笃乞假无厌；路粹隘狭已甚；陈琳空号粗疏；繁钦性无检格；刘桢屈强输作；王粲率躁见嫌；孔融、祢衡，诞傲致殒；杨修、丁廙，扇动取毙；阮籍无礼败俗；嵇康凌物凶终；傅玄忿斗免官；孙楚矜夸凌上；陆机犯顺履险；潘岳干没取危；颜延年负气摧黜；谢灵运空疏乱纪；王元长凶贼自诒；谢玄晖侮慢见及。凡此诸人，皆其翘楚者，不能悉纪，大校如此。至于帝王，亦或未免。自昔天子而有才华者，唯汉武、魏太祖、文帝、明帝、宋孝武帝，皆负世议，非懿德之君也。”（余正平、梁明译注：《颜氏家训》，广州出版社 2001 年版，第 123—124 页）

② 余正平、梁明译注：《颜氏家训》，广州出版社 2001 年版，第 124 页。

③ 余正平、梁明译注：《颜氏家训》，广州出版社 2001 年版，第 124 页。

④ （唐）房玄龄等：《晋书（二）》卷 48—77，大众文艺出版社 1999 年版，第 575 页。

房玄龄也感叹道："斯才也而有斯行也，天之所赋，何其驳欤!"[①] 从中可以感受到房玄龄内心主张的是文德相配，所以对潘岳文采之高与人格之低才会如此感慨。如果说房玄龄对于潘岳的文德分裂的评价只是个体性的描述和评价，到了宋代吴处厚《青箱杂记》中，则将之上升为一种高度概括的理论："文章纯古不害其为邪，文章艳丽亦不害其为正。然世或见人文章铺陈仁义道德，便谓之正人君子；及花草月露，便谓之邪人，兹亦不尽也。"[②] 这句话重点强调了不能以文章作为评判人的依据，蕴含思想高尚的文章背后不一定是德高之人，同样，一些看似艳丽的文章，很可能出自纯正之人手中。在吴处厚之前，学者们多谈论的是好的文章背后的创作主体可能是"无行"的，但吴处厚首次关注到了"文章艳丽，亦不害其为正"的关系，这进一步扩大了"文德"的讨论范域。此时期，还有一个文人对于"文德"有比较集中的概括，毕仲游在其《文议》中谈道："世之谓文者不系于德，谓德者不系于文。夫文章之士虽不系于有德无德，而无德者不能为有德之文，有文之人不皆有德，有德之人不皆有文，有文者无德，则不尽其善。"[③] 从整个论述来看，毕仲游的核心观点在"无德者不能为有德之文"，属于文德一致派，但为什么又在开始处首先表达"文章之士虽不系于有德无德"的观点？其实通过这则材料我们可以读出，在毕仲游的有宋一代，"文者不系于德，德者不系于文"其实是一种普遍流行的观点，所以他才将之作为背景材料特别提出。到了元代，元好问的一首《论诗》诗又一次将"文德"问题推到了舆论的中心，《闲居赋》与"拜路尘"，一文一德、一高一低，对比之巧妙，反差之强烈，使这简单的四句诗成为"文德"的理论代表，时值当下依然是阐述"文德"问题绕不开的史料。也是从这首诗开始，潘岳继司马相

---

① （唐）房玄龄等：《晋书（二）》卷48—77，大众文艺出版社1999年版，第575页。

② （宋）吴处厚、何薳撰，尚成、钟振振校点：《历代笔记小说大观　青箱杂记　春渚纪闻》，上海古籍出版社2012年版，第38页。

③ 蒋述卓等编著：《宋代文艺理论集成》，中国社会科学出版社2000年版，第454—455页。

如之后，成为“文人无行”的另一典型代表。

明清时期，一些文人试图去探讨“文人无行”、文德不一的内在原因。贺贻孙在其《诗筏》中说道：“唐之才子，自李、杜数人而外，其他人品多有可讥者。盖唐人约句准篇，必以沈佺期云卿、宋之问延清二人为祖。张燕公尝谓沈三兄须还他第一。而之问词更藻发，故当时号称沈、宋。然二人谄事易之、三思，无所不至，使生于今日，士林且羞于为伍，必不齿于诗文人之列矣。唐承六朝余习，操觚之家，才能属律，便欲荡闲，往往自谓文人无行。而沈、宋扬其波，后人艳其词而慕之，复何所顾忌哉！”① 贺贻孙将矛头指向了诗歌盛世——唐朝，首先提出令今人思慕的唐之才子们，除了李白、杜甫少数人，大多数人人品多有缺陷。而导致这一现象的重要原因，一是因为唐人继承了六朝“文人无行”的观点，于是只要稍微会写诗的人，便不自觉地把自己归属为“无行”之类，甚至有意地做一些荡检逾闲之事，好像不如此则不足以显示自己文人的身份。也正是由于这一原因，他们对于品行有缺陷的沈佺期、宋之问并不会求全责备，反而奉之为祖，这使文坛更陷入一种“越文人越无行、越无行越文人”“复何所顾忌”的循环之中。与此前颜之推所提出的文学创作“发引性灵，使人矜伐”相比，唐之才子的“自谓文人无行”是受其影响而产生的，两者一为因，一为果。所不同的是，如果说颜之推从文学“发引性灵”的本质属性出发论述“文人无行”的深层原因——文学创作的这一特性使文人“难免”无行尚有一定的可取性的话，唐人的“才能属律，便欲荡闲”便显得非常可笑，但这也从一个侧面反映出“文人无行”论在此时期根深蒂固。与贺贻孙同时代的魏禧在其《日录》中阐述了导致“文德”不一的内在原因，他说：“古人文章无一定格例，各就其造诣所至，意欲所言者，发抒而出，故其文纯杂瑕瑜，犁然并见。至于后世，则古人能事已备，有格可肖，有法可学。忠孝仁义有其文，

① 郭绍虞编：《清诗话续编》，上海古籍出版社1983年版，第183页。

智能勇功有其文，孰者雄古，孰者卑弱，父兄所教，师友所传，莫不取其尤工而最笃者日夕揣摩，以取名于时。是以大奸能为大忠之文，至拙能袭至巧之论。呜呼！虽有孟子之‘知言’，亦孰从而辨之哉！”① 与颜之推及贺贻孙相比，魏禧不再唯“文人无行”是论，他认为不能以文章观人，后人已深谙作文之法，依样葫芦，莫辨楮叶，所以文人不必然无行，隐于书后的，可能是大奸大恶之人，也可能是至善至美之人，所以不能以文观人。与这一观点可互为佐证的，还有一件有趣的史料，清人昭梿编写的笔记《啸亭续录》中记载了这样一件事情，清代“吴派”考据学大师王西庄为人贪陋，人问之曰：“先生学问富有，而乃贪吝不已，不畏后世之名节乎？”他回答说：“贪鄙不过一时之嘲，学问乃千古之业。余自信文名可以传世，至百年后，口碑已没而著作常存，吾之道德文章，犹自在也。”“故所著书多慷慨激昂语，盖自掩贪陋也。”② 从行为上来看，王西庄不过就是另一个版本的潘岳、司马相如而已，并无更加出格之处，但从思想上来说，潘岳、司马相如等尚处于蒙昧时期，虽然文德不一，但并非有意为之，王西庄则窥破了文德不一的“玄机”，将之上升到理论高度，并付诸实践，不得不说是将“文人无行”践行到了极端。两百多年的时间悄然流逝，如今，并非王西庄所预想的“至百年后，口碑已没而著作常存”，其人之贪陋与其著述一起流传下来，被今人审视、指点，若时空可以交叠，王西庄可以目睹自己百年后的境遇，不知会作何感想？更不知是否会重新选择？

三 文德论争的当代启示

我们可以简单总结一下两种观念的核心要点。文德一致论者主张文与德是内外、表里、因果的关系，即认为德在内，通过文辞显示于

① （清）贺长龄辑：《魏源全集》第1册，魏源编次，曹堉校勘，岳麓书社2004年版，第223页。

② （清）昭梿撰：《啸亭杂录 续录》，冬青校点，上海古籍出版社2012年版，第313页。

外，因此创作者必须要养气修德，只有具备高尚的道德修养，才能创作出好的作品，所谓“修辞立诚”“弸中彪外”正是此意。有宋一代，周敦颐、朱熹等一些道学家把文与德视为本末关系，即认为德是根本，只要德高，成文就是自然而然的事情，走向了重道德而轻文辞的极端。同时，文德一致论者还认为言为心声，文如其人，人之高下、邪正，通过观其文可以一览无遗，作品所呈现出来的境界直接就是作家人格的再现。如陆游《上辛给事书》中说：“夫心之所养，发而为言，言之所发，比而成文。人之邪正，至观其文，则尽矣决矣，不可复隐矣。”① 这样，文德一致论者就在文与德之间形成了一个闭环，即作家有什么样的德就会产生什么样的作品，反之亦然，有什么样的作品就可以反观作家有什么样的德行了。文德分离论者则认为文与德并不存在必然的关系，作品的高下与文人之德并非一致，特别是魏晋时期的“文人无行”“不护细行”等观点，直接否定了文人在德行上的优势，甚至认为正是文学创作需要“发引性灵”的特性，使得文人必然具有放荡的品性。同时，文德分离论者还提出“不以人废言”，既然“文人无行”已是事实，那么大可不必因噎废食、以白诋青，认清其人，但不否定其文上的成就。文德关系论争，观点一正一反，纠缠、牵扯、蔓延在中国古代文论话语体系当中，从先秦至明清，没有中断过。

有意思的是，历史上的文德论争呈现出一个有趣且值得深思的现象：一是从孔子开始其实就认识到了“有言者不必有德”这一事实，且历代的文人多有应和，也就是承认艺术成就，进而也可以稍微延展到人生其他领域的成就，可能与能力、才华（如叶燮在《原诗》中提出的“才胆识力”说）等其他因素有关，但并不必然与个体之“德”有关，但中国古代的执政者、文人们却仍都不遗余力地赞同、号召甚至身体力行地践行着修德的艰苦伟业，其响应人数之众，波及范围之广，言说时间之长，都位列中国古代文论命题之前位。更为有意思的

① 张春林编：《陆游全集》（下），中国文史出版社 1999 年版，第 1245 页。

是，时至当下，在更重理性轻感性的学术研究氛围下，学者们在探讨文德、文如其人等话题时，也都比较一致地认为，“德”属于伦理范畴，“文”属于审美范畴，“德”追求的是仁和善，文追求的是达和雅，两者之间虽然有着内在的契合，但并不是一一对应，或者说是不可分割的一表一里、一内一外、一因一果、一本一末的关系，但同时学者们又都有比较一致的主张——“德艺双馨”是每位艺术工作者最基本的职业素养，无德莫谈艺。按照普遍认可的逻辑推理方式，如果普遍认为文德是一致的（条件A），那么就不应该出现“文人无行”的现象（结果B）；如果确有“文人无行”（结果非B），那么文德一致这一观念就是不成立的（条件非A），也就是“A→B”“－B→－A”两种逻辑推理都是成立的。但现实的境况却是“A→－B”“－B→A”，也就是认为文德是一致的，但同时现实又是“文人无行”的；承认“文人无行”是事实，但又主张应该文德一致。可以看出，推理是矛盾的，是存在悖论的。但古今的学者们在文德问题上却惊人地表现出看破悖论却又坚守悖论的矛盾，这不能不说是一个值得深入探讨的话题。要搞清楚这一现象背后的原因，笔者认为，从“文”字的本义及古代文人的身份认同谈起，或许有助于我们理解这一现象。

东汉许慎在《说文解字》中说，“文，错画也，象交文”。所谓的“文”就是由线条交错组合形成的一种图案，这也是文最早的本义，最初指向的是原始人身上的文身、器物编织的纹样、陶器烧制后留下的裂纹，或者占卜时龟壳上的纹路。如果进行细细的品味我们就会发现，“文”字从一开始就不是简单的、单纯的物质性图案，它一方面指向具有视觉美感的形式组合，同时，它更重要的意义在于线条所呈现的意义，即其具有的透过线条图案本身昭示某种寓意的特殊意义和使命，如原始人身上的文身所指向的身份表征、宗教表征、精神表征，龟壳裂纹所昭示的某种神的预言，等等。在先民那里，这些纵横交错的线条图案具有一定的指示性、神圣性、超越性，它不仅是某种理念借以表达的中介和途径，“它的存在本身就是具有规律性和本质性的”。

"这使得文成为某种非自然力量、非本能力量的主体性意志与意念的符号化显现，也使得人的存在开始真正具有了有别于自然生存、可与自然律动比肩而立，并且超越于自然生存之上的符号化特性。"[①]《周易·彖传》中说："观乎天文以察时变，观乎人文以化成天下。"[②] 天文指自然天象、天道运行规律，即天道；人文指人类社会中的种种文化现象和文明建制，即人道。可以看出，此处"文"的含义，已自觉地从实体性的、物质性的线条图案转变为指称各种抽象的、理念的自然现象和社会现象，进而指向自然规律和社会规律了。这一观念在《文心雕龙》中有更具体化的表述，刘勰说："夫玄黄色杂，方圆体分，日月叠璧，以垂丽天之象；山川焕绮，以铺理地之形，此盖道之文也。"[③] 可以看出，这使"文"这一概念在一定程度上具有了与中国最深奥的一个哲学概念——"道"相重合的寓意，或者说"文"正是本体之"道"借以外现的具体形式，"道"与"文"不能各自独立存在。正如有学者所言："文通过普遍引申而成为了自然万象存在与运化的外现形式，因而也就成为了自然本体显示其本体意义的无所不在的具体表征——或者说成为了道转化其有、无二重本体性的示意性符号。所以，文虽然借助于具体的自然感性现象而呈现，其存在本质却是本体性的……而这一本体论中所包含的文与道之间的互动关系，最终也影响了文学与意识形态信仰之间的关系的性质。"[④]

同时，我们也应该关注到《论语》孔子曰："周监于二代，郁郁乎文哉!"（《八佾》）以及"文王既没，文不在兹乎?"（《子罕》）中"文"的含义。此处的"文"是孔子心目中最美好、最理想的周代社会制度的指称，正如朱熹《论语集注》曰："道之显者谓之文，盖礼乐制度之谓。不曰道而曰文，亦谦辞也。"[⑤] 这里的"文"即指礼乐制

---

① 彭亚非：《原"文"——论"文"之初始义及元涵义》，《文学评论》2005 年第 4 期。
② 《周易注译》，赵辉贤注译，浙江古籍出版社 2009 年版，第 97 页。
③ （南朝梁）刘勰著，郭晋稀注译：《文心雕龙》，岳麓书社 2004 年版，第 2 页。
④ 彭亚非：《原"文"——论"文"之初始义及元涵义》，《文学评论》2005 年第 4 期。
⑤ （宋）朱熹撰：《论语集注》，齐鲁书社 1992 年版，第 84 页。

度。尚“文”的周代社会最突出的特征就是其礼乐制度，而礼乐制度的核心又落实在一个“德”字上，“纳上下于道德，而合天子诸侯卿大夫庶民以成一道德之团体”①。首先，国家与国家之间不崇尚武力征伐，“文王以文治”②，就是文王以文德、才略得到天下，正如《尚书》中所言：“克明德慎罚，不敢侮鳏寡，庸庸，祗祗，威威，显民。用肇造我区夏，越我一二邦，以修我西土。”③ 其次，在个体与个体之间不尚争斗，推崇从容不迫、文雅大方、雍容有度的行为举止和处事风格，《荀子·不苟》中说：“君子宽而不僈，廉而不刿，辩而不争，察而不激，寡立而不胜，坚强而不暴，柔从而不流，恭敬谨慎而容，夫是之谓至文。”④ 可以看出，此处的“文”就是“德”，是一个被社会认可的个体在为人处世中所具有的最美好的品行的概括总结。再次，具体到个体上，尚“文”的周代社会将一个人在服饰、仪表、器用、言语等一切行为举止上的约束、讲究、美饰、修养都视为“文”：“夫敬，文之恭也；忠，文之实也；信，文之孚也；仁，文之爱也；义，文之制也；智，文之舆也；勇，文之帅也；教，文之施也；孝，文之本也；惠，文之慈也；让，文之材也。”⑤ 这段论述中更是把一切美好的德行统统概括为“文”。

实际上，在“文”延伸为狭义的文章之“文”时，在一定时期内，所做之“文”章也多是国家的制度文献或者帝王的诰令，如我们熟知的“帝曰：夔！命汝典乐，教胄子，直而温，宽而栗，刚而无虐，简而无傲。诗言志，歌永言，声依永，律和声……”⑥ 之类，就是对于帝王关于乐教政令的记录，早期的作“文”多是一种政治行为，“文”的内容多是维护礼乐政治的典章制度以及阐述这些制度的文献。

① 王国维：《王国维考古学文辑》，凤凰出版社 2008 年版，第 52 页。
② （元）陈澔注：《礼记》，金晓东校点，上海古籍出版社 2016 年版，第 530 页。
③ 冀昀主编：《尚书》，线装书局 2007 年版，第 161 页。
④ （战国）荀况撰，（唐）杨倞注，耿芸标校：《荀子》，上海古籍出版社 2014 年版，第 21 页。
⑤ （战国）左丘明撰：《国语》，上海古籍出版社 2015 年版，第 63 页。
⑥ 冀昀主编：《尚书》，线装书局 2007 年版，第 13 页。

可以看出，广义的“文”上承天地之道，中接社会制度及个体的最高生命境界，下接记录或阐释维护政教统治的典章文献，具有“道”、礼乐制度、道德、政令多重含义域。在儒家的话语体系中，“文”的这些含义又被进一步具体化为治国平天下或成圣成仁的个人终极人生追求，当文延伸为狭义的文学之“文”后，“文”的这些初始义及元含义一直内含于文学之文的历史演绎之中，文与道、文与政教、文与德的命题被不停地辨析、言说。从以上的分析中可以看出，在文之初始含义中，文本身就是道、就是德、就是礼乐政教，是表现这些内容的最生动的形式显现，因此，与其说“文”被赋予了这些使命，不如说“文”就是道、就是政教、就是德，是其最天然的本分和使命。

不仅如此，“文”的这些初始义及元含义也同样深深地影响着古代文人的社会角色及其对自我身份的认可，古代的文人经历了一个从“文德之人”到“文章之徒”的社会身份转变①。所谓的文人从先秦的“士”群体分化而来，这是一个有高尚的德行追求的群体，孔子说：“士志于道，而耻恶衣恶食者，未足与议也。”（《里仁》）表明了“士”人的精神追求，他们致力于对最高真理“道”的探索，自觉地承担起明道、传道的使命，他们追求“内圣外王”的人生价值，对内以圣人之德为标准，修身养性，对外施王者之政，治国安民。春秋战国时期，“士”群体根据技艺的不同进一步细化，如有著书立说的学士，有为知己者死的勇士，有懂阴阳历算的方士，有为人出谋划策的策士，有善于口才论争的辩士，等等。其中的学士、文士以“立德”“立功”“立言”为自身的人生价值追求，是我们后来所谓的文人的原型。从词源学上来看，“文人”一词原本指代有文德的先祖，如《尚书》：“汝肇刑文武，用会绍乃辟，追孝于前文人。”②《诗经》：“厘尔圭瓒，秬鬯一卣，告于文人。”（《大雅·江汉》）这两处的“文人”

① 李宜蓬：《从文德之人到文章之徒：中国古代文人观念的演变》，《理论月刊》2019 年第 5 期。

② 冀昀主编：《尚书》，线装书局 2007 年版，第 265 页。

都是指代有文德的先人。《论衡》中说："文人宜遵五经、六艺为文，诸子传书为文，造论著说为文，上书奏记为文，文德之操为文。立五文在世，皆当贤也。"① 王充口中所谓的"文人"具有多重身份，兼有后世的学问家、文献家、文学家、政治家以及德行高尚之人，其中的"造论著说为文"已有我们现代意义上的以创作为主的"文学家"的含义。从整体上看，汉代以前的"文人"并不专门以诗赋辞章为业，他们承继着中国古代"士"群体的理想追求，以至圣成仁、建功立业为人生目标。到了魏晋时期，现代意义上真正的"能属文"的文学之士出现，有趣的是，此时文学的社会价值被抬高到了无以复加的程度，曹丕以帝王身份，奉文章为"经国之大业，不朽之盛事"，但文人身份的社会评价却走向了向下一路，"文人无行""耻作文士"等观念一度成为主流，"文人之庇"也多被谈起，这与"文德"在历史论争中所呈现出的矛盾一样，成为文学批评史上另一个悖论。

让我们重新回到"文德"的话题。"文德"这一命题，用当下的话语来说，属于典型的"概念先行"，即不是经由社会现象归纳为概念，而是直接通过概念或观念把意义合法化，再把这一概念下传至各个社会群体及个体层面，获得人们的赞同，进而达成一种社会共识，并以此规约人们的行为。"文德"论正是在这样一种背景下从伦理学和哲学范畴运用到文学领域的。通过对于"文"的初始义及古代文人的自我身份认同的分析中可以看出，文本身就是道、就是德、就是礼乐政教，文人本身就是明道者、传道者，是社会高尚德行的代言者，文与德之间是对应关系、互证关系、统一关系，这是一个先在的理念，人们对于"文德一致"的坚守，并不是对一种社会现象的概括总结，而是带有一种不证自明的先天合法性。因此，当随着"文"字含义的狭义化和文人身份的特殊化、专业化之后，在现实环境中虽然出现了一些文德分离的现象，但文德一致观依然是一个先在理念，一个终极

① （东汉）王充：《论衡》，上海人民出版社1974年版，第313页。

追求，一个不可磨灭的理想。历代文人对于“文德一致”观知其并非无懈可击但依然固执地坚守，正是源于对这一先在理念的坚守，也是中华民族文化心理的精神积淀使然。

当下时代是个价值多元的时代，人们的思想观念、生活方式、人生追求都前所未有的自由、丰富。与此同时，“文”及“文人”曾经的本质使命不再被人们关注和重视，“文”不再必然与“德”相连，它可以是娱乐，可以是名利，可以是流量，可以是金钱，我们的文人们，也并不再把自己作为社会道义的坚守者，写作只是一个谋生的职业，为了博人眼球可以写颓废的、戏谑的、违心的、荒唐的，甚至故意低俗恶搞、哗众取宠的，这些现象已然见怪不怪。但长此以往，文学最终会走向哪里？从21世纪初至今，有一个话题经常时不时地在文学圈被提起，“中国当代文学缺什么？”在这个话题当中，明显地流露出文人们自身的质疑、反思和焦虑，文人流放了文学，最终又被社会所流放。“中国当代文学到底最缺什么？”缺的正是对伟大的向往，对高尚的追求，对真诚的赞美，对道义的崇敬，对一切至真至善至美精神的高扬，而文人们缺的正是一份“路漫漫其修远兮，吾将上下而求索”的执拗和勇气。习近平总书记说：“古往今来，文艺巨制无不是厚积薄发的结晶，文艺魅力无不是内在充实的显现。”① 文学所缺的东西最终还要返回到文人身上寻找，这也正是在当下依然有必要讨论“文德”这一话题的重要意义所在。

第二节 “文治”论的历史传承及当代实践

文艺的功能是文艺活动的一个本源性问题，它直接关乎文艺“如何创作”和“创作什么”等根本问题。习近平文艺思想是新时代中国

① 习近平：《在文艺工作座谈会上的讲话》，人民出版社2015年版，第10页。

特色社会主义思想的重要组成部分，其中对于文艺的功能提出了很多新的观点，这些观点既有结合新时代的社会环境、文艺生态做出的新判断和新要求，也有对于中国传统文艺功能论和马克思主义文艺功能论的继承和创新。厘清并辨析文艺功能论在中国古代文论、马克思主义文论以及习近平新时代文艺思想中的传承、新变，对于指导当下的文艺创作、建设文化强国都具有重要的意义。

一　“文治”：我国古代的文艺功能论

中国古代关于文艺功能的论说，散见在各种经、史、子、集等片段性的言论中，不成体系，很多言论也并非就文艺而谈文艺问题，而是关于国家治理、政治改革、文化体制等的总体性论述。但是，从这些只言片语中，我们还是可以清晰地看到一条有关文艺功能的主干河流：它以儒家思想为依托，把文艺作为国家治理的一种重要方式，强调文艺在国家内政外交、美刺讽谏、民众教化、立身成人方面不可或缺的作用，简言之，即以“文”来治理国家、管理民众。这种以“文治”为核心的中国古代文艺功能论是对古代文艺的创作和发展影响最为强大的思想观念，也是新时代文艺功能论的重要思想来源之一。

（一）“文治”是古代帝王的治国铁律

《史记·郦生陆贾列传》里记载了这样一个故事：汉高祖刘邦平定天下之后，一直跟随在他身边的幕僚陆贾便常常在高祖耳边谈论一些《诗经》《尚书》里的内容，惹得文化程度不高的刘邦很是不高兴，有一次便训斥陆贾说：“乃公居马上而得之，安事《诗》、《书》!”[①]意思是说，老子的天下是在战马上南征北战、出生入死打下来的，《诗经》《尚书》这类东西有什么用？没想到陆贾回击说：“居马上得之，宁可以马上治之乎?”[②] 继而如数列举了商汤、周武、夫差、智伯的成败得失，并反问高祖说：“秦任刑法不变，卒灭赵氏。乡使秦已

---

① （西汉）司马迁：《史记》，崇文书局2010年版，第565页。
② （西汉）司马迁：《史记》，崇文书局2010年版，第565页。

并天下，行仁义，法先圣，陛下安得而有之?”[①] 高祖听后十分惭愧，委托陆贾著书立说，总结秦所以失天下，高祖所以得天下，乃至古代各王朝成功和失败的原因所在。此书后被称为《新语》。

“马上得天下，不能马上治天下”这一典故成为后来很多帝王的治国真理，在中华文明的历史长河中生生不息。如唐太宗在立国之初，礼部尚书唐俭就提醒他说：“汉祖以马上得之，不以马上治之。”[②] 唐太宗深以为然，在一次宴会时向朝臣说：“朕虽以武功定天下，终当以文德绥海内。文武之道，各随其时”[③]，并制定了“守成以文”的治国方略。这一举措也为后来光辉灿烂的“贞观之治”打下了坚实的基础。宋太宗赵光义对此也有深切的体会，认为“王者虽以武功克定，终须用文德致治”[④]，所以有宋一代，上自近侍之臣，下至知州郡，甚至钱谷之司、边防大帅也多由文士充任，北宋士人蔡襄在其《蔡中惠公集》一书中对此现象有详细的描述。以上谈到的三位帝王都是开国皇帝，一匹战马得天下，是依靠武力得胜的最大受益者，但却在天下初定后就都笃定地认为，想要国家长治久安“文”是唯一正确的道路。由此可以看出，“戡乱以武，守成以文”是古代的帝王们治国理政的一条铁律。

（二）“文治”思想的具体表现

“文”字在中国传统文化中虽有诸多含义，但不管怎样，以诗书礼乐为代表的文学艺术当是“文”最重要的含义之一。在此基础上，我们虽然不能狭隘地将“文治”理解为用文学艺术来治理国家，但却不能否认，以诗书礼乐为代表的文学艺术在参与国家治理的浩大工程中发挥着举足轻重的作用。这一点，早在上述的三位开国皇帝之前，

① （西汉）司马迁：《史记》，崇文书局2010年版，第565页。

② （宋）欧阳修、（宋）宋祁撰：《新唐书》第3册，陈焕良、文华点校，岳麓书社1997年版，第2302页。

③ 《通典》卷一四六《乐典六·坐立部伎》，第3718—3719页。

④ （宋）杨仲良撰：《皇宋通鉴长编纪事本末》第1册，李之亮校点，黑龙江人民出版社2006年版，第180页。

中国的先知们就有着强烈的自觉意识。《论语》中记载："子曰：诵《诗》三百，授之以政，不达；使于四方，不能专对；虽多，亦奚以为？"[①] 由此可以看出，中国第一部诗歌总集《诗经》在其传播之初，所起的并非审美、娱乐等现代意义上的文学功用，而是直接与处理政务、参与外交等国家重大政治活动息息相关的，或者说，文学是治国理政的重要工具之一。这一点，我们也可以从《诗经》的起源说之一"木铎采诗"中略窥一二。班固在《汉书·食货志》中记载："孟春之月，群居者将散，行人振木铎徇于路，以采诗，献之大师，比其音律，以闻于天子。故曰王者不窥牖户而知天下。"[②] 这也就意味着，《诗经》是为了天子足不出户而"知天下"所产生的，当其存在后，又在国家治理的诸多环节中发挥着重要的作用。由此可见文学与治国有着天生的血缘关系，必定注定了同呼吸、共命运。正是有这一思想基础，所以当宋初宰相赵普说出用半部《论语》"辅太祖（赵匡胤）定天下，今欲以其半辅陛下（赵匡义）致太平"的时候，我们不觉得有丝毫的惊诧，反而觉得他是一位把文学与治国的关系发挥到极致的智慧之人。

具体到如何用文学来治政，孔子有一段经典的话："小子何莫学夫诗？诗，可以兴，可以观，可以群，可以怨。迩之事父，远之事君。多识于鸟兽草木之名。"[③] "兴观群怨"说由此成为古代文学批评中的阐述文学社会作用的一个核心范畴。关于"兴观群怨"，今天我们多借鉴孔安国、朱熹、郑玄对这四个字的解释，把"兴"理解为"引譬连类""感发意志"，强调诗对人的陶冶作用；"观"理解为"观风俗之盛衰"，"考见得失"，认为从诗歌中可以看到各地的风俗民情，进而总结出社会治理上的得失成败；"群"理解为"群居相切磋"，注重的是诗歌在群体之间的交流、沟通作用；"怨"理解为"怨刺上政"，

---

① （春秋）孔子著，杨伯峻、杨逢彬注译：《论语》，岳麓书社 2018 年版，第 161 页。

② 王雷鸣编注：《历代食货志注释》第 1 册，农业出版社 1984 年版，第 66 页。

③ （春秋）孔子著，杨伯峻、杨逢彬注译：《论语》，岳麓书社 2018 年版，第 218 页。

突出的是人民通过诗歌向上反映民情的作用，但不得不说，此时对这四个字的解释虽然核心依然围绕在文学的社会功用论上，但解释者已经将《诗经》的功用范围扩大了不少。如果我们回到孔子生活的年代，并综合考虑《诗经》的产生背景，就会发现所谓的“兴观群怨”只是很单纯地描述了上古时期的诗歌在参与国家治理中的具体政治运作方式——赋诗以兴，是春秋时期外交仪式上的一种特殊表达方式；采诗观风，是西周以来“补察时政”的具体举措；赋诗以群，不仅是群臣朝会交流的方式之一，也是维持等级秩序的基本礼制；而所谓“怨”，其实正是“怨刺上政”的朝廷讽谏制度。不管是哪一点，反映的都是以诗歌为代表的文学在国家政治系统中的直接运行状况。这一核心理念，在此后两千多年的时间里被无数的文人不断重复和言说，成为中国文治体系的基本要义，也成为文学的立身之本。

（三）“文治”在文艺创作上的具体要求

随着对文学艺术的进一步认识，后来文人们虽然不再狭隘地认为文学的本质在于直接参与国家的政治运作，但依然对它赋予了诸多社会使命，总结一下，大概有以下几点：第一，明道。刘勰《文心雕龙·原道》篇有言：“文之为德也大矣，与天地并生者何哉？……故知道沿圣以垂文，圣因文而明道，旁通而无滞，日用而不匮。《易》曰：‘鼓天下之动者存乎辞’。辞之所以能鼓天下者，乃道之文也。”[①] 刘勰认为，文学之所以能像《易经》说的那样一呼而天下应，就是因为它是至高之“道”的承载者。正是有这一思想基础，历代的文人们虽手无寸铁，却敢于在天子面前以“帝王师”自居，就是因为其手中掌握着“文”，进而也就掌握着至高之“道”。虽然对“文”为何文，“道”为何道至今依然存在着争议，但“文以明道”或“文以载道”的思想还是在不断发展成熟，成为文学的基本使命之一。

第二，化人。《荀子·大略》曰：“人之于文学也，犹玉之于琢

① （南朝梁）刘勰著，郭晋稀注译：《文心雕龙》，岳麓书社2004年版，第2—8页。

磨也。”[①] 古人认为，没有“文”的滋养、熏陶，人就是原始的、粗鄙的，就像一块儿美玉被岩石包裹释放不出光彩。因此，应该用“文”去对人进行打磨、修饰，使之成为文质彬彬之人，这也是文学最重要的使命之一。历代帝王、圣贤对此都有表述。《尚书·尧典》记载舜的命令：“夔！命汝典乐，教胄子，直而温，宽而栗，刚而无虐，简而无傲。”[②] 就是认为音乐可以用来教育人，培养人的品德、气质、风度。《礼记·经解》中有言：“孔子曰：入其国，其教可知也。其为人也，温柔敦厚，《诗》教也；疏通知远，《书》教也；广博易良，《乐》教也；絜静精微，《易》教也；恭俭庄敬，《礼》教也；属辞比事，《春秋》教也。”[③] 可以看出，一个优秀的人才，就是诗书礼乐慢慢地熏陶、雕琢出来的。

第三，美刺。所谓美，即是“美盛德之形容，以其成功告于神明者也”[④]，刺即“下以风刺上”[⑤]。“美刺”传统说最初专指对待君王的言行，对其功德，要顺其美；对其过失，要匡其恶。“美刺”的对象后来由君王扩展为广泛的社会生活，其职责也上升为“彰君子之志，劝美惩恶，王化本焉”[⑥]（裴子野《雕虫论》）。到了柳宗元，已经非常直白地表明：“文之用，辞令褒贬，导扬讽喻而已。”[⑦]（《杨评事文集后序》）

其实，不管是明道、化人还是美刺，中国传统的文人们都在用文学争取一种话语权。这个话语权上可以经纬天地，下可以泄导民情，真可谓“明道德之广崇，治乱之条贯，靡不毕见”[⑧]，但其中最重要的

---

① （梁）刘勰著，郭晋稀注译：《文心雕龙》，岳麓书社2004年版，第2—8页；（战国）荀况撰，（唐）杨倞注，耿芸标校：《荀子》，上海古籍出版社1996年版，第291页。

② 冀昀主编：《尚书》，线装书局2007年版，第13页。

③ （元）陈澔注：《礼记》，金晓东校点，上海古籍出版社2016年版，第564页。

④ 郭绍虞主编：《中国历代文论选》第1册，上海古籍出版社1979年版，第68页。

⑤ 郭绍虞主编：《中国历代文论选》第1册，上海古籍出版社1979年版，第68页。

⑥ 郭绍虞主编：《中国历代文论选》第1册，上海古籍出版社1979年版，第324页。

⑦ 柳宗元：《柳河东集》（上），上海古籍出版社2008年版，第371页。

⑧ （西汉）司马迁：《史记》，崇文书局2010年版，第494页。

无疑还是文学在参政、治国方面的权力。正是文学拥有这样的话语权，使历代的知识分子、文人骚客，在两千多年的中华文治文化体制中占据着重要的位置。这也是当曹丕说出“盖文章，经国之大业，不朽之盛事”① 时，让知识分子深以为傲，并广泛流传的原因所在。也正是曹丕的现身说法，使上至帝王、下至普通文人们都自觉地接受了文学在政治运作体系中无可替代的角色。

让文学艺术在治国理政中发挥重要的作用，这不仅是两千多年来中国传统文化中的一个共识，而且被认为是一种最行之有效的方式，被历代帝王和知识分子广泛地运用。时至当下，以习近平为总书记的党中央倡导发挥文艺在社会主义建设中的重要作用，提出“文艺事业是党和人民的重要事业，文艺战线是党和人民的重要战线”②，这不仅是对文艺工作者们提出的新的要求，而是对文艺传统作用与价值的一次理性的强调与回归。

二 “掌握世界的方式”：马克思主义经典理论家的文艺功能论

马克思主义经典理论家的论述中也有诸多关于文艺功能的深刻见解。马克思在《1857—1858 年经济学手稿》中说：“整体，当它在头脑中作为思想整体而出现时，是思维着的头脑的产物，这个头脑用它所专有的方式掌握世界，而这种方式是不同于对世界的艺术的、宗教的、实践精神的掌握的。”③ 所谓“掌握世界的方式”我们可以理解为认识、理解世界和改造世界的方式。在这段话中，马克思把“艺术的”同“理论的”、“宗教的”和“实践—精神的”一起，列为掌握世界的重要方式之一。遗憾的是，在此后的论述中，马克思对于“什么是艺术地掌握世界的方式?”“如何艺术地掌握世界?”并没有给出

---

① 郭绍虞主编：《中国历代文论选》第 1 册，上海古籍出版社 1979 年版，第 159 页。

② 习近平：《在文艺工作座谈会上的讲话》，人民出版社 2015 年版，第 1 页。

③ 《马克思恩格斯全集》第 30 卷，中共中央马克思恩格斯列宁斯大林著作编译局编译，人民出版社 1979 年版，第 39 页。

详细的解释。国内学者曾分别从认识论、反映论、形象反映论、典型论、审美反映论和意识形态论[1]等各个角度出发，阐释了自己对“艺术的掌握世界的方式”的理解，但见仁见智，并无定论。其实，我们可以回到马克思、恩格斯有关文艺的论述中去寻找答案。

首先，由文艺认识历史。在马克思写给恩格斯的一封信中，马克思引导恩格斯继续探讨有关“东方部落”的一些事宜时，向他推荐了一本书，“在论述东方城市的形成方面，再没有比老弗朗斯瓦·贝尔尼埃（他在奥朗则布那里当了九年医生）在《大莫卧儿等国游记》中描述得更出色、更明确和更令人信服的了。他还出色地记述了军事状况，以及供养这些庞大军队的组织等等。……这甚至是了解东方天国的一把真正的钥匙”。[2] 马克思认为贝尔尼埃的《大莫卧儿等国游记》所描述的东方城市的形成以及军事状况“出色、明确、令人信服”，并在信的结尾感叹道这“是了解东方天国的一把真正有用的钥匙”，可见，通过文艺去认识历史在马克思看来是可行的、可靠的。很多时候，在马、恩看来，一些文学作品既是艺术，也是了解历史的珍贵史料。“时代越远，史料也越少，只包括最重要之点”[3]，因此，恩格斯特别赞同雅科布·格林的做法，“雅科布·格林在研究德意志民族性格、德意志风俗习惯和法律关系时，一向把从记载基姆布利人进军的罗马史学家到不来梅的亚当和萨克森·格腊马提克所提供的一切证据，从‘贝奥伍耳夫’和‘希尔德布兰德之歌’到‘艾达’和古史诗的一切古代文学作品……都看作同样珍贵的史料，是完全有理由的。”[4]“贝奥伍耳夫”（又译为贝奥武夫）即英格兰盎格鲁－撒克逊时期（8世纪）的长篇英雄叙事诗，“希尔德布兰特之歌”是流传于8世纪的

---

① 寇鹏程：《文艺美学》，上海远东出版社2007年版，第78页。

② 《马克思恩格斯全集》第28卷，中共中央马克思恩格斯列宁斯大林著作编译局编译，人民出版社1973年版，第255—256页。

③ 《马克思恩格斯全集》第16卷，中共中央马克思恩格斯列宁斯大林著作编译局编译，人民出版社1964年版，第570页。

④ 《马克思恩格斯全集》第16卷，中共中央马克思恩格斯列宁斯大林著作编译局编译，人民出版社1964年版，第571页。

日耳曼人的史诗，“艾达”是一部斯堪的那维亚各民族的神话和英雄传说与歌曲的集子。马、恩认为，在认识和理解历史时，史学家的记录与文学作品同等重要，甚至因为文学作品所呈现的历史更为生动、形象，比简单的历史记录更能给人以思考和启示，因而也更接近历史的真相。例如，恩格斯从荷马史诗和埃斯库罗斯的作品中提到的重要英雄同被俘的姑娘同居，以及同这些女奴隶所生的子女可以继承父亲的部分遗产并获得自由民的身份的事实中，认识到：“正是完全受男子支配的年轻美貌的女奴隶的存在，使专偶制从一开始就具有了它的特殊的性质，使它成了只是对妇女而不是对男子的专偶制。这种性质它到现在还保存着。”① 这种生活中的细节不会被记录在历史里，但是会被敏感细腻的文艺所记录，而这些生活的细节更能如实地反映出历史的真相。

其次，由文艺了解现实。现实生活是广阔的，但每个人的生活半径是有限的，这就决定了我们每一个人对于世界、现实的认知也是极其有限的。远方无法达到，但是手中的诗可以帮助我们到达，文艺就是认识现实世界最为生动、有效的途径。这一点在马、恩等的论述中处处可见。马克思认为：“现代英国的一批杰出的小说家，他们在自己的卓越的、描写生动的书籍中向世界揭示的政治和社会真理，比一切职业政客、政论家和道德家加在一起所揭示的还要多。”② 作为现实中的人，一个人不可能既是无产者又是资产者，既是手工劳动者又是政治家，所以我们对于自身所从事的工作以外的领域是陌生的，甚至很多时候对于自身所从事领域的认识也是不透彻的，但是艺术作品为我们揭示了很多现实的真相。甚至很多时候，艺术作品都不需要长篇大论或大书特书，其对现实真相的揭示就已自然显现。马克思说现代

① ［德］恩格斯：《家庭、私有制和国家的起源》，中共中央马克思恩格斯列宁斯大林著作编译局编译，人民出版社 2018 年版，第 67 页。

② ［德］恩格斯：《家庭、私有制和国家的起源》，中共中央马克思恩格斯列宁斯大林著作编译局编译，人民出版社 2018 年版，第 67 页；《马克思恩格斯全集》第 10 卷，中共中央马克思恩格斯列宁斯大林著作编译局编译，人民出版社 1962 年版，第 686 页。

英国的小说家们对于资产阶级的各个阶层各色人等的形象描绘通过一首诗就足以表现，这首诗就是："上司跟前，奴性活现；对待下属，暴君一般。"[①] 简单的诗句，但资本主义私有制下的人际法则已一目了然，且刻骨铭心。此外，文艺创作对于现实的呈现是艺术性的，而不是带有倾向性的；是潜移默化的，而不是声嘶力竭的。1888 年 4 月，恩格斯在给英国作家哈克奈斯的信中批评了其《城市姑娘》这部小说不够现实主义的缺陷，提出应该像巴尔扎克学习，"巴尔扎克，我认为他是比过去、现在和未来的一切左拉都要伟大得多的现实主义大师，他在《人间喜剧》里给我们提供了一部法国'社会'特别是巴黎'上流社会'的卓越的现实主义历史，他用编年史的方式几乎逐年地把上升的资产阶级在 1816 年至 1848 年这一时期对贵族社会日甚一日的冲击描写出来……"[②] 巴尔扎克在《人间喜剧》中对于其当时所处的现实的描述是全景式的，而这种全景式的呈现是透过生活的细节展示出来的，"他描写了这个在他看来是模范社会的最后残余怎样在庸俗的、满身铜臭的暴发户的逼攻之下逐渐灭亡，或者被这一暴发户所腐化；他描写了贵妇人（她们对丈夫的不忠只不过是维护自己的一种方式，这和她们在婚姻上听人摆布的方式是完全相适应的）怎样让位给专为金钱或衣着而不忠于丈夫的资产阶级妇女……"[③] 这些细节上的真实，这些典型环境中的典型人物，让恩格斯发出了和马克思相似的感叹，"我从这里，甚至在经济细节方面（如革命以后动产和不动产的重新分配）所学到的东西，也要比从当时所有职业的历史学家、经济学家和统计学家那里学到的全部东西还要多"。[④] 巴尔扎克对资产阶级的描

① 《马克思恩格斯全集》第 10 卷，中共中央马克思恩格斯列宁斯大林著作编译局编译，人民出版社 1962 年版，第 686 页。

② 《马克思恩格斯全集》第 37 卷，中共中央马克思恩格斯列宁斯大林著作编译局编译，人民出版社 1971 年版，第 41 页。

③ 《马克思恩格斯全集》第 37 卷，中共中央马克思恩格斯列宁斯大林著作编译局编译，人民出版社 1971 年版，第 41—42 页。

④ 《马克思恩格斯全集》第 37 卷，中共中央马克思恩格斯列宁斯大林著作编译局编译，人民出版社 1971 年版，第 42 页。

述是细致的，因而恩格斯也从其创作中还原了这一时期贵族社会的颠覆和资产阶级上升的完整场景。从这一点来说，恩格斯可谓巴尔扎克的知己，因为巴尔扎克曾在《人间喜剧》的《序言》中表明，要以小说家的身份代理历史学家的职责，描绘一部法国的风俗史[①]，巴尔扎克做到了，而恩格斯读出了巴尔扎克的用心和伟大。列宁也有相似的看法，他说“托尔斯泰以巨大的力量和真诚鞭笞了统治阶级，十分鲜明地揭露了现代社会所借以维持的一切制度——教会、法庭、军国主义、‘合法’婚姻、资产阶级科学——的内在的虚伪”。[②] 也正是因为这一原因，列宁评价托尔斯泰为“俄国革命的镜子”，文艺作品所呈现的现实世界是完整的、立体的、深刻的、细致的，在这一点上，我们这里所提到的几位理论家的观点是高度一致的。令人深思的是，现实终将变为历史，对于当下现实的真实呈现最终会变为后人对历史的感知和理解，由此说来，文艺同时也是历史。

再次，文艺塑造完整的人。在《〈政治经济学批判〉导言》中，马克思有一段论述“生产与消费”两者关系的言论，“饥饿总是饥饿，但是用刀叉吃熟食来解除的饥饿不同于用手、指甲和牙齿啃生肉来解除的饥饿。因此，不仅消费的对象，而且消费的方式，不仅在客体方面，而且在主体方面，都是生产所生产的。所以，生产创造消费者”[③]。“生产不仅为主体生产对象，而且也为对象生产主体。”[④] 这一观点作为马恩思想中重要的一般性原理，经常被拿来阐释诸多对象与对象化的关系，因为艺术创造也是一种对象化活动，因此马克思以文艺为例，认为，

---

① “法国社会将要作历史家，我只能当它的书记。编制恶习和德行的清单，搜集情欲的主要事实，刻画性格，选取社会上主要事件，结合几个性质相同的性格的特点揉成典型人物，这样我也许可以写出许多历史家忘记了写的那部历史，就是说风俗史。”（舒聪选编：《中外作家谈创作》，山西人民出版社 1980 年版，第 8 页）

② 《列宁全集》第 20 卷，中共中央马克思恩格斯列宁斯大林著作编译局编译，人民出版社 1989 年版，第 71 页。

③ ［德］马克思：《〈政治经济学批判〉导言》，《马克思恩格斯选集》第 2 卷，中共中央马克思恩格斯列宁斯大林著作编译局编译，人民出版社 1995 年版，第 10 页。

④ ［德］马克思：《〈政治经济学批判〉导言》，《马克思恩格斯选集》第 2 卷，中共中央马克思恩格斯列宁斯大林著作编译局编译，人民出版社 1995 年版，第 10 页。

"艺术对象创造出懂得艺术和具有审美能力的大众，——任何其他产品也都是这样"①。从马克思的这些论述中，我们可以总结出这样几层意思：第一，作为精神生产的文艺创作，与物质生产一样，其生产主体与消费对象之间是双向创造的关系；第二，不仅只是消费的内容（如上文的"熟肉"与"生肉"），消费的形式（"用刀叉吃"还是"用手、指甲和牙齿啃"）也为对象创造着不同的主体，这就意味着在艺术创作中，不同的表现主题、不同的艺术表现形式都会对"对象"产生不同的影响，因此在艺术创作中，艺术家们不仅要时常丰富表现主题，还要时常更新表现形式；第三，生产主体与消费对象之间的双向创造关系，只有在消费这一过程中才能实现，从文艺的角度来说，文艺作品必须经过人民的阅读、鉴赏，其创造作用才能充分显示出来；第四，如果进一步解读，我们还会发现这样一个道理：既然这个"对象"的各项能力是逐步提升的，是在消费的过程当中被塑造出来的，那么文艺精品的推荐和阅读就是必须要谨慎对待的。正如歌德所说"靠观赏中等的作品是培养不出鉴赏力的，只有靠观赏最优秀的作品才能培养出鉴赏力"②。或许，这也正是马、恩对艺术性不高的文艺作品毫不留情地进行批判，而对有益的文艺作品毫不吝惜赞美之词的原因所在吧。正是"主体"和"对象"在通过文艺精品不断地被创造的过程中，完整的人被塑造出来。恩格斯曾说民间故事书"使农民在繁重的劳动之余，傍晚疲惫地回到家里时消遣解闷，振奋精神，得到慰藉，使他忘却劳累，把他那块贫瘠的田地变成芳香馥郁的花园；它的使命是把工匠的作坊和可怜的徒工的简陋阁楼变幻成诗的世界和金碧辉煌的宫殿，把他那身体粗壮的情人变成体态优美的公主"③。长期从事单一、重复、繁重的劳动的人是片面的人、异化的人，但是有了艺

① ［德］马克思：《〈政治经济学批判〉导言》，《马克思恩格斯选集》第 2 卷，中共中央马克思恩格斯列宁斯大林著作编译局编译，人民出版社 1995 年版，第 10 页。

② ［德］艾克曼：《歌德谈话录》，洪天富译，译林出版社 2002 年版，第 63 页。

③《马克思恩格斯全集》第 41 卷，中共中央马克思恩格斯列宁斯大林著作编译局编译，人民出版社 1982 年版，第 14 页。

术的加入，最大限度地防止人滑向单一和片面，人的“完整性”正被逐渐唤起。恩格斯在《知识界晨报》的投稿中有一篇《和文学的关系。音乐》的文章也说到过一个非常有趣的例子，不来梅是德国少有的几个有众多的合唱团，经常举行音乐会，演奏高品质的音乐的城市之一，这一努力带来了“一种良好的音乐鉴赏力几乎是完好地在这里保存下来了”①。不难推断，“经常举行音乐会”所以培养了“良好的音乐鉴赏力”，而“良好的音乐鉴赏力”又推动了更高品质的音乐会的举行。这一事例恰好证明了这一观点，这也就是马克思所说的，“如果你想得到艺术的享受，那你就必须是一个有艺术修养的人”。② 而一个个有较好的艺术修养的人，自然也会得到越来越高品质的艺术享受。正是在文学艺术之中，人的“有音乐感的耳朵”“能感受到形式美的眼睛”等感官感觉被一一唤醒，人重新确认了自身的本质力量，成为“富有的人”③，成为一个有完整的生命表现的人。文艺推动社会前进。如果说文艺在反映历史和现实，以及在塑造完整的人上所发挥的作用可以得到普遍认可的话，那么说文艺推动社会前进，可能就要受到质疑了。确实如此，以我们亲眼所见到的事实，文艺在改变社会、推动社会方面的作用，与政治、经济或宗教相比相差甚远，甚至都不值一提。车尔尼雪夫斯基就表述过这样一些观点：“既然在历史运动中文学居主导地位并不明显，那么它在事实上就不会在其中起主要的作用。”④

---

① 《马克思恩格斯全集》第41卷，中共中央马克思恩格斯列宁斯大林著作编译局编译，人民出版社1982年版，第181—182页。

② 《马克思恩格斯全集》第42卷，中共中央马克思恩格斯列宁斯大林著作编译局编译，人民出版社1979年版，第155页。

③ 见《马克思恩格斯全集》第42卷，中共中央马克思恩格斯列宁斯大林著作编译局编译，人民出版社1979年版，第129页。马克思谈道：“我们看到，富有的人和富有的人的需要代替了国民经济学上的富有和贫困。富有的人同时就是需要有完整的人的生命表现的人，在这样的人身上，他自己的实现表现为内在的必然性、表现为需要。不仅人的富有，而且人的贫困，在社会主义的前提下同样具有人的、因而是社会的意义。贫困是被动的纽带，它迫使人感觉到需要最大的财富即另一种人。因此，对象性的本质在我身上的统治，我的本质活动的感性的爆发，在这里是一种成为我的本质的活动的激情。”

④ ［俄］车尔尼雪夫斯基：《莱辛，他的时代，他的一生与活动》，《车尔尼雪夫斯基论文学》（中卷），辛未艾译，人民文学出版社1965年版，第260页。

“应当承认，在历史过程中文学的命运从来不会是完全并不重要，但是通常文学总是不会完全突出到可以值得特别注意的地步。的确，文学对人类生活的发展几乎只有次要的意义。”[①] “所谓文学自身对这个国家的历史发展却只有次要的意义。文学的地位几乎一直都是这样的，几乎在一切有历史的民族中都是这样的。”“文学变成历史发展的主要动力的，这是十分稀见的。”[②] 等等。尽管车尔尼雪夫斯基历数了各个国家各个历史时期文学的附庸地位，[③] 但还是找出了一个超出一般发展规律的特例——18 世纪末 19 世纪初的德国，他认为从莱辛开始到席勒逝世的 50 年间，“文学运动决定了欧洲最伟大的民族之一的发展，决定了从波罗的海到地中海，从莱茵河到奥得河之间的一个国家的将来”[④]。“只有文学跟无数的阻碍进行斗争，单独引着它前进。”[⑤] 并且，“在这五十年中间，文学给德国民族的持久幸福所完成的东西，比较其他一切社会力量给任何一个民族在一百年或者在两百年所完成的还要多”[⑥]。“文学使他们认识到民族的统一，激起他们关于法律以及荣

① ［俄］车尔尼雪夫斯基：《莱辛，他的时代，他的一生与活动》，《车尔尼雪夫斯基论文学》（中卷），辛未艾译，人民文学出版社 1965 年版，第 260 页。

② ［俄］车尔尼雪夫斯基：《莱辛，他的时代，他的一生与活动》，《车尔尼雪夫斯基论文学》（中卷），辛未艾译，人民文学出版社 1965 年版，第 261 页。

③ 见［俄］车尔尼雪夫斯基《莱辛，他的时代，他的一生与活动》，《车尔尼雪夫斯基论文学》（中卷），辛未艾译，人民文学出版社 1965 年版，第 260—261 页。他认为：“罗马的生活是依靠军事和政治斗争以及法律关系的规定而发展的；文学对罗马人来说，只是一种在政治活动之后的高尚的消遣。在意大利的黄金时代，当它已经拥有但丁、亚理奥斯托以及塔索之后，生活的基础也同样不是文学，而是政治党派之间的斗争和经济关系。是这些利害，而不是但丁的影响在他活着的时期以及在他去世后决定着他的祖国的命运。在英国，它夸耀自己拥有基督教世界的最伟大诗人以及一批在一切其他的欧洲国家的文坛里也许拼在一起也找不到这点数目的第一流作家，——但就在英国，民族的命运也从来不是取决于文学的，英国民族是受宗教、政治与经济的关系，议会的纷争与报纸上的争论所决定的：所谓文学自身对这个国家的历史发展却只有次要的意义。文学的地位几乎一直都是这样的，几乎在一切有历史的民族中都是这样的。”

④ ［俄］车尔尼雪夫斯基：《莱辛，他的时代，他的一生与活动》，《车尔尼雪夫斯基论文学》（中卷），辛未艾译，人民文学出版社 1965 年版，第 261 页。

⑤ ［俄］车尔尼雪夫斯基：《莱辛，他的时代，他的一生与活动》，《车尔尼雪夫斯基论文学》（中卷），辛未艾译，人民文学出版社 1965 年版，第 262 页。

⑥ ［俄］车尔尼雪夫斯基：《莱辛，他的时代，他的一生与活动》，《车尔尼雪夫斯基论文学》（中卷），辛未艾译，人民文学出版社 1965 年版，第 262 页。

誉的感情，在他们身上灌注坚毅的愿望，对自己的力量具有高贵的信心。”[①] 在车尔尼雪夫斯基看来，文艺改变社会、推动社会并不是一种普遍现象，而只能是个例、超出一般发展规律的特例。但需要注意的是，车尔尼雪夫斯基在文学对历史作用上的观点虽然非常审慎，但从“不会在其中起主要的作用”“只有次要的意义”等表述中可以看出，其对于文学在社会发展中的地位并不是极力否定的，只能说是比较保守的。对其保守的态度，笔者也是理解的。确实，文艺在推动社会前进方面的作用向来不是直来直去、暴风骤雨式的，其对推动社会前进作用的实现走的是一条揭示现实真相、激起人民改变和战斗的意念和宣传导向的作用，这些作用看似是间接性的，但是若没有文艺的参与，人民觉醒、社会前进的步伐可能落后很长时间，从这一点上来说，认为“文艺推动社会前进”并不是言过其实。恩格斯认为巴尔扎克“他看到了他心爱的贵族们灭亡的必然性，从而把他们描写成不配有更好命运的人”[②]。贵族阶级终将毁灭，资产阶级必然兴起，巴尔扎克在《人间喜剧》中揭示了这一现实真相，有了对现实真相的认识，行动就是水到渠成之事了。恩格斯还提到在西里西亚纺织区流行的《血腥的屠杀》的歌曲“这是一个勇敢的战斗的呼声。在这支歌中根本没有提到家庭、工厂、地区，相反地，无产阶级在这支歌中一下子就毫不含糊地、尖锐地、直截了当地、威风凛凛地厉声宣布，它反对私有制社会”[③]。马克思也认为，欧仁·苏的著名小说《巴黎的秘密》“以显明的笔调描写了大城市的‘下层等级’所遭受的贫困和道德败坏，这种笔调不能不使社会关注所有无产者的状况”[④]。通过揭示真相，引起

---

① ［俄］车尔尼雪夫斯基：《莱辛，他的时代，他的一生与活动》，《车尔尼雪夫斯基论文学》（中卷），辛未艾译，人民文学出版社 1965 年版，第 262 页。

② 《马克思恩格斯全集》第 37 卷，中共中央马克思恩格斯列宁斯大林著作编译局编译，人民出版社 1971 年版，第 42 页。

③ 《马克思恩格斯全集》第 1 卷，中共中央马克思恩格斯列宁斯大林著作编译局编译，人民出版社 1956 年版，第 483 页。

④ 《马克思恩格斯全集》第 1 卷，中共中央马克思恩格斯列宁斯大林著作编译局编译，人民出版社 1956 年版，第 594 页。

人民对现存秩序的思考，这也正是文艺的使命之一，如恩格斯认为，“如果一部具有社会主义倾向的小说通过对现实关系的真实描写，来打破关于这些关系的流行的传统幻想，动摇资产阶级世界的乐观主义，不可避免地引起对于现存事物的永世长存的怀疑，那末，即使作者没有直接提出任何解决办法，甚至作者有时并没有明确地表明自己的立场，但我认为这部小说也完全完成了自己的使命”①。同时，文艺在革命宣传方面也起着巨大的作用，一首诗、一首歌、一首曲子或一部电影远比单纯的“口号”更让人心潮澎湃，正如恩格斯所说的德国画家许布纳尔的画作《西里西亚织工》“从宣传社会主义这个角度来看，这幅画所起的作用要比一百本小册子大得多”②。到了列宁那里，文学则直接成为革命事业的一部分，“写作事业应当成为整个无产阶级事业的一部分，成为由整个工人阶级的整个觉悟的先锋队所开动的一部巨大的社会民主主义机器的‘齿轮和螺丝钉’”③。毛泽东则在文艺座谈会上的讲话时一开始就提出，关于会议的目的，是“研究文艺工作和一般革命工作的关系，求得革命文艺的正确发展，求得革命文艺对其他革命工作的更好的协助，借以打倒我们民族的敌人，完成民族解放的任务”④。并把文化战线和军事战线放在同样的位置。

三　新时代中国特色社会主义的文艺功能论

习近平有关文艺的系列观点是马克思主义文艺理论中国化的最新成果。习近平是马克思主义的坚定信仰者，他曾指出：“实际工作中，在有的领域中马克思主义被边缘化、空泛化、标签化，在一些学科中

① 《马克思恩格斯全集》第 36 卷，中共中央马克思恩格斯列宁斯大林著作编译局编译，人民出版社 1975 年版，第 385 页。

② 《马克思恩格斯全集》第 2 卷，中共中央马克思恩格斯列宁斯大林著作编译局编译，人民出版社 1957 年版，第 589 页。

③ 《列宁全集》第 12 卷，人民出版社 1987 年版，第 93 页。

④ 《毛泽东著作选编》，中共中央党校出版社 2002 年版，第 226 页。

'失语'、教材中'失踪'、论坛上'失声'。这种状况必须引起我们高度重视。"① 习近平有关文艺工作的系列思想观念是根据马克思主义的基本原理和立场、观点、方法，继承和发展了马列主义文艺思想、毛泽东文艺思想，结合社会主义文艺的特殊情况，在总结我国各个时期文艺发展成败的基础上，提出的新思想、新原则，是马克思主义文艺思想在21世纪的又一最新成果。

习近平有关文艺的系列论述中涉及文艺本质论、文艺功能论、文艺发展论、文艺方法论、文艺批评论、文艺创作主体论等诸多思想内容，其中，他提出的："文艺是时代前进的号角，最能代表一个时代的风貌，最能引领一个时代的风气。""实现'两个一百年'奋斗目标、实现中华民族伟大复兴的中国梦，文艺的作用不可替代，文艺工作者大有可为。""以文化人，更能凝结心灵；以艺通心，更易沟通世界"以及"文艺事业是党和人民的重要事业，文艺战线是党和人民的重要战线"等有关新时代文艺社会功能的论述，是文艺功能论在新时代的新表述和新发展。这些观点既有结合新时代的社会环境、文艺生态做出的新判断、新要求，也有对于中国传统文艺功能论和马克思主义文艺功能论的继承、创新和发展，厘清并辨析习近平新时代文艺功能论的要义和内涵，对于指导当前我国文艺创作以及建设文化强国都有重要的理论价值与现实意义。

（一）文艺引领一个时代的风气

2014年10月15日，习近平《在文艺工作座谈会上的讲话》中郑重提出："文艺是时代前进的号角，最能代表一个时代的风貌，最能引领一个时代的风气"②，这句话重点强调了文艺与时代的两个关系，一个是"代表时代"，一个是"引领时代"。确实如此，我们对一个个时代最鲜活的记忆，就是通过一个个响当当的名字，在这些响当当的名号中，文学家和他们的作品因最易流传和使人接受而最广为人知，

① 习近平：《在哲学社会科学工作座谈会上的讲话》，《人民日报》2016年5月17日。

② 习近平：《在文艺工作座谈会上的讲话》，人民出版社2015年版，第5页。

但丁的时代、莎士比亚的时代、先秦诸子的时代、李白的时代……不得不说，这些名字赋予了这些时代温度，它不仅比冷冰冰的公元数字更能激起人们对于历史的记忆，更为重要的是，透过这些名字我们更能感受到那个时代曾经具有的气氛、精神和力量。在那些时代，这些文学家们用自己独特的文字吹奏着时代的最强音，引人注目、启人心智，他们是时代的代表，是时代的引领者。

其实，习近平对于文艺与时代关系的论述，不仅是对于既有文艺现象的简单总结，同时也是对当下文艺工作的要求和希望——号召文艺工作者以其优秀作品参与到时代建设之中，唱响新时代的主旋律、展现新时代的新风貌、创造新时代的新生活。为了这一目标的实现，习近平还提出了一系列方法论上的指导。第一，文艺要纠正时代的不良风气。很长时间以来，社会上鼓吹、宣扬消费主义、拜金主义、利己主义的行为和思潮大行其道，在文艺创作上，“‘去思想化’‘去价值化’‘去历史化’‘去中国化’‘去主流化’”[①] 的文艺作品充斥着国内的文艺环境，人们的道德观念在逐步沉沦，而本应承担起监督、警示作用的文艺也深陷其中而不自知，甚至还起着推波助澜的作用，这无疑是灾难性的，正如习近平所说“这方面的问题如果得不到有效解决，改革开放和社会主义现代化建设就难以顺利推进”[②]。因此，文艺工作者必须首先意识到文艺理应具备的纠偏除弊的责任，通过作品告诉人们什么是好的审美追求，什么是粗俗的感官享乐，什么是值得鼓励的人生追求，什么是需要警惕的精神堕落，这是新时代文艺工作者的使命，也是文艺发挥其时代引领作用的第一步。第二，文艺创作要融入社会主义核心价值观。告诉了人们什么是应该摒弃的，同时应该告诉人们什么是应该坚守和追随的。社会主义核心价值观是我们中华民族美好精神品质的高度浓缩，是当代中国人民屹立在世界人群中最独特的精神标识，是新时代的精神符号，文艺要发挥引领时代风气的

① 习近平：《在文艺工作座谈会上的讲话》，人民出版社 2015 年版，第 25 页。
② 习近平：《在文艺工作座谈会上的讲话》，人民出版社 2015 年版，第 23 页。

作用，就要把弘扬社会主义核心价值观放在最为重要的位置。习近平要求“把社会主义核心价值观生动活泼、活灵活现地体现在文艺创作之中，用栩栩如生的作品形象告诉人们什么是应该肯定和赞扬的，什么是必须反对和否定的，做到春风化雨、润物无声”①。明确的价值取向是文艺作品发挥力量的基础，社会主义核心价值观应该成为新时代文艺创作的精神源泉。第三，文艺要描绘时代的大变革。在正确的思想价值引领之下，文艺应该最全面、最生动地描绘出属于这个时代的伟大变革，不仅让当代的人民从中感受到时代的生机和活力，给人以振奋的力量，更是要留给子孙后代用之不竭的智慧和实践经验宝库。正如习近平所言，文艺应该“从时代之变、中国之进、人民之呼中提炼主题、萃取题材，展现中华历史之美、山河之美、文化之美，抒写中国人民奋斗之志、创造之力、发展之果，全方位全景式展现新时代的精神气象”②。在当下时代——中国经济的腾飞发展、中国体育健儿的扬眉吐气、中国航空航天事业的空前突破、中国抗击新冠肺炎疫情的重大成就、脱贫攻坚战的决定性胜利等，有太多太多的时代大事值得广大文艺工作者为之倾注心血、热情抒写。

总之，习近平认为，文艺作品应该反映时代风貌、引领时代风气，文艺工作者应该成为时代风气的“先觉者、先行者、先倡者”③，通过文艺书写和记录人民的伟大实践、时代的伟大进步、团结和鼓舞所有中华儿女迈向未来，这是文艺的时代使命，也是文艺参与时代建设的重要维度。

（二）文艺助力文化强国建设，实现中华民族伟大复兴

在多次有关文艺的讲话中，习近平都将文艺放置在建设文化强国、实现中华民族伟大复兴的工作全局中，对文艺工作和文艺工作者寄予

① 习近平：《在文艺工作座谈会上的讲话》，人民出版社2015年版，第23页。

② 习近平：《在中国文联十一大、中国作协十大开幕式上的讲话》，人民出版社2021年版，第7页。

③ 习近平：《在文艺工作座谈会上的讲话》，人民出版社2015年版，第6页。

了强烈的希望。《在中国文联十一大、中国作协十大开幕式上的讲话》中，习近平提出：“文化兴则国家兴，文化强则民族强。当代中国，江山壮丽，人民豪迈，前程远大。时代为我国文艺繁荣发展提供了前所未有的广阔舞台。推动社会主义文艺繁荣发展、建设社会主义文化强国，广大文艺工作者义不容辞、重任在肩、大有作为。”①《在文艺工作座谈会上的讲话》中，习近平也曾指出：“实现‘两个一百年’奋斗目标、实现中华民族伟大复兴的中国梦，文艺的作用不可替代，文艺工作者大有可为。”② 从这两段话中我们可以看出，第一，给予了文艺工作更重要的地位和更多的责任。文艺不只是以一定的文学形象反映社会生活，使人获得娱乐、启示和教育，更重要的是治国理政的一种方式。第二，文艺在文化强国建设和中华民族复兴的伟大事业中，不只是一种手段，更是最终目的，正如习近平所说：“没有中华文化繁荣兴盛，就没有中华民族伟大复兴。”③ 新时期以来，我们对文艺的地位有过多种不同的提法，其中，文艺工作是“建设高度发展的社会主义精神文明”④ 的重要力量，“社会主义文艺是一条重要的战线”⑤是最为人熟悉的一种提法，中国文联第八次全国代表大会中国作协第七次全国代表大会提出“文艺工作，是党和人民事业的重要组成部分”⑥，再到当下的“文艺事业是党和人民的重要事业，文艺战线是党和人民的重要战线”⑦，从表述上的变化中可以体会到，文艺工作不再是一种手段，而是实现其他更为重要的事业的途径和方法，其本身就是一项重要事业，是最终的目的。

---

① 习近平：《在中国文联十一大、中国作协十大开幕式上的讲话》，人民出版社 2021 年版，第 4 页。

② 习近平：《在文艺工作座谈会上的讲话》，人民出版社 2015 年版，第 6 页。

③ 习近平：《在文艺工作座谈会上的讲话》，人民出版社 2015 年版，第 5 页。

④ 邓小平：《邓小平文选》第 2 卷，人民出版社 1994 年版，第 209 页。

⑤ 江泽民：《在中国文联第六次全国代表大会中国作协第五次全国代表大会上的讲话》，《中国戏剧》1997 年第 1 期。

⑥ 胡锦涛：《在中国文联第八次全国代表大会中国作协第七次全国代表大会上的讲话》，人民出版社 2006 年版，第 1 页。

⑦ 习近平：《在文艺工作座谈会上的讲话》，人民出版社 2015 年版，第 1 页。

要实现文艺在助力文化强国建设、实现中华民族伟大复兴中的重要作用，习近平还提醒文艺工作者应该做到以下几点。首先，文艺工作者要转变身份，不仅做记录者、书写者，更要做建设者、改革者。正如习近平提出的“广大文艺工作者要深刻把握民族复兴的时代主题，把人生追求、艺术生命同国家前途、民族命运、人民愿望紧密结合起来”，文艺工作者们要转变观念，文艺事业不仅是个人的事业，更是国家的事业、民族的事业，只有明白了这一点，文艺创作才能走出自娱自乐的小天地，承担起更为宏大的历史使命。其次，文化强国之强最终体现在精神力量之强上，因此文艺要弘扬中国精神、凝聚中国力量。“没有先进文化的积极引领，没有人民精神世界的极大丰富，没有民族精神力量的不断增强，一个国家、一个民族不可能屹立于世界民族之林。”[①] 确实如此，没有强大精神力量的民族就犹如没有精气神的个体，无法战斗、无法强大，甚至不能站立。由这些论述可以看出，民族事业的强大与兴盛，最终还要回归到每一个个体精神的强大上，只有一个个焕发着强大精神力量的人民才能最终推动民族复兴大业的实现。弘扬中国精神、凝聚中国力量，这些使命在当下的语境中来看，对于文艺工作者来说似乎是遥远的、艰巨的，但其实一直是其天然的职业使命，中国古代文艺思想中的“诗言志”“风教说”“文以明道”，到梁启超提出的小说具有“熏、浸、刺、提”四种力，再到鲁迅的“文艺是国民精神所发的火光，同时也是引导国民精神的前途的灯火”[②]，这些对于文艺事业的要求，一直是历代的文人所追随的，只不过在近几十年的文艺环境中被忽略了。最后，文艺工作者还要紧跟时代发展，激活创造活力。文化强国建设并不是一味地埋头苦干不看前路，民族复兴之“复”也不是回到历史的某个兴盛点，抱着祖宗的大腿沾沾自喜，一切都需要我们顺应时代继续向前。党的十八大强调指出：“建设社会主义文化强国，关键是增强全民族文化创造

---

① 习近平：《在文艺工作座谈会上的讲话》，人民出版社 2015 年版，第 5 页。

② 鲁迅：《论睁了眼看》，《鲁迅全集》第 1 卷，人民文学出版社 1958 年版，第 332 页。

活力。”[①] 文艺工作身处其中也不能例外，文艺创新应该成为全民族文化创新的核心力量。当下社会变化之快，用“日异月殊”来形容一点都不为过，文艺工作者也不能故步自封，对于这个变化的时代，要迎头赶上，“要正确运用新的技术、新的手段，激发创意灵感、丰富文化内涵、表达思想情感，使文艺创作呈现更有内涵、更有潜力的新境界”[②]。在21世纪之初，受西方思潮的影响，国内文学界也跟着喊出了“文学终结”“文学已死”的口号，并为了文学前途未卜的命运忧心忡忡。其实，文学创作不能融入社会、不被重视的根本原因在于陈旧的内容和形式不被年轻人接受，“互联网”“大数据”“人工智能”这些新科技都可以与文学互融互通，生发出新的艺术生命。网络文学的兴盛已经给我们做出了很好的榜样，在最近几年，文学与网络游戏、文学与“剧本杀”游戏正在慢慢融合，受到了青年人的追捧，在未来，文学也将在当下正被热议的“元宇宙”中寻找到自身不可缺席的一席之地，这一定是毋庸置疑的。“夫设文之体有常，变文之数无方”[③]，只有创新是文艺永恒的生命。文艺工作者所要做的，就是放下傲慢与偏见，走进火热的社会中去，追随奔跑的时代列车，激活文艺新的生命。

（三）以艺通心，沟通世界

把文艺工作放在更为宏大的世界大格局中，强调文艺在沟通世界、建构人类命运共同体中的作用，这是习近平关于文艺功能的一个极具创新性的观点。这一观点的提出，是有着急迫的现实背景的。在2013年的全国宣传思想工作会议上，习近平曾经谈到，在中国经济快速发展和社会长期稳定的大好势头下，“西方仍然在‘唱衰’中国。国际舆论格局是西强我弱，西方主要媒体左右着世界舆论，我们往往有理

---

① 胡锦涛：《坚定不移沿着中国特色社会主义道路前进　为全面建成小康社会而奋斗——在中国共产党第十八次全国代表大会上的报告》，人民出版社2012年版，第31页。

② 习近平：《在中国文联十一大、中国作协十大开幕式上的讲话》，人民出版社2021年版，第12页。

③ （南朝梁）刘勰著，郭晋稀注译：《文心雕龙》，岳麓书社2004年版，第288页。

说不出，或者说了传不开。这个问题要下大气力加以解决”①。那么，应该如何解决这一问题？2014 年，《在文艺工作座谈会上的讲话》中习近平郑重提出：“文艺工作者要讲好中国故事、传播好中国声音、阐发中国精神、展现中国风貌，让外国民众通过欣赏中国作家艺术家的作品来深化对中国的认识、增进对中国的了解。要向世界宣传推介我国优秀文化艺术，让国外民众在审美过程中感受魅力，加深对中华文化的认识和理解。”② 这样，文艺工作——特别是“讲好中国故事”就不仅是处理解决国内各种事务的重要方式，同时也成为处理国际事务、展示国家形象的重要方式。2016 年，习近平在党的新闻舆论工作座谈会上又提出了讲好中国故事的具体内容：“讲故事，是国际传播的最佳方式。要讲好中国特色社会主义的故事，讲好中国梦的故事，讲好中国人的故事，讲好中华优秀文化的故事，讲好中国和平发展的故事。”③ 通过讲好这五大方面的故事，减少外国社会对中国的误解，让“中国威胁论”“中国崩溃论”不攻自灭，实现中国形象由“他塑”到“自塑”的转变，弥补中国“硬实力”和“软实力”之间的落差。其实，习近平对于文艺在世界格局中所能发挥的作用，并不仅仅局限于展示中国形象上，而是有着更为高远的追求。“让目光再广大一些、再深远一些，向着人类最先进的方面注目，向着人类精神世界的最深处探寻，同时直面当下中国人民的生存现实，创造出丰富多样的中国故事、中国形象、中国旋律，为世界贡献特殊的声响和色彩、展现特殊的诗情和意境。”④《在中国文联十一大、中国作协十大开幕式上的讲话》中，习近平总书记再次讲道：“以文化人，更能凝结心灵；以艺通心，更易沟通世界。广大文艺工作者要立足中国大地，讲好中国

① 中共中央文献研究室编：《习近平关于社会主义文化建设论述摘编》，中央文献出版社 2017 年版，第 197 页。

② 习近平：《在文艺工作座谈会上的讲话》，人民出版社 2015 年版，第 15 页。

③ 中共中央文献研究室编：《习近平关于社会主义文化建设论述摘编》，中央文献出版社 2017 年版，第 212 页。

④ 习近平：《在中国文联十大、中国作协九大开幕式上的讲话》，《人民日报》2016 年 12 月 1 日。

故事，以更为深邃的视野、更为博大的胸怀、更为自信的态度，择取最能代表中国变革和中国精神的题材，进行艺术表现，塑造更多为世界所认知的中华文化形象，努力展示一个生动立体的中国，为推动构建人类命运共同体谱写新篇章。”① 从这些话语中我们可以体会到，文艺已经超越某些实用性的目的，而成为人类精神可以诗意栖居之所。习近平对于文艺的这一期许，与其在党的十九大报告中所谈到的“以文明交流超越文明隔阂、文明互鉴超越文明冲突、文明共存超越文明优越”② 的情怀是一致的，最终是要“以艺通心，沟通世界”，用文艺这一全世界共通的语言、全人类最易于接受的方式，实现文明的沟通、互鉴、共存。

其实，并不存在一部专门用来沟通世界的文艺作品，所有的文艺精品都是可以被全世界人民共享的，因此这一目标的实现，最终还是要落实到脚踏实地的文艺精品的涌现和文艺形式的创新上来。毫无疑问，这一路途无疑是漫长的，但又是充满希望的，是文艺工作的最终归宿。广大文艺工作者应该有以下几个方面的意识。首先，要坚定文化自信，深耕民族文化传统进行文艺创作。习近平强调：“在中外文化沟通交流中，我们要保持对自身文化的自信、耐力、定力。桃李不言，下自成蹊。大音希声，大象无形。潜移默化，滴水穿石。只要我们加强交流，持之以恒，偏见和误解就会消于无形。”③ 没有文化自信的民族是没有未来的。在很长的一段时间里，我们否认我们的文化成就，一直试图向外寻找出路，从洋务运动到戊戌维新到五四新文化运动，再到20世纪的向欧洲学习、向苏联学习、向美国学习，换来的却是民族文化的大衰落。就在当下，我们每一个人的身边，层出不穷的

① 习近平：《在中国文联十一大、中国作协十大开幕式上的讲话》，人民出版社2021年版，第13页。

② 习近平：《决胜全面建成小康社会　夺取新时代中国特色社会主义伟大胜利》，《习近平谈治国理政》第三卷，外文出版社2020年版，第46页。

③ 中共中央文献研究室编：《习近平关于社会主义文化建设论述摘编》，中央文献出版社2017年版，第205页。

“维也纳森林”“罗马家园”“希尔顿小镇”“威尼斯水城”“加州阳光”等洋名还充斥着国内的住宅小区，这一现象甚至令来中国旅游的外国人深感不解。一味的趋同不仅换不来认同，最终还丢失了自己。当下，我们已经认识到这一问题的严重性，由“全盘西化”开始转向寻找自身文化的魅力。文艺工作者也应该意识到这一点，在文艺创作上，必须要抛弃一度在国内文艺界流传的西方的就是国际、现代、前卫、创新的观念，中国传统的就是僵化、落后、保守、丑陋的观念，深入我们民族传统文化中去开掘艺术的种子。2021 年 2 月 2 日，吉尼斯世界纪录官方微博宣布，中国短视频博主李子柒以 1410 万人次的 YouTube 订阅量刷新了她之前创下的 1140 万人次的订阅量，被列入《吉尼斯世界纪录大全（2021）》。李子柒的短视频在国内外的成功让很多人都在思考“李子柒凭啥这么火？”这背后确实有科学技术的加力、传播方式的精心设计等，但最根本的原因，还在于这些短视频对于中华传统文化之美的挖掘和呈现：“北方有佳人，绝世而独立”的人物之美、“绿树村边合，青山郭外斜”的自然环境之美、“渡头余落日，墟里上孤烟”的日常生活之美、“梅子金黄杏子肥，麦花雪白菜花稀”的田园劳作之美、“人间有味是清欢”的饮食之美以及“日出而作，日入而息。凿井而饮，耕田而食。帝力于我何有哉”的中华民族自食其力的德行之美等。外国人对于李子柒短视频的认可，根本上是对于中华传统文化的认可。事实再次证明，越是民族的越是世界的。

另外，要有开放包容的大格局，寻找能引起世界共鸣的共同价值追求。强调要有文化自信，但也不是自说自话地讲述中国故事，不管别人是否能够接受。文化自信不仅是对于过往历史的自信，更是对于未来的自信，相信我们的文化和价值观念能够为全世界、全人类的进步提供经验借鉴。这就给文艺工作者提出了更高远的要求：不仅要讲，更要讲好，不仅要讲好，更要能被别人接受，因此，学习借鉴国外的艺术形式，拓展自我的艺术表达方式，寻找能被全世界人民接受的共同价值追求，也是实现文艺沟通世界的应有之义。在这方面，党的历代领导人做出了很好的榜样。1935 年，中央红军经过二万五千里长征，到达西北革命根据地，此后延安和陕甘宁边区成为中国人民抗日战争的领导中心。但是，延安这片土地对于当时的西方人来说是不了解的，甚至存在很多的妖魔化说法，“在世界各国，恐怕没有比红色中国的情况是更大的谜，更混乱的传说了”①。1936 年，美国记者埃德加·斯诺进入延安进行采访，毛泽东抓住了这个机遇，与斯诺彻夜长谈，详细地讲述了自己的身世和成长经历、中国革命的原因和目的等。1937 年，斯诺 30 万字的长篇报告文学《红星照耀中国》出版（后被译为《西行漫记》），其中写道“还有毛泽东、彭德怀等人所作的长篇谈话，用春水一般清澈的言辞，解释中国革命的原因和目的。还有几十篇和无名的红色战士、农民、工人、知识分子所作的对话，从这些对话里面，读者可以约略窥知使他们成为不可征服的那种精神，那种力量，那种欲望，那种热情。——凡是这些，断不是一个作家所能创造出来的。这些是人类历史本身的丰富而灿烂的精华”②。斯诺之后，又有一些外国记者、作家相继来到延安，毛泽东等党的领导人正是通过讲述中国革命的故事获得了外界的理解，而这些故事之所以能引起人们的共鸣，正是中国共产党人在故事中所呈现的那种不可征服的精神和力量是“人类历史本身的丰富而灿烂的精华”。与之相似，1954 年，中国代表团受邀参加日内瓦会议，这是中华人民共和国成立后第一次参加大型国际会议，如何通过这次会议让世界认识刚刚成立的中华人民共和国成为一个非常重要的问题。经过国家领导人的商议，最终决定在会议间隙邀请各国代表观看新中国第一部彩色电影《梁山伯与祝英台》，为了激发外国代表的兴趣，周恩来将之介绍为“中国的罗密欧与朱丽叶”，通过“爱情的珍贵”这一全世界人民共有的价值理念，激起了大家的观赏兴趣，获得了文化上的认同，将新中国的形

① ［美］埃德加·斯诺：《西行漫记》，董乐山译，解放军文艺出版社 2002 年版，第 1 页。
② ［美］埃德加·斯诺：《西行漫记》，董乐山译，解放军文艺出版社 2002 年版，第 7 页。

象很好地展示了出来。同样，习近平也特别注重讲故事的方式，在很多的外交场合都通过讲述两国故事的方式拉近了中外的心理距离。例如，2013 年 3 月 23 日，习近平在俄罗斯莫科斯国际关系学院发表演讲时讲道："国之交在于民相亲。抗日战争时期，苏联飞行大队长库里申科来华同中国人民并肩作战，他动情地说：'我像体验我的祖国的灾难一样，体验着中国劳动人民正在遭受的灾难。'他英勇牺牲在中国大地上。中国人民没有忘记这位英雄，一对普通的中国母子已为他守陵半个多世纪。"① 习近平通过苏联人民曾经帮助中国人民作战，而中国人民始终铭记这份恩情的故事，一方面拉近了中俄人民的关系，同时也把中国人民以德报德的美好品质展现了出来，而故事中所传达出来的"互帮互助""以德报德"的美好价值观念，也是很容易被全世界人民所认可和引发共鸣的。因此，如何在立足文化传统的同时，"把目光投向世界、投向未来"，创作出"反映全人类共同价值追求"的文艺精品，这是我们的文艺工作者需要重点努力的方向。

结　语

文艺的功能是文艺活动的一个本源性问题，它关乎文艺"创作什么"和"如何创作"等根本性问题。相较于我们通常认知中文艺具有的教育、娱乐、审美等功能，习近平提出的新时代文艺要"引领一个时代的风气""助力文化强国，实现民族复兴""以艺通心，沟通世界"三项功能更加具有时代性、针对性和现实性，这是由我国当下社会经济发展水平和国际影响力的实际情况所决定的，体现了文艺在进入新时代之后，必然要面向世界、面向未来的更为高远的视野和格局。同时应该明确的是，新时代文艺功能的这三个方面是逐步递进的关系，从时代的到民族的，再到世界的，每一个更高功能的实现，都需要前一功能的有力铺垫，如层层向上的阶梯，只有步步提升才能不断前进，

① 习近平：《习近平谈治国理政》第一卷，外文出版社 2018 年版，第 276 页。

最终建构起新时代我国文艺功能论的理论大厦。当然，新时代文艺功能论的这三项内容又是并列而平行展开的，引领时代风气、助力文化强国和民族复兴、以文艺沟通世界都是新时代文艺的基本功能。

最后需要说明的是，为了更好地实现新时代文艺的上述诸种功能，习近平还提出了一系列加强文艺工作管理和建设方面的政策和制度。如，关于优秀文艺人才队伍建设方面，他提出要“用事业激励人才，让人才成就事业，广泛组织动员各领域各层次各方面文艺工作者投身党的文艺”① 的思路；关于号召文艺团体和组织发挥好专业优势，对文艺工作做好教育引导方面，他提出“中国文联、中国作协要发挥文联、作协系统的组织优势，创新工作体系，做好对新的文艺组织和新的文艺群体的教育引导工作”② 的办法；在加强对文艺单位领导班子的管理和使用方面，他提出“要选好配强文艺单位领导班子，把政治过硬、德才兼备、熟悉文艺工作、能够同文艺工作者打成一片的干部放到领导岗位上来”③ 的原则；等等。除此之外，他还对加大对文艺创作的扶持力度、加强对马克思主义文艺理论和评论建设方面等工作给予了具体论述，这些措施和原则为新时代文艺社会功能的充分发挥和实现提供了强有力的理论支持和制度保障，增强了广大文艺工作者切实践行新时代文艺社会功能理论的决心和信心，为创作出更多优秀的文艺作品打下了坚实的理论基础和思想基础。

---

① 习近平：《在中国文联十一大、中国作协十大开幕式上的讲话》，人民出版社 2021 年版，第 17 页。

② 习近平：《在中国文联十一大、中国作协十大开幕式上的讲话》，人民出版社 2021 年版，第 17 页。

③ 习近平：《在中国文联十一大、中国作协十大开幕式上的讲话》，人民出版社 2021 年版，第 17 页。

第五章　文艺批评实践与个案

不得不说，所有理论存在的意义最终是为了能够有效地指导实践。在进行理论探讨的同时，深入文艺作品的肌理之中，尝试性地对作品进行解读，并以此检验理论的合理性及其价值和作用，也应是每一位理论研究者的重要工作之一。本章选取了一些影视作品和文学作品，从不同的角度进行了分析评论，一方面挖掘作品的艺术价值，同时也对当下文艺存在的问题、文艺理论建设应该努力的方向进行尝试性探讨。

第一节　地标建筑对城市形象的建构意义

——《鸟巢》对“鸟巢”的启示

2022 年国际冬季奥林匹克运动会、残疾人奥林匹克运动会在我国的成功召开，又一次将北京展现在世界面前，如何让世人在欣赏北京精致建筑的同时理解建筑背后的寓意，是一件重要的事情。借此契机，本文回顾了 2008 年的奥运主题电影《鸟巢》，解读了其中反映出的有关城市与乡村生存隐喻的二律背反，反思了“鸟巢”这个地标性建筑在构筑北京城市形象中的意义，提出“鸟巢”不应仅仅是北京走向世界的名片，更应该回归“鸟巢”意象的原始本义，成为北京能够给人们提供“诗意栖居”的精神象征。

建筑不仅是钢筋混凝土的无生命组合，还是一个城市的历史和文化记忆，影响着城市的精神和风貌。在 2008 年奥林匹克运动会（以下简称奥运会）之后，“鸟巢”这一地标性建筑成为北京走向世界的一张名片，但在对其国际形象价值的过度强调中却忽视了“鸟巢”这一意象的原始含义。2022 年冬奥会的申办成功，势必将北京又一次展现在世界面前。在此背景下，重温影片《鸟巢》，不仅让我们重新反思这一建筑在构筑北京城市形象中的重要意义，更为我们认识人与自然、乡村与都市的关系及生命的存在方式提供了启示。

电影《鸟巢》是中国第六代导演宁敬武制作的一部剧情片，于 2008 年 6 月 17 日在国内上映。不管是从片名还是从上映时间上都可以看出，这是一部为了迎接北京奥运会的应时之作，该片在当时广受好评，被认为是对 2008 年北京奥运会的三大主题之一——“绿色奥运”——的最好诠释。但笔者近观此片之后认为，该片不仅仅是一部宣传“奥运”主题的作品，其对于人与自然的认识、对乡村与都市的思考、对生命存在方式的探讨以及“鸟巢”这一地标性建筑对于北京城市精神的建构作用等方面，都有非常重要的启示意义。

《鸟巢》讲述的是贵州大山深处一个苗寨少年贾响马进京观看“鸟巢”的故事。正值放暑假的响马接到了远在北京打工的父亲的来信，信中提到了“我们建一个鸟巢，开运动会用的”这一信息，酷爱各种鸟类的响马想象不出父亲正在修建的“鸟巢”是什么样子，与他所熟悉的林子中的鸟巢有何不同，于是决定亲眼去看一看。然而经济拮据的母亲拿不出到北京的几百元路费，响马便召集同寨子的小伙伴们一起采草药、挖竹笋筹集路费，但收效甚微。一次偶然的机会，聪明的响马通过为县城举办的“米酒节”制作竹筒酒杯，赚到了去北京的路费，并在村人隆重的祝福仪式中踏上了旅程，最终亲眼看到了正在建设中的奥运会主场馆“鸟巢”，完成了自己和村里人的心愿。该片故事情节并不复杂，导演显然也无意于在“燃烧观众的脑细胞”这一点上取胜，简单的情节、清爽的叙事，都使这部影片更像一株清新脱俗的幽兰，散发着不易被捕捉到的淡淡清香，而似乎与“奥运会”这一重大的历史叙事无关。然而仔细分析后，我们可以发现，该片在艺术表现上，呈现出“‘绿色’对‘灰色’的向往”“‘故乡’对‘他乡’的召唤”一明一暗两条线索，这两条线索相互交织，又互释互逆，颇值得细细玩味。本文就从影片的这两条线索入手，并结合具体的故事情节，以探索影片背后的意义，思索“鸟巢”所传达出的文化内蕴及其对北京城市文化的精神启示。

一　“绿色”对“灰色”的向往

电影《鸟巢》由两种对比鲜明的色调组成。影片一开始，小主人公响马穿梭在一片苍翠欲滴的绿色丛林中，那里的树木、山水饱含着水分和诗意，透过屏幕映进观众的眼帘，再直直地流入人们的内心，让人顿时陶醉在一片翠绿之中。这是响马的生活环境，也是影片前20分钟的主色调。在响马萌发了要去北京看鸟巢的想法之后，他的足迹随着故事的进展开始慢慢地踏进县城，踏上火车，进入北京，直到来到他一心向往的“鸟巢”跟前。影片中的景物也由丛林中的泥泞小路、河流、树木慢慢转向都市中的水泥大道、高楼大厦以及人工痕迹鲜明的绿色隔离带，电影的色彩也逐渐由“绿色”转向“灰色”，直到天然的“绿色”被人工的“灰色”完全侵蚀、吞没。响马就在这种色彩的变换之中，完成了自己的北京之旅。

“绿色”向“灰色”的过渡和靠拢，是该影片比较明显的一条叙事线索。我们无意揣测导演在电影色调上的安排是否有意为之，但其中所展示的意义却颇值得我们细细探究。不管是在东方文化还是西方文化中，绿色都是自然、原始、感性、自由的象征，一如孕育响马生长的苗族山寨的生存状态。这个名为“岜沙”的山寨位于贵州省黔东南苗族侗族自治州从江县，寨子犹如陶渊明笔下的桃花源，生活在其中的人们保持着最古朴的生活方式——寨子中的男子们保留着战国时代的发髻，佩带腰刀，赤脚行走，人们身上穿的也是自织的黑色土布缝制的古朴服装。在这个几乎与世隔绝的山寨中，人们保持着和山川、大地以及自然界中的花草树木、飞禽走兽最原始、最和谐、最亲密的共存方式。生长在这个环境中的响马，自幼对于这片“绿色”有一种保护和敬畏之情，所以影片一开始，就是响马攀爬到几十米高的大树喂食鸟巢中刚刚破壳而出的小鸟的镜头，而在即将离开寨子去北京之前，响马也义无反顾地丢下手中的所有事情，只是为了和同伴们救治一只受伤的雕。同响马一样，生活在这个寨子中的人也都懂得如何从自然中获取维持生命的能量，同时更懂得回馈自然的馈赠，他们在这一片绿色之中自给自足、自娱自乐，真正实现了天人合一，与自然环境的和谐共处。

但是人与自然的这份和谐与安宁，正在被翻天覆地的城市进程慢慢消解，最先受到诱惑的，就是以响马的父亲为代表的外出打工的男人们，他们开始渐渐不满自己生长的这片一成不变的绿色，于是最先踏出了这片土地，向外寻找更好的生活。于是，他们来到了用钢筋混凝土浇筑起来的以“灰色”为主色调的现代都市，他们一边慢慢褪去了原本的“绿色品性”，一边积极地参与到“灰色都市”的建设之中，表现出了“绿色”向“灰色”的妥协与靠拢。可以说，响马不顾一切地要去北京看一眼“鸟巢”的心愿和行为，其实也是“绿色”对“灰色”无限向往的一种表现，特别是他为了凑足去北京的路费，忍痛典卖了爷爷留给他的心爱的小银壶，更是表现出了“绿色山村”对“灰色都市”的神往。与绿色的自然、原始、感性、自由等象征意义不同，灰色则代表着人工、现代、理性和秩序。在以北京为代表的这个现代“灰色都市”中，有着与苗乡山寨风格迥异的现代景观——宽阔的水泥马路、高耸入云的摩天大楼、各式各样的现代造型雕塑以及人工培育的花草树木。然而在这片主要用水泥浇筑起来的“灰色”城市中，埋藏着“响马们”对于未来生活的所有美好想象。所以，不管是在影片还是在现实社会中，越来越多的“响马们”和“响马的父亲们”渴望走出或正在走出曾经孕育自己的“绿色”乡村，迫不及待地想要踏进似乎充满了无限梦想的“灰色都市”。

二　“故乡”对“他乡”的召唤

在影片中，不管是寨子中的男人外出到城市打工，还是响马对于北京的向往，都表现出了以“绿色”为代表的原始乡村向以“灰色”为代表的现代都市的无限向往和积极靠拢，这也正是《鸟巢》这一影片比较明显的故事主线所在。另外，影片又无时无刻不在隐隐暗含着“故乡”对“他乡”的深情召唤，这条线索穿插、隐藏在主线之中，使影片的故事表现显得更加丰满而具有张力。

响马之所以能顺利地在母亲那里获得去北京的准许，除了编织了父亲的来信中“响马大了，不能光读书，到北京看看也行”的谎言，最主要的原因还在于母亲的一点小私心：让响马去北京把打工的父亲叫回来。于是临行之时，响马站在自家的阁楼上，背诵母亲让自己托付给父亲的话语：“打工是为什么？是为了挣钱！挣钱是为什么？是为了过好日子！那男人去打工离开了家，女人没有了丈夫，儿子没有了父亲，日子就像吃饭没有米、吃菜没有盐，就不是好日子！这样的日子有再多的钱也没有用，也不快乐！你不要打工了，回家吧！”在这个苗族妇女简单的思维中，没有哲学家们关于生存本质的深邃思考，但却在无意中道出了一种较高境界的生活态度与人生哲学。正如导演宁敬武所说，这些苗族人“对金钱和自然资源利用适可而止的克制态度，以及他们生活方式的高度艺术化，都是值得我们反思的”①。在现代社会中，幸福的生活被定义为拥有充裕的金钱、豪华的房子、高档的车子、奢侈的穿戴……但在这个朴素的苗族妇女眼中，如果“女人没有了丈夫，儿子没有了父亲”，即使有再多的金钱也不会是“好日子”。于是，在她心中，让响马去北京叫丈夫回家，远比响马看一眼

① 李彦：《电影〈鸟巢〉诠释绿色奥运》，《北京青年报》2008年8月13日。

鸟巢的梦想更为重要。从这一层面来看，“故乡”对“他乡”的召唤，就成为该片居于同样重要地位的另一条叙事线索。

远离故乡的人们在北京等大都市并不得意的生活状态，构成该影片召唤线索的一个印证和表现。这些远离家乡的城市游子们，怀揣从小就在内心种下的“北京种子”，始终把这个城市作为自己实现人生梦想和存在价值的舞台。但当他们满怀热情、风尘仆仆地来到这个城市后，却发现一切并不尽如人意，理想和现实之间的巨大差距，远比他们家乡的大山更难让人攀越。就像响马在去北京的途中结识的“艺术青年”，这个热爱画画的年轻人带着自己的艺术梦想到大都市打拼，但却不得不与城市现实相妥协，做了一个相对更能赚钱的“裱画工”，最终放弃了自己美好的当画家的梦想和初衷。从画家到裱画工，代表了许许多多城市追梦者的痛苦遭遇，以及现实生活对于他们人生轨迹的改造和改变，当然也教会他们更为理智和理性地生活。对于他们而言，城市可以为他们提供食物等基本的生活保障，但却难以成全他们怀揣的各种人生追求与梦想，在一定程度上有时城市甚至可能成为一些人丧失精神家园的“流放地”。在北京打工的响马的父亲就是如此，影片并没有涉及响马的父亲在北京的日常生活，但这个口口声声念叨钱的父亲显然让响马感觉到了陌生。虽然一度以父亲在北京为傲，但这个时候响马显然与母亲站在了同一条战线上，把让父亲回家看成他的首要任务。当然，响马的父亲其实也绝非对故乡无动于衷，影片中他对于家乡辣椒的迷恋，其实正暗示出他在“故乡”与“他乡”之间的纠结和徘徊，而“一家人在一起是团圆了，但吃什么啊?”就是他纠结和徘徊的原因所在。一个是可以挣钱养家的现代城市，一个是寄托情感与心灵的诗意故乡，两者的博弈或许会永远持续，但何去何从却很难有一个最终的答案。曾经的生活已经难以回头，新的生活尚未开始，在乡土文化与都市文明的矛盾冲突中，导演宁敬武站在乡村冷观城市，巧妙地安排了一条“故乡”对“他乡”的召唤线索，试图以此暗示生活的真正价值和意义，引发人们对于现代都市文明的反省和思考。

三 鸟巢对“鸟巢”的启示

一条是鲜明的乡土文明对都市文明的无限向往和积极靠拢的叙事线索，一条是相对隐蔽但用意明显的“故乡”对“他乡”召唤的叙事线索，两条线索一正一反在作品中呈现出一定的对抗性，而应该如何解决这个矛盾，不仅是影片抛给我们的一个问题，也是影片创作者试图解决的一个问题。实际上，在影片中，导演正是通过两个不同的鸟巢，给出了有关这个问题的答案。

这两个鸟巢，一个是搭在苗族山寨树上真正供鸟栖居的鸟巢，一个是建造在北京为开奥运会而准备的体育场馆——“鸟巢”。在2008年奥运会之后，提起“鸟巢”，人们最先想到的是北京的“鸟巢”，而很少联想到树上的鸟巢；在网络上搜索“鸟巢”，出现的新闻和图片也都是作为体育场馆的“鸟巢”。可以说，作为北京地标性建筑的“鸟巢”已经取代了鸟巢的原始意义，成为一个政治符号，一段文化记忆，而无关乎鸟类任何事情。虽然“鸟巢”的最初设计理念也取法自然，并体现出一定的人文关怀，但在奥运会之后，人们更重视的是这个建筑对于北京这个城市的国际形象价值，正如《三联生活周刊》对于“鸟巢”的介绍：“而鸟巢的8万个固定观众座位的重要任务与相邻的水立方同样，是在奥运会这个历史机遇中转变形象，拉动城市升级为国际大都市的步伐。”[①] 于是，“鸟巢”远离了其最初的设计理念，甚至也不再是单纯的体育赛事场地，而更多地成为代表北京走向世界、中华民族复兴的政治标志。在各类媒体的宣传片中，我们也总能看到代表北京形象的标志物从故宫、天安门、长城、胡同、四合院到鸟巢、水立方、CCTV大楼的展演过程。与其说这一展示反映了北京城市的历史发展及其代表性地标建筑越来越多，不如说“鸟巢”已

---

① 舒可文：《横空出世，大建筑》，《三联生活周刊》2007年第45期，总第459期。

然取代故宫等建筑曾经的辉煌，而成为北京作为国际化现代大都市的最新的典型名片。显然以“鸟巢”为代表的“新北京”已不再是费孝通所说的乡土化、道德化、礼仪化、依靠血缘和地缘维系的传统中国形象①，它逐渐褪去了自身的乡土性和传统性，而成为一个现代化、摩登化、国际化的世界都城。

北京走向世界，值得全体中国人为之振奋，但同样带给我们迷茫和疑惑，“我们是要规模和功能超大而全、繁华而紧张的城市，还是要有特色、有品位、舒适而高雅的城市呢?”② 就像影片《鸟巢》中所反映出的，北京这个正高速腾飞的城市，并没有成为身处其间的人们的精神乐园，反而让原本朴实的响马父亲日益物质化和庸俗化，甚至在一定程度上成为一些人精神的失乐园，为吸毒者和欺诈者提供了藏污纳垢的空间。那么北京的城市魅力究竟在哪里？它到底应该如何承受未来发展之重？那个搭建在苗族山寨大树上的鸟巢或许能带给我们些许启示。

人类是从巢居过渡到房屋定居的，传说中的有巢氏所在的时期就是先民经历的巢居时期。这也是为什么古人重视鸟巢，不厌其烦地将之写进诗歌中的原因所在。如“防有鹊巢，邛有旨苕。谁侜予美？心焉忉忉”（《诗经·陈风·防有鹊巢》)、“维鹊有巢，维鸠居之。之子于归，百两御之”（《诗经·召南·鹊巢》)、“胡马依北风，越鸟巢南枝”（《古诗十九首》)、“雁归知向暖，鸟巢解背风”（庾信《上益州上柱国赵王诗二》）等。在这些诗歌中，巢之于鸟就像家之于人，不仅能用来遮风挡雨，更是人们心灵的归居之地，它给予人的是一种安全感、温暖感。在影片中，响马精心呵护的那个鸟巢，就是人类内心一直珍藏的梦想家园，是能够让人们安逸生活、诗意栖居的场所。以

① 费孝通：《乡土中国》，生活·读书·新知三联书店1985年版。参见“乡土中国”“维系着私人的道德”“礼治秩序”“血缘和地缘”等篇目，分别在第1、29、48、71页。

② 吴文涛：《北京建设世界城市：能否承受未来发展之重》，《中国社会科学报》2010年12月9日。

此来看，作为北京地标性建筑的“鸟巢”，显然偏离了这个本义，而成为可以创造经济效益的商业场馆、北京作为国际都市对外展示和交流的符号，以及中国走向世界的最新标志。加之，国内外各类媒介对于“鸟巢”这一主题的宣传及其意识形态的重构，人们对于北京这个城市的认识和感知也就开始发生慢慢的变化。那些曾经最令人着迷的穿梭在胡同中骑自行车的青年、城墙根打太极的大爷、茶馆里悠闲的谈客都已渐渐淡出人们的视野，而留下更多的只是北京作为世界城市、国际都市、政治中心、交通中心、文化中心等这些冷冰冰的符号和术语。殊不知，北京城市的魅力，不仅在于从二环到六环城市建设上的日新月异，更在于生活在其中的人们能够获得精神上的自足与愉悦，能够享受到人生的诗性栖居，以及数百年来所留下的辉煌灿烂的北京文化精神。作为首都，北京应该给人们提供这些，应该为世界展示这些，应该为华夏大地上的每一座城市在文化上树立表率。

影片《鸟巢》给了我们重新反思“鸟巢”这个地标性建筑在构筑北京城市形象中的意义的契机，也为我们打开了反思生命、自然、人生价值、生存发展等的广阔空间。人应该怎样活着，城市应该如何建设，乡村应该如何发展，人与自然又该怎样相处，所有这些都让我们看到回归“鸟巢”本义的重要性。就像响马穿上鞋子来到北京这个城市，但在影片的结尾，当他参加长跑时，却又不自觉地脱掉了鞋子一样，如果说“穿上鞋子”意味着接受了城市的秩序和规范，那么“脱掉鞋子”则象征着重新回归于乡寨的古朴和自由。不管是“鸟巢”还是北京，或许都应该像响马一样，用心去感受和体验，适时地寻找和回归属于自己的精神之根。

2022 年冬奥会的成功召开，必将把北京又一次展现在世界面前，随之而来的可能还会有备受瞩目的体育场馆建设，如何让世人在欣赏北京一座座精致建筑的同时，领会建筑背后的寓意及其蕴含的北京城市精神，是一件比建筑本身更为重要的事情，这不仅是“鸟巢”的重任，更是需要我们立即始于足下、真真要抓起来的工作。

第二节　有心做大，无力回天
——《就是闹着玩的》的艺术创作

《就是闹着玩的》（以下简称《就是》）是由卢卫国执导的“中原乡村喜剧三部曲”中的第二部，于2012年大年初一正式在全国放映。虽然没有轰轰烈烈的广告宣传和商业炒作，这部影片还是在第一时间吸引了很多观众迫不及待地走进影院一睹为快，这也使得这部小成本的喜剧电影在上映仅三周时间，票房就突破了百万元。该片能够在竞争最为激烈的贺岁档电影中崭露头角，除了其新颖的故事、丰富的笑料外，在很大程度上得益于该“三部曲”中的第一部——《不是闹着玩的》放映以来所获得的良好口碑。《不是闹着玩的》（以下简称《不是》）是2010年3月上映的一部纯“河南制造”的本土爆笑电影，上映后影响巨大，被赞为“河南版”的《疯狂的石头》，创造了“小成本电影也有春天”的神话。《不是》由真实故事改编而成，主要讲述了农村电影放映员蔡有才为了使现在的孩子不忘历史，不忘国耻，带领全村人克服重重困难，最终成功拍摄《鬼子进村》的故事。

《就是》的影片内容在第一部的基础上发展而来，故事围绕获得成功的蔡有才为了圆朋友蔡宝强“上春晚”的梦想，决心要在村里举办一场农民自己的“村晚”而引发出的是是非非。相比第一部而言，《就是》采用了明星加盟和多线叙事的影视策略，但是，虽然有了更为耀眼的演员阵容和更为丰富多彩的故事内容，观影之后笔者却发现，不论是在故事的构思、情节的衔接或是笑料的安排上，《就是》都比“土得掉渣”的第一部逊色不少。以下笔者将通过对这两部作品的比较，分析《就是》的不足之处，同时就电影续拍问题提出一些自己的思考。

一　为笑而笑，缺乏真实

笑来自生活，喜剧的根基存在于现实生活之中，喜剧的生命就在于真实。果戈里曾经说过："到处隐藏着喜剧性，我们就生活在它当中，但却看不见它；可是，如果有一位艺术家把它移植到艺术中来，搬到舞台上来，我们就会自己对自己捧腹大笑，就会奇怪以前怎么竟没有注意到它。"① 很多时候，我们会对某个主人公所表现出的憨痴发笑，会对剧中的混乱喧闹场面发笑，但这只是一种浅层的笑，这种笑不会让我们回味，更不会触动我们的心灵。而那些真正令我们铭记于心，甚至已经过去了很长时间却仍不断品咂的笑，往往是从生活的深层挖掘出来的，这种笑让我们感到真实，没有被欺骗和愚弄的感觉，甚至从这种笑里我们看见了自己，窥见了人生的本质。因此，能否从生活中挖掘喜剧笑料，就成为判断喜剧艺术家成就高下的一个重要标准。

第一部《不是》深受观众的喜爱，得益于其非凡的"笑果"，而这"笑果"又来源于真实的生活。笔者认为，真实、清新、不恶搞、不做作、不矫情、不胡闹是它在喜剧效果上获得成功的主要原因。在该影片中，所有的"笑料"都仅仅围绕着"拍电影"时所出现的意想不到的困难和如何解决这些困难这条主线。不管是蔡有才、大头等为了拉到赞助而拼命减肥，还是在拍摄中日本鬼子和地下党的扮演者假戏真做打起了架，群众对出演"汉奸""日本鬼子"等角色的抗拒，或者用西瓜和萝卜刻出的地雷和手榴弹，等等，这些都是在拍摄过程中因为不专业可能出现的状况，所以让观众感到真实可信，从而发出源自内心的笑。而第二部《就是》虽然也能给观众带来笑声，但影片中的一些搞笑桥段和包袱有刻意设置、主观臆造的痕迹，违背了生活真实，显得有些不合情理。例如：宝强为了实现上春晚的梦想穿着蜘蛛侠的衣服站在房顶上高唱《忐忑》，有才和叶子因为游泳丢失了衣

① 段宝林编：《西方古典作家谈文艺创作》，春风文艺出版社1980年版，第410页。

服而身穿树叶在大街上暴露着奔跑，大头不知道什么是“海归”和“洗手间”而插科打诨，大妈们的合唱分不清该唱什么不该唱什么，一辆小轿车里能挤进几十个姑娘……这些剧情虽然也在一定程度上达到了“搞笑”的效果，具有一定的娱乐性，但仍染上了中国喜剧片的通病——为笑而笑，刻意追求笑料和噱头，而忘记了艺术的魅力必须来源于生活，因此有笑点而无内涵，经不住观众的品味。如果说《不是》较好地反映出了新时代农民健康的精神风貌，那么《就是》则又回到了农民装傻充愣、智商低下的原点，而这些“装疯卖傻”早已不是现实中农民的真实形象，而是为了纯粹“搞笑”而有意为之之作，是不符合生活真实的，因此在喜剧效果上也就逊色不少。

二　极尽讽刺，顾此失彼

作为一部喜剧片，能让观众在欣赏过程中酣畅淋漓地大笑，它的任务或许也就完成了，但《就是》显然不再满足于这样单纯的目的。该剧的制片人王彤称，影片绝不是一部单纯的搞笑片，而是笑中也有泪，乐中也有爱。为了达到这一目的，影片在“办村晚”这条主线上，串上了近年来的一系列社会热点问题，但由于编排上的不尽人意，这些流行元素的加入反而使整部影片因为过分嬉闹而部分地消解了主题的意义。

《就是》一片涉及的社会热点问题主要有：官僚作风问题、城管问题、大学生就业问题、农村政策问题、文艺审查问题、植入广告问题、全民选秀问题以及以非诚勿扰为代表的相亲节目问题等。这许多的社会热点互相穿插、纠缠、交错在一起，有些对于故事的主题起到了很好的承接作用，如由化肥厂、农药厂等赞助的蔡家庄“村晚”完全变成了广告秀，这一方面批判了当下社会商业对于艺术的挟制，另一方面也反映出在办“村晚”过程中所遭遇的困难，以及蔡有才宁肯不要赞助也不妥协于社会不良风气的淳朴心理等。这个社会热点问题是紧随“办村晚”的主题而设置的，对故事的发展有锦上添花的作用，因而是十分成功的。但是，另外一些元素却溢出了影片主题本身，只是为了达到讽刺的效果，并没有统一或整合进整部作品之中。例如王三平策划的“诚恳打扰”节目，明显是对当下火爆的“非诚勿扰”这类相亲节目的映射，讽刺的意义似乎有，但这个情节跟“办村晚”的主题没有多少关联，同时也没有制作出令人满意的“笑果”。《就是》第一次将农民“办村晚”这样的主题搬上荧屏，构思新颖，本可以拍成一部高质量的作品，但最终因为过于复杂的含混叙事与过多的讽刺内容而变得臃肿不堪。顾了“讽刺”之末，而失了“喜剧”之本，这也是该片的败笔之处。

三 人物转型，不伦不类

邀请明星加盟影片，以吸引更多的观众从而赚取更多的票房，是影视文化创收的重要手段。《就是》的制片方也未能免俗，在第一部《不是》名声大振的光环之下，一改全部是河南本土演员的乡土风格，转而起用了一些影视界的“名脸”。这些“名脸”的加入无形中为影片起到了很好的宣传造势作用，同时也使影片在视觉效果上显得更有了些“档次”。但是笔者认为，这种“档次”不仅破坏了影片浓郁的乡土气息，而且专为“名脸”们量身打造的故事情节也影响到了作品的完整性。

由“武林新秀”杨青倩扮演的叶子和著名相声演员王彤扮演的王三平其实是剧中的“多余人”，除了带给人们视觉上的新鲜感，对于整个剧情的发展并没有实际作用。叶子顶多算是有才身边一个可以做些辅助性工作的一般人，在影片中只是起了一个“养眼”的作用，而王三平在剧中的几次重要镜头——主持“诚恳打扰”，上厕所怕黑，在村中寻找清朝文物，等等，也都是为了制造喜剧效果的一个由头，并没有任何实质性的意义。另外，由相声演员岳云鹏扮演的蔡宝强虽然是本部影片中的线索性人物，然而他的存在也让人有些捉摸不定。宝强来到村里是为了彩排，从而上春晚，成名人，为母亲在城里买房子。也就是说，宝强梦想的落脚点是通过上春晚，赚足够的钱，在城里为母亲买房。但他的梦想却被有才偷偷地置换掉了，由“上春晚”改为“上村晚”，买房子的梦想也就随之被消解了。对于这样天壤之别的转换，蔡宝强是如何接受了，影片中对此未做任何交代，这显然不能令观众信服。不仅如此，对于“办村晚”的目的，这一关涉影片中心主题的重要内容，导演也同样存在着含混之处。其实就整部影片来看，不管是领导的重视，还是对全村人的发动，“村晚”的目的都不可能仅仅是为了完成某一个人的梦想。然而，影片以匆忙赶来的宝强的独唱结尾，似乎真的在告诉我们：这就是为了实现宝强的梦想而办的“村晚”，这就造成了该片在故事与主题内容上的自相矛盾。

四　续拍电影，路在何方

可以想见，《就是》是创作者在第一部电影获得成功的基础上，试图再创艺术精品的一部用心之作，用制片人的话就是：“我们都付出了全部的心思去琢磨怎样才能把《就是闹着玩的》拍得更好，更有诚意，让观众能够感受到我们是越拍越勇，而不是狗尾续貂。”[①] 显然，创作者们在第一部电影成功的基础上有了更高的目标，力图在演员、故事内容、社会内涵等各方面把影片做得更好，但他们却没有意识到，创作目标的改变同时意味着创作团队要有更严谨的创作态度和更高质量的创作技巧。然而令人遗憾的是，导演并没有处理好原有风格和创新元素的关系，使加入的新鲜元素类似混杂的“什锦拼盘”，同时也丢失了原有的清新和乡土风格，致使影片在最终的艺术效果上，和预期的目标相距甚远。

其实，这些缺陷并不仅仅存在于《就是》这一部影片中，近年来风行的续拍电影都存在着类似问题。如《叶问 2》被评为“创新不足”[②]，《非诚勿扰 2》被认为“语言过‘贫’，反而失去了前文本中的

---

① http://baike.baidu.com/view/6259124.htm.

② 唐宏峰：《叶问 2 民族激情的被观看与被化解》，《中国报道》2010 年第 6 期。

‘清纯’、‘淡雅’的品格”①，《窃听风云2》则被认为“格局宏大，实现打折”②。续拍电影的这种困境，虽然说与观众的审美疲劳和他们不断提高的审美需求有关，但更多的还是制片方自身的原因。他们或者是因为过分依赖第一部影片的影响和品牌优势，而放松了对续集故事的锤炼；或者是有了更高的目标，却缺少相应的创作技术和能力；或者是受到社会流行文化的影响，因有意迎合而丢失了原有的风格；或者是缺乏创新，一味重复而自拆台脚；等等。因此，究竟应该如何守护自身的独特个性又做到真正的创新，超越经典的同时又能带给观众“既熟悉又陌生”的艺术感觉，在思想性和艺术性上都能更进一步，对于国内续拍电影来说，恐怕还有很长的路要走。

第三节　明清小说中的北京语言文化研究
——以《儿女英雄传》等作品为例

在清代末期出现的《儿女英雄传》《小额》《春阿氏》三部小说，不仅以地道的北京方言土语进行创作，更因其保留了久远的故都北京记忆而具有更纯正、更浓郁的“京味儿”。本文将具体结合三部小说的语言现象和话语风格，一方面阐述它们在文字表达上的共同特征，另一方面则深入探寻其语言表达背后的北京文化“真精神”。对于语言现象的研究，看起来并没有诸如“风俗文化”“商业文化”“官场文化”之类宏大而神秘，但正因为它的日常化、生活化、随意化，才更能贴近北京城市文化和人文精神的内核和深处。因而笔者试图从北京人最俗常的日常用语入手，见出语言背后的精神风韵。

---

① 王俊秋、战迪：《电影续拍的价值有多少？——从〈非诚勿扰2〉看续拍的趋势》，《文艺争鸣》2011年第4期。

② 付宇：《格局宏大实现打折——电影〈窃听风云2〉的导演创作》，《电影艺术》2011年第6期。

一　早于“京味小说”概念的三部“京味”小说

20世纪80年代初期，学者们开始把一批描写北京民俗风情而又风格情调相似的小说作品冠以“京味小说”的称号，并由此开启了对“京味小说”的概念、代表作家、作品内涵、创作风格等一系列的研究工作。对于“京味小说”的概念，赵园在《北京：城与人》一书中认为，所谓的“京味”其实是“人所感受到的城的文化意味”①，它侧重于人对于文化的体验和感受，是一种风格现象而非流派。王一川则在此基础上进一步细化，把“京味”定义为表现出“地、事、风、话、性”五个方面要素的地缘文化景观，即再现故都北京城特有的地点景观；讲述发生在故都北京城的事件；描绘故都北京城的风俗民情；讲故都北京特有的语言；刻画生长在故都北京的人们的性格特征②。由是观之，在清代末期出现的三部小说，即《儿女英雄传》《小额》《春阿氏》不仅具有上述“京味”概念的所有特征，更因为其保留了更久远的故都北京记忆而具有更纯正、更浓郁的“京味儿”。

文康的《儿女英雄传》出版于光绪初年，这部非常典型的“儿女英雄小说”并非以情节取胜，它的最精彩之处，乃是其中“生动、漂亮、俏皮、诙谐有风趣”③ 的北京方言土语的使用，以至于日本“自明治九年，毕业生中的佼佼者作为留学生被派往北京。在北京，他们先后以《红楼梦》、《儿女英雄传》为教材，从师旗人，努力学习地道的北京话”④。这部小说也因此曾被胡适赞为“绝好的京语教科书”⑤。清人松友梅本是北京《进化报》总务，有感于“比年社会之怪现象于斯极矣。魑魅魍魉，无奇不有”⑥。慨然而作《小额》。《小额》一书

① 赵园：《北京：城与人》，北京大学出版社2014年版，第15页。

② 王一川：《京味文学第三代》，北京大学出版社2006年版，第9页。

③ 胡适：《〈儿女英雄传〉序》，《胡适全集》第3卷，安徽教育出版社2003年版，第542页。

④ ［日］伊藤漱平：《红楼梦在日本的流传——江户幕府末年至现代》，《红楼梦研究辑刊》（14辑），第456页。

⑤ 胡适：《〈儿女英雄传〉序》，《胡适全集》第3卷，安徽教育出版社2003年版，第542页。

⑥ 松友梅：《小额》，世界图书出版公司2011年版，漢南德洵少泉序二。

从地理、人文、市井风情、语言方面都显示出独特的京味色彩，特别是书中对于北京口语的使用让人叹为观止。《小额》在京味小说的发展史上起着承前启后的重要作用，被学者称为“学习京话极好的读物”[1]。《春阿氏》又名《春阿氏谋夫案》，是满族作家王冷佛创作于光绪年间的长篇纪实小说。此小说用地道的北京方言写成，完整地保存了清末到民国初年的北京语言面貌，因而被诸多学者作为研究北京话的重要材料，关纪新甚至认为：“在京腔京韵方言口语的驱遣跟拿捏上面，《春阿氏》似比《小额》等蔡作更形晓畅、圆润。”[2] 总之，《儿女英雄传》《小额》《春阿氏》三部小说在北京语言运用上的成就及对“京味小说”的开拓之功已受到越来越多学者的重视和研究。

本文无意于争论是否应该把“京味小说”的真正确立者从老舍向前追溯——把某一部作品归入某一类虽然确实有助于作品本身归属感的存在，但也往往会遮掩作品的个性化特点。况且所谓的“味儿”，正如赵园在《北京：城与人》中所言，“本身即极其模糊的概念”，[3] 它绝非专指写“北京题材”的一类作品，而是决定于写的态度及方式。[4] 特别是“味儿”对语言的倚重，更是“味儿”存在的根本，因此也可以说，所谓的“味儿”，在某种程度上更是一种文字趣味，以及由文字所透露出来的土生土长的地域文化精神。《儿女英雄传》《小额》《春阿氏》三部小说之所以越来越受到研究北京文化的学者的青睐，不仅在于其中对于北京方言土语的记录和保留，更在于其中所蕴含的浓厚的清末古都的精神风韵。因此，本文将“味儿”与语言、精神联系起来，探讨这三部小说“京腔京韵”背后的文化底蕴。

---

① 李无未：《日本明治时期北京官话“会话”课本研究》，《世界汉语教学》2006 年第 4 期。

② 关纪新：《“欲引人心之趋向”——关于清末民初满族报人小说家蔡友梅与王冷佛》，《满语研究》2011 年第 2 期。

③ 赵园：《北京：城与人》，北京大学出版社 2014 年版，第 15 页。

④ 赵园：《北京：城与人》，北京大学出版社 2014 年版，第 16—17 页。

二　“找乐子”的心态与铺陈的语言风格

在北京人的观念中，语言不仅仅要实现人与人之间沟通交流、信息传递的功能，在更高的层面上，语言更是一种艺术。透过这种行为艺术，个体的潇洒风度、闲逸心境、丰厚底蕴、广博智慧在字与字、词与词之间展露无遗。很多时候，他们为说而说，为炫耀而说，为说得漂亮而说，为说得响亮而说，为自己找乐子而说，为娱乐他人而说。于是，当说话一旦成为一种艺术行为，就在不期然间为北京语言文化的美学功能做出了不小的贡献。不管是用北京话进行创作的小说作者，还是游荡在北京街头巷尾的普通百姓，一旦开口说话，就已经有了一种进行艺术创作的心境：语言不再是主谓宾的简单排列组合——这显然无法满足他们“满嘴里跑舌头”的感官及精神快感，必须要让词语集合、开会、争论、打架、狂欢……于是，在以北京话为创作语言的小说作品中，原本单薄、无声的文字变成了纷杂、多声道的立体音，各种各样的市声、各式各样的人物扑面而来，让观者应接不暇，让听众避之不及，老北京的多彩风貌也在这杂烩的字词中一一呈现。

在《儿女英雄传》《小额》《春阿氏》三部小说中，这种漂亮的、狂欢的语言艺术的实现方式之一，就是采用铺陈的叙述形式。此处的“铺陈”，取刘勰对汉赋这种文体特征的概述，“赋者，铺采摛文，体物写志”（《文心雕龙·诠赋》），即运用大量华丽的语句，张扬文采，从不同的方面描写事物，不厌其详，不厌其细。铺陈的叙述方式不仅大大增加了语言的信息量，而且使语言显得琳琅满目、富丽堂皇，读起来更有一种如滔滔江水奔流而下的开阔气势。试举几例。

《儿女英雄传》第六回，写到十三妹与凶僧恶战之际，十三妹“就从衣襟底下忒愣愣跳出一把背儿厚、刃儿薄、尖儿长、靶儿短、削铁无声、吹毛过刃、杀人不沾血的缠钢折铁雁翎倭卫来。那刀跳将出来，映着那月色灯光，明闪闪、颤巍巍，冷气逼人，神光绕眼”①。在这段描述中，刀还未现身，作者就连用了七个修饰语，而刀跳将出来，作者又连用了四个修饰语，使这段话读起来很像相声的“贯口”。对于一把刀如此不厌其烦地描述，作者可谓语用其极。而描写到十三妹与凶僧的恶战时，作者也是颇费笔墨：“一个使雁翎宝刀，一个使龙尾禅杖。一个棍起处似泰山压顶，打下来举手无情；一个刀摆处如大海扬波，触着他抬头便死。刀光棍势，撒开万点寒星；棍竖刀横，聚作一团杀气。一个莽和尚，一个俏佳人；一个穿红，一个穿黑；彼此在那冷月昏灯之下，来来往往，吆吆喝喝。”② 一场恶斗，在作者的笔端栩栩如生，精彩纷呈。仔细分析就会发现，这两段文字，从三言句、四言句到六言句、长句不等，读来抑扬顿挫、简洁明快、一气呵成，给人以应接不暇之感。同时，这种连珠炮似的列举，将各个物体、场面勾画得逼真、鲜活，令人仿佛置身其中，感同身受。

这种铺排的叙述方式，在《儿女英雄传》中比比皆是，试举例如下。

写女人的相思：“他还得耳轮中聒噪着探花，眼皮儿上供养着探花，嘴唇儿上念叨着探花，心坎儿上温存着探花。”③ 作者通过整齐的句式，从耳、眼、嘴、心四方面分别讲述，把女人对公子念念不忘的细腻心思活灵活现地展现出来。

写人的心理：“只有安公子承这位十三妹姑娘保了资财，救了性命，安了父母，已是喜出望外。如今又见他这番深心厚意，婉转成全，又是欢欣，又是感激。想起自己一时的不达时务，还把他当作个歹人看待，又加上一层懊悔，一层羞愧。”④“救了性命”“安了父母”“欢愉”“感激”“懊悔”“羞愧”，作者决不满足单方面描情状物，而是

① 文康：《儿女英雄传》，中华书局 2013 年版，第 58 页。

② 文康：《儿女英雄传》，中华书局 2013 年版，第 62 页。

③ 文康：《儿女英雄传》，中华书局 2013 年版，第 474 页。

④ 文康：《儿女英雄传》，中华书局 2013 年版，第 87 页。

百转千回，尽其所能。

写逛庙会："此刻才到这座庙门外，见那些买吃食的吃吃喝喝，沿街又横三竖四摆着许多笤帚、簸箕、掸子、毛扇儿等类的摊子担子。……那山门里便有些卖通草花儿的、香草儿的、瓷器家伙的、耍货儿的，以至卖酸梅汤的、豆汁儿的、酸辣凉粉儿的、羊肉热面的，处处摊子上都有些人在那里围着吃喝。"① 这段文字把北京城一个最常见的庙会写得热闹非凡，详细地罗列了小摊小贩上所售卖的各种东西。这种不厌其烦的罗列，已不再仅仅是实现文字指物称名的指示功能，甚至摹景状物的表现功能，而完全是在满足作者滔滔不绝的语言快感。这并非仅仅是作者文康的一种语言习惯，而是北京人的日常语言惯性。

再如《小额》中，在小额受尽亲朋好友的蒙蔽和欺骗后的一段描写："大凡这类的小人，都讲究捧臭脚，抱粗腿，敬光棍，怕财主，贴靴并粘子，拜把兄弟，认干亲，平常没事的时候儿，奶奶长、阿玛短叫的震心，狐假虎威，狗仗人势，无非是跟嫖、看赌、白吃猴，从中的取事。"② 如果说上述《儿女英雄传》中的几段文字还有明显的"说书"痕迹的话，《小额》中的这段话则是完全的北京日常口语，作者连用十几个并列的短语，把社会上一系列的小人形象刻画得入木三分，而其中"贴靴并粘子"（骗钱）、"阿玛短"、"白吃猴"（蹭吃蹭喝）等明显带有北京方言特色的词语，更使人读来逸趣横生，人物形象呼之欲出。

在以上诸段文字中，作者铺排的方式多种多样，各种各样的句式、结构不同的短语层出不穷，乍看表达的似乎是同一个意思，有重复之嫌，但细细品味，不但不觉得冗余，反而更显生动具体。在这些句子中，简单的铺陈中包含着极大的信息量，将人物的心理、形象、行为方式、旧北京各行各业下层民众会集的景象等，有声有色地展现在读

---

① 文康：《儿女英雄传》，中华书局 2013 年版，第 504 页。

② 松友梅：《小额》，世界图书出版公司 2011 年版，第 41 页。

者面前。

这种写作方式，与北京人的语言习惯息息相关，北京人能侃，已是不争的事实。“侃大山”和喝茶、遛鸟、玩古董一样，既是北京人特有的消遣方式，也是识别他们的典型姿态。很多时候，我们不得不佩服北京人在语言表达上的智慧，这种智慧一方面来源于生长在皇城根下的得天独厚的见多识广，另一方面则是在匮乏的物质条件之下，寻求精神满足的实现途径。正如赵园所言：“（北京人）在物质需求与精神需求之间，往往小心翼翼地把重心放在后面，以后者的满足缓冲了前者的贫乏所引起的痛苦，更以哲学文化、文学艺术的积久力量，使有意识的努力化为习惯、心理定势，造成和谐、均衡、宁静自得的内在境界。”① 当物质上的欲望无法实现时，“海聊”和“侃大山”使北京人获得了最大限度的心理满足，他们依靠言语的狂欢来做暂时的告慰，正如北京的顺口溜中所唱：“虽然只剩铺盖卷儿，不愿费心钻钱眼儿。”而当这种行为成为一种无意识和习惯，他们反而从中无意间获得了一种寻常人难以达到的安逸、淡然心境。于是，一种无目的、无功利的生活态度悄然形成。在老北京人的眼中，似乎没有什么事情要求必须立马去完成，随意的一句搭讪，很可能就扭转了乾坤，原本的正事退居一边，人们重新在语言中开拓出另一重天地。

三 “爱谈国事”与谐谑性的评议

六七百年大一统国家的首都，几千年的文化历史，遍布全城的名胜古迹，深厚的文化底蕴，各地精英人才的聚集，孕育出了北京人即使吃着窝头咸菜也要谈政治、谈艺术、谈天南海北古今中外的特性。这种无所不知、无所不能谈的个性实来自一种至高无上的文化优越感，即使是一个身居底层的普通老百姓，也不自觉地沾染上

---

① 赵园：《北京：城与人》，北京大学出版社 2002 年版，第 126—127 页。

了“虎死不倒威”的贵族气。上至国家政治，下到家长里短，凡事爱发发议论，爱评评理，爱争个是非曲直，已成为一种行为习惯。茶馆里“莫谈国事”①的警告，反而很好地证明了他们“爱谈国事”的习惯。同时，身处政治旋涡中心的北京百姓，见多了政治灾难的冲击，这又在一定程度上阻碍了他们自由言论的话语权。于是，一方面是不得不说的个人使命，一方面是稍有不慎便可能遭受的杀头之祸，在这两相纠缠中，北京人形成了独特的调侃、戏谑的语言风格。

这种特色在《小额》一书中最为明显，在故事叙述过程中，作者时常添枝加叶，随着故事的讲述增加一些批评议论、插科打诨、唏嘘慨叹、补充说明之类的内容。这些内容有别于正文，所以多放在括号之内。这种边说边议，全由作者即兴而发，随意性很大，有嬉笑怒骂的牢骚怪话，有诙谐幽默的冷嘲热讽，从而给小说增了些谐谑性与说理性。而在这些饱含着温度的文字背后，我们分明看到了一位铁骨铮铮的真理守卫者。试看几例：

可是单有一拨儿爱找他瞧的（大半都是活腻了的）。

后头也跟着一个童儿，提溜一根仙鹤腿的水烟袋，大摇大摆，学着迈方步又迈不好（何苦）。

仿佛他忙了个受不得似的（其实在家里闲了六天啦）。

后来希四时常的前来寻钱（善门难开，此之谓也）。

李顺就棍打腿，说他有个相好的，在南城当衙役，花俩钱儿，可以买个舒服，还朦了十五两银子去（额家算全遇见好人啦）。

当时我们这位亲戚，给了他二十五两银子。老先生还谦让了会子，这才笑嘻嘻的拿去啦（三吊多钱的本儿，卖二十五两银子，真是好买卖）。

我先给他个照不梢（您瞧瞧这德行有多么大）。

---

① 鲁迅为此就曾经说：“从清末以来，‘莫谈国事’的条子帖在酒楼饭馆里，至今还没有跟着辫子取消。所以，有些时候，难煞了执笔的人。”（《新的蔷薇》）

在这些话语中，有作者对言不由衷之小人的讽刺，有对世事哲理的心得总结，有对社会现状的扼腕叹息，多以三言两语的插叙评议形式表现出来。作者在叙述故事的过程当中，经常情不自禁地从故事中走出来，对人物的言行稍加评议，在这些评议中充分显示着作者的是非善恶之心。同时，这种评议也并不仅仅限于对个人的言行，有时作者也由此生发，由人的言行看到整个社会的环境，表现出对国家发展的深深忧虑。在《小额》中，有一段对希四的评价：“如今社会上，一来就换贴，二来就口盟。平常是呼兄唤弟，蜜里调油，亚赛一个妈妈养的。及至患难的时候，不但不赴汤投火，外带着是下井投石，这类的情形，很多很多，岂但一个希四呢?”① 对希四的评语，其实也是对当时整个京城社会环境的评价。在清王朝的末期，政治动荡，人心败坏，上至朝廷，下至民间，处处充斥着如希四这种落井下石的人物。正如书中开头所说：“庚子以前，北京城的现象，除了黑暗，就是顽固，除了腐败，就是野蛮，千奇百怪，称得起甚么德行都有。”② 这样的社会注定要走向灭亡。《小额》发表于光绪三十三年（1907），仅仅五年之后，清王朝的统治就被彻底瓦解。这或许是作者预料之中的事，也是《小额》一书带给我们的重要启示。

在《儿女英雄传》中，对于世事的评议少了戏谑，而多了几分夫子式的说教，如在第三回安老爷被陷害而“革职拿问”之后，作者发表了这样一段言论：“照这样讲，岂不是好人也不得好报，恶人也不得好报，天下人都不必苦苦的作好人了？这又不然。在那等伤天害理的，一纳头的作了去，便教作‘自作孽，不可活’，那是一定无可救药的了。果然有些善根，再知悔过，这人力定可以回天，便教作‘天作孽，犹可违’。”③ 细细品来，作者抓住一切机会劝人为善的苦口婆心真是天地可鉴。而在第八回，十三妹救下了安公子和张金凤后，作

① 松友梅：《小额》，世界图书出版公司 2011 年版，第 55 页。
② 松友梅：《小额》，世界图书出版公司 2011 年版，第 1 页。
③ 文康：《儿女英雄传》，中华书局 2013 年版，第 25 页。

者又一次跳将出来，对这个闺门女子的侠义之举大加赞誉，“替他想想，他是沽名，还是图利？难道谁求他作的，还是谁派他作的不成？总不过一个‘不忍之心’，才动得了这片儿女心肠、英雄肝胆。只是天地虽大，苦人甚多，那里找得着许多的穿红女子来！”① 这番对十三妹的赞扬，分明就是对世人的循循善诱。

由以上分析可以看出，“爱谈国事”并非仅仅是喜欢谈论官场、政治，而是把国家的发展放在心间，甚至心系世界的未来，因此北京人凡事总爱评个理，处处总摆出“人生导师”的气派。这在具有“京味儿”特征的小说中随处可见。这种浓重的“国事”情结，绝非一朝一夕装出来的，而是来自几百年的“老北京”的祖辈基因。这种情结代代相传，不论身份职业，也不论高低贵贱，在北京人的身上有着鲜明的表现。

四　幽默的特质与土话俗语

易中天在《读北京》一文中写道：“北京人是有点油，但不浅薄。他们也不避俗，但俗中有雅，而且是典雅和高雅。即便是最俗的俏皮话，也有历史典故打底子；即便是最底层的市井小民，也显得（当然也只是显得）相当有智慧有学问。”北京人说话，不拽词，不夸饰，在表达上往往使用大量的土话、俗语，这是北京人的话语表达风格，同时也成为以北京话作为创作语言的小说作品的风格。在这些“土得掉渣”的原生态话语中，处处显示着北京人的达观、幽默，达观来源于见多识广，无处不在的幽默则得益于久居皇城古都的生存自豪感。这些未经雕琢的、朴拙的话语经常会让听者会心一笑，在笑声里又深深地感受到他们的生存智慧。

反映在创作上，北京人的幽默，并非像西方的喜剧如《伪君子》《钦差大臣》等通篇采用误会、巧合等常用的喜剧伎俩，而是使用了

---

① 文康：《儿女英雄传》，中华书局2013年版，第75页。

一种不显山露水的叙述形式，即在讲话中加入纯正的方言和土语。

在《儿女英雄传》中，那纯正的北京话让人听起来觉得十分亲切、自然。比如，第三十八回中的一段："那儿呀！才刚不是我们大伙儿打娘娘殿里出来吗？瞧见你一个人儿仰着个颏儿，尽着瞅那碑上头，我只打量那上头有个甚么希希罕儿呢，也仰着个颏儿，一头儿往上瞧，一头儿往前走，谁知脚底下横不楞子爬着条浪狗，叫我一脚就造了他爪子上了。要不亏我躲的溜扫，一把抓住你，不是叫他敬我一乖乖，准是我自己闹个嘴吃屎。你还说呢!"[①] 这段中的"仰着个颏儿""希希罕儿""横不楞子""溜扫""一乖乖""嘴吃屎"等，都是地道的北京方言，这些词语所散发出的"响亮的腔调"，以及具有舞台效果的过度夸饰，让人读起来颇有几分喜剧效果。

再如，小说中形容十三妹时说："这姑娘是天生的半分不认错、一字不饶人、拉口子要见血、刨树要搜根儿的脾气。"[②] 这个句子中，"拉口子要见血""刨树要搜根儿"这些纯口语式的话语却活灵活现地刻画出了一个倔脾气的刚烈姑娘。

此外，对黑风岗上和尚帮凶的中年妇人是这样描写的："那女子对面一看，门里闪出一个中年妇人。只见她打半截子黑炭头也似价的鬓角子，擦一层石灰墙也似价的粉脸，点一张猪血盆也似价的嘴唇，一双肉胞眼，两道扫帚眉，鼻孔撩天，包牙外露，戴一头黄块块的簪子，穿一件元青扣绉的衣裳，卷着大宽的桃红袖子"[③]。本段中，用"半截子黑炭头"形容妇人的头发黑，"石灰墙"形容脸，"猪血盆"形容嘴，等等，每一样事物都不登大雅之堂，初一看也跟人的相貌没有任何关系，但作品却把这些东西组合在一起，生动地刻画出一个恶妇人的形象，读之忍俊不禁。

《小额》使用地道的北京口语写出，因此小说中出现的北京土语

① 文康：《儿女英雄传》，中华书局 2013 年版，第 507 页。
② 文康：《儿女英雄传》，中华书局 2013 年版，第 207 页。
③ 文康：《儿女英雄传》，中华书局 2013 年版，第 67 页。

更多："提溜""出了蘑菇啦""不是岔儿""累恳""胡吃海塞""起家里来呀""满世界求爷爷告奶奶""遇见吃生米的啦""给他一个颠儿核桃""碴黑儿""乌秃着""休岔儿""拿捏""接接""吃了一顿瞥子"等真是不胜枚举，它们融在小说中，形成了便于传播的通俗性，也保存了一定历史条件下北京人的民间生活情态，流动着让人琢磨不尽的北京韵味。

《春阿氏》中出现的方言土语也非常多，有特色的比如第六回："此人有二十多岁，挑眉立目，很象个软须子。"这里的"软须子"也是北京特色词语，乃指跟随阔少帮闲的无赖之徒。此外，再如"溜蒿子"形容哭，"驴脸子瓜搭"意指板着面孔，"按葫芦掏子儿"形容特别认真，"嘴不跟腿"形容不能协调一致，"木头眼镜儿"指看不透、看不出，等等，充分表现了"京白"（北京方言）形象生动、富有表现力的特点。

此外，北京人讲话的幽默不仅体现在方言俗语的使用上，幽默的另一法宝，是他们非常偏爱使用歇后语，这一方面是对自身文化底蕴的炫耀，同时也处处显示他们遇事沉着冷静的特质。

这三部小说中包纳有相当数量的歇后语，给文章增添不少幽默风趣的气息。如："叫化子丢了猢狲了——没得弄的了""胡萝卜就烧酒——仗个干脆""缸里掷骰子——没跑儿了""铁打房梁磨绣针——功到自然成""小大姐裁席子——闲时置下忙时用""秃子当和尚——将就材料儿""和尚跟着月亮走——也借他点光儿""二两五挑护军——假不指着的劲儿"等。这些歇后语使语言"不雕不饰，纯出自然"，更加贴近多数民众的生活，也使小说读起来更加流畅，大大增强了作品的可读性和喜剧感。幽默是强者的声音，在这些令人愉悦的语言背后，我们也分明看到了那些"含泪微笑"的老北京人，正是他们这种产生于苦难中的幽默特质，才有了如此生动活泼丰富的北京话，或许这也正是北京不断涌现语言大师的原因所在吧！

五 “好礼”的习俗与敬语的使用

北京人“好礼”。他们对于礼仪的遵守，绝非管仲所言的“仓廪实而知礼节，衣食足而知荣辱”式的物质满足之后的追求，而是无关乎物质经济的集体癖好。达官贵人固然唯礼仪是尊，如《四世同堂》中所言，“别管天下怎么乱，咱们北平人绝不能忘了礼节”。甚至连北京城中的“走卒小贩全另有风度”。真可谓有钱的真讲究，没钱的穷讲究。这种处处“讲礼”的习惯，在《四世同堂》故事发生背景的抗战时期尚且如此，在清朝末期就更可见一斑了。这种好礼的习惯表现在言语上，就是大量敬语和寒暄语的使用，“您”和“爷”正是这种交际规矩的语言表现。“您”作为尊称最早出现在北京民间，开始写作“你儜”，如《二十年目睹之怪现状》中“你儜”共出现32例，后来逐渐写成“您”。虽然“您”在当下的普通话中已成为普遍礼貌用语，但在北京话的使用范围、频率要大得多。在现在的普通话语言系统中，“您”一般用在由于职业、年龄、文化水平等不同而形成的卑对尊、幼对长、下对上的尊称；而在北京话语言系统中，“您”不仅用来表示下对上的礼貌尊重，同时还可以大范围地用于任何身份的交际中。总之，北京人在应当用“您”时必须用“您”，否则就会被别人视为不懂规矩而受到呵斥，而在无须用“您”时也大量用“您”。

在《小额》中，有这样一段描写：

> 票子联一瞧，善金善大爷出来啦，说：“老大，你在家哪，好极啦！咱们爷俩说说吧。”善大爷本就一脑门子气，又听他一排老腔儿，气更邪啦，说：“大清早晨的，什么事情？你满门口儿这么嚷嚷啊！”票子联这们一冷笑，说：“老大，你别这们你我他们三（阴平声）的，听我告诉你，咱们是本旗太固山（音赛），你阿玛我们都是发小儿，我们一块儿喝茶的时候儿，那还没你呢！

> 知道啦？我还告诉你，别瞧大叔穷，不干那个没骨头的事情（别打哈哈啦）。今儿个找到你们府上来，一来不是寻钱，二来也不是告帮，知道啦？干甚吗这们拧眉毛瞪眼睛的？”①

这是一个地道的北京旗人，正以长辈的口吻训斥小辈不懂礼数。满族人礼数大，十分敬老，小辈对长辈不能称“你”，应该用尊称“您”。票子联说自己是伊老者自幼的朋友，善金只是一个晚生后辈，不应不懂规矩地开口对他称“你”，所以才怒斥他说“你别这们你我他们三（阴平声）的”。可见即使是对于票子联这样一个地痞无赖，长幼之间应该用什么称呼也是一点儿都不能马虎的事情。

上面的例子是应当用“您”时必须用“您”的情况，而在大多数时候，北京人更习惯于不论长幼贵贱处处用“您”、时时用“您”。如在《小额》中，伊老者挨打之后，他的好朋友托爷前来看望，几句客套话之后，托爷问伊老者：“大哥，小额这回事，您听见说啦？”伊老者则回答说：“我刚听见说。咳，这都是您侄儿。”② 托爷称伊老者为大哥，用“您”理所当然，而伊老者同时也称托爷为“您”，可见“您”的使用逾越了下对长的范围。其实纵观全书就会发现，“您”的使用已成为北京人的一种语言习惯，例如当作者跳出来要对读者说话时，总是使用这样的说话方式，“您说这一老一小”，“您猜是甚么事情？”“您等我说给您听听”，“您说这事也真怪”，等等，这些话语，就如同在当下的北京大街上一口“劳驾了您哪”“回见了您哪”的京片子，让人听了觉得舒服，也备感亲切。

除了使用敬语，小说中所描写的老百姓见面之后不厌其烦的日常招呼寒暄，也是北京人“好礼”的一个突出表现。仍以《小额》为例，在伊老者挨了青皮连的两巴掌之后，他的好友榜祥子傍晚时分赶来劝慰，拜访的重点是告诉伊老者青皮连派人说和的事情，但进门却

---

① 松友梅：《小额》，世界图书出版公司2011年版，第23—24页。

② 松友梅：《小额》，世界图书出版公司2011年版，第37页。

先有一大段招呼寒暄：

> 大家落了坐，楞祥子说：“大大，您早回来啦吧？”伊太太说：“早回来啦，你们老太太也家克啦吧？”祥子说：“还没家克哪。我扎二婶儿再三的直留，晚上在那儿听玩艺儿。”伊太太说：“你们大奶奶怎么没跟克呀？”楞祥子说：“他那儿动的了身呢？打头有您孙子孙女儿们。”伊太太说：“难为大奶奶。小三儿还没断奶哪？”楞祥子说：“没哪。”伊太太又叫老王：“倒茶呀。”少奶奶说：“倒来啦。”伊太太说：“你大哥不是外人，你吃你的饭去吧。”少奶奶说：“我吃完啦。老王那儿吃哪。”赶紧说：“大哥，您喝茶呀。”楞祥子说：“您坐着吧大妹妹。”伊老者说：“大爷，你起家里来呀？”楞祥子说：“可不是吗……”①

这其中，有一些是明知故问的客套话，如楞祥子明明已经看到伊太太在家，还是见面就问了一句“大大，您早回来啦吧？”在楞祥子与伊太太的寒暄中，已经明显说明楞祥子是从家里过来的，但伊老者在两人开始正式谈话之前还不忘说一句“大爷，你起家里来呀？”此外，伊太太还详细地向楞祥子询问了他们家老太太、大奶奶、小三儿等的情况，又吩咐老王倒茶。从这些细节可以看出，老北京人对礼的重视已经演变成为他们日常生活中的一种习惯，无论发生任何火烧眉毛的大事，也不能忘记彼此之间应尽的礼数。这些可有可无的寒暄话，在北京人的交际中起着不可或缺的重要作用，一来表示亲近，二来表达关心，而重要的则是代表一种任何时候不失礼的“体面”。在这些看似“纯形式”的应酬中，饱含着老北京人的魅力。

每一个文字都有其内在的灵魂，而不同的排列组合中透露着说话人不同的人格风度，备受关注的“京腔京韵”背后其实有着鲜活的生

① 松友梅：《小额》，世界图书出版公司 2011 年版，第 17—18 页。

命能量和文化风韵。本文将“京味儿”与文字、精神联系起来，一方面意在阐述这三部以北京方言写作的小说在文字表达上的共同特征，而更为重要的，则是探寻语言表达背后的“真精神”。当然，以上几部分所述，仅仅是三部作品中北京语言特点的冰山一角，更多特征的揭示有待更深入细致的研究。

参考文献

一　马克思主义经典文献与重要文件

《邓小平文选》，人民出版社1993—1994年版。

《列宁选集》，中共中央马克思恩格斯列宁斯大林著作编译局编译，人民出版社2012年版。

《马克思恩格斯全集》，中共中央马克思恩格斯列宁斯大林著作编译局编译，人民出版社1954—1985年版。

《马克思恩格斯选集》，中共中央马克思恩格斯列宁斯大林著作编译局编译，人民出版社1995年版。

《毛泽东选集》，人民出版社1991年版。

《斯大林文选》，中共中央马克思恩格斯列宁斯大林著作编译局编译，人民出版社1962年版。

习近平：《习近平谈治国理政》（第一、二、三、四卷），外文出版社2014—2022年版。

习近平：《一个国家、一个民族不能没有灵魂》，《求是》2019年第8期。

习近平：《在纪念孔子诞辰2565周年国际学术研讨会暨国际儒学联合会第五届会员大会开幕会上的讲话》，人民出版社2014年版。

习近平：《在哲学社会科学工作座谈会上的讲话》，人民出版社2016年版。

习近平：《在中国文联十大、中国作协九大开幕式上的讲话》，人民出版社 2016 年版。

习近平：《在中国文联十一大、中国作协十大开幕式上的讲话》，人民出版社 2021 年版。

习近平：《在文艺工作座谈会上的讲话》，人民出版社 2015 年版。

《中共中央关于繁荣发展社会主义文艺的意见》，人民出版社 2015 年版。

中共中央宣传部：《习近平总书记在文艺工作座谈会上的重要讲话学习读本》，学习出版社 2015 年版。

中共中央宣传部：《习近平总书记重要讲话文章选编》，中央文献出版社 2016 年版。

二　中国古代著作

（元）陈澔注，金晓东校点：《礼记》，上海古籍出版社 2016 年版。

（宋）洪兴祖注，卞岐整理：《楚辞补注》，凤凰出版社 2007 年版。

（春秋）孔子著，杨伯峻、杨逢彬注译：《论语》，岳麓书社 2018 年版。

（明）李贽：《李贽文集》，社会科学文献出版社 2000 年版。

（汉）刘安等著，（汉）高诱注：《淮南子》，上海古籍出版社 1989 年版。

（南朝梁）刘勰著，郭晋稀注译：《文心雕龙》，岳麓书社 2004 年版。

（宋）柳宗元：《柳河东集》，上海古籍出版社 2008 年版。

（宋）陆游著，张春林编：《陆游全集》，中国文史出版社 1999 年版。

（宋）欧阳修撰，黄公渚选注：《欧阳永叔文》，石勇校订，商务印书馆 2019 年版。

冀昀主编：《尚书》，线装书局 2007 年版。

（清）沈德潜撰，王宏林笺注：《说诗晬语笺注》，人民文学出版社 2013 年版。

（南朝梁）沈约：《宋书》，中华书局 1974 年版。

（汉）司马迁：《史记》，崇文书局 2010 年版。

（汉）王充：《论衡》，上海人民出版社 1974 年版。

（宋）吴处厚、何薳撰，尚成、钟振振校点：《历代笔记小说大观　青箱杂记　春渚纪闻》，上海古籍出版社2012年版。
（战国）荀况撰，（唐）杨倞注，耿芸标校：《荀子》，上海古籍出版社1996年版。
（汉）扬雄撰，（晋）李轨等注：《宋本扬子法言》，国家图书馆出版社2017年版。
（清）永瑢、纪昀主编，周仁等整理：《四库全书总目提要》，海南出版社1999年版。
（清）昭梿撰，冬青校点：《啸亭杂录 续录》，上海古籍出版社2012年版。
赵辉贤注译：《周易注译》，浙江古籍出版社2009年版。
（宋）朱熹著，李滉节要，丁纪点校：《朱子书节要》，岳麓书社2017年版。
（战国）左丘明：《国语》，上海古籍出版社2015年版。

三　国外学术著作

[美] E. 希尔斯：《论传统》，傅铿、吕乐译，上海人民出版社1991年版。
[美] 埃德加·斯诺：《西行漫记》，董乐山译，解放军文艺出版社2002年版。
[英] 艾·阿·瑞恰慈：《文学批评原理》，杨自伍译，百花洲文艺出版社1992年版。
[德] 爱克曼辑录：《歌德谈话录》，朱光潜译，人民文学出版社1978年版。
[俄] 别林斯基：《别林斯基选集》，满涛译，上海译文出版社1979年版。
[保加利亚] 布拉戈也娃：《季米特洛夫传》，泽湘译，世界知识出版社1958年版。

[俄] 车尔尼雪夫斯基：《车尔尼雪夫斯基论文学》，辛未艾译，人民文学出版社 1965 年版。

[俄] 高尔基：《高尔基文集》，巴金等译，人民文学出版社 1981—1985 年版。

[古罗马] 贺拉斯：《诗艺》，杨周翰译，人民文学出版社 1979 年版。

[德] 黑格尔：《美学》第 1 卷，朱光潜译，重庆出版社 2018 年版。

[德] 黑格尔：《小逻辑》，贺麟译，商务印书馆 1980 年版。

[德] 黑格尔：《哲学史讲演录》第 1 卷，贺麟、王太庆译，商务印书馆 1959 年版。

[美] 勒内·韦勒克：《批评的诸种概念》，罗钢等译，上海人民出版社 2015 年版。

[德] 玛克斯·德索：《美学与艺术理论》，兰金仁译，中国社会科学出版社 1987 年版。

[法] 让·波德里亚：《消费社会》，刘成富、全志钢译，南京大学出版社 2006 年版。

[英] 特里·伊格尔顿：《马克思主义与文学批评》，文宝译，人民文学出版社 1980 年版。

四　现当代学术著作

郭绍虞编：《清诗话续编》，上海古籍出版社 1983 年版。

郭绍虞主编：《中国历代文论选》，上海古籍出版社 1979 年版。

蒋述卓等编著：《宋代文艺理论集成》，中国社会科学出版社 2000 年版。

老舍：《老舍文集》，人民文学出版社 1990 年版。

李敖主编：《周子通书　张载集　二程集》，天津古籍出版社 2016 年版。

鲁迅：《鲁迅全集》，人民文学出版社 1981 年版。

吕荧：《吕荧文艺与美学论集》，上海文艺出版社 1984 年版。

罗根泽：《中国文学批评史》，上海书店出版社 2003 年版。

彭亚非：《中国正统文学观念》，社会科学文献出版社 2007 年版。

钱钟书：《谈艺录（补订本）》，中华书局1984年版。
徐中玉主编：《历代名家书简》，广东人民出版社2019年版。
张江主编：《阐释的张力——强制阐释论的“对话”》，中国社会科学出版社2017年版。
朱光潜：《文艺心理学》，开明书店1936年版。

五 期刊、报纸文章

［美］J. 希利斯·米勒：《全球化时代文学研究还会继续存在吗?》，国荣译，《文学评论》2001年第1期。
白烨：《文学的新演变与文坛的新格局》，《文艺报》2009年9月19日。
白烨：《在适应中坚守——文坛现状的观察与思考》，《北京文学》2004年第1期。
白烨：《重振批评的三大急务》，《文学报》2015年11月5日。
曹顺庆：《重建中国文论的又一有效途径：西方文论的中国化》，《外国文学研究》2004年第5期。
陈涌：《文艺的真实性和倾向性》，《电影艺术》1980年第10期。
丁国旗：《“全球化”语境中的“世界文学”探讨》，《江苏行政学院学报》2010年第3期。
丁国旗：《当代西方文论作为一种知识还是一种理论》，《学术研究》2016年第4期。
丁国旗：《习近平文艺“精品”标准的六个维度浅论》，《中国当代文学研究》2020年第6期。
董学文：《发展中国当代文艺理论的指南》，《文艺报》2015年6月24日。
杜奋嘉：《艺术的真实性与倾向性的关系》，《广西师范学院学报》（哲学社会科学版）1979年第4期。
冯辉：《如何构建中国气派的文艺批评》，《中州大学学报》2015年第2期。

冯骥才:《一个时代结束了》,《文学自由谈》1993 年第 9 期。

冯巍:《文艺批评要具有中国眼光》,《红旗文稿》2016 年第 1 期。

冯宪光:《中国当代文论话语体系建构的主导结构》,《中国文学批评》2016 年第 4 期。

高楠:《理论的批判机制与西方理论强制阐释的病源性探视》,《文学评论》2015 年第 3 期。

赖大仁:《文艺批评应起到文艺价值导向的积极作用》,《创作评谭》2015 年第 5 期。

李春青:《"强制阐释"与理论的"有限合理性"》,《文学评论》2015 年第 3 期。

李建军:《批评家的精神气质与责任伦理》,《文艺研究》2005 年第 9 期。

李宜蓬:《从文德之人到文章之徒:中国古代文人观念的演变》,《理论月刊》2019 年第 5 期。

李应该:《"三性统一"的尴尬——再疑"观赏性"》,《剧本》2006 年第 9 期。

李应该:《质疑"观赏性"》,《剧本》2006 年第 2 期。

李正忠:《首要的是让文艺批评战线"争"起来——在"坚持以人民为中心的创作导向"学术研讨会上的发言》,《文艺理论与批评》2015 年第 1 期。

刘心武、冯骥才等:《作家书简——关怀、鼓励与建议》,《广州文艺》1980 年第 5 期。

刘云程:《再谈观赏性》,《剧本》2006 年第 6 期。

刘云程:《正确理解观赏性》,《剧本》2005 年第 6 期。

罗新河:《社会主义文艺繁荣需要怎样的文艺批评——学习习近平总书记在文艺工作座谈会上的重要讲话精神》,《人民论坛·学术前沿》2017 年第 17 期。

毛莉:《当代文论重建路径:由"强制阐释"到"本体阐释"——访

中国社会科学院副院长张江教授》，《中国社会科学报》2014 年 6 月 16 日。

毛宣国：《古代文论“进入”当代的理论思考》，《中国文艺评论》2017 年第 9 期。

彭立勋：《关于文艺的倾向性和真实性——马克思、恩格斯美学思想学习札记》，《外国文学研究》1978 年第 2 期。

彭亚非：《网络写作——速朽的文作与潜在的生机》，《中国社会科学院院报》2007 年 10 月 23 日。

彭亚非：《原“文”——论“文”之初始义及元涵义》，《文学评论》2005 年第 4 期。

滕进贤：《中国电影：一九八七》，《当代电影》1988 年第 2 期。

王宁：《“后理论时代”中国文论的国际化》，《中国高校社会科学》2015 年第 1 期。

王宁：《论“后理论”的三种形态》，《广州大学学报》（社会科学版）2019 年第 2 期。

王元化：《文学的真实性和倾向性》，《上海文艺》1980 年第 12 期。

薛继军：《电视剧如何做到三性统一》，《中国电视》2013 年第 6 期。

严昭柱：《如何增强文艺批评的战斗力和说服力》，《人民论坛》2016 年第 24 期。

杨绛：《记钱锺书与〈围城〉》，《名作欣赏》1992 年第 2 期。

杨文虎：《“释放过去的能量”——古代文学理论的原创性还原和现代文论建设》，《东方丛刊》2006 年第 1 期。

姚文放：《“强制阐释论”的方法论元素》，《文艺争鸣》2015 年第 2 期。

袁学骏：《提升文艺批评的威力》，《文艺理论与批评》2015 年第 1 期。

张江：《当代西方文论若干问题辨识——兼及中国文论重建》，《中国社会科学》2014 年第 5 期。

张江：《强制阐释论》，《文学评论》2014 年第 6 期。

张江：《重塑批评精神》，《光明日报》2014 年 10 月 20 日。

赵绍义：《观赏性之我见》，《电影创作》2002 年第 2 期。

仲呈祥：《“观赏性”辨析》，《当代电视》2007 年第 5 期。

仲呈祥：《高举旗帜引领导向——学习习近平总书记“2. 19”讲话的一点体会》，《长江文艺评论》2016 年第 1 期。

后　记

大约10年前博士毕业找工作时，对于自己将来的职业选择我专门咨询了我的博士生导师，现在还依然记得当时的场景。在分析高校教师这一职业时，导师说“这是一份需要勤快人做的工作”，当时我深为不解。寒暑假、周六日，除了一周屈指可数的几节课，其他全是自由时间，简直就是世间最自由、最轻松的工作了，怎么会是“勤快人做的工作”呢？10年之后，亲自经历了高校生活的甘苦，我不得不折服于导师当年的判断。

高校教师的工作，首先是一个需要不断学习的工作。在备课中学、在申请项目中学、在教学改革中学，学习、学习、再学习，这几乎是每一天的生活常态了。其次是一个需要不断突破自我的工作。在每一次课上突破自我，在每一届学生中突破自我，在每一个项目中突破自我。在不断的学习和突破中，也曾体会到化茧为蝶的欣喜，但这个成蝶的过程，确实是容不得懈怠，是需要“勤快”的。

幸运的是，所有的付出都是有回报的。在这些年“勤快”的工作中，不管是在教学上还是科研上都取得了聊以自慰的成果，先后获批了国家社科基金重大项目子课题1项、北京市青年拔尖人才培育项目1项、北京市社会科学基金和北京市习近平新时代中国特色社会主义思想研究中心联合立项的项目2项，一些阶段性学术成果被中国人民大学复印报刊资料全文转载，获得了学界的认可，本书的写作、出版也是在上述项目的帮助和支持下完成的。正是在“马上要结题”的持续焦虑、不断鞭策而不得不“勤快”的情形下，这些年竟也断断续续撰写了几十万字的研究文字，发表了一些自己还算满意的学术论文。高校工作，还真是“勤快人做的工作”!

最后需要说明的是，本书中的部分内容已先期以论文的形式发表在《文艺理论与批评》《中国高校社会科学》《学习与探索》等国内知名期刊上，这里不再一一列出，向所有支持我的刊物和编辑致以由衷的敬意！同时，中国社会科学出版社的郭晓鸿女士为本书的出版提供了许多宝贵的建议，付出了许多努力，在此致以诚挚的谢意!

当然由于个人学识有限，加之时间仓促，书中难免出现这样那样的错谬之处，恳请各位学者专家批评指正。

李小贝

2022 年 6 月 10 日